U0904107

麻婆豆腐
酒
西
东
南
茶

格老子四川人

四川人自在生活的底气

石维 林元亨 马小兵◎著

中国画报出版社
CHINA PICTORIAL PUBLISHING HOUSE

目录 CONTENTS

序言

独一无二的四川人

在巨大天灾突然降临时，没有设防的人类只能被动承受。但同时也可以选择面对灾难的态度。“5·12汶川大地震”这场人类罕见的巨灾使得近7万人遇难，近两万人失踪，许多家庭支离破碎，家园俱毁。没有经历过这场灾难的人也会记得那些令人揪心的电视画面，但经历劫难的四川人让外界看到的不只是泪水和伤痛，还有他们的幽默——在大地震发生后不久，四川人的幽默，四川人在语言上的天赋，立刻让所有关注灾区的人眼睛为之一亮。用《中国青年报》记者卢跃刚的话来说，“四川人的心弦不知被何方神灵拨动了一下”，“源源不断的幽默犹如天外来客，创造了一个想必是任何人类自然灾害史都没有记录过的奇异景象”。那些通过各种渠道流传出去的幽默短信、段子成了四川人精神的象征。

四川人在2008年5月12日汶川大地震中表现出来的幽默、豁达、包容、坚韧、乐观，以及强大的自我修复、再生能力，赢得了中国和世界的尊重和惊讶。他们不明白的是，为什么四川人在如此逆境中还能泰然自若？还能谈笑风生？其实这是四川人在以自己的方式向自然、向人类表态。这种表态是血液中的，命定的，如同所有发生过的大灾难，依然不可逆。如此应对灾难，堪称独一无二。

无论怎样表达我们对四川人在极端时刻面对生死的坦然态度的赞叹，都欠准确。我们只能用嗜好语言的四川人在日常生活中使用频率最高，普及程度最宽，出现场合最广的一句表达感叹的“口头禅”来感慨伟大的四川人：“格老子”，“格老子的四川人”，太强大，太淡定，太幽默了。

5·12汶川大地震让四川特立独行的文化性格得以彰显，也是重新认识四川人、四川文化的一次契机。

在互联网上搜索“四川人”一词，毁誉参半，全都说不准确，道不透彻。一些社会学者将四川人与北方人和南方人作了一番比较后，干脆下了一个更让人找不着北的定义：不南不北四川人。

四川人实际上是亦正亦邪构成的特殊材料。自古正邪不两立，四川人的“邪”，是一个只有四川人才能领会的词。中性偏褒，并不是《现代汉语词典》所解释的“邪恶”“罪恶”。它含有不按常规出牌，但又没有多大过错，狡猾、小聪明等含义。

四川人是一个群体概念，更是一个特立独行的文化概念。人格独立、自成一体是四川文化在四川人身上体现出来的最重要的精神特质。这也是汶川大地震后，文化人类学家提醒前去参加心理干预和援助的有关专家注意的内容之一。一个群体永远保留着他生活的地方的痕迹，他在最自由和最危急的两种极端时候，其文化的特性总是表露无遗。四川人在地震中表现出来的坚韧、达观、幽默，对个体生命的仰视与尊重，是四川人几千年养成的别具一格的文化人格的外化。

这种精神特质从何而来？事实上，四川人的精神平台就是世俗、文化和自由，而道家精神则贯彻始终。可以说，正是道家精神形成了四川人的文化人格。道教诞生在四川，以三星堆、金沙为代表的古蜀文化是道教的精神源头。作为本土宗教，道教文化已然浸入四川人的骨髓，并不知不觉地落实在行动和语言上。“顺其自然”是大多数四川人在遭遇困难时常会说的一句话，表达了一种积极乐观的生活态度。

四川人的道家气质积淀在生活中，自在和逍遥的人生理想，写在每一个四川人的脸上。在物质上，四川人不是最富有的，但在精神上，四川人也许是全世界最会享乐的人群。活得有盐有味，活得自由自在，从来都是四川人的最低、也是最高的人生理想。

老子说：“君子不器”。四川人从来是“不成器”的。自古以来，礼教的约束在这里最弱，逍遥的理想从胃口一直延伸到头脑，立功、立言、立德、扬名的事，不如一盘回锅肉。所以，尽管四川自古多才子，但绝不出圣人，它出产的全都是大大小小的鬼才、怪杰和异端。

天性爱自由，反感不自在。平常再穷困，也要想尽办法活得闲适、舒服，能忍则忍。但四川人的忍，最终是要爆发的，在不自由的时代，四川人就显得爱走极端，敢为天下先。一旦刚烈起来，不会输于任何群体。四川保路运动就是四川人敢为天下先的一次最有代表性的历史出场。

四川历史上多次移民，是一个不折不扣的移民省份。移民在这口巨大的川味“火锅”中变得川味十足的同时，也把他们从原籍带来的原汁原味的地域文化加入到川味“火锅”当中，从而使川味汇集了全国各地之精华，变得愈发醇厚、丰美、厚重，这就形成了川人性格中的又一特征：非常具有包容性。“格老子”这一口头语，就是移居四川的外省移民，与保留中古遗风的四川土著共同创造出来的。即是在湖南人、闽粤客家人使用的物主代词“我格”的基础上，加上四川人爱说的“老子”一词构成的。在四川方言里，一向有以“天王老子”来比喻极有权威的人的习惯，似乎可以把“格老子”理解为“我的天王老子”的省略句式。红遍全国的川菜其实也是移民文化的结果。

因为包容和开放，热爱游戏和崇尚自由，四川人凭着自己的盐和自己的嘴，硬是把这块盆地变成了中国的泡菜坛子和中国的味蕾，四川人为中国人造胃，为世界提供厨房。

看一个人是不是四川人，可以从他的行为方式、禀赋甚至口音，乃至他的生活态度方面做一个综合判断，而这往往源于道家文化和移民文化这两个背景。四川人的生活方式、生活智慧给我们提供了一种反省自身生活态度的视角。

四川盆地、天府之国、道家文化、移民文化——环境与文化有没有关联，有怎样的关联？循着这一思路，我们对四川人这一群体的文化性格、精神气质作了一次整体性的观察。“一方水土养一方人”，不一定准确，但肯定有它的基本道理。借助这一视角，本书依次对四川人性格、四川人的来历、四川的男人和女人、四川的历史和文化等等进行了一番探究。希望多少告诉读者一些关于“独一无二的四川人”的真相。

策划多时的《格老子四川人》一书，终于在纪念地震一周年前夕与读者见面了。谨以此书献给在5·12大地震中承受了太多伤痛和苦难的四川人民，以表达我们对他们在巨灾面前表现出的从容和坚韧的崇高敬意。

第一章

从大地震看川人性格

1 了解川人性格的两个时间节点

四川人是一个群体概念，更是一个特立独行的文化概念。

2008年5月12日14时28分的汶川8级大地震，不仅使8万多四川同胞在顷刻间失去了宝贵的生命，更让人感到沉重的是，地震留下的巨大后遗症，将会让数百万人在今后数年或数十年中饱受心理疾病的困扰。于是，心理危机干预在汶川大地震巨大的灾难中受到前所未有的关注、重视。

2008年7月，在成都召开的一次地震学术会议上，一位人类学家发出了警告：四川人有自己独特的文化人格，不研究这种文化人格，就不可能进行创伤心理治疗。他不相信北京、上海、国外的心理学家又唱又跳地能解决多少受灾群众的心理问题。

感谢这位人类学家，他不但一针见血地指出了现代心理学、心理救助的缺陷，而且明确地告诉我们，四川的文化有着自己独特的一面，要认识四川人，必须要认识、了解他们的文化。他的提醒，也为我们重新去认识四川人，打开四川厚重的历史文化大门找到了一把准确的钥匙。

5·12汶川大地震让四川人特立独行的文化性格得以彰显，也是我们重新认识四川人、四川文化的一次契机。

在五千年的巴蜀历史上，有两个时间节点对四川来说至关重要。一是公元701年李白的出生，二是公元1929年春天，广汉农民燕道诚在不经意中一锄挖出来的三星堆。李白和三星堆代表着古蜀文化的最高成就，二者构成人与物的双重见证。

有人说，李白是四川500年才会出现的大家，事实上，对于四川来说，就算1400年来别无他人，李白也足以支撑四川古蜀文化的重要性与高度。

李白是古蜀文化培育出来的前无古人、后无来者的一代伟大诗人。他是古蜀文化最完整的承载者，他的诗歌见证着巴蜀文化对中国人的影响。李白的思维模式、生活方式无不体现出四川人的特征。

要了解四川文化的内涵与特征，李白是最具有解剖价值的“麻雀”。

李白这个集四川文化的大成者，因为我们从来就没有读懂过他，因而，他不幸成了遮蔽四川真相的最重要的人物。

李白号称“诗仙”，他的言行举止，他的诗歌，都散发着一种浓厚的神秘的仙道之气。这种神仙气，直接来源于他对道教的信仰，对神仙的信仰。

据说，少年李白常去戴天山找道观的道士谈论道经。后来，他与一位号为东岩子的隐者隐居于岷山，潜心学习，多年不进城。他们在自己居住的山林里饲养了许多奇禽异鸟。这些美丽而驯良的鸟儿，由于饲养惯了，定时飞来求食，好像能听懂人的语言似的，一声呼唤，便从四处飞落阶前，甚至可以在人的手里啄食谷粒，一点都不害怕。这件事被远近传作奇闻，最后竟使绵州刺史亲自到山中观看鸟儿们的就食情况。这位刺史见他们能指挥鸟类的行动，认定他们有道术，便想推荐二人去参加道科的考试。可是，二人都婉言拒绝了。

据李白研究者介绍，20岁以前李白还曾隐居戴天山大明寺读书，读的很多是道书。除了读道书，他还访问道士，《访戴天山道士不遇》就把李白对道士住所的清新幽静的向往和不遇道士而犯愁倚靠松树时的心情，描写得淋漓尽致。

《李白行吟图》

自盘古划天地，天地之气，艮于西南。剑门上断，横江下绝，岷、峨之曲，别为锦川。蜀之人无闻则已，闻则杰出。是生相如、君平、王褒、杨雄，降有陈子昂、李白，皆五百年矣。

——唐·魏颢·《李翰林集序》

20岁以后，李白开始热衷于登峨眉山等名山，求仙访道。25岁以后，他更是历访名山，拜道观。在游览东岳时，他写了六首诗，反映了他求仙访道的心愿。在以后的17年间，关于李白的道教活动，很值得一提的是他与道士元丹丘及其老师胡紫阳、女道士玄宗之胞妹玉真公主的交往。

道家主张“无为而不为”，它首先是一种个人情怀，一种对待生命与生活的态度。其次，它也是一种以无为之道治人与治理社会之道——汉初就曾一度运用黄老之学缓和阶级矛盾，与民休息以恢复和发展社会生产力。在历史与现实中，信奉道家道教的大多是不仕的隐士逸人，虽然李白没有学他们遁迹山林，逍遥自在，他的逍遥与洒脱，却无一不烙上道家的印记，充分完整地凸显出志气、豪气、骨气的人格魅力来。

康震曾经在中央电视台“百家讲坛”上评价李白说，李白思想里有一个重要的核心，那就是人格的独立。如果有任何的一种羁绊，任何的一种约束，对他在人格思想和行为上的特立独行构成威胁的话，那他绝对是不妥协的。这正是以李白为代表的盛唐知识分子最可贵的精神财富和精神遗产。

人格独立是四川文化在四川人身上体现出来的最重要的特质。这也是汶川大地震后，人类学家的提醒所包含的内容之一。

这种特质从何而来？在一次采访中，学者谭继和对笔者说：它源于巴蜀文化以人为中心的人本主义思想。代表中原文化的殷墟出土文物以礼器为主，而三星堆、金沙则以人物造型为主即是最重要的证据。他还举了四川人生活中的例子加以说明：巴蜀人的方位观念就与北方和中原不同。远在古代，中原人是东、南、西、北的观念顺序，而蜀人所著《山海经》和司马相如的《大人赋》，其方位顺序观念则是南、西、北、东，这充分表明了巴蜀文化的独特性。直到现在，成都人与北方人的方位观念也有明显差别。北方人的习惯用语是向南向东指示方向，这是以地理为坐标体系，人是服从于这个坐标体系的，所以用东南西北的地域坐标来指示方向。成都人用口语“倒左手、倒右手、端端走、抵拢倒拐”等话来表示方向，这是以人的身体中心，人是坐标体系的主人，所以用人的身体的前进方向来指示道路。

正是因为四川文化中有着深厚的人本主义思想，在5·12汶川大地震中，我们才可以看到四川人那么多举重若轻、飘逸洒脱、生死不离、充满人性与希望的震撼心灵的故事。

从1929年开始发现的三星堆遗址，以遗世独立的姿态横空出世，给世界考古学界与世界文明史带来极大的冲击。它神秘、诡异、夸张的形态，曾经让人惊骇为外星文明。事实上，三星堆与金沙不仅是四川土生土长的文明形态，它呈现在我们面前的实物，可能只是它应有的冰山一角。

四川学者谭继和曾经指出过，三星堆、金沙文物形象的神秘、诡异、夸张与浪漫，正是道教文化的源头，神仙观念的起点。正是它们形成了今日四川人身上独有的飘逸、淡定、自由、富于想象与创造的独特个性。

2 “亦正亦邪”：不守规矩的四川人

在互联网上搜索“四川人”一词，毁誉参半，全都说不准确，道不透彻。一些社会学者将四川人与北方人和南方人作了一番比较后，干脆下了一个让人摸不着北的定义：不南不北四川人。

川人舒适悠闲的生活总让外地人羡慕不已。有民俗学家认定，四川人虽处中国内陆，骨子里却与地中海沿岸城市人群的特点颇为相似：喜欢大家族式的群居生活，好热闹、新鲜、刺激的东西，热情奔放，自由散漫，知足常乐……

四川人实际上是亦正亦邪构成的特殊材料，亦正亦邪，并非一枚硬币的两面。

自古正邪不两立。四川人的“邪”，是一个只有四川人才能领会的词，中性偏褒，并不是现代汉语词典所解释的“邪恶”“罪恶”。它含有不按常规出牌，但又没有多大过错，狡猾、小聪明等含义。

在5·12汶川大地震发生后，有两个人分别从不同的地方奔向灾区，这两个人是典型的四川人正与邪的代表。他们就是为许多人所熟悉的陈岩和尹春龙。一个是希望在这场巨大的灾难中，用自己的专业技术挽救更多的生命；而另一个则是要在灾难中用自己的实际行动扬名立万，成为英雄。

在地震灾区成千上万的志愿者中，有一个身穿T恤、头戴钢盔的瘦高小伙子的身影，恐怕不会被人轻易遗忘，他就是在中央电视台的镜头中多次出现的陈岩。

陈岩是四川成都的一名公司职员，曾经以志愿者的身份参加过丽江的地震救援。5·12汶川地震刚一发生，他就自发投入到了志愿者行列。重灾区都江堰、北川、绵竹等地的受灾群众都在制服统一的国家地震救援队中，看见过这位唯一身着便装的救援人员。那段时间，哪里的废墟下有生命，哪里就有他的身影。凭借以前的救援经验，陈岩赢得国家地震灾害救援队员的认同。他们一起制订方案，一起救人。连救援队员都由衷地称赞陈岩：“他非常勇敢，甚至不怕死，危险的地方，他总是抢在我们的队员前面进去。”5月16日22时，东汽中学救援现场：国家地震灾害救援队转战重灾区北川中学，陈岩留下来，独自指挥地方救援队员施救。10小时过去了，东汽中学最后一名幸存者终于获救。他曾参与救援了“可乐男孩”等20名幸存者，被誉为“救人最多的志愿者”。他说：“因为我还活着，所以我要来。”，“因为我是男人，我要来；因为我是四川人，我要来。”

陈岩只是千百万四川人在地震中互助互救精神的一个缩影。社会对他的广泛认可与称赞，也是对四川人的认可与称赞。《深圳特区报》5月15日在全国媒体中率先报道了陈岩的事迹，随后《人民日报》《南方周末》、香港翡翠电视台、四川电视台争相报道他的事迹。中央电视台在18日晚的新闻联播中以长达1分半钟的镜头报道了陈岩。网友自发在网上评选“汶川地震感动中国十大人物”，十大人物包括“汶川地震感动中国领导人”“汶川地震感动中国救援队员”“汶川地震感动中国志愿者”“汶川地震感动中国幸存者”等十项，陈岩以志愿者身份名列其中。

尹春龙是一个想当英雄、想干大事的人。地震虽然已经离我们远去，种蘑菇为生的尹春龙的生活也许已经归于平静，但是他对同伴所说过的一句话却很难让这个世界遗忘："有些歌星奋斗十年才达到我今天的成就。"

地震发生后的第二天早晨，尹春龙揣上4000元钱，没声没响地就在父母的眼皮底下失踪了。后来他的父母才知道，这个小名叫龙龙的儿子从成都双流他们的蘑菇棚出发，花了370元钱，租车到了都江堰。

在都江堰，扒废墟、抬伤员，尹春龙忙了一阵，但他很快对自己所做的事情产生了怀疑，他认为这不是他要做的"大事"。他听说映秀那边比都江堰严重多了，于是13号这天下午他只身前往映秀。他要去救人，一定要亲手救出活人来。5月16日，映秀湾水电厂一处高高的废墟上，尹春龙双手攥着一把短镐出现在青岛、上海等地的消防队员面前。听说这里发现了生命迹象，尹春龙渴望自己也能是那个和幸存者一起创造奇迹的人。

在三条通道快要接近幸存者的时候，消防官兵们被迫停了下来，原因是情况复杂。然而不要命的尹春龙却跳进了一条通道，开始了他孤胆英雄式的人工挖掘。他拖出了横亘在救援者和幸存者之间的一具已经严重腐烂的尸体后，虞锦华终于在被埋150小时之后，获救了。她带来了一个令人兴奋的消息，还有一个幸存者，"他还活着"。

尹春龙同样感到兴奋，他没戴头盔，也没戴口罩，判断了一下方向后，开始凿洞，继续玩命地掘进。经过30个小时的一点一滴地推进，在映秀湾电厂的废墟里，到19日晚10点，尹春龙已经够到了马元江。

被埋178小时22分钟，而且在前173小时无法得到一丁点营养和水的情况下，被救出的幸存者马元江在整个四川大地震中，成为一个再也无人突破的极限。事后，马元江证实，正是尹春龙在救援过程中发挥了最重要的作用，是他选择了一条最正确的通道。同时，马元江在恍惚中意识到，有一个不要命的小伙子在不断接近自己，这坚定了他求生的信念。后来，尹春龙被推到摄像机前，对着镜头向父母大喊："我是龙龙，我救了两个人，你们会在电视上看到我！"也就在那一刻，他说了一句意味深长的话："有些歌星奋斗十年才达到我今天的成就。"

5月底，他再次回到灾区，做志愿者。当得知一架转运灾民的直升机失踪后，他又加入了搜救队伍。在找到失事飞机后，他又做了搬运尸体的工作。这次，他同样玩命。因为他的出色表现，阿坝州军分区副司令员冯毅特意为他写下一段话："尹春龙同志作为志愿者，在清理和搬运烈士遗体工作中，不怕困难，不怕牺牲，参加了第四位烈士遗体在最艰难、最危险地段的搬运，第五位烈士遗体全程的搬运工作，其间多次整理遗体包装袋，是一位优秀的志愿者。"

据《南方周末》报道，有一段时间尹春龙非常郁闷："从都江堰回到成都，尹春龙急切地买了当地的几份报纸。只有个别媒体提到他的名字，但也仅仅是提到而已，没有充分肯定他的功劳。尹春龙有些激动地指着报纸版面：'他们这是怎么写的！'他把报纸丢到宾馆的床上，气呼呼地嘟囔两句，又抓起来继续看……"

"马元江被救出来后，转到重庆接受治疗，尹春龙去了重庆。他的目的很简单，除了慰问，他还想让外界确信，实际上是他救了马元江。"

"在重庆新桥医院，尹春龙买了一个大花篮。可惜获救者仍在重症监护室，不能探视。马元江的妻子出来了，她与尹春龙握手，略显审慎地表示了感激——在丈夫开口确认以前，她不敢肯定，眼前站着的真是救命恩人。"

"除了见不到马元江，还有一件事让他难以接受——在新桥医院，无论医生、志愿者、门卫，还是病人，每个人好像都知道马元江，却没有人知道救人英雄尹春龙。"

尹春龙，这个20岁的小伙，他说："我是用生命在救援。"他毫不顾忌在别人面前谈论他的英雄壮举，他渴望自己的英雄事迹被这世上每一个人知道。无疑，尹春龙是一个想当英雄的人，虽然他的行为让人有点不可思议。

王书亚在《13亿幸存者：向死而生》中特意为这个平民英雄写了一段话："这并非对英雄的否定，恰恰相反，所谓英雄，就是他在某个时刻的抉择，高度藐视和否定了唯物主义的生活逻辑和价值排序。因此救援、重建与反思，不但指向灾民，也指向举国之人。不但指向地上的家园，更指向心灵的重建，政体与文化的变迁。5·12之前，我们是怎么活的，社会是怎么鼓吹的，国家是怎么治理的；5·12之后，无论个人、社会还是国家，我们的价值排序应该有所不同了。我们是幸存者，我们不死，不是因为死者在任何地方不如我们。我们不死，是因为我们被赋予了改变这个国家的责任。”

这是一个如此真实的英雄，真实得以至他不用出现在大大小小的抗震救灾英模报告会上，真实得你不敢去正视他。

在四川中江县，有一个人的称谓很特别，人们叫他“中江佐罗”，这个称呼来自于《南方周末》的报道。四川人的正与邪在他身上完美地融合在一起，使他格外地与众不同。

这个人就是朱文光。多年来，他一直坚持不懈地做着别人分内的事——解救被拐卖的妇女儿童。他的手段不太合法，但行为绝对正义。

1994年的一天，四川省德阳市中江县公安局一位名叫朱文光的保安，带着当地公安局的介绍信，穿上保安制服，配备了一副手铐和一根电棍，一个人走上了解救被拐卖妇女儿童的道路。他第一次的解救对象分别是21岁和15岁的两名女子，其中15岁的女孩已经怀孕3个月。受害人的父母是把家里的耕牛和女儿被拐骗前睡的床卖了作为盘缠的，但还是不够。为了节省，朱文光给受害人亲属出主意，带上一口袋炒干胡豆在路上充饥。他们的目的地是内蒙古。他们一路上吃了一个星期的干胡豆，饥饿难忍。这次解救共用了8天时间，在当地一位热心警察的帮助下，朱文光成功地将两位妇女带回了四川。

第一次成功解救妇女，使朱文光找到了最适合自己，也最有意义的事情，从此，他在这条奇迹般的道路上一直走到今天。14年来，他已经走遍了除西藏和台湾以外的中国所有省市自治区，有200多人得到他的救助。

1998年，在朱文光单枪匹马解救妇女儿童4年后，现《南方人物周刊》记者何三畏在《南方周末》头版报道了他的奇迹，将其称之为“中江佐罗”。此后，全国和全世界最主要的媒体差不多都对他进行了报道。据长期对其进行跟踪采访的何三畏介绍，在长达14的的行侠经历中，他出生入死，多次受伤。有时，他们前面带着人跑，后面整个村寨的人被发动起来，在后面追，一直追到城里，还在四处寻找他们。这种情况下，即使真正的佐罗也只好投降。但“中江佐罗”是有狠劲的，他甚至只准自己成功，不准失败。他曾经用一副手铐把自己和被解救的人铐在一起，而钥匙则寄放在当地的县公安局；他曾经躺在地上装死，人家踢他，他不动；他曾经被打到跌进污水沟，不敢起来，在污水沟里面装死。

尽管他的工作充满危险，生活艰辛，但时至今日，48岁的朱文光仍然没有放弃。正如何三畏所说：他是当今中国一绝，行走江湖十多年，没有发现一个同道。他不可模仿，也不能归入任何一种职业类别。他是现代社会的一段古典传奇。齐鲁多鸿儒，燕赵多壮士，江南多佳人，巴蜀多高士。朱文光是四川近30年来一位真正的高人。

3 淡定而强大：生死从来不是一个问题

四川人在特定的自然环境、文化、教育、人口流动、经济、政治、历史等诸多因素影响下形成了鲜明的行事风格和精神品格，具体体现为行事方面叛逆礼法、率性任情、自信旷达、灵活善变、好文讥刺，精神品格上强调独立人格、凸现个性存在、崇尚刚柔并济。这些特征留给外地的群体印象往往是斑驳、复杂、混乱、五色斑斓、莫衷一是的。

事实上，四川人的精神平台就是世俗、文化和自由，而道家精神则贯穿始终。可以说，正是道家精神形成了四川人的文化人格。

鲁迅曾经说过，中国人的文化生活传统源于道教。德国著名社会学家、哲学家马克斯·韦伯在评论道教时说：“以老子学说为基础的一个特殊学派的发展却受到了中国人价值取向的普遍欢迎：重视肉体生命本身，亦即重视长寿，相信死是绝对的恶，一个真正的完人应当能避免死亡。”

从老子的自然无为到庄子的逍遥放达，道家以一种前所未有的方式固执地守护着人的尊严，把人生从一切无法消除的痛苦和灾难中拯救出来，超越人生困境和世俗情欲，使人获得一种宁静的自由和宽容的心境，这是道家与儒家的不同

青城山天师洞古银杏。道教是中国本土固有的一种宗教，它的教义与中华本土文化紧密相连，深深扎根于中华沃土之中，具有鲜明的中国特色，并对中华文化的各个层面产生了深远影响，对巴蜀更是如此。被道教列为“第五洞天”的四川青城山，就是中国道教的发源地之一。

之处。而道教就诞生在四川，以三星堆、金沙为代表的古蜀文化是道教的精神源头。作为本土宗教，道教文化已经浸入四川人的骨髓里了，并不知不觉地落实在行动和言语上。成都作家洁尘在谈到成都的城市气质时说过，“在城市人群中，一般来说是儒家的思维，达不成则退，但先得去追求达；偏偏成都，天生就有老庄的味道”。

四川在历史上虽然多次移民，是一个不折不扣的移民省份，但历代移民都认可古蜀文化。所以，凡是进入四川生活的人，身上天生就有一种道家的飘逸之气。四川人独特的飘逸之气有着怎样的表现？人是文化的载体，我们先来看看四川人在大地震中的表现：

湖南卫视的记者去灾区采访一些还留在山上废墟中不肯走的人，多数都是中老年人。记者问他们为什么不到下面去（城市的避难所），他们说，他们住在这里的开阔地也是一样的，反正重建家园也要在这里开始。刚好是午饭时间，那些村民非常热情地劝记者跟他们一起吃饭。那种热情是很自然的，他们都不怎么看镜头的，不是对着镜头做秀那种。记者再三推辞他们还是劝，记者就带着摄像师去看他们吃什么。他们居然在吃火锅！！！虽然是简易版的，只有点蔬菜豆腐啥的，不过他们都吃得很开心的样子。记者就问他们这些菜是哪里来的，有个大叔说：“都是解放军送来的，前些日子空投下来的。好多直升飞机！你要是在这里多耍一会子，还能看到直升飞机咧！”

另一个故事也曾经在网络上广为传播，它更能说明四川人自然、淡定、幽默的心态。

> 我们这离北川县城只有不到20公里，地震中100%的房屋受损，第二天坐了一夜，第三天搬到小学的操场。因为停电，就是没倒的房子里冰箱里的东西也都开始变味了，所以所有人都把冰箱里的存货拿来煮了，一大堆人围着吃。这时候直升飞机在操场上方盘旋。
>
> 大家就说：惨了，解放军在上面看我们这样大鱼大肉，半点都不像灾民，估计不会来救我们了！

哈姆雷特说，生与死，这是一个问题。

对于四川人来说，生与死，这不是一个问题。生时怡然享受生活，死时从容淡定，早已是四川人的常识。

有一个故事，生动地说明了四川人与众不同的生死观念。20世纪80年代中期，有一个在四川成都经商的浙江商人，每天都在自己店铺前看见一些四川人神态悠闲地漫步。他对四川人工作生活的慢节奏大为不解。一天，他忍不住问一个路人：你们四川人的节奏为什么这么慢呢？反过来是这个四川人觉得奇怪了，他不假思索地回道：快又怎么样？慢又怎么样？我们都会到达同一个地方。

四川人说的同一个地方，指的是死亡，人的最后归属。

四川人这种视死如归，举重若轻的生命态度，是他们在巨大的灾难面前能够从容淡定的主要原因。《中国青年报》记者，四川人卢跃刚，在一篇描写地震中四川人的表现的文章中，举过一个例子，很能说明四川人的生死观：

> 一电视记者采访一老者，问去哪里，说回家。问干嘛，说家里还有粮食和菜地，回去看一下。问家里还有什么人，说除了他以外，一家四口人都压死了。老者说话的时候，没有情绪的波澜起伏，像是讲一个很宿命很久远的故事。

还有一个人，就是让许多电视观众感动不已，在映秀发电厂被埋了150小时的虞锦华。电视台的记者在成都陆军总医院采访时，惊讶地发现，被截肢躺在床上的她，正在愉快地大口吃饭。并说“早知道电视台要来，我就应该去化个妆”。

虞锦华让每一位生者必然去思索如何珍视生命与热爱生活。

既然死不是一个问题，那么只要活着就必须要快乐。这就是四川人。

作家洁尘认为，成都是一个注重世俗生活的城市。对于成都来说，安静、唯美、不易冲动，是不易改变的城市气质。5·12汶川大地震之后，她曾在《南方周末》上撰文说：地震中表现出来的成都人的精神状态与成都的地质结构惊人地一致，那就是以柔克刚，临危不乱，超常稳定。

5月12日那一天，对于大多数成都人，尤其是工作或居住在高楼里面的人来说，一定永生难忘。生死之间的瞬间来回，坠入黑洞的惊恐，会在许多人心理上留下难以抹去的阴影，许多人的生命价值观与对待生活的态度也将由此发生改变。在后来的叙述中，大部分人都有共同的感受：就在绝望地闭上眼睛等待最后一击的时刻，剧烈的摇晃戛然而止，接下来的号啕大哭是对死而复生的惊讶与庆幸。

5月12日，从地震发生的时刻起，四川灾区的通讯几乎全面瘫痪。有媒体报道说，原因在于中国移动基础建设差。中国移动四川省用户2000多万，仅成都地区就有800多万用户，几百上千万人同时打，大大超过了基础信息通道瞬间通话能力，形成了长时间的堵塞。尽管信息流完全断裂，许多人显得束手无策，但成都在短暂的惊恐之后，并没有出现想象中的混乱。很多商店敞开大门空无一人，但并没有发生盗窃抢劫事件；大街上人流拥挤，但秩序井然；公共汽车虽然缓慢，但仍然可以从容不迫地上下乘客。

等待确切的消息是所有人唯一能做的事情。14点55分，一个成都人非常熟悉的声音，同时从每一辆汽车的收音机里传了出来："刚才大家都吓着了吧，我也感觉到了摇晃。"这是地震发生过后，我们听到的第一个声音，她是大家熟悉的成都广播交通台的孙静。正是从她那里，人们知道了震中在汶川，知道了是7.8级大地震，也知道了自己现在该做什么。后来通过媒体的报道，人们才知道，她从那时开始，50多个小时没有离开直播间，直播车未准备好的最初两小时，她一直都在大楼里。而那段时间，余震密集，楼房、办公桌、电脑随时都在摇晃，而听众，几乎全都找到了安全的地方。

孙静后来在接受《南方周末》记者采访时说：

"做节目的时候说得更多的是鼓励、坚强、坚定的话，让大家充满希望，你不能垮掉。但是你说我怕不怕？怕，特别是做了四十多个小时，我第一天回到家去拿东西。我住在9楼，我也感觉到晃。整个电梯都停了，楼上都没有人。那个时候真的害怕，但是太累了，躺了两个小时，还是睡在9楼。很真实的感觉。在这之前都还在说，我们要科学地面对地震，不会有事的，请大家回家住，不要住在街上。当然你是出于好意给大家一个提醒，但是那天回家后，我也有一种很真实的害怕。然后我就觉得我这种提醒很不对。因为我觉得人的恐惧和寻求自身的安全是一种权利，你不能剥夺他这种权利。他要在街上睡很正常。所以后来我的话就变成了你在大街上睡绝对可以，但是你不要把车乱停，不要堵上道路，这样你也不安全。而且你不要睡在桥底下，太危险了。就这样讲了。我也在调整。你不能跟别人讲你回家吧，这个是不对的。当灾难和恐惧来临的时候，有人采取的是惊惶失措，有人采取的是无比冷静，两种方式都不能以胆小或勇敢来评判，都是面对困难的一种状态。”

这就是典型的四川人性格，坦率、不做作，更不会去揣摩某种意图，或者寻求个人的某种东西而放弃彼时彼地的原则。

四川人在2008年5·12汶川大地震中表现出来的幽默、豁达、包容、坚韧、乐观以及强大的自我修复能力，赢得了中国与世界的尊重与惊讶。

中国与世界尊重的是四川人对生命与生活的态度，惊讶的是人类早已失落，抑或正在努力追寻的一种价值观豁然就在眼前。当然，也突然发现今天的四川人，与我们过去观念中的四川人完全不一样。

4 袍哥人家决不拉稀摆带

看过电影《傻儿师长》的人都会记得傻儿的一句话：“袍哥人家决不拉稀摆带。”这是最四川的四川人性格的描述。四川人在平常的生活中总是给人一种循规蹈矩，谨小慎微的印象，但在危难之时往往有着惊人的侠义之举。这种侠义之举包含了温情、义举、责任与担当。

这是一位英雄的教师，当救援人员发现他时，他双臂张开着趴在课桌上，身下死死地护着四个学生。四个学生都活了，他却永远离去了。

他是德阳市东汽中学教导主任谭千秋。

汶川地震袭来时，德阳东汽中学教学楼轰然坍塌。就在地震的一瞬间，学校教导主任谭千秋双臂张开趴在课桌上，身下死死地护着4个学生，4个学生都获救了，谭老师却不幸遇难。

2008年，5月13日凌晨1点左右，一条关于“都江堰运力缺乏，急需汽车运送伤病员”的信息从交通台发出，很多出租车驾驶员听到市交通台的信息后，自动加入，最后汇成一支由上千辆出租车组成的救援车队，连夜冒雨赶赴都江堰。在那个无人入眠的漫长雨夜，成灌高速路上形成了一道由应急灯组成的动人风景，以至于四川省副省长李成云，在第二天的新闻发表会上动情地说，“我代表灾区人民，向的哥们说一声谢谢！”

地震发生后，除了有让所有人感动的成都千辆出租车都江堰大救援外，到底有多少私家车满载食品与物资深入灾区分发，有多少志愿者在第一时间翻山越岭进入救援现场，或在后方提供帮助，现在已经无从统计。

2008年5月16日下午6时半，地震发生后整整100个小时。虚弱得已近昏迷的刘德云被救援官兵抬出来时，看到了自己的女儿。随即，他的目光指向自己的左手腕。女儿扑上去，发现父亲左手腕上歪歪扭扭地写着一句话：“我欠王老大3000元。”

经过324医院野战医疗队的紧急抢救，刘德云第二天就清醒过来。他告诉女儿：“如果我出不来，手腕上那句话就是留给你的遗嘱。”

地震发生时，他和一起玩牌的另外3人都被埋在了废墟下。不知道过了多久，刘德云有些绝望了。不想欠着账离开，于是他用还能活动的右手掏出随身携带的圆珠笔，在左手腕上写下了“遗嘱”。

刘德云说，写下这句话后，他安心了许多。

四川人的情与义，有着很深的历史文化渊源，三国文化和袍哥文化是形成四川人性格中情与义的主要因素。

一个三国时代，注定了一个四川人的生活和性格，更注定了一个独属于四川人的江湖。这个江湖就是情与义。

1800年前，乱世中各具人生理想的三个人因为一个口头的约定走到了一起，他们结拜为兄弟，此后至死不渝地履行了一份生死合同，这就是妇孺皆知、开创了一个三国英雄时代的桃园结义。

当罗贯中拿起笔，写下这第一回激动人心的篇章时，也许他的胸腔里，就开始生发一种急速奔涌的血液，他将在中国大地上挥洒出一个富有激情的三国时代。也许，就是从这个时候开始，中国的三个平民创造了一个中国人所向往的江湖，同时更创造了平民和国家、个体与民族相结合的一种伟大的精神。当“忠”和“义”结合在一起的时候，中国的历史有了更深沉浑厚的内容，有了特征明显的草根气息。

当刘备集团带着这份忠义来到四川的时候，四川人无疑感受到了其特别的内涵，他们一定会为这份情感而内心激荡。当所有的英雄已经散去的时候，他们在心中为诸葛亮留下了一个永远的位置，也为像张飞这样的“首在云阳，身在阆中，魂归故里”、能于三军中取敌上将之首级如探囊取物的飞将军，留下一座座庙堂。不过，饶有趣味的是，四川人是把张飞当成屠宰业的祖师爷和代言人来供奉的。在四川，许多城市的张飞庙的修建者，其实都是屠户，这其实也反映了四川人的一种生意头脑和对英雄的一份亲近式的俏皮。而在张飞的故乡涿州，他们却没有这样的讲究。走进涿州的张飞庙，你看见的仿佛只是一个很凡俗的长得威猛高大、有点黑的涿州人而已。但是在四川就不一样了，四川人会以另外一种智慧来怀念这些三国英雄们，如张飞牛肉、姜维豆腐，他们以英雄加美食的方式，化作了民间一份永恒的纪念。

这种忠义，还促使四川兴起了始自明末、在近代达到繁盛的一种民间帮会团体——袍哥。关于袍哥称呼的来源据说有两种解释，一说是取《诗经·无衣》“岂曰无衣，与子同袍”之义，另外一说就是《三国演义》里关羽在曹营留旧袍的故事，寓意入会者反曹奉汉之心——汉留，含义就是从汉朝遗留下来的精神气节，要源远流长地保留下来。这个故事是这样的，当时，关羽为了保护两位嫂嫂，迫不得已投降后，一心想收服他的曹操经常赐给其金银珠宝，但他只收了一件锦袍，平时很少穿着，有事要穿，却要把旧袍罩在外面。曹操问他原因，关羽就答道："旧袍是我大哥所赐，如今受了丞相的新袍，却不敢忘却大哥的旧袍。"四川人对武圣关公的这种义薄云天的行为佩服得五体投地，于是，他们取"汉留"之义，以"袍哥"的名义聚到了一起，焚香结拜，互为弟兄。袍哥一年集会三次：五月单刀会，祭奠关羽；七月中元会，为已故弟兄设祭；腊月就是吃团年饭。袍哥人家的口头禅是："袍哥人家，义字当先，决不拉稀摆带！"

在清末民国初期，四川人以袍哥为荣耀，据说当时全省人口，有袍哥身份的就占70%以上。四川保路运动和护国战争中，其主要力量都是当时的四川袍哥。抗战期间，为了确保川滇运输线的畅通，国民政府就曾经请求袍哥帮忙。沿途各码头的袍哥都以抗日大局为重，慨然允诺。于是从宜宾到昆明的五百多里运输线长期畅通无阻，很好地支持了全国人民的抗日战争。当年，蒋介石在最鼎盛的时候都没有控制住四川，也是因为他摆不平袍哥的原因。

今天的四川人团结，讲义气，这些都是从三国到袍哥留下的习气。但同时，也留下了坐地为大、清高、喜欢吹牛、自视正宗以及窝里斗的毛病。如果你哪一天听他们说，我们四川话还差点成为普通话呢，你千万不要认为四川人是在吹牛，事实上，许多四川人都会这样说。可惜，正如自视正统的刘备没有统一天下一样，四川人关于普通话的典故也只是自娱自乐。

同样，不知是不是诸葛亮屡出祁山去攻打人家的缘故，蜀人也很好战，但他们往往好的是口水战。比如说，他们会和外省人因为哪里的武侯祠最知名而争得面红耳赤。在四川无处不在的茶馆里，四川人的口头论战更是随处可见。除了打牌，不喜欢帝王将相的四川人特别好谈国事，大概这样可以避免他们不至于在安逸滋润的生活里面沉沦下去。四川人喜欢舌战群儒，是出了名的，这大概得归功于其偶像诸葛亮曾经舌战群儒的光荣事迹。

不管怎样，当你听四川人说话的时候，当你看见武侯祠的香火和茶馆依然热闹的时候，也许会恍然觉得，四川人仿佛还生活在一个三国的时代，而他们心目中的英雄，其实刚才还在面前喝茶，只是起身去解了个手而已。

5 幽默是川人的一张精神名片

在大地震刚刚发生后不久，四川人的幽默，在语言上的天赋，立即让所有关注灾区的人眼睛为之一亮。用卢跃刚的话来说，“四川人的心弦不知被何方神灵拨动了一下”，“源源不断的幽默犹如天外来客，创造了一个想必是任何人类自然灾害史都没有记录过的奇异景象”。那些通过各种渠道流传出来的幽默短信、段子成了四川人精神的象征。在百度搜索“地震中的四川人”“地震中的川人精神”，百分之九十的内容都与幽默、段子有关。

在这次举国哀伤的汶川大地震中，面对巨大的苦痛，川人并没有丧失幽默与豁达的语言天赋，他们创造出了许多令外省人甚至外国人大为吃惊的段子。人们不明白的是，为什么川人在如此逆境中还能泰然自若，还能谈笑风生?

不仅如此，在大地震36天后，四川人还即兴创作了一出特异的行为艺术轻喜剧，将四川人的幽默推向了高潮——

成都彭州市龙门山镇团山村一村民的大肥猪，被空军战士拉了出来，这只大难不死的猪在废墟下，全靠自身的肥膘和吃黑木炭支持了36天。此事感动了四川无数网民，望着一身黝黑，已经瘦得见骨的猪，网友决定赠大名“朱坚强”，小名“三十六娃”，地处成都附近的中国最大的民间博物馆——建川博物馆决定将其当成活体收藏品，向社会庄严承诺为其养老送终。

此消息一出，即有网友诗兴大发，仿满江红作词一首：“怒鬃冲天，猪圈处，地震终歇。抬望眼，仰天悲号，壮怀激烈。三十六天木与土，二百余斤膘和肉。转眼间，瘦了壮年猪，空悲切。终有日，重见天；饥饿恨，今时灭。坐上车，且到博物馆去。壮志饥餐玉米饼，笑谈渴饮矿泉水。从今朝，起名朱坚强。永不悔。”

只要有四川人存在，空气中就会充满了快乐，这个世界就不会寂寞。

对大地震中的这种现象，卢跃刚在《大地震面前的四川人》一文中做过精辟的分析：

什么是幽默？幽默是一种宣泄，一种渺小、无奈和恐惧的心理宣泄，转换看世界、看事物的方式、角度，变被动为主动，进行自主自洽的自我拯救。总之是“因势利导，顺其自然”，顺势应变。

这也是李冰治水，兴修都江堰的思想。这种治水思想让成都平原成为“天府之国”，2260多年享其利，由治水而治国，渐次演变为一种政治哲学思想。

四川人在以自己的方式向自然、向人类表态。这种表态是血液中的，命定的，如同所有发生过的大灾难，依然不可逆。如此应对灾难，不啻是人类社会一大财富。

那些体现川人达观、幽默的短信、段子，我们在其他场合已经见到多次，从幽默中渗透出来的生命的活力，现在读来，仍然使我们震撼，感慨不已。

四川人天性善于自我安慰与自嘲，他们不会当面回答自己难堪的事情，在废墟中被埋了几天，感觉肯定痛苦，所以就有了下面这个流传最为广泛的短信：

一汶川地震幸存者被国外救援队救出后，记者采访，问他感觉怎样。幸存者想了半天说：“狗日的地震凶噢！老子被挖出来后看到都是外国人，还以为把老子震到国外去了！”

大地震发生过后的一段时间里，四川灾区周围的人几乎都在帐篷中生活，而且由于余震很多，大楼经常摇晃，人们的神经都绷得很紧，一遇到余震就往外跑，于是就有了描述当时生活状况的短信：

1.震不死人晃死人，晃不死人吓死人，吓不死人困死人，困不死人累死人，累不死人跑死人，到最后，地震不来急死人。

2.上联：灾区人民无房可住，在余震中等待吃喝；下联：成都人民有房不住，在吃喝中等待余震。横批：都球恼火

3.比地震可怕的是余震，比余震可怕的是预报余震，比预报余震更可怕

的是预报了余震却一直不震。

4.上联：早也跑晚也跑，一天到黑都在跑；下联：跑得脱跑不脱，看来要把命耍脱。横批：安心睡觉

5.我姐夫的一个朋友住32楼，摇的时候，从楼梯往下跑。到16楼的时候，突然想起忘了带烟，马上折回32楼去拿烟。拿到了，地震刚停。后来人家问他，你咋个还跑回去喃？他说：我往楼下跑，有16层，往楼上跑，也是16层，要倒，我肯定跑哪头都一样，不如去拿烟，死也有烟抽。

一个群体永远留着他生活的地方的痕迹，他在最自由和最危急的两种极端时候，其文化的特性总是表露无遗。四川人在地震中表现出来的坚韧、达观、幽默，对个体生命的仰视与尊敬，并非天外来客，而是四川五千年别具一格的文化人格的外化。

幽默是人们自信并且强调自己处于优势的一种标志。河流纵横的四川盆地，沃野千里、物产丰富，自古享有“天府之国”美誉。当然这是文人的叫法，在老百姓嘴里，对于这样的地方就用一句话形容：“插根筷子都可以长出大树”，通俗易懂且充满自信的语言，就这样伴随着四川人闲适、恬淡、从容、自在的生活，形成了川人乐观、自嘲的幽默性格。不信？且举一例：在华业编著的《四川人的安逸生活》中，对上海人、山东人、广东人、浙江人、东北人、四川人就同一个问题做了生动的比较：如果在餐厅的啤酒杯里发现了苍蝇，他们都有什么反应？精明的上海人会马上吩咐侍者：“请换一杯啤酒来”；豪爽的山东人不管三七二十一，会将这杯啤酒倾倒一空；广东人则不屑一顾，直接留下钞票默然走掉；浙江人会让侍者把经理叫来，训斥对方：“你们就是这样做生意的吗？”；东北人干脆把侍者叫来：“我让你喝……”；只有四川人会微笑着对侍者说：“以后请把啤酒和苍蝇分别

放置，可由喜欢苍蝇的客人自行把苍蝇放在啤酒里，你觉得怎么样？”

几种说法相比，当然是四川人的说法绝妙有趣。把叫人生气的事说得令人发笑，平易近人且充满自嘲，这就是四川人的幽默。用一个流行的网络词汇形容：淡定但是强大。

川人常说“龙生龙，凤生凤，老鼠的儿子会打洞”，从这个意义上讲，今天四川人的幽默定然有一个祖宗源头：川人向有“嗜好语言”的传统，但是这种语言不同于中原地区的雅正之音。

早在西汉时期，班固在《汉书》中评价四川语言时就用“好文讥刺”一词形容，通过充满幽默讥讽的文字来评判人事，这与中原文人的衣冠楚楚、一本正经相比，确实另类。宋代文豪苏东坡就是典型代表。

据说有一次，久未与友谋面的苏轼邀黄庭坚来家做客。小妹见兄长亲自出门迎接，便出了个上句相戏，句云：阿兄门外邀双月，“双月”合为“朋”字。苏轼知小妹是和自己开玩笑，当即对道：小妹窗前捉半风。“半”对“双”，“风”对“月”，甚为妥贴。有趣的是，“风”的繁体字为“風”，半风即“虱”，意思是说小妹在窗前捉虱子。聪明的苏小妹一听，气得扭头就走。

还有一次，经历了牢狱之灾的苏轼复官归家，曾跟黄庭坚乱侃：“我在牢里时，每天吃的是三白饭，照样很香甜，世间美味不过如此！”黄庭坚问什么叫三白饭，苏轼答道：“一撮盐，一碟生萝卜，一碗米饭，是谓‘三白’。”本来此事属朋友闲谈，说过也就忘了。谁知一日，苏轼接到黄庭坚请帖，邀请去他家吃皛（jiǎo）饭。苏轼欣然应约，并对夫人道：“黄庭坚乃当世学士，读书甚多，他这皛饭定是稀珍之物。”但等苏轼到了黄家，发现桌上只有盐、萝卜、米饭，这才恍然大悟，知道自己被黄庭坚戏弄了。过了几天，黄庭坚也接到苏轼请帖，邀他去吃毳（cuì）饭。黄庭坚明知苏轼要报复，但又好奇，想知道毳饭到底是什么。等到了苏家，苏轼陪着黄庭坚从早上海聊到晚上，把黄庭坚饿得前胸贴后背，实在忍不住，就催问：“毳饭呢？”只听苏轼慢吞吞地答道：“盐也毛（mǎo，‘没有’的意思），萝卜也毛，饭也毛，岂不是‘毳’饭？其实你一直在享用着啊。”黄庭坚惊愕之余，两人同时畅怀大笑。

也许古代有些遥远，那我们来看看近代的川人。

将军陈毅是川式幽默的高手。据说在一次中外记者招待会上，一位西方记者向陈毅提出这样一个问题：“最近，中国打下了美制U-2高空侦察机，请问，你们用的是什么武器？是不是导弹？”对这样一个涉及我国国防机密的问题，陈毅没有用外交家“无可奉告”的一贯辞令顶回去，而是举起双手在空中做了一个向上捅的动作，然后停顿半天，在众人正疑惑不解之时，才以俏皮的口吻说：“记者先生，我们是用竹竿把它捅下来的呀！”话音一落，与会记者都为陈毅的机智、幽默所折服，报之以长时间的热烈掌声。

在四川人中，即使是严肃、冷峻的邓小平，也不乏幽默感，他常对人说：“天塌下来，有高个子顶着。”

在当今四川，有一个拖过架架车、抬过蜂窝煤、当过炊事员、卖过菜，在广东打过工的人，他后来把他在底层的这种生活积累，以一种散打评书的形式讲给大家听，逐渐为四川人喜爱。他们都纷纷尊称他为李老师，并且总会记得他那些让人温暖和微笑的段子。他说：“1994年，我得到了我生平最多的一笔钱，几十天的演出费一共8000元（10元一张，一共800张），我小心翼翼地放到我的大衣包包头。可是当演出结束的时候，8000元全部被人偷走。哎，现在想起也是怄得不得了哦。”

在李伯清充满智慧和幽默风趣的评书里，四川人往往笑得前仰后合。他的经典段子有许多，比如下面这段，就是讽刺那些假打虚荣的四川人：

开你妈个火锅店斗起才7张桌子，街沿上还摆了两张。

遇到罚款勒来了，还要赶紧把桌子抽进切！

整个面积不过20来个平方，后头有一溜作为厨房，扎得绑紧。

而且卖勒东西也不高档，有时间还可以数签签，实际上是麻辣烫带火锅。

豁！凶哦，还鼓捣给小工一家发一个对讲机。

一哈儿就听到堂口上在吼了：

“厨房厨房，厨房厨房，我是堂口我是堂口，请你回话请你回话！”

有些时候就喊厨房头女娃子勒代号嘛！

“幺闺儿，幺闺儿，我是门墩儿，我是门墩儿，请你回话！请你回话！”

“幺闺儿回答，幺闺儿回答，有啥子吩咐，有啥子吩咐，请你指示，请你指示，我在接收！我在接收！”

“外延4号，外延4号，4串豆腐干，4串豆腐干，再补一个油碟！再补一个油碟！”

“厨房明白！厨房明白……”

而李伯清刻画的有关四川人的假打，则让四川人多年以后还觉得温馨，里面的段子，仿佛就是说的我们身旁的邻居，又仿佛说的就是自己，然而四川人在会心一笑中丝毫不觉得尴尬或者耻辱。他们觉得这就是生活，在生活的前提下，假打也是一种可爱，做一个小市民也是一种幸福。李伯清的段子总是充满了四川人的那种民间智慧，也反映了他们特别依赖的那种好玩好耍的市井心态。

虽然李老师总是拿四川人开涮，但在下面听得嘻哈大笑、前仰后合的四川人，却从来不觉得有什么不好。他们总是在充满智慧地找乐子，在自己身上找，在身边的生活点滴中去找，他们甚至在动画片《猫和老鼠》上找到了板眼儿，这就有了四川方言版的《猫和老鼠》：

《艳遇》片段：

画面：春天来了，花儿都开了，主角汤姆（猫）爱上了一只浑身雪白的母猫，它先是坐在窗口发呆，后来跑到母猫身边大献殷勤，结果一只单身的黑猫也掺和进来，小老鼠（杰瑞）也来捣蛋……

风车车：假老练，陪我去耍下子嘛！

假老练：爬开点子哈！

母猫：看啥子看，只说不练！

假老练：春春，你是我的心，你是我的肝，你是我的四分之三。

假老练（见母猫有所动，不失时机地）：春春，我愿为你做牛、做马，甚至做狗！

出现一只单身黑猫。

黑娃儿（头掉在垃圾桶里，边甩尾巴边感叹）：人过三十三，破船下陡滩，又到发情季节，我还一个人打单。

黑娃儿（收到风车车借母猫口吻的情书）：美女，我来了！一边向母猫飞奔而去。

2006年，有一本以四川方言写作的书风靡全国，就是桑格格的《小时候》。这本书半年里重印13次，销量超过10万册，登上了畅销书的行列。在一种天真和童趣中，成都妹儿桑格格写下了四川人最为幸福幽默的童年，也让人看到了四川人是怎样地活得活色生香、有滋有味：

我热爱废品收购站，我知道一个啤酒瓶可以卖两角钱。我爸有一瓶茅台，我认为这么高级的酒，瓶瓶肯定能卖个大价钱，就把还剩半瓶的酒倒了，兴冲冲把瓶子送到废品收购站，人家说：这种瓷罐罐，只值五分。

远远地看见地上有一小坨东西在闪光，我欣喜若狂：一个硬币！我冲过去去拣，摸到黏糊糊的喃？定睛一看：妈哟，原来是一口痰。

成都著名说书人李伯清从悦来茶园最先火起来。在茶馆里听评书一直是四川平民的传统，说书人这么一份有前途的职业，李伯清就是在茶馆里找的。这个被喜爱他的观众形容为“那双小小的三角眼，和那撮脏兮兮的胡子，直勾我的魂儿”的中年男人，以他成都小男人“绕粉子”的劲头，征服了无数的粉丝。

《出水芙蓉》上映是一件万人空巷的大事，我们去晚了，只买到两张第一排的座位。那是大电影院的第一排，我和我妈仰起脑壳，看到银幕的人，上半截和下半截的大小是完全不同的，但我们还是非常满足，笑得肠子都要炸出来了。但是，最后，起码有三天，我们看东西都是斗鸡眼。

我妈离婚后，一改沉闷形象，开始娇艳儿了。她说，一白遮十丑，于是拼命地往脸上擦粉，还是那种紫罗兰散装粉，一说话，沙沙沙地往地下掉。后来，她脸上不晓得咋的，反而越来越黑，从某些角度看还泛着金属光泽，到医院一检查，铅中毒！

家里耗子横行，我和三姐怂恿我妈养只猫儿，我妈把脑壳摇得像拨浪鼓：不，耗子还吃得少些。

我妈说我是垃圾堆里捡来的，我很伤感，总是去垃圾堆旁边站着，见了捡垃圾的就哭兮兮地问：请问，你是我爸爸吗？

我妈爱财如命，经常一个人在一边数钱：差99元又是100！

平日，就我妈一个人在屋头。虽然她是一个乐观开朗的人，日子久了，还是寂寞。一天到晚没有哪个和她讲话，她看到花就和花说话，看到草就和草摆龙门阵。有一天，她就严厉地批评了前阳台左数第二盆芦荟：龟儿子的，老子喊你往右边长，你偏要往左边长！不听话嘛，看老子哪天不把你娃娃连根根一哈扯了！

《世界各地》是我很爱看的电视节目之一。有一次，里头讲非洲有种大荷叶，上面蹲个五岁的娃娃没得问题，我非常焦虑：我马上就要满五岁了，再不去蹲一下这辈子都蹲不成了！

有人放了个屁，巨臭，我掩住鼻子向四周望了望，哪个放的屁？坐在前面的李颖一脸正气地说：是我。我窃笑：放了屁你还好意思说。她正色道：我勇于承认，你不应该笑话我，然后就把头转回去了。我呆在那里，半天都没有回过神来，心里觉得李颖很高大，我很渺小。

疑是银河落九天，从银河上面落到下面共需要九天时间。

李伯清是今天四川幽默的代表，他从市井生活中提炼出幽默，再用评书的方式向人们展现着川人的世俗人情。在李伯清的段子里，不乏对川人一些缺陷的讥讽，如他讽刺某些商人的炒作：一个扬言要给长城贴瓷砖，另一个就号称要对月球进行内外粉刷；他嘲讽某些人追求女孩时的表白：“你是我的心，你是我的肝，你是我生命的四分之三”，其实心里的话却是“你死了与我屁相干”；而今人的虚荣与虚伪更在几个人互称“水总”（通水肿）“胡总”（四川话通浮肿）之间展露无遗，这种源于生活又还原生活的幽默，迎合了川人惯于自嘲的宽容心理，赢得了川人的掌声与喝彩。李伯清声名大振，影响遍及云贵川，为无数人带来了轻松和笑声，而曾经被誉为市井庸俗的散打评书甚至登上了中央电视台的大雅之堂。

6 川人重塑中国精神

5·12汶川大地震发生在中国西部与东部两大构造带的分界处——龙门山脉。

龙门山脉作为中国地壳造山带，总体走向为北东45°倾向北西，绵延500余公里，宽达25~50公里。其中

这是地震后两天航拍的汶川县映秀镇，超过一半的建筑物都在地震中倒塌。

映秀——北川断层，长约200公里，宽约25公里，极具活动性。

此次汶川大地震，距地表10~20公里的浅震源，异乎寻常地产生了双震中——椭圆震波现象。第一震中在震源汶川映秀，几乎同时第二震中北川被激发引爆，北川成为新震极。余震不断时，第二震中还围绕北川向北东方向继续摇晃不定，产生了若干个焦点投影，甚至伸延向陕甘邻界地区。

空前绝后的汶川大地震，核定震级为8级，烈度为11度以上，直接波及面10万平方公里，核心破坏面6.5万平方公里，远程影响面600万平方公里，造成四川、陕西、甘肃省17个市、州不同程度受灾，其中四川北川、绵竹、彭州、什邡、汶川、都江堰、安县、江油、理县、茂县、青川、平武等县市为重灾区。

5·12汶川大地震，防震减灾部门从无预警，震前国家地震局亦从未接到任何报告。所幸此次地震，震中在山区城镇，但其灾情程度超过近百年来世界上任何一次大陆地震。

陀思妥耶夫斯基说过，在一个精神贫乏的时代，爱就是创造，是存在的理由，也是我们生活的全部有意义的内容。在5·12汶川大地震中，那些不离不弃，关于人性与爱的故事无处不在，随时都在温暖着灾难中脆弱的心灵，传递着希望。

不离不弃，至死不渝。这是很多情侣相爱时的山一般的誓词，汶川地震中，这句话在一个普通男子的身上得到了最真实的体现。

5月12日下午，大地震突然来袭，一时间天地变色，汶川绵池镇四周山上万石穿空，大小石块像放炮一样倾泻而下。当时一位女子吓得失声尖叫，旁边的一名中年男子紧紧地抱着她，自己背朝石头飞来的方向护着女子往前跑。但没跑多远，一块房子大小的巨石砸中了男子，并随即将女子也一起压倒。

几天后，救援解放军赶到，用专门的设备将巨石移开，露出了令所有人感伤的一幕：一男一女紧紧地抱在一起，中年男子仍呈弓趴姿势，试图保护什么……

由于两人的尸体已无法分开，后事处理人员在提取有关证据信息后，将他们一起入殓。

“各位观众，各位朋友，晚上好……”2008年5月15日下午，正在直播抗震救灾的四川电视台节目连线中突然传来一个北川生还者的问候。随即，他的问候被前方记者果断地制止，要求他对着自己的妻子讲话。

“我的老婆叫谭小凤，她是桑州的人。这辈子我没抱太大希望，只想我们两个和和睦睦地过一辈子就行了。”

在当时，许多人与我一样，并没有意识到这个人将会在一天之后，让全世界的电视观众泪眼婆娑，网络因他而被感动的泪水淹没。

这个人就是陈坚，他一直因为爱而坚持。

陈坚，26岁，绵阳安县秀水人，一年前结婚后一直在北川打工。他在身背三块预制板，超越72小时生命极限后的镇定问候，让许多人带泪而笑。就连主播室的女主持在听到他的声音和表达后，以为他的情况很不错，于是很快收线。

在被三块预制板重重压住的近80多个小时里，这个四川男人一直乐观坚强。

“我想我是第一个被三块预制板压倒的人。”

“第一天我都想放弃自己的生命了，但是想到我的老婆，还有没出生的娃儿，我一定不能死。我不想娃儿还没出来就没得父亲。”

“说实话，头天晚上我真的差点坚持不过去了，我很想放弃自己的生命，但是我回头又想一下，我不能失去他们。我确实不想放弃我家里的任何一个人，所以说我要坚强。”

“我必须要坚强，为了每一个深爱我的人，一定要顽顽强地活下去。希望你们也一样。”

“我三天三夜没吃过一颗粮食，只喝了点水。但是我觉得我命还大，大难不死，必有后福。”

“我必须要坚强，为了每一个深爱我的人，一定要顽强强地活下去。”在被大预制板死死压着的近80个小时里，26岁的陈坚就一直用这句话在激励着自己。当救援人员让陈坚哼哼自己平时喜欢的歌来消减痛苦时，他却“一、二、三”吃力地哼起了号子，为自己，也为营救人员鼓劲，尽管声音虚弱，却充满力量。

然而当人们把他抬出后不久，他却趴在担架上永远地睡着了，在与死神顽强搏斗了80小时后，最终离我们而去。救援武警边做人工呼吸边说：“你这个‘傻子’，你都坚持了这么久了……”女记者哭喊着摇着他的手，“你醒醒，你老婆还在等你回家呢！”

陈坚的死，是许多人心中永远的感动与痛。第二天，当救援陈坚的全部过程在电视台播出的时候，主持人在演播室失控痛哭，不停道歉，后悔打断他的连线。后来电视台只好切了画面，换上了另一个主持人。结果没过多久，新来的主持又采访当时在现场的那位女记者，两个人又当场哭成一团，电视台只好又把第一个主持人换了回来。

坚持活下去，藐视死亡而被所有人崇拜的汉子陈坚，虽然他坚持了79个小时，却没能坚持最后的10分钟。

“我必须要活下去，因为还有很多我爱的人在等我。”这句话在未来肯定会被一代代人视为箴言而反复引用。

陈坚是否可以不死？不管在后来有着怎样的争议，但这个用爱和勇气温暖自己、鼓励他人的男人，尽管留给我们的只有无限的痛苦与遗憾，但他依然在温暖、鼓励着我们。

在5·12汶川大地震中，面对巨大的灾难，四川人顽强的精神感动了世界。国外的媒体这样评价四川：撼山易，撼四川人民难。顽强、热情、勤劳、友善，也成了全世界议论四川人时用得最多的词汇。在中国历史上，面对每一次人为或者自然的巨大灾难，四川都有着特殊的担当。

2008年5月16日，新加坡《联合早报》在题为“撼山易，撼四川人民难！”的文章中写道：“四川人民，英雄辈出。四川从来都是中国实力与发展的腹地和发动机。蜀道青天，巴山夜雨，从远古就孕育了三星堆及金沙遗址那样的辉煌文化，后来又有刘备立国，诸葛孔明‘谈笑间，樯橹灰飞烟灭’，五虎上将横刀立马，八面威风。进入近现代之后，四川人民为国奋斗，英雄辈出。中国人民解放军的总司令和十大元帅中的另外3位，都是来自四川。而且几乎每位元帅都在四川留下了英勇战斗的足迹。中国工农红军当年长征途中，就是在四川的大渡河上九死一生……英雄豪杰们身上永远焕发着誓与敌人血战到底的英雄气概。而在过去30年中国改革开放的艰巨事业中，四川人中又有大英雄邓小平挺身而出，带领中国扭转乾坤，毅然开启了中华民族伟大复兴的序幕。”

大地震刚发生不久，德国《南德意志报》等媒体还报道了被解放军解救的62岁德国旅行者伯格达先生的故事。这位已到过四川10次的老人在接受采访时动情地说："我不后悔来四川，恰恰相反，我还想来四川。"伯格达还用"好心肠""开明""友善"等词汇来形容四川民众。他还说："当时交通受阻，粮食运不进来，但当地老乡还是把他们能吃到的稀饭给我们吃……"在四川老乡的照顾下，伯格达一行安然度过了后续的数百次余震，这让他感受到"人性的光辉"。

为表达全国各族人民对四川汶川大地震遇难同胞的深切哀悼，2008年5月16日，中国国务院决定，2008年5月19日至21日为全国哀悼日。在此期间，全国和各驻外机构下半旗志哀，停止公共娱乐活动，外交部和我国驻外使领馆设立吊唁簿。5月19日14时28分起，全国人民默哀3分钟，届时汽车、火车、舰船鸣笛，防空警报鸣响。

中国哀恸感动全球。

CNN在中国举国默哀3分钟后，发表了题为《情感在中国举国默哀中流淌》的报道。文章说，在四川省的省会成都，数千百姓的情感在哀悼活动中得到了宣泄。

《洛杉矶时报》将之称为"越来越人性化的政府努力想为民众提供精神、爱和国家支持"。设立哀悼日，向全世界昭示了中国政府和中国人心对生命的关爱以及万众一心救灾重建的决心。

《南方都市报》在评论中说，国家哀悼日让我们感受源自国族共同体的内心抚慰和沉痛表达。面对死难，我们唯一的希望，就在于更顽强的生命联合。当国家不再拒斥表达普通公民的情感，当文明置于最宽广监视的人性之上，我们也必将历尽劫难而入煌煌现代之林。

古希腊哲学家普罗泰戈拉在2400年前就说过："人是万物的尺度。"只有当个体生命得到足够的尊重，一个国家的价值与存在意义才能够得以彰显。5·12汶川大地震哀悼日的设立，对个体生命的极高尊重，既是国家价值的彰显，也是普世价值在中国的第一次呈现，对于中国社会的未来走向具有不同寻常的意义。正如作家王书亚在《南方人物周刊》上所说：

作为幸存者，要特别感恩的是，这一次，当个体生命在自然力量面前脆弱到极点时，终于反过来赢得了国家力量的尊敬。日本搜救队，对被埋100多小时的一对母女不离不弃。在掘出她们的尸体时，全体队员排列、默哀、致敬。接着，在都江堰50具罹难学生的尸体前，温家宝总理停下，对着遗体三鞠躬。这两幕敬畏生命、向着死者的灵魂低头的场景，对中国人来说是陌生而令人安慰的。

在聚源中学，每当一个孩子的尸体被找到，鞭炮就会响起。俄罗斯救援队为了不伤及一具遇难者遗体，多用了10多个小时，将其从废墟中掘出。5月20日，三部委发布《地震遇难人员遗体处理意见》，“遇难者经确认是外国人的，遗体由中国殡葬协会进行防腐处理”，对中国公民不能确认身份而进行火化或土葬的，特别“要尽力对遗体进行编号、记录、拍照、提取可供DNA检验的检材，并由公安部门统一保管和检验，建立5·12地震遇难人员身份识别DNA数据库”。《意见》更特别提出，遗体处理过程要“尊重遇难者尊严”。

这一次，政府和志愿者们不但竭力救援生者，也开始尊敬死者。这是否表明我们开始承认，生者和死者必有一个相同的部分，就是灵魂或人格；或者说，人身上有一样东西，是死亡也不能拿走的。否则，在巨大而普遍的死亡面前，没有人可以继续有希望地活下去。因为生命的意义，不能建立在碰巧没有地震的偶然性上。

为死难者降半旗，和三天全国哀悼日，是这个国家前所未有的对普通公民的尊敬。普通公民的意思，就是这种尊重与他（她）的身份无关，而与个体生命本身有关。国旗从一个高不可攀的、国家主义的至高点，降落在一个适当的位置，这是一个期盼已久的值得纪念的突破。这表明中国人经过千百年来无数次灾难，终于获得了一个政治哲学的新起点，就是个人的权利、人格和尊严，高于国家，也先于国家。当举国上下，从文武官员到贩夫走卒，一起为死者默哀时，这个国家开始低于灵魂，否定了自身的神圣性，而将神圣不可侵犯的起点，还给个体生命本身，开始真正承认自己仆人的地位。

自古巴蜀一家。四川在重庆没有划分出去之前，有近一亿二千万人口，即使现在，也有八千六百多万。对于这样一个举足轻重的省份来说，上面谈到的关于四川人的概念，无论如何都显得太单薄，太肤浅，近似无知。在我对阅读过的关于评价四川人文章的有限记忆中，比较客观而准确的是在1944年。当年3月的《文史杂志・四川专号》中说："四川乃中国民族文化的大熔炉。这里可以消灭一切部族的区域的限界，使整个中华民族融合无间，而社会文化获得综合的向上发展。因为这里有全国共同了解的语言，与共同适应的生活，全国任何人到了这里都会自然融合，这对于新中国前途的发展实有莫大的裨益……今日的四川人大半是从各省迁来的，这里面可能包括了中国各地区各部族的人民，而形成了一个新生的有机体，为新中国前途奠定了基础。所以我们应当正确认识这一历史事实及其未来的发展。"

60年前的《文史杂志・四川专号》对四川人的评价是一种概括总结，显得宏观但准确。在5・12汶川大地震后，5月22日，《南方周末》社论的标题"汶川震痛，痛出一个新中国"，就与之不谋而合。许多学者认为，在一个广阔的现代社会大背景下，抗震救灾为中国社会的民族理念的重塑、国家价值的演进、公民社会的强化提供了转型的契机。

汶川大地震不只是四川的灾难，同时也是中国的巨大灾难，这次灾难不只是凸现了四川人独特的精神和品格，巴蜀人心灵中人性的光辉，更为重要的是，四川以巨大的牺牲检阅了市场经济时代的中国精神，它使中国的民族精神从多个维度得以重构。"多难兴邦"，四川再一次以近10万生命的付出，用自己的方式诠释着对中国未来的担当。

2008年5月24日，温家宝总理在映秀镇的废墟上主持召开的记者招待会上宣布："这次救灾采取了开放的方针，我们欢迎世界各国的记者前来采访，我们相信你们会用记者的良知和人道主义精神，公正、客观、实事求是地报道灾情和我们所做的工作。”这是一次开放的、透明的宣讲，是中国开放的象征。正因为这样的开放和透明，表现了对生命的尊重，灾难能因信息的开放透明而赢得更多补救的机会。因为开放，我们自发地组织起来广泛参与救灾；因为开放，国际救援能迅速直达现场并多延续一条宝贵的生命；因为开放，中国人民真正地团结起来了，中国政府把生命价值作为了国家的最高价值。生命所体现出来的顽强此时成为整个国家的财富，被信息传达，被所有人尊重。其次，信息的开放透明改善了中国与西方世界的关系。地震之后，美国、日本、欧洲纷纷改换态度，对遇难者表示哀悼，提供援助，并赞扬中国政府、媒体和人民在灾难中表现出来的强大的应急能力。国际社会看到了中国的信息坦诚，感受到了信任和知情权的被尊重。开放透明的信息传播同时也熄灭了谣言，召唤了民族精神，凝聚了人心。

在被商业大潮冲击多年之后，5·12汶川大地震，让中国人再次感觉到了生命的脆弱和人生价值的重要。以救人为第一目标和全民哀悼日的设立，从理念上完成了生命价值为国家最高价值的转化。及时准确的信息公开，数十万志愿者的有序加入，网络讨论的开放，社会力量和政府责任之间真诚的互动互信，彰显出中国社会的历史从臣民社会、市民社会到公民社会的实质发展强化。由汶川大地震带来的国家价值的演进，民族理念的重塑，公民社会的强化，彰显着走向未来的新的中国精神在震后的大地上缓缓升起，它给中国百年价值追求和精神资源重构的带来了转型契机。借着这一契机，它将重构民族精神与价值观，重构人民与国家的关系，重构人与自然的关系，重构个人心灵与生命观，重构信息开放与传媒理念，重构社会公众形象观。中国精神，或许可以重构一个新的未来。

千百年来，在国人的普遍印象里，在川人的实际感受中，天府四川，从来就是水旱从人，不知饥馑的悠然之地，上天赐予的这片平原丘陵，是镶嵌在中国西南最大的一块灾害绝缘体。在自然如此的厚待下，在都江堰清水的汩汩滋润中，四川人从容不迫地过着自己小富即安的悠闲日子。洋溢在川人脸上的，从来就不是时刻担心灾难的战战兢兢，而是悠然自得，甚至有些懒散的知足表情。省会成都，更是一座集市民休闲之大成的城市。这座号称直接进入后现代社会的休闲之都，在全国各地竞相追逐速度与忙碌的今天，仍然保持着大城市中生活节奏最慢的独特个性，悠闲、散漫、缺乏进取与忧患，是描绘今日成都人的惯常用词，“少不入川”则是对世人的谆谆告诫。

几千年一遇的汶川大地震，将巨大的毁灭，用一种突然而极端的方式让中国最缺乏忧患意识的地域群体深受苦痛与震撼。从来都是我们旁观他处的灾难，感受他人的眼泪，原来现在，天府之国同样逃脱不了世间的危机？几千年来的安逸精致，难道就是为了换取这样一场毁灭性的灾难？四川人突然意识到，也许自己的生活将从此告别悠然自得与无忧无虑，而开始与无常的灾难相临。于是蜀地，无论是从成都到绵阳还是从汶川到广元，到处是失却亲友与财产的心灵伤痛，到处是得失无常的心惊胆战。是啊，在危机四伏的背景下，谁还能继续以往的歌舞升平，游宴欢乐？

川人的心灵，可能从此被划上一道深痛伤痕；川人的性格，却可能从此被注入强烈忧患意识。但愿这样的伤痕早日愈合，而那被融入血脉的忧患，能带来一个意气风发与积极进取的崭新四川。也许，这也是地震留给人们仅有的一点益处吧。

汶川大地震是一个悲壮的过去，也是一个国家精神意义上伟大重生的开始。对于四川，尤其如此。

第二章 四川人的来龙去脉

1 从四条江上走来的四个人

曾经有一段让人醍醐灌顶的文字，它提醒我们在此去的长路上，要有一种回望的姿势，而来路和血缘注定了我们身上的密码独一无二，又是这样地难以破译：

我们从哪里来？要到哪里去？

一个人的家族来源和居住地就是他在这个世界上的经和纬，如果这个人以此为坐标探讨自己的来龙去脉，他可以由此进入理解命运和自然造化的神秘之门，大大提升自己在社会和生活中的思考能力甚至可以帮助他作出重大决定。

实际上，一个人总是有他的来历的，从很遥远的地方，血缘就在他体内

法国画家高更的代表作《我们从哪里来？我们是谁？我们往哪里去？》

藏匿了无数行动的暗号，这些暗号在以前每一个朝代支配或影响过他的那些祖先们的愿望，而环境又左右着祖先们的行为。

今天，如果你随便问一个四川人关于四川的来历，四川人一般会告诉你，是因为四川有四条江的缘故，然而问他们具体是哪四条江，他们会扳着指头说出岷江、沱江、嘉陵江、金沙江、大渡河、青衣江、乌江等一大串江的名字来。这是一个不缺少江的地方，这是一个因汶川、北川、青川的“川”而在2008年5月12日震惊了世界的地方，然而，四川和四川人的得名真的来源于四条江吗?

其实，这是四川人集体的“望文生义”，虽然“川”字的最早意思是指河流，但“四川”的“川”其实不是指河流，而是指平原，是“一马平川”的“川”，而不是“川流不息”的“川”。因为相对于秦岭山脉和大巴山脉，秦岭、巴山南侧的巴蜀盆地则自然而然地称为了“川”。同理，在秦岭北麓的陕西渭河平原一带自古也被称为“川”，如“秦川”“八百里秦川”。

要弄清“四川”的来历，时间需要回溯到公元1001年的春天。那时候的成都城——益州遍植芙蓉、繁华似锦，与当时的十里扬州合称为“扬一益二”。

公元1001年，如果用现代人的眼光来看，应该是一个值得欢欣鼓舞的千年新纪元的开始。然而对于大宋的第三任皇帝真宗赵恒来说，这一年只是他当上了皇帝的第四年，在他的人生经历中，也许这是一个很平常的年份，虽然他在这一年来临的时候，也确实希望这一年国泰民安、五谷丰登，如同所有中国历史上的百姓和皇帝所企盼的那样。然而，赵恒不会想到，对四川人来说，这一年却是特别值得纪念的。

如果大家对这一年没有什么具体的认知，那么我们不妨把它放回历史的时空中。这一年，离南唐后主李煜在他七夕生日的那天，被宋真宗的父亲太宗赐饮牵机药毒死已经23年了，李煜也再不用每次等到小周后入宫回来两人抱头痛哭，从而“解脱”23年了；也就在这一年的两年前，被我们老百姓当做清官化身的“包青天”包拯出世了；同时，因为上世纪80年代刘兰芳的评书而家喻户晓的杨家将六郎杨延昭，也在那个冬天，在今天的河北徐水县西遂城镇打赢了一场遂城之战，击退了萧太后亲率来犯的辽军，因为这次打了胜仗，宋真宗很高兴，杨六郎就被提升为了当时置所河北任丘的莫州刺史。而就在这一年的前后几年间，在宋真宗赵恒最初的年号咸平、景德年间，当时的成都出现了由16户富商经营的世界上最早的纸币——交子，同时还值得一提的是，在这期间赵恒用他的年号为一个生产影青瓷的地方命了名，这个地方就是今天的景德镇。

再来说说这个宋真宗。宋真宗赵恒，小时候很喜欢和其他的一些王子玩布阵打仗的游戏，还像模像样地自称“元帅”，或许他的这些游戏勾起了太祖赵匡胤的回忆，他很是喜爱这个侄子，就把他接到了宫中养育。这顽皮的小家伙整天在宫中东游西逛，没想到有一天竟然跑到金銮殿爬上了龙椅。当时可把大伙儿吓傻了，要知道这很有可能是满门抄斩、诛灭九族的罪过，可是赵匡胤却一点儿责怪的意思也没有，反而觉得很好玩，就摸了摸他的头，笑着问：“皇帝是那么好当的吗？”小家伙扬起头，居然轻飘飘地说了一句：“听天由命吧。”没想到就是这个听天由命的孩子，后来竟然鬼使神差般地当上了皇帝。

这样描述，可能大家同样对这个皇帝没有什么印象，那么我们需要首先提到他的一首家喻户晓的诗——《劝学诗》：

富家不用买良田，书中自有千钟粟。
安居不用架高楼，书中自有黄金屋。

娶妻莫恨无良媒，书中自有颜如玉。
出门莫恨无人随，书中车马多如簇。
男儿欲遂平生志，五经勤向窗前读。

能够写下这样一首诗的皇帝，一定是一个好玩、凡俗而可爱的人。至少，这个听天由命的人，是他成就了一个老百姓喜闻乐见、茶余饭后的演义时代的开始。在他当政前后，有一门忠烈杨家将为我们耳熟能详，有我们妇孺皆知的清官寇准和包拯的故事流传，有“五鼠大闹东京”的三侠五义和快意恩仇，有与一个流落街头靠鼗鼓卖艺为生的川妹子刘娥几十年如一日的悱恻爱情……还需要特别指出的，是他首开了大宋以向番方缴纳银子换取和平的先河，也是他后期沉湎于道仙，一手导演了“封禅”和“天书”的昏庸，为北宋的“靖康之耻”埋下了伏笔。

公元1001年的4月20日，东京汴梁的天还有点冷，因为四天前刚刚来过了一场风雪。在这一天，33岁的赵恒望了一眼汴河边的青青柳色，向四川人发了一纸划时代的诏书：“分川峡转运使为益、利、梓、夔四路。”

这其实是一项调整行政区划的决定。在秦时，四川盆地地区为巴郡、蜀郡，汉称益州。唐太宗贞观元年（公元627年）改为剑南道，后分为剑南西川道和剑南东川道，分别在成都和三台设立治所，因只有东、西两川，故简称“两川”。那巴蜀盆地什么时候是“一川”呢？据考，其实早在唐以前，巴蜀盆地就开始被称为“川”了，如《隋书·梁睿传》就说：“睿时威振西川，夷、獠归附。”那时候，因为相对于中原王朝的中心而言，巴蜀盆地在西向，所以叫“西川”。继唐太宗之后，他的一个子孙对此区划又作了一次调整，而无独有偶的是，这个人也和宋真宗有一点关系，因为他是其崇拜的偶像——这个人就是“安史之乱”中“幸蜀”，在马嵬坡的路祠前眼睁睁地看着美人杨贵妃做了政治牺牲品的一代风流皇帝、四川女婿唐玄宗。

唐太宗贞观元年100余年后，公元735年，16岁的杨玉环嫁给玄宗之子寿王，被封为武惠妃子。就在这一年的某一天，高力士把她带到了唐玄宗的面前，也就在这一年，四川女婿唐玄宗把巴蜀盆地分成了剑南西川道、剑南东川道和山南西道（山南西道辖今陕南、川北地区，治所在汉中）“三川”，从“二川”递进到了“三川”。那时候，他是不是就已经因为这个来自四川的美人儿，而对四川心生向往？然而，他不会知道自己终有一天会去的，只是以一种很狼狈的方式。

现在的史家学究们已经说不清宋真宗是否一时心血来潮，或者随心所欲，在公元1001年的4月20日，想要效仿他的偶像唐玄宗。但他的确在那个天气有点清寒的日子，轻描淡写地指点了四川的巴山蜀水，把三个“川”又升级到了四个“川”。这一年初，成都发生了一起军民和劫匪之间的战斗，以致惊动了远在东京汴梁的这位皇帝。赵恒很宽容地下诏说，除了当官的外，都不再追究。不知是不是这次蜀地的城乱给了他触动，很快，他在益（成都）、梓（三台）、利（汉中）州三州之外，加了一个夔州（奉节），于是，这一区域开始被称为“川峡四路”。但有了这四个“川”之后，一直要到距宋真宗的这一决定大约110年后，那个创造了“瘦金体”、遭受“靖康之耻”、因为梁山108好汉而出名的宋徽宗赵佶才在一份诏书里，把这四州正式简称作了“四川”。从此，四川这个称谓就萦绕在了曾经一直被中原人士视为边地的巴山蜀水之上。

“四川”出现了，那么“四川人”这个称呼是不是就会接踵而至呢？很遗憾，今人查遍史料，发现最早也只能上溯到明英宗年间。从“四川”到“四川人”，历史酿造的过程竟然用了长长的近500年时光。之后四川人才在历史的辞典里出现。

巴蜀民俗学者陈世松在《天下四川人》修订本一书中写道：

> 1464年12月6日那一天，有一位名叫孙敬的兵部给事中官员，为地方治安状况问题启奏道：“臣等俱四川人……”由此可知，作为自称的“四川人”，这一概念早在明朝中期已经形成。
>
> 过了68年，即1532年6月16日，在朝廷上又发生了一桩大事：翰林院编修、四川人杨名，上疏检举吏部官员大兴土木，弄得“民无宁日”。吏部官员乘机诬指杨名是八年前杨廷和、杨慎父子“大礼议”案的同党。当嘉靖

皇帝又一次听说杨名是杨氏父子的同党，顿时大怒，不由分说，当场命锦衣卫把杨名逮捕下狱。汪鋐说了一句什么话，刺激了嘉靖皇帝的末梢神经？原来，汪鋐上疏说："名，四川人，与杨廷和同里……"（见《明宪宗实录》卷143）从这句话可见，当时"四川人"这一概念，作为"他称"也已形成了。

清末民国初期，一个在川东传教的法国天主教传教士古洛东（Gourdon），留下了一本《圣教入川记》，书中用了很大篇幅记述明末清初到四川传教的天主教传教士意大利人利类思、葡萄牙人安文思与张献忠农民军接触的情况。其根据来源于古洛东在上海所得到的手抄本和一些教会珍藏的材料。这些材料开始使用"成都人士""成都百姓""四川人民""川人""川民"这样的一些词汇来称呼当地的居民，如下面这段叙述里就出现了"川人""川民"的不同称谓：

"张献忠灭后，旗兵（清军）在川，一时未能设官治理。彼时川人不甘服旗人权下者，逃往他处，聚集人马，抵抗旗兵。如此约有十年。至1660年，川省稍定，始行设官。所有官长，皆无一定地点居住，亦无衙署，东来西往，如委员然。此时四川已有复生之景象，不幸又值云南吴三桂之乱，连年刀兵不息。

清康熙六年至二十年，川民各处被掳，不遭兵人之劫，即遇寇盗之害。哀哉川民，无处不被劫掠，殊云惨矣！幸至清康熙二十年，匪党盗寇悉为殄灭。然四川际此兵燹之后，地广人稀，除少数人避迹山寨者，余皆无人迹。所有地土，无人耕种，不啻荒郊旷野，一望无际。"

唯一的例外是，一次在叙述到请求张献忠部下赦免一个叫利类思的人时，书中对这个利类思使用了“非四川人”的词汇来加以区分。在这本书里提出了一个相对于“四川人”的“非四川人”的概念。然而这本书因为由清末民国初期的古洛东据材料写成，所以很难界定。但那时候，在“张献忠剿四川”、清军与南明军争相蹂躏巴山蜀水的深重灾难下，“四川人”这个概念是不是就已经很普遍了呢，我们倒是可以大胆想象的。也许，那时候，一个四川人会对一个远道而来的外地士兵询问，你是哪里人？而回答他（她）的是什么呢？明末清初的四川历史，只写着两个至今真相不明的字——杀戮。

于是，四川人恍然看见了从四条江上走来的四个人。也许就是从那个时候开始，四川人固执地认为“四川”的得名是来源于四条河流的名字。他们可以用河流赋予北川、汶川、青川这些地方以名字，那么，他们为什么不可以用河流赋予这个巴蜀大地以更为纯净而洪亮的名字呢？无论如何，这四个人充满象征意义地从四条江上向我们走来了，以致这种走来的姿势成为了四川历史上的一个谶言。

2 川人是最早的中国人

就像四川人对“四川”的望文生义一样，其实，中国人对“中国”二字的理解也是望文生义。什么是“中国”？中国人大多是从地理的“中心”“中原”位置去理解的。考察中国的历史，不难发现这种望文生义是随着元明清三代中国政治经济文化中心的北移及东移，“黄河文明中心论”思想根深蒂固后才逐渐形成的。其实，“中”在汉语里是“上下通和”的意思，这就是说，“中国”在上古时期是相对于当时还处在“不火食”的尚未开化的“东夷、南蛮、西戎、北狄”而说的，并不确指某地域与某个民族。

那么，在中国的版图上，谁是最早的中国人呢？这就得说到一个近一千年来，一度被怀疑是否存在过的人——大禹。

大禹应该是历史上第一个从四川走出去开创千古伟业的第一人，他治水的功绩，终结禅让制而不被史家责备的气魄与智慧，播下的文明种子结出的果实，堪与盘古开天齐肩。

作为夏朝的创始者，大禹几千年来在民间留下了“三过家门而不入”等许多让人感动的传说。同时，他也是历代典籍中最为推崇的英雄，有盖世功绩的王者的楷模。大禹的功绩在于，除了成功治理大洪水，开创了华夏历史上第一个王朝外，我们现在一直沿用的“中国人”和“华夏民族”的称谓都来自这位伟大的治水英雄统治的时代。

今天四川省北川县的禹里乡，是历代史学家和现在的北川县老百姓公认的大禹出生地。在历史上，这里曾经是一个非常神圣的地方，一般人不得随意进入。东晋史学家常璩在《华阳国志》中曾经对当时当地的风俗作过详细记录，他说，在北川县祭祀大禹的地方，方圆百里内都禁止放牧，即使是犯了罪的人躲进去，也没有人敢进去把罪犯抓出来。

北川县隶属四川绵阳市，位于四川盆地西北部，东接江油市，南邻安县，西靠茂县，北抵松潘、平武县。县城距绵阳市区60公里，距成都160公里。北周武帝天和元年（公元566年）正式建县，唐高宗永徽二年（公元651年）并北川县入石泉县，1914年，因与陕西省石泉县同名，乃复名北川县。县境内山峦起伏，沟壑纵横，地势西北高，东南低；气候温和，四季分明，雨量充沛，年平均气温15.6℃，是著名的旅游避暑盛地。

2008年5・12汶川大地震，强大的地震能量从映秀向东北方向撕开一条长达250公里的断裂带，将北川县城完全摧毁。过去一直鲜为人知的北川，以巨大的代价换来人们对一个古老民族的重新认识，对一种文明的源头的重新记忆——这就是千年以来一直生活在大禹故里的羌族。

提到羌族，我们往往就会联想到“羌笛何须怨杨柳”这句让人哀婉叹息的唐诗。对于四川人来说，这个古老而悠久的民族长期就生活在自己的身边，已是见惯不惊。但对大多数中国人而言，如果不是2008年5・12汶川大地震，对于羌族的印象恐怕仍然停留在遥远的时代。

羌族是最早由帕米尔高原进入中国的古老民族，在相当长的历史时期内，中国整个西部基本上都是羌人。这个有着数千年以上历史、衍生过不少民族的羌人，曾被费孝通先生称为“一个向外输血的民族”。如今只有30万人，他们主要聚居的阿坝州汶川、茂县、理县和绵阳的北川，都成了大灾难中悲剧的主角；根据公开的统计数据，大地震遇难的羌民共有3万，占民族总人数的十分之一，治水英雄大禹的出生地禹里乡如今葬身在冰冷的堰塞湖底。著名的羌寨如桃坪寨、布瓦寨、龙溪川、通化寨、木卡寨、黑虎寨、三龙寨等都受到重创。被称作“羌族第一寨”的萝卜寨已夷为平地。在人类历史上，恐怕还没有哪个民族受到过这样颠覆性的全面破坏。

约在公元前2194年，大禹的儿子启继承父位，建立了中国历史上第一个可以确证的王朝——夏朝。虽然这个人在众目睽睽之下终结了让历代理想主义者魂萦梦绕的禅让制度，让历史进入世袭制，但是孟子的一个故事不但为他找到了合法性，而且生硬地将一己之私利转化为群体的意愿：

> 曾经有一个叫万章人的问孟子：我听人说，到了大禹的时候，道德就已经败坏，他不将帝位传给贤能的人而传给了自己的儿子，有这回事吗？孟子对此断然否认，他说，禹是要将帝位传给益的，但在禹死后，益摄政了三年就躲到了萁山，让天下人决定他是否应该继续下去。但出乎意料的是，因为益没有太大的政德，老百姓都到了启那里，要求启出来当政，各地的诸侯也到他那里朝觐。

这个故事显然是孟子为“尊者讳”的一个拙劣范本，尽管他充满民主时代的气息。在同时代就遭到韩非子的抨击说，大禹名义上将天下传给益，而实际上叫启自己取而代之。

启即位的4年前，因治水有功登上帝位多年的大禹突然召集300诸侯，在今天的浙江绍兴会稽山集会，以检查这些国家的账目。在这次集会上，防风的诸侯迟到了，大禹将他处以死刑。这次集会的目的和所选择的地点给后世留下了太多的谜团与疑问。事实上，它是大禹检验自己权威、震慑诸侯的一次精心安排。会后不久，大禹去世，安葬在会稽山的岩洞里。不久，他的儿子启继承王位，世袭继承从此变成了法则，夏朝诞生了。

最先对启的权威发出挑战的不是同盟诸侯，而是距离夏都250公里，启的异母兄弟扈氏部落。启立即对他们进行了残酷镇压。这次镇压，应该是中国历史上有史可载的为王权而屠戮的开端。《尚书》中一篇名为《甘誓》的文章记载了启的战前动员令，启说：扈氏糟蹋了阴阳五行，违背了天道、地道、王道。今天我奉上天的旨意对其惩罚，任何不想努力作战的人都将被杀死，他的子孙也将被拉到祭坛杀死。

《甘誓》的语气坚决、果断、残忍而不容争辩，在那样一个普天之下其乐融融的理想社会时代，启的行为可谓惊天之举。历代史学家在总结四川人性格的时候，都会提到“天下未乱蜀未乱”这句话，这个“乱”字事实上是开创的坚决性与建设的彻底性的统一，完全不是字面意义上的混乱制造者。在现代国家建立之前的战争，无所谓正义与非正义之分，“乱”是四川人在社会转型时期思想的超前性与冒险精神的体现。从禹到启，又何尝不是如此。

再来看大禹缔造的这个国家“夏”。为什么要叫“夏”？什么是“夏”？“夏”的文训之义，就是“中国之人”的意思。而有语言学者认为，川人因为无翘舌音与后鼻音，所以晋代常璩所著的中国西南地方志《华阳国志》中的“阳”就应该念成“雅（yǎ）”或者“雁（yàn）”。所以，上古的“华阳国”可以念成为“华雅国”或者“华雁国”，而“雅”与“夏”同义，加之古蜀

羌族羊皮鼓舞。羌族是炎帝的后裔。在经历几千年的坎坷战乱、被迫迁徙、风云流变之后，羌族这支中华民族大家庭中的重要一支，顽强地生存下来，形成属于自己独特的文化。

人又崇拜鸟，上古时代中国西南地区的“华阳国”很可能就是最早大禹所建立的真正的“华夏国”。只不过由于后来大禹扩展了中国的疆土，人们又编造出了“人皇居中州而制辅八方”的“中州”说法，这样，“中国”才转移到现在中国的中原一带去了。

其实，能够证明以上观点的还有一个有力证据，即金沙遗址出土的太阳神鸟金箔图像和蟾蜍形象。太阳神鸟的图形是飞旋的十二条太阳光焰，中有四只金乌鸟绕日飞翔，而每只金乌均为三足。这一形象为《淮南子》所载的“日中有三足乌”的太阳传说提供了最早的实物证明。这一形象的普遍出现，是在一千多年以后的汉代画像砖上。而在三星堆遗址和金沙遗址中，还出土有蟾蜍，这是月神崇拜的实物证明。金沙遗址出土的太阳神鸟证明了当时的西蜀之地是华夏族日神崇拜的“日中有三足乌”系统的起源地，三星堆、金沙遗址出土的蟾蜍也说明当时的西蜀之地也是华夏族“月中有蟾蜍”的蟾蜍传说最早的起源地之一。这两种日月神崇拜的特殊信物，无疑也证明了当时的“华夏国”所在的地区即是“华阳国”范围。

综上所述，如果说最早的华夏人就是最早的中国人，那么我们可不可以这样说，最早的“中国人”就是缔造了华夏的大禹?

3 三星堆、金沙遗址：复活的神秘王国见证蜀人历史

如果说相对闭塞的蜀地使古蜀人及其文明曾经一度停留在神话和传说的话，那么近一个世纪的考古发现，则把古蜀人切切实实地拉回到了他们曾经生活过的时空。然而，这些消失的古蜀人被复活在我们面前的同时，其神秘度和其所创造的发达的长江文明却更加让人惊诧和陌生。

今天，我们已经知道，考古学家在巫山县大庙镇的一个洞穴里找到的古人类化石，是距今200万年前的巫山人；在资阳市黄鳝溪，考古学家又发现了旧石器时代晚期，距今10万年以上的资阳人化石。无疑，巫山人和资阳人都很有可能是四川人最早的始祖。

现在，我们看到，在茂县羌族博物馆，有两具最让人震撼的人殉骨架，因为这一男一女仿佛正在呼喊挣扎：在5500年前一个春季的傍晚，播种即将开始，在经过了一系列的仪式之后，天黑了下来，祭祀开始。200平方米的广场上围满了手持火把的氏族成员，随着祭师的一声呐喊，一个有罪的人（或是部落最漂亮

的女性）被带进了广场。在祭坛面前，人们围上去，将他（她）的四肢折断，用绳索捆绑在一起，扔进殉葬坑，就在人们挥土掩埋时，昏迷的殉葬者突然醒了过来，极端痛苦地挣扎呐喊……

这是在茂县营盘山遗址发现的4个圆形的人殉坑中的其中两具人殉骨架。在许多考古学家和人类学家的眼中，营盘山遗址代表了5000~5500年前整个长江上游地区文化发展的最高水准，它是5500年前中国西南的文明中心。专家认为，无论从哪一个角度看，这个东西宽100米，南北长1000米，总面积达15万平方米的二级台地，在当时绝对是整个长江流域最大的中心城市和政治文化中心。那么，这些被殉葬的人，是否就是古蜀人的先祖？他们后来是否就沿着岷江流域，一步步走下了岷山，走到了水草丰美的成都平原？今天的考古证明，在距今5000~7000年，除了营盘山遗址，还有绵阳市边堆山遗址、巫山大溪遗址、广汉三星堆文化一期、西昌市的礼州遗址……这些新石器时代的文化遗址，为我们提供了四川先民们在盆地四周，从事以农业为主，兼及渔猎、采集、畜牧等经济活动的证据。

在距今约4500年在成都平原上，已有了明显功能标志的聚落形态——“城”。在这一阶段，成都平原上先后有了新津宝墩、都江堰芒城、郫县三道堰、温江区鱼凫城等“城”的文化遗址。这些文化遗址表明，四川人的祖先已经沿着岷山走了下来，双脚踏踏实实地踩在了成都平原的大地上。这些城，让人想起一个最早造城的古蜀人，他就是大禹的父亲鲧。在成都平原上，是否就有他的后人留下的城池呢？答案是肯定的。据记载，羌人经常在农闲时，下到成都平原上，他们帮着成都人造房淘井，是成都人眼中最能干的工匠。这一现象一直持续到近年。

在这些城中，一个圆心逐渐被聚集，于是在距今4800~3000年前，成都平原上逐渐聚结出一座最为灿烂的城。城有坚固的城墙，城墙外掘有深深的壕沟。南城墙外的两个祭祀坑中，数以千计的大型青铜器、黄金制品、玉石器“一醒惊世人”。方圆2.6平方公里的城圈内，分布着密集的宫殿区、祭祀区、生活区和手工作坊，显示着四川人的祖先当时已经建立了高度发达的青铜文化，这被专家誉为最为灿烂的长江文明起源——这就是广汉三星堆文化遗址。

1929年春季的一个傍晚，燕道诚同他儿子燕保青去沟底淘水车。当把水车提开，用锄头深淘沟底时，他们突然发现了一大堆玉器。曾经在县衙做过事，被当地人称为“燕师爷”的燕道诚也算是个文化人。他一看宝贝众多，不敢声张，原土掩埋，直到夜深人静才全家出动，将其搬回了家。然而天下没有不漏风的墙，燕家淘沟挖宝的事，很快就在当地传开了。也就在那一两年间，广汉月亮湾挖出珍宝的消息在成都平原不胫而走，来自各地的古董商闻讯后蜂拥而至。然而，燕道诚与众多玉器商人所不知的是，就在离他家不远的地下，在河的对岸，沉寂着为数更多的千年宝藏。而那些宝贝最终被发现时，时间已经走到了57年后的1986年。

其实，在1986年之前，考古学家一直在断断续续地对这个地方进行着仔细的梳理。1931年春，正在广汉做传教士的英国牧师董宜笃从燕道城手中拿到了几件玉石器，随即送交给华西大学博物馆的戴谦和教授。当时的华西大学博物馆馆长是美国人葛维汉，当他第一次见到那几件玉石器时，一股兴奋瞬间点燃了他。于是，在1934年3月15日，葛维汉与华西大学博物馆副馆长林名均教授组建的一支考古发掘队，首次在月亮湾燕道诚家的院子旁进行了发掘工作，从而揭开了中国川西平原考古的序幕。但是这一次，他们所获甚少，600米外的三星堆遗址，和他们擦肩而过。

1953年，四川省文物管理委员会王家佑和西南博物院院长冯汉骥先生等人来到广汉，他们重新提出三星堆——带有古文化遗产的可能。三年后，四川省博物馆的王家佑、江甸潮在三星堆—月亮湾一带进行考古调查。这一年，在王家佑的鼓励下，燕道诚一家终于将家藏的玉璋、玉琮、石璧等珍贵文物贡献了出来。

上世纪70年代，三星堆和月亮湾一带搭建起砖瓦工厂，致使大片的古文化遗址遭受破坏。此时，正在广汉文化馆当文物干部的敖天照为了保护三星堆文物四处奔波。1980年5月，四川省考古队对三星堆遗址开始了面积为1200平方米的抢救性发掘。1986年，四川省考古所在三星堆进行了最大规模的发掘工作。在发掘过程中，旁边的砖厂工人无意间打开了那道门。

张红年《三星堆：最后的祭拜》。无论是中原还是巴蜀本地的古代文献，都认为蜀王子孙为黄帝后代，是与夏朝同源平行发展的一支文明。考古工作者们相信在三星堆出土的大量青铜器和象牙，很可能是古蜀人在某一次祭祀性的礼仪活动中留下的遗物。

一二号祭祀坑先后被砖厂工人发现，人们被众多的文物惊呆了。几代考古人为之奋斗了近一个世纪，终于打开了通往古蜀国的一道大门。然而，精妙绝伦的文物又让他们简直不敢相信自己的眼睛，一切都超乎想象。

广汉三星堆两座祭祀坑的发掘，展示了4800年前至3000多年前，一个堪与中原夏商文明相媲美的古蜀王国。这个王国，前后相续1500年~1600年之久，初创于夏商之际，灭于战国晚期（公元前316年）。

三星堆震惊世人的是其高度发达、色彩鲜明的古代青铜文化，这里共出土了900多件令人叹为观止的青铜制器。其中最引人注目的是一件大型青铜人像和数十件青铜人像，以及青铜神树、凸目面具、金杖、眼形器、车轮状的太阳型器等充满独特诡异风格的器物更使人匪夷所思，古今中外罕见，在东方乃至世界艺术史上都占有辉煌的地位。最值得骄傲的是，三星堆遗址的发现，一下子把神话传说中都以川西平原为中心的“古蜀五王”——蚕丛（蛰居山地）、柏灌（迁居平川）、鱼凫（猎渔为生）、杜宇（开创农耕）、开明（治水定邦）——由虚幻变成了现实。三星堆遗址证明了在中国版图上的同时期，长江流域上游也有堪比黄河流域的高度发达的文明。三星堆代表了长江流域商代文明的最高成就。

三星堆的文明程度，粉碎了人们惯常地对古蜀人的一切认知。文明不禁要问，像这样灿烂的古代文明，尤其是代表着人神相通的青铜器造型为何没有产生在文明“早熟”的大河流域，而是产生在偏远的四川盆地深处呢？也许出土的器物可以说明，作为鸟语花香、水土肥美的都广之野，人与神、人和自然之间不是对抗，而是一种和谐相融的关系。所以古蜀人的部落可以是虫、鱼、鸟等，他们的神话故事就是人化为鸟，鸟化为蛇，可以借着一种树上天下地。也许正是这样一种道法自然、上善若水的地方，才因此成为了道教的发祥之地。而在中原地区，中原人是在对抗中求生存的，他们的神话故事就是愚公移山、精卫填海、夸父追日……值得一提的还有两点：一、中原人的青铜器是鼎——国家权力的象征，而古蜀人却更注重人，所以他们才有那么多青铜人像；二、在三星堆王国的时代里，同一时间或以后的世界许多其他地方，都有关于祭祀、下葬或重大活动中，以人作为牺牲的记录，而在三星堆的墓葬中，人们至今没有发现有人牲或人殉的现象。在他们的祭祀里，三星堆人似乎更为尊重生命。并且与中原人比较起来，三星堆人似乎更热衷于直接铸造神灵的偶像来进行供奉和祭祀。也许，以上这些就是三星堆古文明最发人深省的地方。

那么，创造三星堆文明的都是哪些人呢？

人们的目光首先停留在了那件三星堆的青铜纵目面具上面，专家们联想起了传说中的蚕丛，《华阳国志》记载：“蜀侯蚕丛，其目纵，始称王”，其墓葬称为“纵目人冢”。在三星堆出土文物中，表现人“眼睛”的文物不仅数量众多，而且这些文物本身珍贵、奇特，表现了三星堆人对眼睛特有的重视。那么，古蜀人为什么如此重视刻画眼睛？是不是他们所刻画的正是古代蜀王蚕丛的神像？有学者认为，蜀王蚕丛原来居住于四川西北岷山上游的汶山郡，而这一地方“有碱石，煎之得盐。土地刚卤，不宜五谷”，此地缺碘严重、甲亢病流行。而甲亢病患者的一个重要特征，就是眼睛凸出。因此，这个“始称王”的蜀王蚕丛很可能是一个严重的甲亢病患者，生前眼睛格外凸出。而他的后人在塑造蚕丛神像时，又夸张了这种形象。

上个世纪，生活在茂县蚕陵古城的人们还叫做蚕丛羌，他们认为自己是蚕丛氏的直接后裔。然而，传为蚕丛建都之地的蚕陵古城，早已于1933年8月25日下午3点52分的一场山崩地裂的叠溪大地震中消失了。这座城墙逶迤、街市繁华、滨临江岸的鲜活山城，连同3000多人和一个建于唐贞观年间的叠溪古城（汉代为蚕陵县治），在刹那间，永沉在了今天幽深缥缈一如沧海的叠溪海子里。

“蜀”字最先出现在甲骨文中，商人认为蜀人是一种很诡异的虫子，也许这种诡异是因为蜀人能够养一种虫子来吐丝织布。而正因为这只神秘而诡异的虫子，使得古蜀人很有可能是世界上最早穿上编织衣服的人群。在甲骨文中，“蜀”字有二十多种形式，无论是哪一种形式，字的上方都有一个大眼睛，下方是一个弯曲的身体。文字学家发现，最早的蜀字是没有虫字的，虫是后来发展的，也就是说，商人最先发现的是古蜀人的一双奇特的眼睛，随着交流的深入，蜀人的虫子才出现在了商人的眼睛里，并且让他们感觉匪夷所思甚至恐惧。

被猜测是鱼凫王的金杖，被视为三星堆之主的信物。这支金杖全长142厘米，直径2.3厘米，黄金净重约0.5千克，是目前世界上已发现最长的金杖。金杖上部刻有相同的四组纹样，上下左右对称排列。图案中的每一组纹样，都由鱼、鸟、箭组成。下端则为两个微笑着的人头像。然而，如果是鱼凫王的金杖，那么谁又会把象征着权力和财富的金杖投入祭祀坑掩埋呢？也许答案只有一个，那是统治了鱼凫氏的杜宇氏蒲泽（杜宇氏的名号，《华阳国志》作“蒲卑”）。

关于这个杜宇氏，但凡四川人都知道“杜鹃啼血”“望帝春心托杜鹃”的传说：

> 古蜀第三代王鱼凫王死后，又过了许多年，忽然有一个名叫杜宇的男子，从天而降，落在蜀地的朱提。同时又有一个名叫利的女子，从江源地方的井水中涌现出来。这天造地设的两个奇人结为夫妇。杜宇自立为蜀王，号望帝，建都在郫县。
>
> 望帝杜宇教会了人民怎样种庄稼。然而，那时候，蜀国常常闹水灾，经常把庄稼冲毁，家园也受到

洪水的威胁。望帝忧心忡忡，一时却想不出很好的办法来根治水患。有一天，从江水中逆流浮来一具男尸，人们见了都很奇怪，就把他捞了起来。更令人惊奇的是：男尸刚一捞起来，就复活了，说自己是楚地的人，名叫鳖灵。

望帝杜宇知道后，暗暗称奇，认为鳖灵很懂水性，而蜀国治水正需要这种人才，于是便把鳖灵召来做了宰相。鳖灵做宰相没有多久，阴雨连绵，持续不断，因为巫山、玉山阻挡住了水流的通路，一场大洪水又暴发了，人民深受其害。

望帝杜宇派宰相鳖灵去治水，鳖灵果然表现出了天生的才干。他带领着人民去把巫山、玉山凿出通路，使洪水顺流而下，解除了水患。

鳖灵治水回来，望帝杜宇因为他治水有功，就把王位禅让给他。鳖灵受了禅让，号称开明帝，又叫丛帝。

望帝杜宇本人到西山隐居起来。他死后，灵魂化做了杜鹃鸟。每到春天的时候，杜鹃鸟就“布谷、布谷”地昼夜悲鸣。一直叫到嘴角流血还不肯罢休，它的鲜血滴落在地上，就变成蜀地满山遍野艳丽的杜鹃花。蜀国的人民听见后，认为是望帝念念不忘农事，魂魄化成了杜鹃鸟飞回了故乡，催促大家耕种了，都说：“这是我们望帝杜宇啊！”

其实，关于杜宇的传说还有另外两个版本，一说他是趁着鳖灵出去治水时，和鳖灵的妻子有了私情，后而惭愧，于是禅让；一说是鳖灵用武力夺取了杜宇的天下，不甘心的杜宇化鸟啼血。

《华阳国志》曾经描述了这个西蜀古国的版图：以褒斜为前门——东北到秦岭那里的褒斜二水；熊耳灵关为后户——西南到乐山熊耳峡和雅安灵关峡；玉垒峨眉为城郭——西北有九顶山和峨眉山作屏障；江潜绵洛为池泽——岷、沱、涪、嘉陵江四大河川是行船通道；以汶山为畜牧——把岷山山区当做牧场；南中为园苑——南方大片土地不过是园林区。

据巴蜀文史专家冯广宏推测，杜宇建国、自立为望帝，该在公元前830年前后。那时正值西周灭亡后的共和时期，周室大乱，天下动荡，中央政权失去了控制力，杜宇王朝正是抓住这一良机，才生存和巩固下来。

在三星堆出土的器物中，有“人身鸟爪形人像”和“戴冠鸟足铜人像”，从这两件铜像的造型与装束来看，它们属于同一类铜像。这些人的鸟足和鸟爪，让人想起脚踩飞鸟遨游云头的人或者神的形象。

在古蜀五王中，鱼凫氏和杜宇氏都崇拜鸟。他们，又是怎样的一类渴望飞翔、与天地相通相融的族群呢？而在今天，羌族还有穿云云鞋的习惯，他们被称为住在云端之上的民族，那么这些“人身鸟爪形人像”，是否就是以前的羌人先祖？从鲧、大禹到蚕丛，我们相信三星堆人很有可能就是羌人。那么，传说中的古蜀五王，除了鳖灵开明氏被记载是楚人，前四位是否也都是羌人呢？不过，也有学者认为，三星堆人与今天大西南地区的彝族有着千丝万缕的联系，如三星堆文物上的七个神秘的巴蜀图语，和彝族毕摩经书上的一些文字符号几乎一样。如果三星堆文化真的和彝族文化存在内在的联系，那么三星堆人中有一部分人应该是彝族的先民。

冯广宏认为，在整个古蜀王朝4000年历程中，杜宇、开明两个王朝加起来大约历时500年。再加上前面的三代，一共才2500年，在整个4000年中还差1500年——这段政权空白区，应该在鱼凫氏与杜宇氏之间。他由此认为，三星堆大量宝器的出现，正是在这空白区内！是不是在鱼凫氏与杜宇氏之间，还有一个不见于史册和传说的王国时代呢？一切都只能是需要我们不断去破译的谜。

据考古学家推测：三星堆文化最强盛时，以成都平原为中心，东达鄂（湖北）西地区，不过中心仍然在四川，辐射川东长江沿岸。但此时的鄂西，有一支以使用尖底杯和圜底釜为代表的文化发展壮大，他们盛行占卜术，这就是巴人的先祖。渐渐地，巴人将三星堆的势力挤出了鄂西地区，并在三星堆文化末期，沿长江上溯，举族西迁，占据了川东，对三星堆人构成了巨大的威胁……

1986年发现三星堆遗址后，考古学家们一度在猜测，古蜀人在放弃了三星堆后，古蜀国都邑又迁往了何处？“金沙遗址”的发现，使得考古人员的困扰得到了解答。

2001年2月8日，中房集团成都房地产开发总公司在成都靠近三环的金沙村下水道的施工现场，挖掘机突然挖出了玉琮、玉璧、玉璋、玉戈、石人、金箔、青铜器和大量的象牙等文物。这个继三星堆发现后，又一个关于古蜀国的发现再一次震惊了世界。这是一个同样辉煌的古蜀文明，青铜小立人、金面具、太阳神鸟散发着从三星堆延续下来的光芒。

几乎在与三星堆、金沙遗址同时，在今成都市北门外驷马桥以北1公里处的羊子山，有一座高10米、直径140米的三级四层的供祭祀用的四方土台，也巍然屹立在平原之上。值得注意的是，三星堆方向被后人测定为北偏西约45度，羊子山土台的方向也是北偏西45度，而考古者在1986年发掘的两个器物坑的方向同样也是北偏西45度。在继后的金沙遗址墓葬中，其朝向同样是北偏西45度。这种方向的一致性如果不是巧合的话，那么其中到底隐藏着什么玄妙的信息呢？

专家们一致认为，那是蜀人在回望着他们的祖山——岷山，他们死后的灵魂需要寻着那一条走来的迁徙之路，回到祖先的身旁……

4 曾经两次消亡的四川

四川在历史上曾经消亡过两次。一次是南宋时长达60年抗击蒙古的战争，第二次是明末清初的张献忠屠川。

中外历史学家几乎一致认为：宋代是中国文明的第二次浪潮。著名史学家陈寅恪说：“华夏民族之文化，历数千载之演进，造极于赵宋之世。”而西方与日本史学界中，认为宋朝是中国历史上的文艺复兴与经济革命时代的，也大有人在。

宋朝是一个重文轻武，以文治国的时代。它能够同时抵御辽、西夏、金的轮番进攻，内部相对稳定，科学技术成就达到世界巅峰，同时，蒙古在灭亡它之后又全盘接受了汉文化。归根到底，这是文化的力量，应当引起后来者深思。

当苏东坡以一种复杂的心情在赤壁怀古，高吟“大江东去，浪淘尽，千古风流人物”的时候，四川文化与经济的沉没以一种异常残忍的方式渐行渐近，空气里飘着血腥的味道。

公元1123年，蒙古发起了消灭南宋的战争，到1279年南宋灭亡的57年间，蒙古人在四川遭遇了空前激烈的抵抗，这个以屠城闻名，令欧洲闻风丧胆的强大帝国曾经三次攻下成都。1231年，拖雷引兵攻掠四川，大肆屠杀成都居民。千年古城只落得民无噍类，城中遗骸达到惊人的140万！最近有学者从宋史、元史和明史提供的数字统计，四川被蒙古人屠杀后，人口由1300万减少到60万。

南宋时期，中国的经济文化重心开始由西部向东南转移，而四川，经此一击，千年的繁华与古老的文明形态几乎荡然无存。一个农耕与商业高度发达的地区刹那间回到半游牧状态。

蒙古帝国征服世界的战争是人类文明史上的一次灾难，它的破坏程度一直延续到今天。

据美国历史学家Paul.B.Kern引用最新研究结果表明，即使到现在，中东地区耕地面积尚未恢复到蒙古入侵前的60%。

有西方学者这样认为：

蒙古的屠杀和掠夺，使得丝绸之路上这一繁华地区到今天还没有恢复到原来的水平。他们摧毁了

金沙遗址是我国先秦时期最重要的遗址之一，它与成都平原的史前古城址群、三星堆遗址、战国船棺墓葬共同构建了古蜀文明发展演进的四个不同阶段。已有的发现证明成都平原是长江上游文明起源的中心，是华夏文明重要的有机组成部分。

五千年来陆续修筑的水利系统，使得大量的绿洲变成沙漠，使其经济下降到公元前1500年的水平。宋朝时期的商业曾经是世界上最发达的，那里不但聚集了全世界最大的财富和资本，而且聚集了最多的商人和学者；然而，蒙古人的入侵使得中国的资本主义萌芽被消灭殆尽，使得最有可能第一个进入资本主义社会的中国从此衰落；而西方遭到蒙古人的打击似乎是恰到好处，既没有伤及筋骨，又被一巴掌打醒了。在蒙古大军停止入侵西欧不久后，西

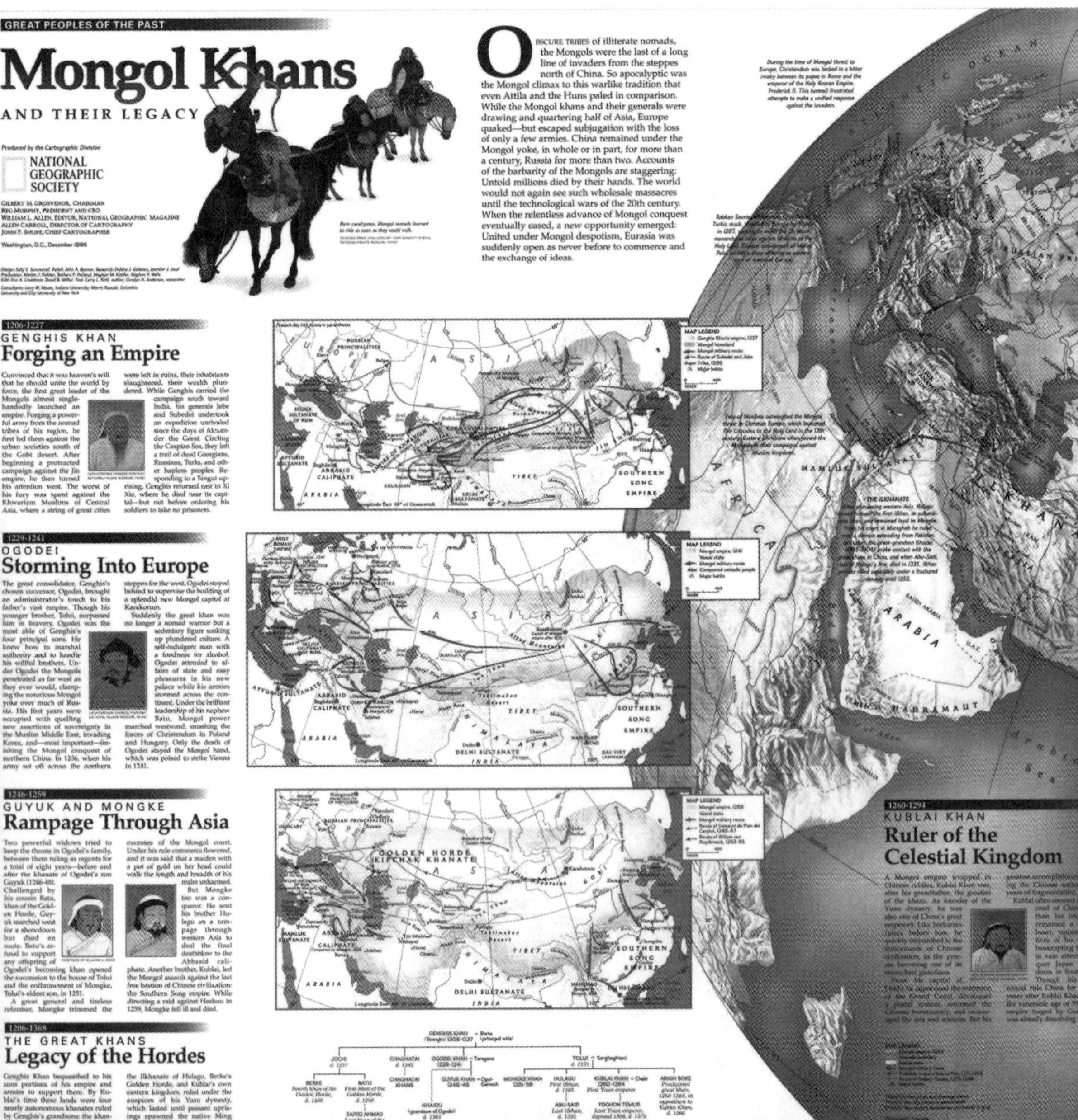

欧正式启动了文艺复兴，开始了近代资本主义的强国之路！

尽管古蜀文明有着极强的再生复原能力，但在整个明朝近300年的历史上，四川仿佛冬眠一般，悄悄地躲在大国版图的角落舔舐自己的伤口。四川人的意气风发，才华

《国家地理》发表的蒙古帝国版图

来自亚洲腹地的原始游牧民族蒙古人，对世界史产生了巨大的影响。他们征服的规模无与伦比。……这是文明社会所经受的最后一次，也是最激烈的游牧民族的野蛮攻击，其后果十分严重。亚洲和大部分欧洲的政治组织都变换了。许多地区的人民被灭绝或四散，永远改变了其种族特性。

——巴勒克拉夫·《泰晤士世界历史地图集》

横溢已成典籍中的追忆，而大国的目光也似乎从未认真停留于此。四川人独有的思维、观念、形象，从未以汉唐时代的姿态再走上舞台，它越来越模糊不清，无足轻重。

时间是医治创伤的最好良药，四川人正在自主自为的生活中进行多元文化的融合与重生。

天府之国是人类生养繁衍的天生福地，也是历代割据政权的安乐窝，入主中原的根据地。灾难与幸福是一对孪生兄弟，始终与他如影随形。

很不幸，当历史的车轮进入17世纪中叶的时候，他被一个乱世枭雄盯上了，这个人就是张献忠。

张献忠入四川，是习惯于在沉默中自在自为、独善其身的四川人的巨大灾难。震惊世界的张献中屠川事件，几乎从根本上彻底摧毁了四川的文化与生产力。尤其是对四万贡生——中国文明与文化传承者的屠杀，给后人留下了可以从多种角度理解的空白——从此再无四川人。

公元1646年深秋，已被多年战乱摧毁的四川以及成都经济，已经无力承担张献忠大顺政权及近60万军队的生存，再加上周边明朝军队正从多处逼近，张献忠决定放弃四川，打回陕西老家。张献忠临走之前，趁夜一把大火彻底烧毁成都，然后朝广汉退去。

此刻，在张献忠进攻成都时被俘，后逃脱到四川犍为起兵，成为明朝抗击张献忠主力将领的杨展，正在四川彭山江口的一条战船上调兵谴将，突见成都方向浓烟冲天，大火映红了天空，如同白昼。几个时辰后，他得到了张献忠撤退的消息，慑于张献忠强大的兵力，三天后，杨展方进入成都。

此时的成都烟雾弥漫，仍有余火在燃烧，空气中弥漫着呛人的焦糊味。曾经千年繁华，让无数文人魂牵梦绕的大都会，连同城内数十万居民，从杨展眼中消失得无影无踪。记忆中繁华的街道已被残垣断壁淹没，金碧辉煌，巍峨壮观仅次于北京紫禁城的蜀王宫建筑群早已灰飞烟灭。成都，被张献忠从地球上彻底抹掉了。

在蜀王宫的废墟中，明朝士兵发现了一块高七尺，宽三尺，厚八寸的花岗石“圣御碑”，上面赫然刻着一排大字：“天生万物以养人，人无一物以报天，杀杀杀杀杀杀杀。”落款为大顺二年，即公元1645年。这就是历史上著名的张献忠七杀碑，也是张献忠屠杀四川的最有力的证据。

在保存好作为证据的七杀碑后，杨展带兵4万朝广汉方向追去，而那里也是一片荒芜，了无人迹。

根据杨展的《万人坟记》记载，他在广汉曾经命令部队休息一天，其目的是试图寻找活着的人，了解张献忠杀人的情况。然而，整整一天，数万军队除了找到万余具尸体外，一无所获。

据史书记载，当时成都周围已成一片废墟，白天不见人烟，夜间虎狼成群，已经不适合人类生存。杨展不得不将部队带回嘉定城，即今天四川乐山一带。

公元1646年12月11日，四川西充凤凰坡，身居几十万军队中心位置的张献忠被突袭而来的几百清军斩首。一代枭雄就此了结。

公元1659年，清四川巡抚高民瞻入成都，他看到13年后的成都仍是一片荒芜：大街上长满了树木与艾草，人入其中，分不清东南西北，倒塌的城墙被野草淹没，一群群野鸡自由地散步，而晚上，则成了老虎的天下。在他的要求下，清四川政府不得不将省会临时设在川北阆中，四川巡抚、监察御史均驻节阆中，并在此举行了乡试四科。17年后，官府才迁往成都。

张献忠入四川，彻底摧毁了四川的经济与文化，是一次历史大倒退。古蜀以来四川三千年文明史跌入最黑暗的年代。

张献忠到底杀了多少人？历史上恐怕永远无法准确统计，明史上称有60多万。张献忠军队的铁蹄横扫四川前后20多年，祸遍巴蜀，使物力丰饶的天府之国，变为百里人烟俱灭，莽林丛生、狼奔豕突之地。战乱使百姓弃田舍逃亡，十来年间，稼穑不生，颗粒无收，川人死于饥馑、瘟疫又倍于刀兵。

四川比较确切的统计是明朝末四川有600万人左右，清初户籍统计，整个四川有史可查的仅有9万人，而且大部分集中在嘉定的洪雅和偏僻的石柱土司夫人秦良玉白杆兵保护下的石柱县。平定吴三桂平叛乱多年后，成都原有住家户“十不存一”。

人口锐减，十室九空，田园荒芜，城市倾毁，寺庙消亡，经济萧条，文化落后，元气大伤。为了恢复四川经济，清初鼓励全国各地向四川移民，于是开始了长达100余年的“湖广填四川”。

在近现代，尽管四川人的主体早已不是原住民，但张献忠屠川却是四川人心灵上抹之不去的伤痛。

张献忠为什么要如此大规模，没有理由地杀人，一直以来都是一个难解的谜。鲁迅曾在《记谈话》一文中说：“先前我看见记载上说的张献忠屠戮川民的事，我总想不通他是什么意思；后来看到另一本书，这才明白了：他原是想做皇帝的，但是李自成先进北京，做了皇帝了，他便要破坏李自成的帝位。怎样破坏呢？做皇帝必须有百姓，他杀尽了百姓，皇帝也就谁都做不成了。”

而在四川，关于张献忠为什么要屠川，《蜀碧》上记载着一个流传非常广泛的故事：

> 张献忠小时曾经跟随父亲赶着一头驴，到四川内江贩卖大枣。来到集市上，便顺手将驴系在一个大户人家门前的石牌坊上。待卖完枣回来牵驴时，却发现乡绅的家奴正在用鞭子抽打他家的驴。张父走上前去制止，见到自家的驴把乡绅家的石牌坊拉了屎尿，弄得很脏，便赶紧赔不是。但该家奴就是不依不饶，在此家奴的逼迫下，张父只得忍气吞声地把驴粪和驴尿收拾干净。这一侮辱性事件，自始至终被张献忠看在眼里，深深地刻进他幼小的心灵。于是他临走时，发誓说：“我复来时，尽杀尔等，方泄我恨！”

另外，还有一个非常民间的版本：

> 一次，张献忠的部队驻守在湖北与四川交界处，有一天张献忠走出军营在山脊上大便。排完大便后，张献忠顺手就在四川境内扯了一把草，来擦屁股。没想到他抓的是一簇荨麻（又称藿麻），顿时痛得他直叫。于是他伸手到湖北境内又扯了一把草来擦屁股。这一回，湖北的草柔软而轻松。于是乎，从此张献忠就因为四川而同四川人结下了冤仇：“川人之凶，连草都如此，我就从这里杀起。”所以，当张献忠占领四川后，就来了一个屠蜀。

民间的传说只能一笑了之，并不可信。我们也没有找到鲁迅所说的张献忠屠川是报复李自成的证据。但透过这二个故事我们还是可以明确两点：其一，张献忠确有极强的报复欲与变态的心理；其二，四川人长久以来都对张献忠的残暴感到不可理喻。

张献忠的心理变态是常年生活在刀光剑影，鲜血四溅的生活中的必然结果，这固然也是造成大屠杀的原因之一，但如果仅从个人性格因素上去理解四川人历史上最大的灾难，我们就很难揭开历史的真相，还原其本来的面目。

巴蜀历史研究学者有一个共识：那就是四川历来就是全国统一和民族复兴的根据地，秦灭六国，刘邦建立汉朝，隋统一中原，无不以四川作为根据地而展开。张献忠不可能不知道四川的重要性：入川建立根据地，攻可出汉中定西北，下长江定江南，重演隆中对的策划；退则可割据一方。

但明朝的四川并不欢迎张献忠。张献忠是陕北大饥荒的产物，四川经历了蒙古的屠杀之后，近300年的休养生息又回到了历史上“水旱从人，不知饥馑”的时代，富裕殷实的川人从理智上对动乱有着天然的抗拒心理。更为重要的是，在明代，经过理学的熏陶，中原大一统的儒家观念已成四川文化的主流，民间与官府之间在价值取向上的高度一致，对“流寇”必然加以阻击。那些振振有词地说四川人夹道欢迎张献忠到来的历史学家，只不过是300年后一种虚幻的呓语。

在我看来，对文化的嫉恨，没有根据地，数十上百万军队四处流窜而与民争食，“天下未乱蜀先乱”而蜀不从乱，帝王梦的破碎是张献忠屠川的根本原因。四川太让他失望了。

公元1679年，清军攻陷重庆，张献忠的余部退往贵州，十多万军队消失在崇山峻岭，茫茫雾霭中。四川曾经有过的5000年文明也从记忆与典籍中变得漂浮不定，渐行渐远，它的再现将是又一个漫长的300年，直到三星堆与金沙的破土而出。而四川人作为一个群体形象，他的个体特征将不复再现，他的识别标签只具有地理上的，而不具有文化上的意义。一种新的，连自己都说不清楚是什么而又为人称道的移民文化即将诞生。

5 “不正宗”的四川人：2300年的移民史

“湖广填四川”作为一句民谣，一直存活在民间，并且顽固地镌刻在四川人的生命密码里。短短五个字，却是一条勾起后裔与祖先的血缘之路，通过这条路，后世子孙可以和先祖对话，不管流浪到了哪里，他们都可以把脚印放在祖先出发的那个原点里面。

公元前314年，即周赧王元年，秦惠文王后元十一年，蜀国和巴国覆亡两年后，几多荒凉的金牛道上硝烟仿佛还没有散尽，然而，突然有一天，这条道上走来了一群长途跋涉者。

今天，我们已经很难想象他们当初是否被秦国的军队押解着，被缚绑着一路走向未知的蜀地。一路上，偶尔会有刚刚经历了战争的蜀之遗民，只是冷漠而麻木地望一眼这一群衣衫褴褛的囚人。他们不知道这些中原人从哪里来，又要到哪里去。

对于这一群陌生的来者，常璩在《华阳国志·蜀志》中仅用寥寥数语对他们加以描述：“周赧王元年，秦惠王封子通国为蜀侯，以陈壮为相。置巴郡。以张若为蜀国守。戎伯尚强，乃移秦民万家实之。”这最先来到蜀地的是秦民，但很遗憾的是，这些秦人没有留下姓名抑或其他更多的信息。但很庆幸的是，司马迁后来在《史记·货殖列传》中较为详细地记下了之后另外一次迁徙中，其中三个人或家族的名字——赵人卓氏、鲁国程、郑。

蜀人卓氏的祖先原是赵国人，其祖上因冶铁而致富。秦国灭了赵国以后，卓氏祖先以俘虏的身份被强制迁移到了四川，很多移民将身边仅有的财物贿赂押送的官吏，争取在交通比较方便、生存条件较好的葭萌一带（今四川广东元市西南）安顿下来，苟延残生。只有卓氏的祖先豪气干云、很有头脑地说：“葭萌这一带狭小单薄，移民集中，缺乏资源，已经没有多少开发的余地。我听说远处的汶山脚下有大片平原，下有芋头，粮食充足，到死都不会饿着。当地人很有买卖才能，适于做生意。”于是，他请求远迁到那里去。最后，他们走到了临邛这个地方，安顿下来。到周围一转悠，卓氏祖先非常高兴选到了一个好地方。因为，那里有丰富的铁矿资源，于是他们很快利用自己的冶铁技术，将随地开采的铁矿石冶炼后制成铁器。卓氏祖先不但善于冶炼，还善于经营，他们把产出的铁销往滇蜀两地，很快就富得有了上千家僮，俨然已是蜀中首富，过着王侯一样的生活。程、郑两姓则是山东来的俘虏，他们基本上和卓氏祖先一样，也靠冶铁致富，并且卖给周边的少数民族，富不下于卓氏祖先，也都住在临邛。

这个因祸致富的卓氏就是后来因为一曲凤求凰和司马相如私奔了的卓文君的祖上，卓家一直到了西汉文帝（公元前179－前157年）时期卓文君父亲卓王孙这一代，其显赫地位仍然在蜀中不可动摇。并且由于社会稳定，经营得法，他们不但产铁，还拓展了酿酒业，甚至还有餐饮业。卓家已经更加富有了，拥有良田千顷，住着绮院华堂，乘骑驷马高车，至于金银珠宝，古玩珍宝，更是不可胜数。而其所处的圈子，也完全是一个上流社会、达官贵人的圈子。

秦国的第一次移民四川，规模颇大，一共迁来了一万户，按照一家四五丁口计算，也当有四五万人之多。这是四川历史上的第一次大移民。然而，这仅仅是一个开始。事实上，自公元前314年开始，这样的迁徙几乎就没有停止过，持续了整整一个世纪左右。这次移民的始作俑者是后来统一了中国的秦始皇的祖上秦惠文王。他在拿下巴蜀之地后，因巴蜀丰厚的粮食后盾以及地利之便，很快给他的后继者打下了百年统一的基础。

据《汉书·高帝纪》注引如淳曰：“秦法，有罪迁徙之于蜀汉。”不知道这道法令是否从秦惠文王开始的，但无疑，自秦惠文王“移秦民万家实”蜀地以后，他的后世子孙就理所当然地把这种法令或者说做法延续了下来。于是，在秦人统一中国的过程中，长达一个世纪的迁徙，数以万计的各地移民，就构成了四川历史上第一次大规模的移民浪潮。这些逐渐从中原六国走来的陌生脚步，一次次叩响着封闭而神秘的巴蜀大地。

其实，自秦开始向四川强制性地迁徙移民以来，还有另一类移民，那就是众多逃亡者和流民携妻带子因避难而来到了四川。《史记·孟子荀卿列传》之《集解》引刘向《别录》曰："楚有尸子，疑谓其在蜀。今按尸子书，晋人也，名佼，秦相卫鞅客也。卫鞅商君谋事画计，立法理民，未尝不与佼规之也。商君被刑，佼恐被诛，乃亡逃入蜀。自为造此二十篇书，凡六万余言。卒，因葬蜀。"而据《汉书·扬雄传》记载，扬雄家族也是典型的逃亡奔蜀的后人，"会晋六卿争权，韩魏赵兴而范中行、知伯弊。当是时，逼扬侯，扬侯逃于楚巫山，因家焉。楚汉之兴也，扬氏溯江上，处巴江州"。可见，汉之前，就有商鞅的老师尸佼和扬雄的祖上因避难而入蜀。

东汉末年到东晋时期，群雄割据，中原战乱，大量人口或死于乱战，或四处流散，所以全国各地的流民与官僚纷纷避乱入蜀，当时安定富饶的益州地区几乎成为灾民的唯一流向。刘璋为益州牧时，"南阳、三辅人流入益州数万家"，被益州牧刘焉收编为"东川兵"，成为刘焉割据四川的基本兵力。据记载，汉中郡原有户为5万多户，可是到了东汉末年，汉川的老百姓已经超过10万户了。在短短的一百多年间，户口增长了近一倍。

流亡者选择避难四川，有三个原因：一、四川虽去途艰险，但偏安一隅，从心理上容易给人安全感，何况比起当时可避难的边地岭南、滇地和河套地区，文明开化较早的四川也是上上之选；二、因为秦太守李冰在成都平原建成了举世闻名、万代受益的都江堰，使成都"水旱从人，不知饥谨"，所以四川盆地成为了被人所向往的"天府之国"；三、四川地区自古多神秘稀奇，那只因一条虫子而得名的蜀，因一条蛇而得名的巴，巴的山与蜀的水自然会给人一种探索的兴趣和顺便去旅游看看热闹的欲望。

流亡者避难成都，最为典型的是唐末五代时期。先后经历了安史之乱、黄巢起义后的晚唐政权终于在风中倒塌了，全国进入了中国最混乱的一个时期，诸侯割据，武夫当道，战乱频仍，刀兵不断，虽然时间较短，但改朝换代频繁，这就是历史上的五代十国。不过，在比较短暂的一段时间内，南方形成了几个较为安定的割据政权。割据者既无统一全国的实力与雄心，又无励精图治的长远打算，只苟且偷安。在这一时期，很快形成了两个较为引人注目的中心，这就是以声色

成都西郊浣花溪畔的杜甫草堂。杜甫安史之乱后于公元759年由甘肃颠沛流离到了成都，靠友人的帮助在城西浣花溪畔营建了杜甫草堂。他在这里居住了将近4年，写下了240多首诗篇。《春夜喜雨》《茅屋为秋风所破歌》等就是在这里写的。

艳词、奢靡消遣而形成的西蜀（前后蜀）和南唐。这两个地方都收容了为数众多的北方避乱文人。

厉以宁在《中国封建社会前期的刚性体制》一文中指出："唐末农民战争，涉及国内许多地区，家族的迁徙避乱是经常性的，农民战争期间各地名门望族所受到的打击同样是相当沉重的。整个社会都处于大动荡、大混乱的状态。家族的迁徙、婚姻关系突破旧式门第的限制以及一些大族的衰败，终于造成了社会上士庶合流的现象。"在这样的一个时代大背景下，中原士人失意、避乱归隐成为了一种文化的宿命和时尚，他们难以实现的高蹈理想，却成为一个时代独特的精神特质。

有唐一代，关中地区是京畿之地，士大夫阶层的精英分子以及由他们所代表的优秀传统文化，莫不于此集中。然而自唐“安史之乱”唐玄宗入蜀开始，关中及中原地区的知识精英及优秀文化就逐渐开始向蜀中转移。这种转移过程，到了黄巢起义，即所谓的“广明之乱”后，唐僖宗再度避乱入蜀并滞留长达3年时达到了高潮，其余波更是延及五代十国，以致后来的司马光会在《资治通鉴》写道：“唐衣冠之族多避乱在蜀，蜀主（前蜀王建）礼用之，使修举故事，故其典章文物有唐之遗风。”

在这些蜀地的避难者中，有唐玄宗、唐僖宗两任大唐皇帝和他的团队，有李白、薛涛的祖上，有流落蜀地而写下了一代《花间集》的词人，也有最终在成都留下了一个诗歌草堂的杜甫。

公元759年的农历十二月，这一年是唐肃宗干元二年，因为“安史之乱”在成都待了一年多的唐玄宗已经回长安去了。有一个人却刚刚从甘肃同谷出发，翻越了秦岭，终于长松了一口气地朝成都走来，这个人就是48岁的杜甫。第二年春天，杜甫终于在浣花溪找到了一块地皮，把一家人安定了下来。而那时候，被流放的李白正在路上，当他走到白帝城的时候，遇赦，于是立即返舟东下江陵。这一次，已经59岁的李白写下了脍炙人口的《早发白帝城》。然而，山川阻隔，杜甫要读到友人的这首佳作，不知需要等到何时?

现在，立在浣花溪边的杜甫，只是在一丝轻寒里，笑眯眯地看着刚刚落成的草屋，一边想起某个音讯杳无的朋友，仿佛心有灵犀，杜甫的内心会泛起一丝伤感和温暖。也就在这一年的春天，他写下了《春日江村》五首，其中有“迢递来三蜀，蹉跎有六年。客身逢故旧，发兴自林泉”“群盗哀王粲，中年召贾生。……异时怀二子，春日复含情”，道出了他作为一个士子，作为一个流亡者，无奈避难成都的酸甜苦辣、悲叹以及感激。

由于唐玄宗、唐僖宗两个皇帝的带头入蜀避乱，所以在唐及五代，入蜀避难的移民运动似乎已经成为了一种“时尚”。除了一部分普通老百姓跟随皇帝入蜀外，更大的影响是北方士族及各类文化人士纷纷南迁入蜀。那时候，四川已经成为了北方口耳相传的天堂。

《益州名画录·序》云：“唐二帝播越及诸侯作镇之秋，是时画艺之杰者，游从而来。”仅入蜀的画家，就有玄宗的卢楞枷“嘉名高誉，播诸蜀川”，随僖宗入蜀的有滕昌佑、孙位，以及后来的刁光胤、赵德元、杜齯龟等。正是这些来自全国各地的画坛高手为成都培养了一代宗师黄筌，并且带来了成都绘画的繁盛。

据王瑛《论前后蜀文化的发展及影响》考证：宋人郭若虚在《图画见闻

志》卷2列出的五代画家有91人，其中蜀中画家就有30人，占三分之一。而宋黄休复所著的《益州名画录》，收录的唐肃宗干元元年至宋初蜀中著名画家58人，其中流寓入蜀者21人，占了36%，而黄休复所评定画艺最高的“逸格”“神格”及“妙品上格”，则几乎全是流寓避难入蜀者。

晚唐五代，政局动荡，兵火不断，险象环生。但前后两蜀据险一隅，所以四川盆地相对安定，加之两蜀开国君主王建和孟知祥都能在最初励精图治，并且礼遇士人，所以一时中原士子多避难蜀中，成都也就当仁不让地成为了当时中国版图上除江南南唐以外的另一个文化重地，一东一西遥相呼应。前蜀王建虽然是一介武夫，但是却特别懂得礼遇和重用知识分子，所以“是时唐衣冠之族多避乱在蜀”。王建大胆起用从中原而来的唐之故人，还依照唐风制定了典章制度，而后蜀又依照前朝旧制，将其发扬。正是在这样的背景下，前蜀有了中国第一本词集——开一代婉约派的《花间集》，后蜀有了能够与文翁兴学相提并论的、在中国文教史上堪称一项壮举的孟蜀石经。

今天，我们游览成都永陵，即前蜀皇帝王建之墓的时候，会为那墓壁石刻上堪称稀世艺术瑰宝的、一整套由24位乐伎演奏的唐五代宫廷乐舞图而发出由衷的赞叹。那是一个怎样的唐风流韵又风云突变的时代？那时候，辗转流寓避难四川的人们，对短暂的太平盛世、歌舞升平有过怎样的期待和眷恋？而四川的本地人，对这些来自京城的文化人和时尚贵族有过怎样的喜欢、艳羡和景仰？我们只知道，那位后蜀的末代皇帝孟昶和花蕊夫人遍植的芙蓉从此给一个城市赋予了一个美丽的名字——蓉城，那本《花间集》从此给中国人的内心注入了一份柔软与温情。

四川历史上的第四次大移民是元末明初。这是第一次“湖广填四川”，时间以元末始，洪武初年为高潮，明中叶以后渐歇。明初移民，主要是湖广人，包括今湖北、湖南、广东和广西部分地区移民。据李世平《四川人口史》考证，洪武四年（公元1371年）明王朝平蜀时，四川约有15万户，93.75万人，经过22年，到洪武二十六年（公元1393年），四川有户21.57万户，146.68万人。户数净增6.57万户，人口净增52.93万人，净增率分别为44%和56%，年均增长率分别为1.6%和2.1%，除去0.8%以下自然增长率，由此可知明初有30万左右的移民入川。这次以湖广等地居民为主的移民入川，标志着入川的移民来源发生了首次以南方人居多的变化。

明末清初，张献忠的疯狂屠川让四川遭受了历史上最为惨烈的损失，地方残破，人口凋零。从顺治、康熙年间开始，清王朝逐渐实行鼓励南北各省人民入川垦殖的政策。于是，出现了以湖广地区为主的第二次“湖广填四川”，这次长达近一个世纪的移民活动，也是四川历史上的第五次大移民。据李世平《四川人口史》考证，这次大规模入川移民数量超过了历次入川移民数量，使四川人口从战后50万人左右增至移民浪潮进入尾声的雍正二年（公元1724年）的204.66万人，仅仅在39年间，就净增人口154.66万人，估计移民总数达115万之多。据专家统计，现今四川重庆两地人口，重庆有85%，成都约79%左右，在川南山区约有50%~60%不等，都是清代第二次“湖广填四川”的移民后裔。

1937年抗日战争爆发以后，国民政府西迁陪都重庆，随之而来的是大批工厂、学校、企事业单位的迁移，东部的人口也因之内迁。据陈彩章《中国历代人口变迁之研究》记载：当时，西南各省，主要是四川、云南、贵州等省自1937年10月到1941年大约接收东部移民1000万~2000万人。四川为西南大省，接收移民的人数比例当然最高，是主要的外来移民消化地区。新中国成立后，随着解放军南下、三线建设、改革开放、三峡移民，四川和重庆两地，又迎来历史上新的一轮移民迁徙，但所不同的是，这次是和平时代的迁徙。这次跨越整整一个世纪的迁徙，可以说是四川历史上的第六次大规模移民。

今天，由于现在交通工具和通信的发达，我们的迁徙已经不再那么艰难，蜀道之难，也不再难于上青天，然而，在四川的这片土地上生存着、做着梦、过着安逸生活的四川人，在为身为四川人骄傲的同时，依然牢牢记得自己曾经的移民血统。你随便碰见一个四川人，问起他们的身世，他们会用纯正的四川话，或者椒盐普通话，十之八九地告诉你，他们是“湖广填四川”……

“湖广填四川”作为一句民谣，一直存活在民间，并且顽固地镌刻在四川人的生命密码里。短短五个字，却是一条勾起后裔与祖先的血缘之路，通过这条路，后世子孙可以和先祖对话，不管流浪到了哪里，他们都可以把脚印放在祖先出发的那个原点里面。

今天的四川人常说的祖上“湖广填四川”，实际上大都指的是清初历史上的第二次“湖广填四川”。而事实上，对于四川人来说，明初的第一次“湖广填四川”同样重要。只是，今天的四川人常常把两次“湖广填四川”加以混淆和重叠。需要特别指出的是，大规模移民的首要条件是迁入地有足够广袤的地理空间来容纳众多人口，而两次“湖广填四川”的背景，都是因为朝代更替，战乱不断，使四川残破不堪，人口凋零，土地荒废。因此四川在元明、明清之际具备了接纳大规模移民的条件。而这两次“湖广填四川”因而也成为四川人口史上的“大换血”，只是，为此，四川人付出了惨痛的代价。

首先，我们需要阐释一下“湖广”的管辖范围。“湖广”是省级行政区划的名称，起源于元，固定于明。在元时，作为“行中书省”，“湖广”的范围包括现在湖北省武汉附近一片、湖南全省、贵州省大部、广西壮族自治区全区、广东省西南部以及海南省，即两湖、两广和海南。从明代至清雍正元年（公元1723年），“湖广”范围为湖北、湖南二省。雍正元年以降，湖广行省被分为湖北、湖南两省。我们现在说的湖广，即指湖南、湖北两省，而“两广”则是指广东、广西两地。据考证，其实，两次“湖广填四川”的移民，并不完全来源于“湖广”，还有两广、山西、陕西等地的移民。

最早把“湖广填四川”记录在文字里的，是清道光有名的进士魏源（公元1794－1857年）。魏源在《湖广水利论》一文中明确地记录下了这种“湖广填四川”的说法源于张献忠杀四川之后，说明到了清初，“湖广填四川”才成为流行的说法，而第一次“湖广填四川”，应该只是对明初洪武年间至永乐年间四川移民的学术上的一种命名：“当明之季世，张贼屠蜀民殆尽，楚次之，而江西少受其害。事定之后，江西人入楚，楚人入蜀。故当时有‘江西填湖广，湖广填四川’之谣。”

近年，许多学者对第二次“湖广填四川”已有了一些比较有价值的研究，然而第一次“湖广填四川”还属于研究的薄弱领域，所以我们有必要在解读“四川人的来龙去脉”时，对明初“湖广填四川”做一些初步的了解。

宋末元初时，四川对蒙古军队进行了最顽强的抵抗，所以按照蒙古军队的习惯，四川也遭受到了最为猛烈的报复和屠城，人口一下子由1000多万锐减到了近80万！如果考虑到这80万人中还包括元军，那么四川之于宋朝的实际意义只是留下了一个名字而已。

四川如此惨状，可以想象中原其他地方在蒙古大军的铁蹄下又是一个怎样的情形。于是，在明初，一个叫刘九皋的户部郎中，上疏朱元璋说：“古狭乡之民，听迁之宽乡，则地无遗利，人无失业也。”明太祖朱元璋采纳了他的建议，下令屯田移民，至此全国大规模的移民运动开始了。

在这种强制性的政策移民当中，不能不提到一个词：解手。今人考证此词的来源，即是明初洪武年间的全国大移民。有这样一则民间故事，说是明初洪武年间，朝廷强制性移民，官兵为了防止移民逃跑，就把他们捆绑起来上路。捆绑两条胳膊叫大绑，捆绑一条胳膊叫小绑。不仅如此，怕他们带绑逃走，还要把捆绑起来的人用绳子连在一起，才押解上路。许多人连在一起，要动都动，要停都停，一个人要动，牵扯很多，谁也逃不脱。对押解的官兵来说，自然省事，但却苦了捆绑的移民。最麻烦的是大小便。为了表达清楚意思，话很长，比如一个人要大便或小便，首先得报告，说：“报告大人，请让大家停住，把我的手解开，我要小便。”人数多，路上解绳子的次数也多，官兵也觉得麻烦，但这个办法是不能改变的，到后来，简化得就剩下几个字了：我要解手。说者简单，通俗易懂，听者也能明白。直到后来定居下来，这个说法也就成了习惯用语，也就是说成了大小便的代名词。直到今天，四川、河北、河南、山东等许多地方称上厕所还沿袭这样的说法。至于是从什么时候开始有解大手（大便）、解小手（小便）的区分说法，就不得而知了。不过，和其他一些省份不一样的是，四川人很多都还这样认为，由于移民的手臂长时间被捆着，胳膊麻木而习惯了后，移民们大多养成了背着手走路的习惯，所以今天的四川人老一辈们还喜欢背着手慢悠悠地走路。

今天，我们要寻找这些移民迁徙的脚步，只能在一些存世的家谱中去寻找。在一些可以回溯的文字里面，他们300年前离开故土的身影若隐若现，他们渴望拥有一个幸福家园的灵魂被我们这些后裔触摸。而在迢遥的路上，我们先祖的视野里会是什么呢？是一种怎样的力量，使他们通过数月或数年才走到了四川，虽然有亲友和同乡最终死在了路上？

肖平在《湖广填四川》一文中，曾经记载过这样一个故事：江西人刘立璋和他的兄嫂，另外还有七个同乡刘希载、黄茂德、陈三才等，他们一同在康熙年间起程往四川走。在路上，刘立璋的兄长不幸染上风寒去世了。旅途上的辛苦劳顿加上亲人死去的悲伤，动摇了大家的决心。这时候，刘立璋的话又重新鼓起了大家的勇气。他说："与其现在缩头缩脑退回江西，还不如鼓起勇气走到四川！"最终，这些人走到了四川，在成都附

遍布四川各地的会馆。散落四川各地的湖广会馆、江西会馆、广东会馆等以各地命名的会馆正是那段"湖广填四川"历史的直接反映。他们见证了中国移民史上一次极为重要的移民浪潮——湖广填四川移民运动。这次移民，对日后川渝地区文化经济生活产生了重大影响。

近的荒野上安定下来。不久以后，刘立璋和另一个移民家庭的女儿结了婚，嫂嫂也改嫁他人，这两个家族就这样繁衍成了两大房人。后来，刘立璋还沿着来路，去取回了父母和哥哥的骸骨。不过，很不幸的是，跟着他们同来的七位同乡，却命运悲惨。他们给人家当佣工，终身未娶，死后把一生微薄的积蓄都捐给了这位幸运的同乡刘家。

如果说发生在元末明初年间的第一次“湖广填四川”，其特点是“麻城孝感人”，那么发生在明末清初年间的第二次“湖广填四川”则是以客家人为特色。

四川客家人在当地被称为土广东。客家学先驱罗香林详细地研究了四川的客家分布情况，在其著作《客家研究导论》中指出：“今日四川东自涪陵、重庆，经荣昌、隆昌、泸县、内江、资中，西至成都、新都、广汉，其间居民，大率皆康熙末年（公元1711~1721年）自广东惠州嘉应州及江西赣南等县搬去的客家”，“客家大部分于宋末至明初，徙至广东内部以后，经过朱明至清初的生息，系裔日繁，资力日充；而所占地域，山多地少，耕植所获，不足供用，以是，乃思向外移动；恰好当时有四川一省，因为张献忠多年屠杀，户口凋零，田园荒落，清廷不得已，下谕各地农民开垦，客家农民，得此机会，便跟着两湖农民，走上川去”。

随着两湖的人们走向四川，客家人也从共同生活的家园——闽粤赣边区，千里迢迢向四川走去。雍正十一年（公元1788年），广东龙川县赴川的客家人，由于受到当地官府的阻拦，他们公开张贴《赴川人民告贴》进行申述，表现了客家人此去“天府之国”的决心和勇气：

> 兹告各位得知：我等前去四川耕种纳粮，都想成立家业，发迹兴旺。各带盘费，携带妻子弟兄安分前行，实非匪类，并无生事之处……近来不知何故，官府要绝我等生路，不许前去。目下龙川县地方处处拦绝，不容我等行走……我等进生退死，一出家门，一心只在四川。阻拦得我的身，阻拦不得我们的心肠……

客家人在历史上是一个尤爱迁徙的族群，所以他们有“二次葬”的习俗。每一次迁徙，他们都会打开棺材，把祖先的骸骨带在身上，一同前行。从四川客家人留下的大量家谱中，我们可以读到这样的内容，他们有的在来的路上就带来了祖先的骸骨，有的是在四川立足之后，才回故土去把祖先的骸骨接来。把亲情和血缘看得如此贵重，对故土和祖先是如此难以割舍又要毅然远迁，这是一个怎样的群体和民系？他们又把怎样的精神注入了这片美丽而多难的巴山蜀水?

作为成都洛带客家人的后裔，肖平在《成都客家》一文中这样深情地写道：

> 曾经有许多次，我在幽暗的堂屋内看见村中的老者把家谱拿到阳光下晾晒，他们佝偻着身子拂去族谱上细细的灰尘，虔诚的样子令人感佩和伤怀。客家人重视记载他们的族源和家系，只因这个民系对动荡不安的生活还深怀忧虑，他们认真记下以前走过的每一步脚印，生怕一时疏忽而忘掉了来时的道路。

其实，所有“湖广填四川”的先祖们，何尝不是如此？这正是四川家谱、会馆多以及四川人在外面家乡观念特别强，在本土又从不排外、对外来人和外来思想都特别包容的原因之一吧!

如果从清廷正式启动外省移民四川的康熙十年（公元1671年）算起，到“湖广填四川”移民运动结束标志的这一年——乾隆四十一年（公元1776年），那么这次移民长达105个年头，如果从“三藩之乱”后，四川加速实施大移民政策的康熙二十年（公元1681年）算起，这场移民运动也前后持续了95年之久。四川历史上的第二次“湖广填四川”，经过一个世纪的大移民，接纳移民达600多万人，重建了一个拥有1000万人口的大省。其中，湖广占25%，河南、山东5%，陕西10%，云南、贵州15%，江西15%，安徽5%，江苏、浙江10%，广东、广西10%，福建、山西、甘肃5%。据调查，当代四川人口中80%以上的家庭是清代“湖广填四川”的移民后裔，在成都，这个比例更高，达95%以上。

据考证，活跃在中国近现代的四川籍元勋和名人，毫无例外地都是出自清初“湖广填四川”移民的后裔，如刘光帝的先祖来自福建，朱德的先祖来自广东，邓小平的先祖来自广东，陈毅、聂荣臻、杨尚昆的先祖来自湖南，吴玉章、郭沫若的先祖来自福建，刘伯承、罗瑞卿、张爱萍、李劼人、艾芜的先祖来自湖北等等。

“湖广填四川”这五个字的背后，是四川惨痛的记忆，更是那些移民血脉里流淌着的寻根线路图，正是他们，给四川注入了最为精彩而强大的活力。来自四面八方的优秀因子，通过一次次的迁徙，在四川这个盆地沉淀下来，融合进来，然后发酵如一坛五粮液、泸州老窖、文君酒，然后发光如照亮中国的璀璨星辰，洒满了中国的天空和大地……

第三章

四川人为中国贡献人物

《南方人物周刊》在“2008中国魅力榜”发刊词上写道：“四川人在绝境中的伟大的勇气，让我们明白，正是这些珍贵的品质，让一个古老的劫难重重的民族，不断地获得新生。四川人，我们曾经用一整期的篇幅，用‘四川人是天下的盐’这个苦涩和刺痛的命名，向这个吃苦耐劳、坚忍不拔的群体表示过敬意。今天，我们再次向这个伟大的群体致以崇高的敬意，没有他们自己的勇敢和牺牲，没有他们自己的担当和承受，无论获得多少的支援，他们都很难扛过这次毁灭性的大灾难。”凤凰卫视杨锦麟评论说：“四川人的坚忍不拔和承受苦难的魅力，让海内外所有华人肃然起敬。”就像《四川人是天下的盐》专辑首发式在成都举行一样，2008中国魅力榜选择在成都颁布，“选择成都这个一度被泪水湮没，这个勇敢地挺过来，并且赢得了全世界的敬意的城市，来向这一年的魅力人物致敬”“被选入今年魅力榜的所有人，从不同的侧面和角度，不约而同地为中华民族的坚忍不拔和承受苦难的魅力做出了集体背书”。

几年前，《南方人物周刊》在做“四川人是天下的盐”专辑时，以“盐”命题，着实引起了不小的震动。而四川人的那种精神特质，也的确让人百思不得其解。川籍著名学者王怡在《四川人是天下的盐》中说：“尽管四川人在各个领域不乏骄子，但俗世的成功从来不是这块土地上的人的最高理想。尽管四川自古多才子，但四川这块地界几乎不出圣人，不出道貌岸然的模范。甚至两千年来，也很少出状元探花。它出的似乎都是大小的鬼才、怪才，奇人和异端。”王怡还有一句经典的话，山东的潘金莲被武松杀死的机会，可能是四川的潘金莲的100倍。他解释说，因为四川人的精神世界，自古就没有被一种道德理想主义有效地捆绑过。在《保卫四川人，就像保卫大熊猫》一文中，王怡说，离经叛道，正是四川人文化品格的底色：“四川出才子，不出贞妇。出文化莽汉，不出道德圣贤。四川人的文化品格，为中国文化贡献出了一个偏离儒家正统的异端列传。一个以自由精神去克服、对抗、藐视和颠覆儒家礼教与皇权专制的文化集团。可以说，没有文化意义上的四川人，中国人的精神状态及其演变，就是不完整，甚至是不健全的。”

自古以来，四川人就是文化的异端，多离经叛道精神。因为这些异端的因子，四川这个地方又往往成为新思想的出口，以贡献新质思想与新鲜文化而著名，为中国的现代化进程做出了巨大贡献。司马相如、李白、苏轼、巴人后裔屈原、受到巴山蜀水濡染和喂养的杜甫、陆游，以及百万川军出川抗日、开国的四大元帅、改革开放的总设计师邓小平，他们都是中华文化上的一个个异类。

2008年，备受瞩目的吴宇森的大片《赤壁》首映式选在了成都武侯祠。吴宇森之所以选在在成都武侯祠首映，除了武侯祠的闻名，吴导应该还有一个深意，那就是要谈三国文化和三国思想，只有到四川，或者说只有到武侯祠。在武侯祠，有一副著名的对联——能攻心则反侧自消，从古知兵非好战；不审势即宽严皆误，后来治蜀要深思。说的就是“攻心”和“审势”，其三国思想大为毛泽东赞赏。在四川，陈寿做了著名的《三国志》。而陈寿的老师谯周，则是那个为了全君保民，甘愿把自己钉在耻辱柱上，至今依然不被人理解的人。而被他劝降的刘禅，以及曾经为了老百姓免遭涂炭、不做抵抗的刘璋，乃至不愿投降、全家自杀的刘禅之子刘谌，其思想与行为在今天都依然耐人寻味。

成都青羊宫也有一副广为传颂的对联，上联是“道生一一生二二生三三生万物”，下联是“人法地地法天天法道道法自然”。成都青羊宫传说是老子出关经过的地方，这为四川人的文化品格输入了道家气质，而张道陵在四川创立道教，从此发祥于四川的道教思想成为中国的国教，四川人的逍遥情结也源源不断地跟随长江水流向世界各地。

一直以来，四川还是诗歌的半壁江山。四川人骨子里面流露出来的诗歌情结浓得无以复加。司马相如的大汉第一赋，陈子昂的开一代盛唐气象，李白和苏轼、杜甫和陆游，使四川成为诗歌朝圣的地方，而前后蜀的花间词，开了一代宋词先河。上世纪，四川诗歌流派如袍哥一样五彩缤纷，至今，四川诗人还是中国诗歌不可小觑的江湖流派。

如果说四川人基因里面有离经叛道的传统，那么四川的历史就是一长串离经叛道者的名单：一生决不做官、只以占卜和教书为业的严君平，带来了中国古典文学审美巅峰的李白、苏轼，敢于登上皇帝宝座执掌天下的武则天，率先反传统的儒学内部异端、康有为变法的精神导师廖平，“只手打倒孔家店”的吴虞，说破几千年文明史潜规则的厚黑教主李宗吾，在上世纪80年代以一幅油画《父亲》而为一个农业大国撕开了精神出口的罗中立、以一个潘金莲而为中国女性翻案的魏明伦……

1 让世界动容的四川人群像

2008年度人物评选，《新世纪周刊》评出的是一个整体的地域群像——四川人。

“这次罕见的地震使得近7万人遇难，近2万人失踪，很多家庭支离破碎，家园俱毁。没有亲历这场灾难的人也会记得那些令人揪心的电视画面。但经历劫难的四川人让外界看到的不只是泪水和伤痛，还有他们的幽默——互联网上不断流传着四川人的地震段子，四川人面对灾难的独有表现被看做是‘任何人类自然灾害史都没有记录过的奇异景象’。”“以自由和世俗为精神底色的四川人，再次展现出他们的生命力。”四川人的乐观也许是因为他们历经磨难，但四川人历经的惨烈的灾祸并没有让“天府之国”从此消失，“承继了3000年历史积淀的四川今天依然以其独一无二的文化和生活方式令大多数中国人艳羡。”但“四川人”的当选，也许还有一个理由：自古多难的四川人每一次恢复元气都被形容为“浴火重生”，隔着遥远的历史，浴火重生似乎成了一个瞬间的过程，但重生的前提首先是要经受浴火的煎熬。而四川人用于心理疗伤的特殊药物是他们的幽默，四川人一直用这种幽默的姿态面对着古往今来的天灾人祸，那里面隐含的态度是：无论什么灾难，可以压垮四川人的肉体，但无法击垮他们的精神。

对于2008年年度人物评选，《南方周末》则把第一个位置同样饱含深意地给了一个群像，那是2793名北川中学学生，那封面上的北川中学学生幸存者的脸庞，让所有的中国人都会动容，并学会用一种热泪去抚摸和忏悔，“从5・12那一瞬间开始，2793个生命已成为一个整体，我们所有人与他们亦是一个整体”。

2008年搜狐则把这个“年度热点人物”的褒奖颁给了号称最牛中学校长的四川安县桑枣中学校长的叶志平。他的获奖理由很简单：“未雨绸缪的责任心，促使他四处筹款加固豆腐渣危楼，定期组织学生逃生训练。汶川大地震中，他的师生无一人伤亡。”在他入选“2008年度时尚先生30人”中，有一个数字则被强调，“1分36秒，是2000人疏散到操场的最快纪录。逼仄的空间和摇摇欲坠的危楼以及人满为患的学校，让他无法停止恐惧。是恐惧拯救了他和2000多名孩子与教师，也让他终于有机会修建全新的彻底安全的校舍。‘只要再多30秒，我的校舍肯定会垮。’叶志平的人生，就在这30秒钟，尘埃落定。”

最先报道叶志平的文章以《一位校长创造抗震奇迹：安县桑枣中学师生无一伤亡》为题：

他从2005年开始，每学期要在全校组织一次紧急疏散的演习。会事先告知学生，本周有演习，但娃娃们具体不知道是哪一天。等到特定的一天，课间操或者学生休息时，学校会突然用高音喇叭喊：全校紧急疏散！

每个班的疏散路线都是固定的，学校早已规划好。两个班疏散时合用一个楼梯，每班必须排成单行。每个班级疏散到操场上的位置也是固定的，每次各班级都站在自己的地方，不会错。教室里面一般是9列8行，前4行从前门撤离，后4行从后门撤离，每列走哪条通道，娃娃们早已被事先教育好。孩子们事先还被告知的有，在2楼、3楼教室里的学生要跑得快些，以免堵塞逃生通道；在4楼、5楼的学生要跑得慢些，否则会在楼道中造成人流积压。刚搞紧急疏散时，学生当是娱乐，大半孩子除了觉得好玩外，还认为多此一举，有反对意见，但他坚持。后来，学生、老师都习惯了，每次疏散都井然有序。

他对老师的站位都有要求。老师不是上完课甩手就走，而是在适当的时候要站在适当的位置，他认为适当的时候是：下课后、课间操、午饭晚饭，放晚自习和紧急疏散时——都是教学楼中人流量最大的时候；他认为适当的位置是：各层的楼梯拐弯处。老师之所以被要求站在那里的原因是，拐弯处最容易摔倒，孩子如果在这里摔倒了，老师毕竟是成人，力气大些，可以一把把孩子从人流中抓住提起来，不至于让别人踩到娃娃。每周二都是学校规定的安全教育时间，让老师专门讲交通安全和饮食卫生等。他管得严，集体开会时，他不允许学生拖着自己的椅子走，要求大家必须平端椅子——因为拖着的椅子会绊倒人，后面的学生看不到前面倒的人，还会往前涌，所有的踩踏都是这样出现的。

那天地震，他不在。学生们正是按着平时学校要求、他们也练熟了的方式疏散的。地震波一来，老师喊：所有人趴在桌子下！学生们立即趴下去。老师们把教室的前后门都打开了，怕地震扭曲了房门。震波一过，学生们立即冲出了教室，老师站在楼梯上，喊：“快一点，慢一点！”老师们说，喊出的话自己事后想想，都觉得矛盾和可笑。但当时的心情，既怕学生跑得太慢，再遇到地震，又怕学生跑得太快，摔倒了——关键时候的摔倒，可不是玩的。那天，连怀孕的老师都按照平时的学校要求行事。地震强烈得使挺着大肚子的女老师站不住，抓紧黑板跪在讲台上，但也没有先于学生逃走。唯一不合学校要求的是，几个男生护送着怀孕的老师同时下了楼。

由于平时的多次演习，地震发生后，全校师生，2200多名学生，上百名老师，从不同的教学楼和不同的教室中，全部冲到操场，以班级为组织站好，用时1分38秒。学校所在的安县紧临着地震最为惨烈的北川，学校外的房子百分之百受损，90多位教师的房子都坍塌了，其中70多位老师，家里砸得什么都没有了。他从绵阳疯了似的冲回来，冲进学校，看到的是这样的情景：8栋教学楼部分坍塌，全部成为危楼。他的学生，11岁到15岁的娃娃们，都挨得紧紧地站在操场上，老师们站在最外圈，四周是教学楼。他最为担心的那栋他主持修理了多年的实验教学楼，没有塌，那座楼上的教室里，地震时坐着700多名学生和他们的老师。老师们迎着他报告：学生没事，老师们都没事。

BBC对“5・12”四川安县桑枣中学事迹给予很高评价，并且惊叹桑枣中学的教育已经成为全球教育的典范，在8级大地震创造“零”伤亡的纪录是奇迹，也是值得全球推广的“灾前”预防教育。而同样创造这样纪录的人，还有被称为“史上最牛学校”的北川邓家“刘汉希望小学”的创建者们——刘汉集团，他们在绵阳建造的五所学校（北川刘汉希望小学、安县红武村希望小学、江油白玉汉龙希望小学、江油含增镇长春村小学、北川擂鼓镇汉龙教学大楼）均巍然屹立，

师生无一人伤亡！

2008年感动中国十大人物晚会上，有两项奖属于四川人。感动中国组委会授予经大忠的颁奖词是：“千钧一发时，他振聋发聩，当机立断；四面危机时，他忍住悲伤，力挽狂澜！他和同志们双肩担起一城信心，万千生命。心系百姓、忠于职守，凸显共产党人的本色。”授予李桂林、陆建芬的颁奖词是：“在最崎岖的山路上点燃知识的火把，在最寂寞的悬崖边拉起孩子们求学的小手，19年的清贫、坚守和操劳，沉淀为精神的沃土，让希望发芽。”

2008年，有太多的四川人获奖，2008年，四川人的震波，让中国放大，让世界动容……

2 卢作孚：一个人的思想遗产

他的光芒不仅盖过所有重庆商人，而且即便是20世纪的中国也罕有其匹。其事迹举其大端，亦可以令人叹为观止。他对乡村自治及其建设的实验、北碚图书馆的建设、西部科学院和地质调查所的建立、创办中学、博物馆、动物园、公园、电影院、

长江、嘉陵江、乌江穿城而过的重庆。关于中国早期的民族工业，曾有“四个不能忘”的说法：重工业不能忘了张之洞，轻纺工业不能忘了张謇，化学工业不能忘了范旭东，运输航运业不能忘了卢作孚。卢作孚先生兴办民族航运事业的起点就是从开辟嘉陵江渝一合航线开始的。

运动场、游泳池等，与各个领域堪称一时之选的人物，多有往来，处理周全，他对整个战时运输、生产、生活等方面的战略性贡献，为抗战的最后胜利，可谓居功至伟。其中关于民生公司职工培训及管理、包括其公司每周三的周会，请马寅初、郭沫若、茅盾、黄炎培、胡焕庸、左舜生、杨森、魏时珍、梁寒操、王道之等人的演讲，都是极好的企业文化建设之范例。

这个敢为天下先、以天下为己任的四川人就是在中国近现代史上赫赫有名的卢作孚先生。

卢作孚先生的商业贡献，已为世所公认。以1947年民生公司的鼎盛时期为例，拥有各种轮船120艘（此中尚不包括未交货的7艘“门字号”轮船），驳船33艘，总吨位58000余吨，职工89000余人，航线遍布长江各大口岸，香港、澳门、台湾等地区，甚至是日本及东南亚，并相继在一些地方设立了办事处。我们不难想见民生公司在运输行业实力之一斑。其于社会诸方面之努力，文化建设、乡村自治等，已昭然于世。中国不缺乏能挣钱的人，今天亦如是。然像卢作孚以黎民苍生为念，以社会进步为己任，以文化传承为重心，以教育发展为依归，以医治“五鬼闹中华”（贫穷、疾病、愚昧、贪污、扰乱）为职志的企业家，在中国可谓并不多见。

为了使更多的人对其有所印象，兹抄录其简介于此：

卢作孚（公元1893~1952年）是中国现代著名的爱国实业家，以创办经营民生实业公司和主持重庆北碚乡村建设著称于世，被毛泽东称为四个不能忘记的中国实业家之一。在抗日战争初期的危急关头，卢作孚指挥了被誉为“中国实业史上的敦刻尔克”的宜昌大撤退，率领民生公司船队为抗日战争做出了卓越贡献。1950年卢作孚拒绝去台湾，毅然从香港返回内地。1952年2月8日，卢作孚因服用过量安眠药物不幸逝世。

在这里，需要对这个“中国的敦克尔克大撤退”做一个注解：

1940年，日本占领了中国东部的绝大部分领土，直逼武汉，企图将中国的抗日中坚和后备力量一举扼杀在长江北岸。卢作孚在民族存亡的紧要关头，毅然决然地亲率民生公司100多艘巨轮，顶着日军飞机不间歇的狂轰滥炸，穿梭于重庆与宜昌航线之间，创造了一个抢运物资和人员的奇迹，这次壮举被国际誉为“中国的敦克尔克大撤退”，为中华民族的持久抗战做出了卓越的贡献，同时也让“民生精神”享誉海内外，而民生公司损失惨重，很多员工壮烈牺牲。蒋介石不久特称卢作孚等人为“民族英雄”，并授予卢作孚先生一等功一等奖章，以表彰他在抗日战争中的卓越贡献。所以说卢作孚是完全可以称得上英雄的。

作家陈祖芬曾在一篇题为《富翁》的文章中这样写道：“卢作孚这三个字，一如川西的共生矿，丰富得令人惊喜，令人感动，令人感极而泣！”

这个人曾有这样的一句名言：“人生的快慰不是享受幸福，而是创造幸福，不在创造个人的幸福，供给个人欣赏，而在创造公众幸福，与公众一同享受。”他是继国父孙中山提出“现代化”的概念之后，明确提出实现“国家现代化”的目标、内容和途径的第一人。“以现代人文精神为特色的爱国主义和国家现代化的理想，是激励他一生的精神力量和奋斗目标。”

只读过小学的他从事过教育，对教育热心而又有着独特的理解。直到今天，他的许多观点还是振聋发聩：“教育为救国不二之法门”“将教育独立于政治之外”“第一重要的建设事业是教育”“中国的根本问题是人的训练”“人人皆有天赋之本能，即人人皆应有受教育之机会”“教育的普及是要科学和艺术的教育普及，是要运用科学方法的技术和管理的教育普及，是要了解现代和了解国家整个建设办法的教育普及”“学校之培育人才，不是培养他个人成功，而是培养他做社会运动，使社会成功”……

吴小龙在《卢作孚的思想遗产》一文中谈到：

自鸦片战争以来，救亡一直是中国思想界的一个中心言说。但卢作孚却独持异见，断然宣称，“中国的根本办法是建国不是救亡，是需要建设成功一个现代的国家，使自己有不亡的保障”。

卢作孚在1952年的“三反”运动中自杀。据说当时新华社内参报道时，在卢的自杀消息上，加了“畏罪”两个字。冉云飞在《世上已无卢作孚》一文中这样写道：

在卢作孚先生自杀前两天，他做了有生以来第一次当众检讨。卢先生虽然算得上是一位现代企业家，但在立身处世上却近于传统的士，“士可杀不可辱”的念想，一定在他内心反复纠结而不能自解。“1952年2月6日，上午八时半至十二时，民生公司资方代理人学习小组会上，二十多年来在民生公司享有崇高威信的卢作孚，第一次当众做检讨。这时已让资方代理人专门开会学习，这种另类的待遇不知与会者是否感觉无奈与屈辱。”

卢作孚的幼子卢国纶在《南方周末》上曾经以《航运巨子卢作孚》为题怀念其父亲，并首次披露了其父亲卢作孚去世的真实原因：

建国初期，战火方熄，百废待兴。由于业务量不足，民生公司的经营状况没有得到改善，反而由于各种费用的消耗和公司在国内外的债务还本与付息的压力而日见艰难。公司收支失衡，入不敷出，财务陷入困境，员工的工资发不出来，员工的情绪出现严重波动，公司局面非常不稳定，父亲为此忧虑重重，深感难以撑持。

1952年初，中央决定对民生公司特殊对待，在暂停对私营企业贷款的情况下，破例给民生公司贷款一千万元（旧制人民币一千亿元），并指示西南军政委员会将此举措转告民生公司。西南军政委员会立即邀请民生公司某负责人谈话，转达了中央这一指示，并嘱他待卢作孚从北京回来后，马上转告，请卢作孚放心。遗憾的是该负责人却没有将这一情况告诉父亲。在父亲去世的前两天，北京又发电报来确认为民生公司解决经济困难贷款一事，仍然是这个负责人先得到这份电报，但并没有交给父亲，原因甚不可解（父亲去世后，该负责人解释说他忘记告诉父亲，并忘记把电报交给父亲）。事情至此具有了浓厚的悲剧色彩：一方面，在中央的关怀下，民生公司的难关本来可以安然渡过；而另一方面，父亲却根本不知道中央有这个决定，仍在为财务危机空前严重、从而可能引发公司更大的危机而忧心如焚。

1952年2月5日，民生公司的川江主力船“民铎”轮在丰都附近水域发生事故，触礁沉没。2月6日父亲亲赴丰都察看，处理善后。当时有传言说这个事故是潜伏特务在搞破坏，公司里人心惶惶，气氛紧张。对于父亲来说，这一事故无异于雪上加霜。据母亲后来回忆，那几天父亲守着电话疲惫不堪，通宵睁着眼睛无法入眠，不时喊着公司某几位高级管理人员的名字，情绪极为紧张焦躁。

1952年2月8日上午，民生公司召开“五反”动员大会，会议主题是揭发资方腐蚀国家干部。公司高级管理人员坐在台下第一排，父亲又特别被安排坐在第一排的正中间位置。在会上，公股代表张祥麟在会上带头做检查，内容是与卢作孚一道赴北京出差时，曾和卢作孚一起去吃饭、洗澡、看戏等。张祥麟检查后，父亲的通讯员关怀便跳上台去，揭发说张祥麟在北京时，接受卢作孚请吃饭、请看戏是受了“糖衣炮弹”的袭击，是受了“资本家”的拉拢腐蚀。他还严厉追问张祥麟还有什么问题没有交代，其间会场多次高呼口号，气氛十分紧张，使坐在台下前排的父亲十分困惑和难堪，心情极为沉重。

父亲一生光明磊落，洁身自好，对旧社会奸商拉拢贿赂官员、贪污舞弊的行为一向深恶痛绝。此刻，他很难理解用私人工资收入招待同事这样的正常交往怎么就成了腐蚀干部？他身边的工作人员怎么会如此对待他？父亲是一个视人格尊严为生命的人，这样无端的侮蔑和侵犯，他绝对不能接受。可以说，2月8日的大会对于父亲是一个极大的刺激，直接成为他当晚自尽的导火索。

他的死亡，原来仅仅是因为不愿受其辱！

尊严在四川人的心目中会产生一种怎样的力量？四川人很能忍，甚至特能忍，但四川人又特别好面子。所以四川人特别爱说，“树怕剥皮，人怕伤心”，爱说“狗急了都要咬人”“老实人惹不得”。如果你看见四川人在大街上拳头相向，那很有可能是面子下不了台的缘故。而一个四川人要用死来维护尊严，这是一种怎样的沉重？

章立凡在《从黄炎培日记看卢作孚之死》一文中写道：

“五反”运动在全国导致了大批的自杀事件。“哀莫大于心死”，“实业救国”的代表人物卢作孚以死抗争，对北京高层的震动不可小视，3月中旬运动开始降温。但全国经济形势仍继续下跌，4月初毛泽东指示说：“打击要适可而止，不能走得太远，走得太远，就要发生问题。我们已经对资产阶级打了一下，现在可以在新的基础上和他们讲团结了。”（薄一波：《若干重大决策与事件的回顾》上卷，第175—176页）运动随后逐渐刹车，到10月间正式结束。

就是这个人，建成了四川第一条铁路——北川铁路；组建了当时四川的煤矿——天府煤矿；创建了西南最大的纺织染厂——三峡织布厂；创立了中国唯一最大的民办科研机构——中国西部科学院；在四川率先架建成了乡村电话网络；开辟了被誉为重庆北戴河的北温泉公园。他以重庆北碚为试点，圆着一个他对国家现代化建设的理想：修公路、开运河、办农场、建工厂、辟公园、修建体育场、改造旧城市，并在城镇中设医院、建立图书馆、博物馆以及各种学校。今天的北碚人，是否偶尔会想起这样的一个曾经充满激情又备感寂寞的四川人呢？

据说，当年郭沫若曾向卢作孚毛遂自荐，想写他的传记，卢作孚婉言谢绝说：“我的传记只能由我自己来写。”而今天，纵目四望，世上已无卢作孚。

3 邓小平、巴金：两个说真话的四川人

改革开放30年来，我们已经见识到了三次颇有声势的对于说真话的呼唤。其中的两次都是由四川人发起。上个世纪80年代初期，巴金先生就是呼喊得最有气势的人之一。他说："真话不是指真理，也不是指正确的话。自己想什么就讲什么；自己怎么想就怎么说——这就是真话。"

到了上个世纪的90年代初，有一种"左"的思想观念依然固守在某些人的头脑中，他们以绝对真理或者垄断真理的态度，干预政治生活和经济建设中出现的新事物、新现象，动辄套用"姓资姓社"的框框，来束缚人们的思想，捆绑人们的手脚。这时候，邓小平的南方谈话，掀开了解放思想的帷幕，呼唤人们要说新话，要说真话。这一次呼唤说真话，更加具有理性和前瞻性。这真是一次具有深意，颇有深度的呼唤。

21世纪初，面对SARS肆虐的灾难，党和政府的最高领导人反复强调，各级政府要以对人民高度负责的态度，及时发现、报告和公布疫情，决不允许缓报、漏报和瞒报，否则将严肃追究有关人员的责任。杂文家张心阳先生曾撰写文章指出：最高领导人以命令的口吻要求各级说实（真）话，这是难得的务实作风。然而让人说实话却要靠下命令，却又不能不说是令人深思的事情。

三次颇有声势的对说真话的呼唤，有两次由四川人带头。这不能不说与四川人的火辣性格有关。著名电影演员、邓小平的扮演者卢奇在评价邓小平时说："邓小平一直坚持说真话，不说假话。从不绕弯，也很少客套。这倒很有川东人的火辣性格。"

1986年9月2日，美国记者迈克·华莱士在中南海采访邓小平时，也认为邓小平是一个沉默的人，但与外界对话时，他的语言通常很直接，一语中的。他的语言和他的做事方式如出一辙，他说话不甚讲究文采，几乎从不兜弯

子，直接切入主题，解决问题，也非常干脆。

1982年9月24日，邓小平在人民大会堂会见了有“铁腕”之称的英国首相撒切尔夫人，这次她来是就香港前途问题与中国领导人进行谈判的也可以说这次谈判将是一锤定音。谈判结束后，撒切尔夫人出来时，不慎跌倒在大会堂台阶上。她的这一跤，引起了敏感的舆论界的浓厚兴趣，也仿佛在宣告，面对强硬的邓小平，“铁腕”也只能甘拜下风。

在这次谈判中，邓小平告诉撒切尔夫人，对于香港的主权归属，“中国在这个问题上没有回旋余地。坦率地讲，主权不是一个可以讨论的问题”。中国无论如何也要在1997年收回香港，否则“就意味着中国政府是晚清政府，中国领导人是李鸿章”！他还告诉英国首相，中国政府在做出这个决策时，各种可能都估计到了，“还考虑了我们不愿意考虑的一个问题，就是如果在15年的过渡时期内香港发生严重的波动，怎么办？那时，中国政府将被迫不得不对收回的时间和方式另作考虑。如果说宣布要收回香港就会像夫人说的‘带来灾难性的影响’，那我们要勇敢地面对这个灾难，做出决策”。据说，这次撒切尔夫人回去后对驻华大使柯利达说：“邓小平真残酷啊！”

1997年7月1日，香港回归祖国怀抱。撒切尔夫人赞扬邓小平提出的“一国两制”的构想是最富天才的创造。世界舆论认为，中英通过谈判解决香港问题是解决国际争端的最好典范。几年后，美国《世界报》评选10年风云人物，邓小平被看成最能代表时代精神的人。

这个1904年8月22日生于四川广安的四川人，当他三起三落之后，站在中国的大舞台上时，的确以一种时代精神被写进了历史。他被称为中国改革开放的总设计师。一系列关键词与他的名字相连，改革开放、包产到户、市场经济、经济特区、科教兴国、南巡讲话、三个标准（三个有利于）、一国两制……一句句真知灼见为人民所铭记：“发展才是硬道理”“让一部分人先富起来”“我们勒紧裤腰带也要搞教育”“不搞争论，是我的一个发明。不争论，是为了争取时间干……不争论，大胆地试，大胆地闯”“改革开放迈不开步子……要害是姓‘资’还是姓‘社’的问题。判断的标准，应该主要看是否有利于发展社会主义社会的生产力，是否有利于增强社会主义国家的综合国力，是否有利于提高人民的生活水平”……

这是一个思想的巨人。他力挽狂澜，把中国带上了一条富国强民的崛起之路，几乎在十一届三中全会之际，他就为中国的改革开放30年定好了一个伟大的基调。在这次会议上，他恢复了一条思想路线——解放思想，实事求是，找到了一条道路——建设有中国特色的社会主义，确立了一项基本国策——改革开放。

这个人从来都是乡音不改，这个人总是向世界面带着微笑，这个人自豪地说："我是人民的儿子！"

在一个温暖的春夜，是谁点亮一只蜡烛，在一种昏眩中，去接近和抚摸一个人说出的真话和他的世纪良心。在这样的一个越来越把自己深裹、需要戴着面具行走的时代，有谁会忽然想起有一个四川人在固执地赤裸着他的内心，他的血与泪。虽然，连翻读其书都需要一种面对他的勇气。

2003年，99岁的他获选《感动中国》人物。对他的颁奖词是这样说的：

> 穿越一个世纪，见证沧桑百年，刻画历史巨变，一个生命竟如此厚重。他在字里行间燃烧的激情，点亮多少人灵魂的灯塔；他在人生中真诚地行走，叩响多少人心灵的大门。他贯穿于文字和生命中的热情、忧患、良知，将在文学史册中永远闪耀着璀璨的光辉。

那时候，这个人已经被切开了气管，躺在医院里，一躺就是整整六年。他说，我从此是为大家而活的，虽然，他是那么希望安乐死，早点去见他的萧珊。或许，这个灵魂已经逐渐睡去的人，会偶尔想起一个青年所说过的话语："为着追求光和热，人宁愿舍弃自己的生命。生命是可爱的。但寒冷的、寂寞地生，却不如轰轰烈烈地死。"

今天的成都人偶尔会在百花潭公园，凝视一眼他的塑像。这个人，在这个城市是无处不在，还是渐至遥远？据说，他当年负笈求学后，一生只回来过5次。他一生最大的愿望是回来了再也不离开。今天，上下班经过一条叫正通顺街的街道的时候，人们是否会想起，1904年11月25日，这条街上的李公馆新增了一名男丁，这个男孩后来被其祖父抑或是父亲取名为李尧棠，字芾甘。“尧”是当时他们李家这一辈的排行，“棠”和“芾甘”反取自诗经中的《召南·甘棠》篇：“蔽芾甘棠，勿剪勿伐，召伯所茇”。这句原诗的意思是说，这棵小小的棠梨树，不要去砍伐它，这是周朝有德政的召伯曾经休息过的地方。后来，“芾甘”这个名字被大家忘记，人们以另一个名字记住了他——“巴金”。

他曾说过：“我们每个人都有更多的爱，更多的同情，更多的精力，更多的时间，比用来维持自己生存所需要的多得多，我们必须为别人花费它们，这样我们的生命才会开花。道德，无私就是生命的花。”

他曾说过：“在我的心灵有一个愿望：我愿每个人都有住房，每个人都有饱饭，每颗心都得到温暖。我要揩干每个人的眼泪，不让任何人落掉别人的一根头发。”

他曾说过：“我唯一的心愿是：化作泥土，留在人们温暖的脚印里。”

巴金小的时候，一次帮家里的轿夫老周烧火做饭，老周说：“人要忠心，火要空心。”很多年很多年，他都常常想起这八个字。晚年的巴金对记者说：“我几百万字的作品，还不及老周的八个字。”他说这话不是谦虚，而是他望见了一种无法抵御的苍凉，或者说永无止境的悲伤。在南京师范大学附中的校园里，树立着五座校友的铜像，依次排开分别是鲁迅、胡风、巴金、严济慈、袁隆平。这是巴金的母校，1923年底，19岁的巴金曾在这里学习，当时的校名为东南大学附属中学。巴金铜像前的四个字是巴金亲手题写的，那四个字是：“掏出心来！”

在他的一生中，他创作了一千万字的著作和四百多万字的译著。他是获得国际性荣誉最多的一位中国作家。1999年，国际编号8315的小行星以他的名字命名。他一生最爱的花是红玫瑰，他一生最喜爱的音乐是柴可夫斯基的第六交响曲《悲怆》。

他说：“我一生没写什么东西，不过就写了《随想录》这一部作品。”也许他珍视这一本书，是因为那是他说的“真话”，以及他有足够的勇气来说出他的良心与忏悔。

他为自己曾经的一些不该写的文章和不该做的行为而感到深深的不安、后悔和耻辱，在《怀念胡风》中，他写道：“五十年代我常说做一个中国作家是我的骄傲，可是想到那些‘斗争’，那些‘运动’，我对自己的表演（即使是不得已而为吧），也感到恶心，感到羞耻，今天翻看三十年前写的那些话，我还是不能原谅自己，也不想要求后人原谅我”，“我好像挨了当头一棒，印在白纸上的

晚年仍笔耕不辍的巴金。巴金一生为弱小生命受到无辜摧残而愤怒呼喊。他在小说里不断抨击封建家长的专制蛮横，不断揭露封建教育的愚昧错误，他鼓励青年人大胆地去追求幸福，实现自己的生命价值，巴金一生的文章满溢着朝气，即便是晚年的《随想录》也是如此。

黑字是永远揩不掉的，子孙后代是我们真正的审判官，究竟对什么错误我们应该负责，他们知道，他们不会原谅我们。”他的最后一篇没有完成的文章《怀念振铎》中还对他的老朋友郑振铎写着深深的歉意与内疚。对于这样的文字，已经很难说他是在检讨自己，还是在检讨一个民族。他把自己的心祭奠在了罪与罚的神坛上，以此打捞着中国人自己的灵魂和良心。

在他的晚年，也许，他只做了两件事，然而这两件事都是这样沉重：“一是‘文革’结束后的《随想录》，当大多数人陷于控诉，把自己当成无辜的受害者时，巴金首先揭发的是自己；二是支持建立现代文学馆，向世人展示真实的文学史。”（钱理群语）他曾经还有一个愿望，建立一个“文革博物馆”，可是这个想法终于没有实现。

2000年现代文学馆终于落成。巴金捐出15万元作为文学馆的开办基金，并把以后所得的稿费全部转赠给现代文学馆。后来，他又把自己的共计8000多册的跟现代文学有关的藏书捐给了文学馆。

值得一说的还有他的爱情。他的爱人萧珊曾是他的一个读者，当时在上海读中学。她比他小13岁。1936年他们在上海相识，1944年，经过8年的相恋，这对恋人在贵阳花溪结婚。上世纪50年代，他们有了一子一女，一家人过着平凡而幸福的生活。可是好日子没过多久“文革”就来了，巴金挨整，萧珊的日子也不好过。在最困难的时候，她总是在他耳边说：“不要难过，我不会离开你，我在你的身边。”可是，“文革”还没有结束，她就离他而去。

她的去世对他来说是个巨大的打击，他没有再婚。在他的卧室里，放着她的骨灰盒，在他的床头柜上，放着她的几部作品。偶尔，他会去轻轻拂拭它们，他会对另一个世界的她说出他所有的话。

在病中，他思念最多的就是她，一次次在梦中相见，两人手拉手地痛哭，一直哭醒。醒来是漫漫长夜，他会在黑夜中呼唤着她的名字：“蕴珍、蕴珍，你别离开我……”在《怀念萧珊》一文中，他曾这样写道：“每夜每夜，我都听见床前骨灰盒里她的小声呼唤，她的低声哭泣。……骨灰盒还放在我的家中，亲爱的面容还印在我的心上，她不会离开我，也从未离开我。”在《病中集》中，他说：“想到死亡，我并不害怕，我只是满怀着留恋的感情。”

“要是真有一个鬼的世界多好，我在那里可以和我的爱人相会。”这声音几多苍凉。如果真有一个鬼的世界，巴金要去和他的萧珊相会，也足足为之等待了33年。

1969年，65岁的他一边接受批判，一边开始抄录、背诵但丁《神曲·地狱篇》，一直到1972年7月抄到第九曲。1972年8月13日，萧珊病故。在她病故前20多天，他才获准回家看护她。他后来在《随想录》中写了两篇怀念她的文章，情真意切，读后令人潸然泪下。

“她是我生命的一部分，她的骨灰里有我的泪和血。这是她的最后，然而绝不是她的结局，她的结局将和我的连在一起。”

在他百岁寿辰的那一天，中央电视台《东方之子》栏目播出专题节目：《有你在，灯亮着》。巴金将冰心视作知己，晚年写信给她，“有你在，灯亮着；我们不在黑暗中，我们放心了……”现在，这句他对冰心的赠言，被我们用来描述对他的追思与感激：“有你在，灯亮着……”

2005年，101岁的中国一代文学巨匠巴金于10月17日19时零6分在上海逝世。这个为鲁迅抬过棺的人，成为最后一个离去的抬棺者，这仿佛是一种隐喻。这个谢幕得有点悲壮的四川人，曾经站在卢梭像前苦苦思索，而我以为他作为敢为天下先的四川人，是其在最后，说了一次真话，说了一次没有违背他良心的话。当整个民族都在为一场灾难推卸责任的时候，是他站在那儿忏悔。这是我们无法绕过他的原因，因为他是“二十世纪中国的良心”。

而我们之所以绕不开他，还有他的有情有义，四川人爱说“袍哥人家，决不拉稀摆带”，他对妻子的爱，对祖国的爱，对大地的爱，都是这般深沉。四川人一般不说爱，但爱了就会惊天动地，一往情深。他让人们想起一个有着巴人嫌疑的屈原。两者都有着苦苦的天问，两者都有着深沉的爱。在最后，正如冉云飞曾用标题《世上已无卢作孚》来向一个四川人致敬一样，我们也要以“世上已无巴金”这一句话对他做最后一次凝视和回眸，然后轻轻走开……

4 晏阳初：中国乡村教育第一人

当今，很多人并不晓得有一个叫晏阳初的四川人，就连大多数四川人也对他感到陌生。然而，这个人却与爱因斯坦一起被美国一百余所大学和科研机构评为“现代世界最具革命性贡献的十大伟人”，并且，他是获此殊荣的唯一亚洲人。在他的名字注释里，应该有这样的字样：他是美国历史上第一个使国会通过拨款条款的外籍人士。他至今仍被日本看做是进一步现代化的路标之一。他的一生改变了世界上上亿贫苦民众的命运。他被誉为“国际平民教育之父”，中国乡村教育运动第一人。

1893年，晏阳初生于四川巴中。他幼时上私塾读四书五经，接触儒学经典，后又上外国人办的教会学校，皈依基督教。第一次世界大战期间，正在美国留学的晏阳初应征到法国战场上为华工服务，做些代写家信的工作，继而，他直接教华工们识字，让他们自己动手写信。这次从教经历使他的思想有了转变，他认为，通过教育，“苦力”们可以用自己的“力”来解除自己的“苦”。从此，晏阳初确定了自己的人生目标，就是致力于平民教育和乡村改造。于是，“三C”贯穿了他的整个思想：“我常说，‘三C’影响了我一生，就是孔子（Confucius）、基督（Christ）和苦力（Coolies）。比较具体地说，是：来自远古的儒家民本思想，来自近世的传教士的榜样和来自四海的民间疾苦和智能。”他说：“我是中华文化与西方民主科学思想相结合的一个产儿。我确实有使命感和救世观；我是一个传教士，传的是平民教育，出发点是仁和爱。我是革命者，想以教育革除恶习败俗，去旧创新，却不主张以暴易暴，杀人放火。……我相信‘人皆可以为尧舜’。圣奥古斯丁说，‘在每一个灵魂的深处，都有神圣之物’。人类良知的普遍存在，也是我深信不疑的。”

1920年晏阳初回国后，即开始试验和推广平民识字教育，成立了中华平民教育促进总会。1922年，他发起全国识字运动，号召“除文盲，做新民”。在长沙招聘的一百多位义务教员中，就有后来成为一代开国伟人的毛泽东。晏阳初可以说是毛泽东走向民间、走进农村，以“农村包围城市”的启蒙老师。1926年，晏阳初带着一批优秀的知识分子，和农民同吃同住，进行了著名的定县实验，当他发现单纯依靠平民教育不能根本改变农村的时候，他又把平民教育发展为乡村建设。于是从定县发端，他积极进行乡村改造运动，并逐渐推广到华中和华西。抗战爆发后，晏阳初带着他的平教总会回到四川，在成都、南充、泸县等地展开平教运动。1950年以后，晏阳初以定县实验的基本经验与中国平教与乡建的理论为基础，在印度、泰国、菲律宾、加纳、哥伦比亚、古巴、危地马拉等国，继续为平民教育与乡村改造奔走，指导推行田间实验与社区教育，将初期的“除文盲，做新民”的口号扩展为“除天下文盲，做世界新民”。

晏阳初在一战战场为华工服务时就立下不做官、不发财的誓愿。“原想教育华工，没想到他们竟教育了我。”“我立志回国以后，不做官，不发财，将我的终身献给劳苦的大众。”在北京时，少帅张学良拿八百万大洋支持平民教育为条件，请他出任东北行政院院长，并把他的助手关进监狱，他始终不为所动，坚定投身平民教育。抗战胜利后，他可以当面对蒋介石说，“我们人民遭受了二十一年的内战，他们流尽了鲜血。现在，是为农村的大众干一些事情的时候了。”并警告其说，“如果您只看到军队的力量，而看不到人民的力量，那么你会失去中国。”

究其一生，晏阳初始终在用平民的视角打量这个世界，“一国的程度就看国民的程度”。1987年，里根总统给他颁发“终止饥饿终身成就奖”。荣誉状称：“六十年来为铲除第三世界饥饿和穷困根源，你始终不渝地推广和开拓着一个持续而综合的计划。”1989年布什总统在给晏阳初的生日贺词中说，“通过寻求给予那些处于困境中的人以帮助，而不是施舍，您重申了人的尊严与价值”，“您使无数的人认识到：任何一个儿童决不只是有一张吃饭的嘴，而是具备无限潜力的有价值的人”。

在他的传记上，有这样一句话——为全球乡村改造奋斗六十年。他的名字，被称为“人类的良心”。

5 两个鬼才：魏明伦和李宗吾

在历史上，神秘主义与巴山蜀水结合，构成了奇特的文化世界。巫山神女的千年一望，丰都鬼城的别样世界，以及古蜀望帝化为杜鹃等传说是这种神秘主义最为朴实的体现。巴蜀文化学者谭继和在《道源：古蜀仙道》一文中写道：

> 中原文化重礼化，以《诗经》为元典。南方文化重巫化，以楚文化为典型代表，以《楚辞》为元典。在南方文化系统中，巴与蜀又有所不同，巴文化

晏阳初发起全国识字运动期间所刊印的资料。晏阳初被国际舆论称赞为“是具有坚定信念与丰富想象力的英勇学者，是劳苦平民心智与精神的解放者”，是“世界平民教育之父”“真正的哲学家与人道主义者”。

第二課　瞎子

不能看的人是瞎子，
不識字的也算瞎子．
瞎子苦，
不識字的也苦．

瞎子　不　能　看　的　人　是　識　字　也　算　苦

重鬼化，“其俗尚鬼重巫”，丰都平都山是典型代表。蜀文化则重仙化，以古蜀仙道为代表，司马相如讲“列仙之儒”与“帝王之仙”的《大人赋》、严君平的《老子指归》、扬雄的《太玄》、张陵《老子想尔注》是其元典。归纳起来，这是南、北文化两种系统不同的文化想象力，由此而将巴蜀文化与其他地域文化相区别开来。仙道和仙化思维特征，既体现在技巧、技术和物质的因素上，也体现在价值、思想、艺术性和道德性等因素上，构成巴蜀文化一个重要特征，就是“神”：神奇的自然世界、神秘的文化世界、神妙的心灵世界，这就是巴蜀文化两千年积累、变异和发展留下的历史传统和历史遗产，构成了巴蜀文化的独特性。从道教的道源角度观察，有悠久而独立的始源的巴蜀文化，是道源广阔的基础，而巴蜀从古以来的仙道文化，则是道源深刻的内涵和核心。

《中国国家地理》杂志主编单之蔷则在《从气候看四川盆地的神奇之处》一文中，以“别一只眼”发现了四川原来是一个崇山围绕的“海洋”：

因为季风的缘故，我国是世界上受气候灾害最严重的国家。春天，如果来自太平洋的季风姗姗来迟，就会造成严重的旱灾，夏季如果季风滞留在某一地带，就会造成洪涝之灾，冬天冬季风的频次、力度一旦超过常态，就会酿成冻害、寒害和低温冷害。

受季风影响的我国东部地区常常遭受各种灾害的侵扰，但有个地方是例外，这就是四川盆地，尤其是盆地中的成都平原。四川盆地享有季风之利，而无季风之害。这次东部中国霜雪覆江南，冰凌侵绿树，但四川盆地却油菜花盛开，不见霜冻的景象。

经常有这样的情形：在冬天的寒潮霜雪从北向南袭来，一直到达广州、南宁等北回归线以南的“热带”城市时，四川盆地却几乎是个无霜区。气象学家林之光先生最早发现了这一点，他还画过一张图，从这张图上可以看出几乎无霜的四川盆地就像一个大眼睛，在满是霜雪的世界中闪烁。

四川盆地为什么是个灾难的避风港？主要是地形的原因：盆地四周都是高大的山脉和高原，北有秦岭的崇山峻岭；南有云贵高原；西有横断山脉；东有巫山等。这些高山高原挡住了寒潮的入侵，因此四川盆地是个霜雪很少的地方。

成都大慈寺内的长明灯。在巴蜀地区，宗教文化和市井文化实现了完美的结合。宗教建筑对其周边产生的影响不单单是宗教方面的,它同时在经济和文化上起着重要的作用。位于成都中心区域的大慈寺就在成都历史上构建了一个以宗教文化为主兼有成都民俗文化特色的非常系统的文化生态区。

四川盆地还有一个神奇之处。这个深处内陆的有中国腹地之称的地方，竟然是海洋性气候。许多滨海的地方却是大陆性气候，比如大连、天津、青岛，甚至上海都不能算作海洋性气候。

这真是一个奇妙的地方，正是在这样的文化和自然背景下，巴山峨峨，蜀水泱泱，孕育了众多的高人奇士，乃至鬼才。他们的特点是特立独行，奇思妙想。他们在中国的历史上，是一个异类和另类，从神秘的巴山蜀水出发，指向和回归我们的内心世界。

在现代的巴蜀鬼才中，名气最大的是著名戏剧家、作家魏明伦。学者肖平认为魏明伦“同时兼备了李宗吾锐利的思想和出色的文采，因而能在身不出蜀的情况下掀起中国文化界的轩然大波”。

魏明伦童年失学，九岁唱戏。他在1950年参加四川省自贡市川剧团后，先后任演员、导演、编剧至今，被誉为“巴山鬼才”，他被人称之为文人中的艺人，艺人中的文人。而他自己则说：“说我是学者、老师，我不太愿意接受，因为我没有上过学，但是我不是学者不证明我没有思想。”魏明伦戏剧、杂文、赋无不精绝，其创作神秘诡异、变化无穷，让人目不暇接，摸不着头脑。

上世纪80年代后期，魏明伦开始写杂文，以其内涵与形式双重特殊引起文坛和社会反响，乃致出现“魏明伦是戏剧第一还是杂文第一”的争论。对于其杂文，余秋雨这样评价：“不走隐晦曲折、把玩机巧、耍弄幽默之途，只以一种道义敏感裹卷世象，尖锐得浩浩荡荡，讽刺得明明白白，可谓杂文中的君子、侠士。即便有几篇写得怪异奇特，也绝不琐碎纠缠，转了几笔仍然掩饰不住明亮和爽利。我觉得他将四川人‘麻辣烫’人生风致在杂文中体现得再充分不过了。”在其《巴山鬼话》的自序中，魏明伦也声言此书是“杂文与散文拼盘，白话与文言骈俪，思辨与抒情对照，麻辣与清淡兼容。打个好吃鬼的比喻：川菜特产，鸳鸯火锅”。

正当魏明伦的杂文为世人瞩目时，魏明伦又抛出了他的“重磅炸弹”——《潘金莲》，在文艺界、思想界产生了极大的震荡和惊骇。魏明伦曾经对记者说，他感觉自己当时相当于在中国放了一颗原子弹。在川剧《潘金莲》中，无论内容还是形式，魏明伦完全颠覆了传统的潘金莲，不再简单地把潘金莲当做一个“坏女人”，而是阐释她怎么从一个“好女人”慢慢变成了“坏女人”。形式上，他采用了荒诞手法，古今中外全融在一块：有贾宝玉，有武则天，有现代也有古代的司法官。至今全国有两百多个剧团，用几十个剧种演出《潘金莲》。海外媒体纷纷发表评论，从有川剧以来，是影响最大的一次。魏明伦把潘金莲四川化，也传播了戏中巴蜀文化的幽默、智慧、狡黠。《潘》剧的出现，立即在社会上产生了关于家庭、婚姻、爱情、法制、道德，甚至古典文学解构问题的争论。

后来，魏明伦回顾自己在川剧正跌入低谷时创作的这个戏时说：

> 十几年前，我写作“荒诞”戏《潘金莲》，让一群古今中外知名人士跨朝越国同聚一台，与潘金莲比较命运，其中就有安娜·卡列尼娜。她俩都是家庭婚姻不幸，第三者介入，造成更不幸的后果。安娜是帝俄时代贵族阶层的荡妇，潘金莲是封建中国下层社会的荡妇。一个出自托尔斯泰笔下，一个出自施耐庵笔下，两个文学形象知名度都很大。但托翁对待安娜的气度不像施耐庵对待潘金莲。八十年代初期，中央电视台播映英国电视剧《安娜·卡列尼娜》，我们的社会舆论指责安娜是不道德的女性，批评电视台播放这部名著是鼓吹婚外恋，会影响中国家庭的稳定。你看，都八十年代了，中国的封建思想还这么根深蒂固，比帝俄贵族社会对安娜的看法还落后！这就是我重新评价潘金莲的动力之一。时代呼唤戏剧出现彻底反思中国妇女婚姻问题的爆炸性题材，我的《潘金莲》是时代的产物。我是用托翁看待安娜那种观点来看待潘金莲的不幸遭遇。当然，安娜与潘金莲是同中有异。我用魔幻现实主义手法，让西方安娜与东方潘金莲同病相怜。安娜主张自我毁灭，劝潘金莲不要参与杀人，最好的结局是跟安娜一起去卧轨自杀，或者就用砒霜服毒自杀。但武则天出场阻止潘金莲跟随安娜卧轨自杀，叫潘金莲休了男人或杀了男人。潘金莲

进退两难，中国只有休妻的传统，没有休夫的条例；若是去杀人，更是犯罪，民女更不敢了。武则天狂笑说：可怜你是个老百姓，不似孤手掌大权。杀一个人有什么关系？我杀了千千万万的人，后代还是歌颂我的文治武功。我为了夺取政权，嫁祸政敌，亲手把我的小女儿扼杀在摇篮中！我为了保障政权，不仅处死了我的同胞姐妹和亲生儿女，我的御手还沾满了千万人的鲜血，可后代还是认同我的杀人道理，还是夸我功大于过。你潘金莲吃亏在是个民女。窃国者侯，窃钩者诛。你要是做了皇帝，别说杀一个窝囊丈夫，杀多少人都合法了！

对于这个对千年女性命运抗争的作品，余秋雨评价甚高：“其实，真正能在戏剧舞台上勾动历史魂魄的倒是魏明伦，他故意站在中国世俗文化的土壤上，让一部古典通俗小说，一个传统戏剧作为文化反思的基座，再拉入国际经典和现代作品交错论辩，使全部反思成为中国文化体制内的拷问。正是在这一点上，魏明伦表现出了比当时学院探索派的年轻弟妹们更实在的力度；而与一般地方戏曲比较，他显然又在整体思考的强度上大大地超越了大多数同行。”

对于魏明伦的《夕照祁山》，余秋雨也备加赞赏：“魏明伦对诸葛亮这一历史人物的反思，触及中国传统文化人格的要害部位，因为诸葛亮是历史上少有的把文人人格、官场人格和中国民间的世俗人格组合得最为完整的性格典型，只要轻轻地摇撼他，就会牵动整个民族的神经网络。此时的魏明伦，早已不是一个一鸣惊人的挑战者，而是能够把苍凉的历史感悟进行寓言化处理的悲剧诗人，他呈现出了一种前所未有的深厚和大气。”

对于魏明伦的“鬼”，巴蜀民俗学者陈世松对其表现有过精辟而独到的见解：

一表现在戏剧创作上思路广，“鬼点子”多。魏明伦平生素以“鬼点子”“鬼聪明”“烂脑壳”著称。他把四川人求变的个性贯穿于他的剧作之中，坚持“一戏一招”，一招一变的追求目标。由于他不断地在寻找一条传统观念和现代观念相契合，中国文化和西方文化相契合的道路，能从多种源泉中吸取营养，这才使他的戏剧作品像一湖活水，永远在闪烁跳跃。

……

二表现在纯熟的文字表达技法，有如鬼斧神工造化。魏明伦继承了四川人擅长语言、巴蜀文化中素以文词显天下的优良传统，无论在他的剧作中，还是在他的杂文、散文作品里，表现出文章考究独到、文辞精练传神的特点，在中国文坛享有独铸新词的美誉。

正如余秋雨在《大匠之门》中评点的，他的戏作，让人精神振奋。“纯熟的技法，漂亮的唱词，却毫无当时一般文人剧作的疲塌斯文、亢奋议论和矫饰悲情，只是活脱脱地凸现出叙事结构和嘲讽魅力，直至观众以为已经剧终，站起身来准备鼓掌的时候，一个意想不到的突转又把所有的观众震得发呆。”

……

三表现在思想解放，鬼头鬼脑上。魏明伦敢于在戏剧创作和杂文、散文写作中，独树一帜，大胆创新，不断发射出文化思考的冲击波。正如他自己所说：“鬼胎里怀着一片责任心，几分使命感；鬼头鬼脑思考着人的价值，神的奥秘，官的沉浮，民的忧乐。”因此，他能做到：笔底波澜，议论风生，嬉笑怒骂，皆成文章。

虽然，余秋雨把魏明伦誉为解答中国文化如何面对国际、传统艺术如何面对现代的“文化难题”的“为数不多的标志性人物”，台湾鬼才李敖和巴蜀鬼才魏明伦在台北相见也曾经惺惺相惜，然而，在得到广泛赞誉的同时，魏明伦也受到了一定程度的批评，比如作家韩石山在《文学自由谈》中撰文说：“过去是越有文化的人越像个文化人，到了魏明伦这儿成了越没有文化的人越像个文化人了……如果四川再不出一两个像样的文化人，只出魏明伦这样的伪名人，不管西部开发有多热闹，我的眼角都不往那边瞥一下。”

然而具有好斗之勇、川人之黠的魏明伦，一面嬉笑怒骂地还击，一面偷着乐地做他满腹鬼才的文章。对于他自己，他早有一个定论：“烟可戒，毒也有可能戒掉；但鄙人的创造瘾大，实在戒不掉。我这逆向思维、辐射性思维、创造性思维积累起来，自然化合为与众不同的‘体制外思维’！人在体制内，思在体制外。”他常说自己，生是蜀人，死是川鬼。

总之，魏明伦很具有蜀地人才的特点，底气很足，表现方式很怪，有时怪得让人摸不着头脑。对于四川出鬼才奇才、人才济济，用魏明伦自己的话来说，就是按人口比例，四川也应该比小省的人才出得多。好一个真知灼见。

在现代四川人中，无人不知、无人不晓的鬼才，除了魏明伦外，还有一个就是被称为“厚黑教主”的李宗吾。很巧的是，魏明伦跟以“厚黑学”名世的前辈、同样被称为“鬼才”的李宗吾是同乡，都是四川自贡人。据说1995年，魏明伦在台北六福客栈拜见李敖，李敖听说魏明伦来自四川自贡，便聊起“厚黑教主”李宗吾。目空一切，一生狂傲的李敖却对魏明伦说，自己一辈子只佩服两位同宗李姓的叛逆思想家，即李氏二吾：一为明代福建李卓吾，二是现代四川李宗吾。

李宗吾（公元1879~1943年）早年加入同盟会，后长期从事教育工作，历任中学校长、省议员、省长署教育厅副厅长及省督学等职。据说其几十年间目睹人间冷暖，看透宦海浮沉，所以写出了《厚黑学》一书，并干脆冠以“独尊”之笔名，旨在取佛祖“天上地下，唯我独尊”之意，从此，这个人便以“厚黑教主”自号，被誉为“影响中国20世纪的十大奇才怪杰”之一。

李宗吾在《厚黑学》中宣扬脸皮要厚如城墙，心要黑如煤炭，害完人后还要令受害者跪在地上感谢你，这样才能成为“英雄豪杰”。他列举了曹操、刘备、孙权、司马懿、项羽、刘邦等人物为例，试图证实其厚黑学而列举当中各人之“厚”“薄”与“黑”“白”如何影响他们的成败。

最初，李宗吾受了朋友的怂恿，开始在成都《公论日报》上连载《厚黑学》一书。刚一刊出，就引起舆论哗然、举世震惊。可以想象，在当时舆论禁锢的时代发表这样的惊世骇俗之作，可谓大胆之举。连载到中卷的一半时，李宗吾又接受了朋友的劝告，中止了《厚黑学》的连载。

李宗吾自称，他是偶然“发明”了厚黑学，“我在高等学堂的时候，许多同乡同学的朋友，都加入同盟会。有个朋友，名叫张列五，曾对我说：将来我们起事，定要派你带一支兵。我听了非常高兴，心想古来当英雄豪杰必定有个秘诀。因把历史上的事，汇集拢来，用归纳法，搜求他的秘诀，经过许久，茫无所得。宣统二年，我当富顺中学堂监督（即校长)，有一夜，睡在监督室中，偶想到曹操刘备孙权几个人，不禁捶床而起曰：得之矣！得之矣！古之所谓英雄豪杰者，不外面厚心黑而已！触类旁通，头头是道，一部二十四史，都可一以贯之。”

> “我们的丑陋，来自我们不知道自己丑陋。”后来写下《丑陋的中国人》的台湾著名作家柏杨，其文字和李宗吾有异曲同工之妙，可谓殊途而同归。柏杨对李宗吾评价甚高，并为其写下《被忽略的大师》一文，他在文中说，《厚黑学》“这本书之好，在于告诉国人，一个盖世奇才，对日非的世局，其内心的悲愤和痛苦是如何沉重，李宗吾先生一生为人做事，比柏杨先生不知道高级多少，直可惊天地而泣鬼神，而他鼓吹厚黑，硬揭大人先生和鱼鳖虾蚧的疮疤，其被围剿，自在意中”。“李宗吾先生结论曰，他把这些人的故事，反复研究，才将千古不传的成功秘诀发现出来。一部二十四史，必须持此观点，才读得通，这种学问，原则上很简单，运用起来却很神秘，小用小效，大用大效，故他以‘厚黑教主’自居，努力说法，普渡众生”。

林语堂也说：“其言最为诙诡，其意最为沉痛。千古大奸大诈之徒，为鬼为蜮者，在李宗吾笔下烛破其隐。……李氏发布《厚黑学》，是积极的，并非消极的，不只是嘻笑怒骂而已；对社会人心，实有‘建设性’。旨在‘烛破奸诈’，引人入正！”

许倬云誉其为“狂狷嘲世一教主”：“独狷之士，自从楚狂接舆以来，何时无之？只是在文化交替时，世间没有了规范约束，更多狂生狷士。李宗吾居狂狷之间，狂不足以挑战，狷不足以自隐，于是嘲世，洁身有所不为。蒋介石禁他的著作，他居然还能老死牖下，若晚生数十年，抑或多活数十年，恐怕是狂者不能不殉身，狷者也难余生了！”

这是一个怎样的人？柏杨是这样勾画他的：“平生好写梯突文章，或用杂文体，或用小说体，无一篇不嬉笑怒骂。

故有人曰：‘厚黑教在世，是天地间一大讽刺’是非常不错的也。盖他不但讽刺世人，亦讽刺自己，不过当他讽刺自己的时候，也是更恶毒地讽刺世人。厚黑一词，明明用以揭世人的底牌，他却一身独当，曾有人质问之曰：‘你为啥骂人乎？’他答曰：‘我怎敢骂人，我骂我！’”

昔年流落四川的南怀瑾在《蜀中楚狂人》一文中，也曾经深情地追忆过与这样一位蜀中鬼才怪杰的点点滴滴，他使我们更能触摸到一个真实而平凡的四川人，他仿佛刚刚从少城公园的茶馆走出来：

有一次，厚黑教主对我说：我看你这个人有英雄主义，将来是会有所作为的。不过，我想教你一个办法，可以更快地当上英雄。要想成功、成名，就要骂人，我就是骂人骂出名的。你不用骂别人，你就骂我，骂我李宗吾浑蛋该死，你就会成功。不过，你的额头上要贴一张大成至圣先师孔子之位的纸条，你的心里要供奉我厚黑教主李宗吾的牌位。我没有照他这个办法办，所以没有成名。

有一次，我就对他讲，老师，你就不要再讲厚黑学了，不要再骂人了。他说，不是我随便骂人，每个人都是脸厚心黑，我只不过是把假面具揭下来。我说：听说中央都注意你了，有人要抓你呢。他说，兄弟，这个你就不懂了，爱因斯坦与我同庚，他发明了相对论，现在是世界闻名的科学家。而我在四川、在成都都还没有成大名，我希望他们抓我，我一坐牢，就世界闻名了。

李宗吾后来没有被抓，也没有世界闻名，他曾经对我说：我的运气不好，不像蔡元培、梁启超那样，不过，他的厚黑学流传了半个多世纪，还有那么多的人喜欢读，恐怕是他自己没有预料到的。他那个厚黑教主完全是自封的，他也没有一个教会组织，也没有一个教徒，孤家寡人一个，当年，他的书很多人喜欢读，但许多人不敢和他来往，怕沾上边，我不怕，一直同他来往。

在华人学术领域，林语堂、梁实秋、柏杨、李敖、南怀瑾、张默生、李石锋等学问大家都曾对李氏思想进行了多方位的推演和研究，他们纷纷指出，李宗吾在文化史尤其是思想史上具有不可替代性和不可僭越性，是四川人为中国现代思想所做出的不可多得的贡献。

今天，我们有必要重新拿起《厚黑学》来读一读，虽然，这个人已经越来越被我们遗忘，越来越不被我们理解：

我把世界外交史，研究了多年，竟把列强对外的秘诀发现出来，其方式不外两种：一曰劫贼式，一曰娼妓式。时而横不依理，用武力掠夺，等于劫贼之明火抢劫，是谓劫贼式的外交。时而甜言蜜语，曲语结欢心，等于娼妓媚客，结的盟约，全不生效，等于娼妓之海誓山盟，是谓娼妓式的外交。

人问日本以何者立国?答曰："厚黑立国。"娼妓之面最厚，劫贼之心最黑，大概日本军队的举动，是劫贼式，外交官的言论，是娼妓式。劫贼式之后，继以娼妓式，娼妓式之后，继以劫贼式，二者循环互用，而我国就吃亏不小了。娼妓之面厚矣，毁弃明誓，则厚之中有黑。劫贼之心黑矣，不顾唾骂，则黑之中有厚。一面用武力掠夺我国土地，一面高谈中日亲善，娼妓与劫贼，融合为一，是之谓大和魂。

人问：我国当以何者救国?答曰："厚黑救国。"日本以厚字来，我以黑字应之，日本以黑字来，我以厚字应之。娼妓艳装而来，开门纳之，但缠头费，丝毫不能出，如服侍不周，把衣饰剥了，逐出门去，是谓以黑字破其厚。日本横不依理，以武力压迫，我们用张良的法子对付他，张良圯上受书，老人种种作用，无非教他面皮厚罢了。楚汉战争，高祖用张良计策，睢水之战败了，整兵又来，荥阳败了，整兵又来，卒把项羽迫于乌江。

我们用这个法子，对付日本，是谓以厚字破其黑。黑厚与救国，融合为一，是之谓中国魂。

陈远在著作《被忽略的大师——李宗吾新传》里，把厚黑学在思想史上作了这样的定位：如果把李宗吾的厚黑学中的“厚”视为“隐忍”，“黑”视为“坚毅”，厚黑学未尝不能视为要求个人独立的先声，何尝不是在个性委靡的时代发出的启蒙之光?

然而，李宗吾是矛盾的，也许他的矛盾才显出他的真实，“我从前意气甚豪，自从发明了厚黑学，就心灰意冷，再不想当英雄豪杰了。跟着我又发明‘求官六字真言’‘做官六字真言’及‘办事二妙法’。这些都是民国元年的文字。反正后来许多朋友，见我这种颓废样子，与从前大异，很为诧异，我自己也莫名其妙。假使我不讲厚黑学，埋头做去，我的世界或许不像现在这个样子。不知是厚黑学误我，还是我误厚黑学”。

李宗吾的晚年，有人说他凄凉，有人说他幸福，但不管如何，他以诗酒自娱，终于远离了对他“厚黑”的官场和政治。据说他常常独自一人躺在竹椅上，一边饮酒助兴，一边沉思默想，每当心中又来了奇思妙想，他就会跳起来，挥笔记下。每天酒杯不离的一代鬼才奇才，在1946年8月的某一天，因饮酒过度患脑中风的李宗吾，安详地去世，享年66岁。

一个有着精妙才情和奇特思想的人走了，然而他留下了他的背影，这个苍凉的背影会因时间的流逝而益彰益显，抑或渐行渐远，终至杳不可闻：

> ……最初民风浑朴，不厚不黑，忽有一人又厚又黑，众人必为所制，而独占优势。众人看了，争相仿效，大家都是又厚又黑，你不能制我，我不能制你。独有一人，不厚不黑，则此人必为街人所信仰，而独占优胜。譬如商场，最初商人，尽是货真价实，忽有一卖假货者，参杂其间，此人必大赚其钱。大家争仿效，全市都是假货，独有一家货真价实，则购者云集，始终不衰、不败……（摘自李宗吾《厚黑学》）

6 一长串离经叛道者的名单

在今天成都的文化公园，立着一块大名鼎鼎的支矶石，它在民间，曾经一直被视为神器，备受推崇，在康熙年间，在支矶石原来的所在地，还盖了一座支矶石庙。支矶石原来的地方，相传有一个人曾经在那儿占卜卖卦，这个人就是少城闹市中一位节操高迈、学识渊深的真隐者——严君平。严君平本姓庄，名遵，字君平，后人避汉明帝刘庄讳，将庄改为严。在历史上众多的大学问家和思想家中，严君平算是个另类，颇有点像他春秋时代的本家庄子。他一生决不做官，只以占卜和教书为业。严格说来，占卜也不是他的主业，他的主业只是有一个，就是诲人向善。于是，在汉朝的成都少城，一条小街上，常常能够看到这样一位古朴的先生，每天只要挣到一百钱，他就收起卦摊，关门放帘，去教授学生，或写书做学问。

蜀中有一个叫罗冲的富人，很纳闷地问他："你为什么不去做官呢?"他说："没什么用来可做自身发展的资本。"罗冲就为严君平准备好车子马匹衣服粮食，可是严君平却说："我以此为累赘，并非感到不满足。我富裕，而你贫乏，为什么让困乏的人接济富裕的人呢?"罗冲说："我有万两黄金，你没有一石，还说有余，不是荒谬吗?"严君平说："不是这样。我从前夜里住在你家，半夜还没休息，夜以继日地忙碌而不曾有过满足。现在我靠算卦为生，不下床而钱自己就来了，还剩下百余个，尘土有几寸厚，不知道干什么用，这不是我富裕你贫乏吗?"罗冲听了很惭愧。严君平感叹："给我财物的人，是在损害我的精神；给我扬名的人，是在毁灭我的身体。所以我不去做官。"

有学者认为，很有可能，严君平就是传说中的庄子，因为历史上关于庄子情况的记载，与西汉时代严君平的情况记载几乎是重复的，而且，由于其学生扬雄的推崇，严君平学说开始在中国各地流传开来，甚至影响到了后来道教在四川的产生，像道教中的"太上老君"神位，恐怕多半与四川人崇敬严君平有很大关系。所以，我们现在说的庄子，恐怕多半是严

支矶石。成都的支矶石街，因街上留有"支矶石"而得名，不过现在立在街头的只是一块复制品，真品已被搬到了成都市青羊宫文化公园。

君平和庄周这两个人的融会形象，甚至有可能就是人们根据严君平的事迹编造的，而庄子之学，则应该是庄周、严君平、扬雄这三人学术思想的融会表达，因为，以严君平和扬雄为代表的“蜀学”传统，就是关注自然和人性本质本性研究的学派。

如果我们进一步考量，就会发现，本是临邛人的严君平，生于富饶的川西平原，他的家乡是中国最早的水稻文明地区，该地有丰富的天文和水利学传统。严君平年轻时代外出学道，学成以后，在成都卜筮为生，后到都江堰地区一带教授易老之学，追随者不少，他的学说在整个川西地区有很大影响，特别是在都江堰和青城山地区有很大影响，扬雄就是这个时期随严君平学道的。东汉末期，道教也就产生在这个地区，所以，应该说中国道教的产生，与严君平的思想和作为有很大的关系。

老子的《道德经》问世以后，注释家汗牛充栋，但是，却只有严君平一家的《老子指归》是再发挥之作。十万言《老子指归》不是那种注重词语考证和词语新解的注释书，而是严君平在自己掌握了老子的思想精髓以后的一种自我发挥。这是一部经典，更是一部奇书！书中“倡导天人合一，主张赤子之心，推崇物我两忘的境地。赤子光身，整日里滚爬于地，接地气，闻天籁，最是自然可亲。童言无忌，不拘不束，最是赤诚可敬”。

严君平在《老子指归》中，还着重讲述了人的认识的主体问题，详细地说明了世界与人的生命主体是相互作用的一组关系，就好像法国人笛卡尔在《方法论》中提出的“我思故我在”，虽然他比笛卡尔早了1600年。严君平的这种思想，是道家和道教的主要思想之一，也是受严君平影响很大的蜀地相对崇尚人的自由和开放，崇尚人与世界的自由自在、无拘无束的原因之一。

“君平既弃世，世亦弃君平；观变穷大易，探元化群生。”李白是懂得严君平的，虽然在严君平飘摇的身姿之外，是像庄周一样的浪漫梦蝶，然而又有谁知道他的寂寞与孤独呢？于是，四川人一直以来，都有像严君平那样很强烈的孤独感，孤独得更多地走向大自然，看上善若水，听天籁梵音。

幸好，严君平还有一个赫赫有名的学生——扬雄。

扬雄，字子云，祖籍山西，其先人周朝时封于晋国一个叫做“扬”的地方，遂以封地为姓。汉时，其祖先沿长江上行，先后居巴地江州、成都郫县。此时的扬家，已经完全没有了先祖时代的贵族身份，只能守着一块薄田，“世世以农桑为业”。这样的身世背景，加上其受业于严君平，注定了扬雄清心寡欲而好学深思的操守和品性，“不汲汲于富贵，不戚戚于贫贱”。

扬雄一生博览群书，专志著述，被列为“扬马班张”（扬雄、司马相如、班固、张衡）汉赋四大家。他根据《易经》作《太玄》，模仿《论语》作《法言》。特别值得一提的是，扬雄花了整整27年时间，集古籍所载与汉代语方调查，汇聚同类词语，分注通行地域，开创了全世界第一部方言词典，中国语言学史上一部里程碑式的著作——一本也许寄予了他某种理想的著作——《方言》。王莽天凤三年（公元16年）刘歆编《七略》，向他索要《方言》的书稿，扬雄不惜以死相抗：“即君必欲胁之以威，凌之以武，……则缢死以从命也。”郭璞在《<方言注>序》中，称此书“考九服之逸言，标六代之绝语”，是“洽见之奇书，不刊之硕记”。扬雄死后，有人就问当时的另一学者桓谭：“扬雄写那么多书，难道能够传给后世吗？”桓谭的回答是：“必传。”

对于扬雄，班固评价他说，这个人在理论上深究圣人之困奥，同时又有艺术修养，游戏于文字之间，是多才多艺的杰出人物。司马光对他更加推崇，认为他是孔子之后第一人，连孟子、荀子都无法比拟，何况是其他的人。现在，我们考量这个汉代的四川人，我们发觉在这个“西道孔子”的身上，其实有一些很好玩的东西，被我们忽略了，比如说扬雄在《逐贫赋》里对贫穷的看法，他试图找出贫寒生活的优点，找出富贵生活的不足，这种“一分为二”的思维方式，这种在当时称得上离经叛道、惊世骇俗的说法，暗示着我们民族文化心理的深刻转折。扬雄还有一篇《解嘲》，也可以说正是当今四川人面对苦难生活的那种独特幽默和韧性品质的源头之一。

现在，我们已经很难想象，在汉时成都少城的支矶石街，他在严君平家里是怎样读书的。我们只知道，那时他就住在少城。西晋张载曾有诗句“借问扬子宅，想见长卿庐”，说他登上了当时名叫白菟楼的张仪楼，俯瞰少城，还能看见扬雄曾经住过的宅子，从而怀想司马相如的故居。宋人何涉《墨池准易堂记》说，“扬雄有宅一区，在锦官西郭隘巷”，《太平寰宇记》更指出了确切的位置：“子云宅在少城西南角，一名草玄堂。”当时的少城西南角，大致相当于现在的成都城西胜街附近。所谓“草玄堂”，是因为扬雄所著《太玄》在后世影响很大，人们认为他这部书就是在这里草创的。从“草玄堂”这个名称，也可以感觉到扬雄在少城的生活是非常单纯的，在一条偏僻的小巷中，深居简出，潜心学问。今天，我们走在西胜街，走在支矶石街，是否会想起那个“一箪食，一瓢饮，在陋巷”的扬雄，还有他卖卦归来自得其乐的老师呢?

不管如何，有学者认为，作为西汉时期所涌现出来的两个带有明显蜀学传统的人才，扬雄和他的老师严君平的学问，后来一直对中国的各种文化现象产生了难以想象的影响，直到今天，都值得我们去回望。

曾经和“厚黑教主”李宗吾有许多相似之处的蜀中奇人廖平，在四川人贡献出来的一长串离经叛道名单中，也可以说是很具有代表性的一员。

1873年，赫赫有名的张之洞在四川学政任上主持蜀中院试，他的一次赏识奠定了一个四川青年学子的声名，这个青年就是出生在四川井研的廖平，他被录取为第一名，从此成为川中专事经学的名人。其观点常常推陈出新，惊世骇俗。一次，廖平应张之洞之召赴广州游历，当时的大儒康有为闻讯后连夜赶来会晤，二人一见如故，惺惺相惜。康有为回家后，拿出廖平临走时赠给他的新著《知圣篇》和《辟刘篇》，在灯下细读，被廖平的观点惊得目瞪口呆，差点将其烧毁。后来经过廖平的解释，康有为被说服得五体投地，非常佩服廖平这个蜀中奇才的学问不凡。经过廖平思想的启发，康有为后来还写成了《新学伪经考》和《孔子改制考》两书，为维新变法的思想基础做了铺垫。

“看来，康有为是你的嫡传弟子，而梁启超是你的再传弟子。”恩师张之洞这样褒奖廖平。后来廖平越走越远，在经学研究方面，他不光否定前人的观点，同时也否定自己的观点，像川剧变脸一样，“一生六变”，越变越精彩，越变越无穷，以致其恩师张之洞都感到骇然，告诫其“风疾马良，去道愈远”。然而，廖平的离经叛道还是招致了恶果，当时的四川提学使赵启霖认为廖平是“乱圣经而穿凿附会”，命令各学堂、书院都不得聘请廖平担任老师，从而褫夺了他从事教育的权利。

备感孤独的廖平只能离开对他屡加中伤的成都，回到家乡井研以著书为业。

然而，又有谁能真正读懂这个高深莫测的人，他的学问至今还是寂寞的。

1932年春天，成都有一家出版社打算出版廖平的著作，这对81岁的他来说，似乎是他一生中看见的一线迟暮而温暖的曙光。于是，在儿子的陪同下，这位老人换上干净的长衫，银须飘飘地向成都走去，他已经不被这个世界认可太久太久。然而很可怜的是，还没走到乐山，廖平就忽发大病，儿子只好雇了一副担架，将昏迷不醒的父亲送回老家。具有象征意味的是，一代经学大师廖平就这样寂寞地死在了路上。而今天，已经没有多少人还记得四川出过这样一位赫赫有名而又备受争议的大师。他的著作，已经没有多少人会去读。

今天，经常去大慈寺的茶客，经常会看见一个高挑身材、面容清瘦的老者，这个人就是流沙河。他早年以诗闻名天下，老来又以杂文雄视文坛。对于这位蜀地特产的另类，其麻辣烫的川味风格，让人侧目并仰望。

很多人都会记得他于20世纪90年代初期写成的《Y先生语录》，400则精美短文集成的集子堪称四川文坛一绝。那活脱脱的音容笑貌，那嬉笑怒骂皆成文章的文字，仿佛说的就是他自己，又仿佛是每一个很好玩和很可爱、又很值得揶揄甚至鞭挞的四川人：

> 澳洲某地生态失衡，野兔和青蛙遂超量繁殖，成灾为害。引进狼和蛇作天敌吃了七八年，还是吃不光，仍然成灾为害。Y先生致函云：“建议贵国政府，引进成都人，多开火锅店。保证五年内野兔和青蛙吃光绝种。”澳政府回函云：“妙极。谢谢。但是成都人五年后必须全部离境，以免吃成新的生态失衡。”
>
> Y先生参观郊外垃圾场，叹曰：“现代大城市像一只饿狗，昼夜狂吞暴食，吃多了不消化，臭屎堆成山丘。刨开看，但见金属、塑料、玻璃、纸张、纤

维、炉烬等。做肥料要不得，还不如真狗屎！”

鳏夫王某，年逾不惑，忽发奇想，要变女人。偷偷给自身做变性手术。先引进德国的乳房和卵巢，安装妥当。后采购日本的雌激素和黄体酮，晨昏注射。半年过去，烫其发而朱其唇，花其衫而粉其脸，高其跟而扭其臀。公开亮相，乍看嫣然好女，细看毕竟不像。王某心头明白，自身仍是男性，为此苦恼不堪。来请老Y先生，Y先生叫脱裙检查。裙脱，一瞥，Y先生大笑：“我的妈呀，男根舍不得割，你也想变女人，白日做梦！”

Y先生看电视，怪声说：“时代进步，知识变成了美女主持的电视竞赛节目。她要我们回答，举例说吧，某个影星主演过哪几部电影，某种舞蹈是美洲土人的还是非洲黑人的，某牌轿车是德国造还是意大利造，某类食物是生吃好还是熟吃好，等等。邻家儿女都能回答，而我只有吃鹅蛋的资格。今后谁算知识分子，很难说呢。”

Y先生不读诗也不写诗。我去开导他，朗诵卞之琳的《断章》给他听：“你在桥上看风景，看风景的人在楼上看你。明月装饰了你的窗子，你装饰了别人的梦。”他摆手说：“你在家中打麻将，打麻将的人在楼上等你。上手喂肥了你的清一色，你喂肥了别人的满贯。”

邻居夫妻又打架了。Y先生去劝解，拖走那挥拳的大丈夫，小声警告说：“适可而止吧，今天是三八节！”

……

无需再看流沙河的其他著作，就看他贡献的这个“Y先生”，就足可进入我们的这个川人离经叛道的名单中去。因为他是一部不可多得的活字典，不但标新立异，而且惊世骇俗。他的学说与文字，是一个四川人给四川人这个群体下的一剂猛药，虽然，需要用四川人的文火熬，用麻辣去烫……

7 赵树同、朱成：守护祖先文化的民间收藏家

四川是盆地，盆自然聚宝，这宝里有四川贡献给中国的人物，当然也的的确确聚集了很多宝贝，如三星堆和金沙，一醒就震惊了世界。然而，不可忽视的是，四川有一群人，在默默无闻地为四川收藏着这些宝贝，是他们，创造了中国博物馆的

许多第一，如樊建川创造的中国最大的民间私人博物馆聚落，赵树同和他一个人孤军作战从而创造的堪称奇迹的收藏系列，朱成的中国最大的私人石刻收藏、赵力赵希兄妹的中国民间蝴蝶收藏最大的博物馆……

正是他们以一个个行者的孤独，为四川增添了一种别样的光彩。而有师承之谊的赵树同和朱成，堪称一对最具代表性的四川民间收藏家，他们的悲壮与孤独，他们所收藏的“宝贝”，值得我们崇敬和肃立。

赵树同是土生土长的成都人，上世纪60年代大型泥塑《收租院》主要作者。很多人知道他，是因为他的雕塑和教学，然而他还有另外一个身份，就是他的民间收藏家身份。就像培养了中国雕塑界一大批显赫的名家一样，赵树同也收藏了济济可观的宝贝。目前，赵树同收藏的皮影、文房四宝、家具、装饰门窗、刺绣、唐卡、天然石

大邑刘氏庄园位于大邑县安仁镇。属社会历史类的遗址性博物馆，是中国近现代社会的重要史迹和代表性建筑之一。1965年，在原庄园主刘文彩的收租现场，雕塑家们将中国的传统雕塑技法和西方的现代雕塑艺术结合起来，运用典型化的创作手法，创作出了中外闻名的超级现实主义雕塑杰作《收租院》。

画、陶瓷、碑帖、字画、根雕、竹编、藤编等皆成系列，蔚为大观。其收藏之宏大丰富，经常让那些见过世面的人物也大吃一惊。他藏有明清大花床及床楣200余件，明清雕花门窗、精美刺绣、名家字画、古玩根雕加在一起，约5万余件，这些东西若同时展出，至少需要两三万平方米的展厅。在业界，赵树同被称为“收藏奇人”，因为他只收不卖，还因为他“家财万贯，身无分文”。

偶尔，赵树同会站在他的宝贝中间，向造访的来客讲解，他会如数家珍，娓娓道来，让人感受到博大精深的中华传统文化和显著的民间地域风俗。然而，没有谁知道，这样的一个老人，是怎样凭着一双手，创造了这样的一切。这些不计其数的宝贝，有他太多的酸甜苦辣，他的快乐与付出，他毕其一生的愿望。

“我记得买的第一件东西就是张床。当时花了300元，相当于现在3000多块的样子。那张床被柴火熏得漆黑，布满蛛网，拿四川的话说是灰不隆耸的，还又烂又破，但是，我看到它就兴奋，我知道它的价值。记得卖给我的那个老头说，“还不晓得会这么值钱，上个月我才打了一床来烧。”当时我听了，好心疼。意识到不能再等了，再不抢救，这些东西就完蛋了。”赵树同说，他在搞《收租院》的时候，看过刘文彩庄园的大花床，“那雕刻太美了，非常好。”“‘文革’以后，听说这个大花床被打烂了，我觉得太可惜了，那时候就产生了要收集这些东西、不让它们再毁损消失的念头。”

有一次在崇州做了《张露萍》雕像后，得了几百块的稿费，赵树同就和儿子一起去吃汤圆。结果，他发现那家店里的餐桌竟是清代的八仙桌，非常漂亮。他问：卖不卖？老板说：卖。就这样，马上就把它买了。旁边的人就说，这个不算啥子，后面还有好的。他去看，果然不错。马上付钱买了，遗憾的是当时没有拉走。后来出差再去取时，已经被那人改成一个新家具了。“那是一个立柜，雕工非常好，他们以为我不要了便把雕花刨了，做成木板，然后做了个柜子。当时，我那种感觉啊，别提是什么滋味了。后来我得了个经验，买到这些东西马上就拉走。”

从那以后，他开始有意识地一个系列一个系列地收，而且不再局限于西南地区。“那时候，也有贩子在开始收这些东西了，收起来就弄到国外去。当时这些东西国内一般人都看不起，拿来当柴火烧。有一次我和我爱人到绵竹做雕塑，我们到柴火市场转，看到那些木雕一堆一堆地码起，一分钱一斤地卖，我和爱人选了一批明代建筑雕刻构件，70块钱，拉了一板车回来。”说到这，赵树同很幸福的样子，仿佛又回到花了70块钱，拉了一板车宝贝的时光。

那个时候，人们对收藏一点概念都没有，人们都以为他是在收破烂。“我家里人都反对，我儿子说，现在又没有好多钱，买来又没有地方放，你买那么多干什么！我告诉他，我相信这些东西会越来越宝贵。”赵树同指着那些雕花大床给我们看，说，这些手艺，好多都绝了。这些东西，也是好多人一生的生命作品，如果这些东西不在了，也就等于他们的价值不在了，就像他搞的雕塑一样。

他还知道，最不容易保存下来的就是这些木雕。黄金有价玉无价，艺术杰作更无价，尤其是易毁的民间木雕。在走村串巷中，他发觉老百姓知道玉的价值，却往往忽略这些精雕细刻、几经沧桑的木头。于是，他宁愿拿玉和瓷器去换，从柴火中去抢救出那些床和门窗，抢救那上面我们曾经拥有的一个个耕读传家的理想。“当时我就坚信，要不到几年，中国会有一个文艺复兴时代，这个文艺复兴以研究中国民族优秀传统为主题。到时候如果没有这些东西了，就只能空谈过去如何如何好……”

其实，赵树同最让人瞩目的收藏，还是他情有独钟的皮影。2001年，在当时成都市文化局文物处长尹建华的支持下，他成立了民间“成都皮影艺术博物馆”，使收藏有了合法身份。2003年，赵树同向中国美术学院无偿捐赠共4万7千件珍贵皮影（价值8000余万元人民币），使皮影这门古老的民间艺术进入了国家级艺术殿堂，促成了“中国美院皮影艺术博物馆”的诞生。2004年底，他协助成都博物院，使成都又诞生了中国收藏皮影最多的“成都中国皮影艺术博物馆”。

“上世纪80年代初，我就开始收集皮影。因为成都就是皮影之都，我小的时候，每个茶馆都演皮影。我从小就是看皮影长大的，从小就喜欢皮影，对皮影有一种很特殊的感情。”赵树同介绍说，皮影俗称“皮灯影”“皮影戏”，皮影艺术是中国优秀的传统艺术，在电影、电视产生以前，它是世界上首创的集造型艺术、表演艺术、光影艺术于一体的独特艺术，已经有上千年的历史。中国皮影艺术堪称现代电影、电视、动漫艺术的始祖。是中国首创，有独特的中国文化元素。但随着老艺人的离去，种种原因，皮影在中国已经濒临失传。

一次在北京出差，赵树同无意中发现有老外在大量地收购皮影。他那时就想，不能让这些宝贵的遗产流到国外去。于是，他找到卖皮影的老艺人，说你有多少我要多少。“当时我给那些艺人造成一个印象，赵教授收皮影给的钱比外国人还多。并且，我坏的都要。所以，我跟皮影艺人建立了很好的关系，很快有了一个皮影收藏网。”

“很多时候，是在民间跟外国人抢皮影。我是坚决不肯让皮影从我眼皮底下流到国外去的，所以再高的价钱我都要买下来。”他收藏的皮影囊括了从明代、清代直至建国后各个时期的，主要出自陕西华县、湖北、河北、四川等地的皮影艺术之乡。这些作品，是经过长期奔波和有心搜寻，从民间的老艺人手中购得，可谓非常不易。他还收藏了包括100多个影戏班子的完整包册（旧时影戏班的全副影偶），涉及125个剧目的1500余册手抄唱本，以及许多传统皮影演出的道具、乐器等。“中国甚至全世界都没有我收藏这么多珍贵皮影的。仅神怪头像，我就有9000多种，”赵树同笑了，“那时候，谁都知道成都有个赵教授收皮影很厉害。”

“长期以来，皮影只有演，没有展，没有进行静态的展示。以前没有，原因是当时制作皮影非常贵。我认为，要静态展示，皮影可以作为一个独立的画种。皮影是独立的艺术品。”赵树同成为中国把皮影艺术作为静态展示的第一人。

“过去有一种说法，越是民族的，就越是世界的。我认为还要加上一句话，越是民族的，又是时代的，才是世界的。我们要寻求一种文化认同感。”这种文化认同感，促使赵树同成为收藏界的奇人，“家财万贯，身无分文”。

他至今没有汽车。他除了朋友请客，自己从不下馆子，在外面，一般都是一小碗面将就。他曾经把一台新买的彩电抱去换了一堆根雕。他发觉有人要把一批少数民族服饰卖给外国人，他一次性就全买了，一共400多套老刺绣服饰。

他向我们讲起一件“他这个穷人”在美国经历的一件趣事。2002年，他去美国访问。慕名来接他的是一位金融大亨，一照面，见他行头简朴，便不自觉地“洋盘”起来：“坐过这种车吗？”“没有。”“这辆车值60万美金。”到了其豪宅，大亨得意地将室内油画一一指给他看：“这是马蒂斯……原作；这是莫奈……原作；这是塞尚……原作；这是……”他没吭声，等几个美国收藏家到齐之后，才不慌不忙地从提包里掏出上千张藏品照片，给他们传看。那位大亨看了，竖起大拇指：“赵，你才是真正的富豪！”

赵树同另外还有一个“奇”，就是他只收不卖。“我从来没有卖过一件藏品，我舍不得。”他曾经在接受一家媒体的采访时说：“我为啥子收那么多？就是要成系列，成了系列才能说明问题，才能看到变化，看到丰富性和深刻的内涵。你说这些东西我怎么能够卖呢？你给我再多的钱我也不会卖。你给我一亿，我拿到钱还是要买这些东西。只要我有饭吃，我就要做这种抢救性的收藏工作。我走了之后，后人还可以研究，这是一个宝藏，是历史的记载，也是中国人聪明才智的记载。”

“我根本就没有把这些当成自己的。如果我的子女将来不能继承这个，不能研究这个，我也不把这个当成家产给他们。因为这些东西属于全人类的。”赵树同说他的愿望是“要让中国最好的东西，放在最能妥善保管，最能深入挖掘，最能让她放射光芒的地方”。受父亲的影响，儿子赵洪的见地也不一般：“资源是人类创造的。你只是花了一些钱来收集，为人类暂时保管这些东西。你不能垄断资源，资源是属于人类的。”“文化有两个，继承和创新。但只有继承，才能创新。继承的肯定是传统文化的精华，美的，深远的，历史所留下来的。这些文化才是一种我们民族真正的精神。更为重要的是，传统的优秀文化，还要为现代人的物质和精神生活服务，成为人们生活中的一个部分，让大家能体验到、参与到、享受到。”

赵树同在他的藏品馆里轻轻地走动，对这些宝贝，他充满了感情。每次回到它们中间，他才回到了自己。仿佛不发一言，它们也能心领神会。偶尔，他会立在窗前，深邃的目光望向远处，会心地微笑。

“我们现在的好东西已经越来越少了。我只想做一件事，尽量地把这些好东西留住，留在我们中国。因为这些东西属于这片土地。我们不应该到国外的博物馆去寻找我们自己的历史。”

成都西郊青杠林村，一个破旧的即将被城市吞噬的村庄，没有多少人会知道，就在这里会隐藏着一个中国一流的石刻博物馆。而60多岁的这个叫朱成的男人，是常常坐在杂草与青藤中，守着他的一地宝贝，发出会心的微笑。朱成曾经是赵树同的学生，然而他们的收藏却不尽相同。赵树同就说过，我没有朱成那样的身板，不敢玩那种大块头的，而朱成也自称他搞的是力气活，因为他收藏的是石刻。

“我的博物馆是半开放式的研究性质的。”他笑，“其实许多人都不知道我这里是个博物馆。我是这里的隐士。这个地方是租来的，没想到一来就在这里住了10多年。这里的一草一木、一屋一瓦都与我发生着关联。我硬是在这上面，弄出了一个博物馆。然而下面，还要往何处去，我也不知道。从1993年开始在这里，一直都有一种漂流的感觉。”说完，朱成一脸苍凉。在他工作室的阳台上，可以看见这片土地即将被一种力量淹没。他无能为力。他曾经在接受《南方人物周刊》采访时说，他希望自己是个“瓦全工程”的缔造者。“玉已经碎了，我能不能让大趋势下不可避免消失的城市古建筑在雕塑里死里逃生？‘雕梁’不再，那么我们可以‘画栋’吧。”

其实，除了现在的这个中国最大的石刻收藏家，他的真实身份是一个国宝级的雕塑家。从《千钧一箭》到《喜怒哀乐》，多年来，他一直在做一种努力，就是让雕塑流行，走向民间，让人们透过具象的雕塑，走向雕塑的深处。然而，如今的他更乐意让人们和他一起来分享这些石头。因为，从汉唐到明清，我们的先人曾经生活过的家园，只能在这些深埋在地下的石头上去寻找了。那上面，雕刻着古人的理想，以及我们的历史。

他的博物馆，其实是几间简陋的大馆库和一些棚屋似的小仓库。一般都用钢管搭成两层，上面堆放雕花窗格、佛像等，下层则是墓葬石刻等。走在他的博物馆里，你会一次次为那些精美的浮雕而感动，为那些生活的场景而感觉温暖。而在这个杂草丛生、落叶满地的院落里，在他简陋的工作室兼居室里，随处都散放着从古代幸存下来的石碑、瓦当、汉砖、木雕、佛像等文物。朱成说：它们来源于泥土，就应该放在泥土之上。在他的眼里，它们待在那儿，他能够向它们会心一笑，那种幸福，也许只有它们才会懂得。

艺术评论家查常平这样审视他和其作品：“朱成和许多一般的公共艺术家不同

之处在于：在创作构思一件作品时，他希望它至少具有能够存留一个世纪的生命力。原本应当追求永恒的艺术，在我们的时代只能以短时段的存在为理想，这不能不说是我们的文明正在走向悲剧的前兆。朱成对时间的迷恋，使他从20世纪80年代初萌动了强烈的收藏意识。”

“我觉得任何一个文物都是一个时间的概念，通过每一个碎片我都在揣摩它是几十年前、几百年前，甚至几千年前的，我在感悟和体会一种时间的感觉。”朱成很喜欢一个词：布阵。在这个堆满时空的荒凉、破碎的地方，前无古人，后无来者，而他或坐、或立、或行走其中、或远行。这些文物就是呐喊嘶鸣，可以冲锋陷阵的士兵，而他是一个打马仗剑而行，明知不能胜还要去战的将军。朱成说，他经常感觉到一种弥漫。一支苍凉而忧伤的曲子在反反复复地吟唱，在天际间。而他是孤独的剑客，唯能走向远方。冬去春来，周而复始，日出日落，雨深雾浓。他说：“我活在一种自己的‘境界’里面。”其实，他是在说，我自己在弹奏那支可以弥漫的古曲。

在上世纪80年代初期，朱成就“朦朦胧胧地感觉到旧东西里面，尤其是民俗艺术品中，有一种很古老很朴素的时空感，那是一切技巧手段都无法达到的感觉。因为时间参与了那些民间的无名匠人的工作，使这些艺术品变得深沉、灿烂，充满被时光打磨后的圆润和光辉。”

也就是从那个时候开始，朱成开始了他“孤注一掷”式的收藏。那时候，他还没有发觉自己已经走在一条幸福而悲壮的路上。因为这条路，没有尽头。

其实，他最初想做的是一个大概念的民俗博物馆。因为对时间感和空间感的敏感和独特理解，他发觉那些旧东西对他自己的视觉艺术和雕塑艺术很有启发，于是就开始大量收集民间民俗艺术品。

他记得最初也零乱地收藏了一些，租了一个门面。那时候这些东西很便宜，也还没有现在的博物馆这种意识，后来门面做不下去了，就一次性地卖给了一个外国人。那时候，还感觉大赚了一笔，朱成笑，在80年代初期，几千块钱可是个不小的数目。就这样，他开始认识和真正体会到文物的价值。从那时候起，他就有建立一个大型四川民俗博物馆群抑或西南民俗博物馆甚至长江上游民俗博物馆的愿望。他的想法总是很宏大，他甚至会白日做梦，梦见那个博物馆的宏大与辉煌。

“这个博物馆群要有木刻馆、石刻馆、瓷器馆、服饰馆……把这么多民间艺术品，一个系列一个系列分门别类地集中起来，想想看，千针万线、千门万户、千杯万盏、万家灯火、千奇百怪……那是个什么概念！想想都是一种幸福！”

其实，他的这种宏伟构想，是源于他发觉和心疼这些宝贝的流逝与消亡。“现在搞收藏和私博的人，大多是以‘雅玩’为主，真正有历史承担的人很少很少。”没有人听见他心底的叹息。他要倾其所力、尽其所能，把那些我们民族的历史遗存保留下来，为我们的后人，保留美与生活的历史证物。他以为，每一件文物，就可以还原一个历史现场，直观地呈现出历史的本来面目。

最后，他的目光落在来自民间的石刻图像建筑。“真正富有生命力的艺术品，恰恰更可能出现在民间艺术里。”他在接受著名作家史幼波的采访时说，“因为这些东西不是用来把玩欣赏的，它们有着普通人日常生活所必需的实实在在的用途。这些文物上面的图像故事，也都与民族和时代的文化特征相关，内容包括传统文化的方方面面，诸如信仰、音乐、艺术、生活等。美与生活在这些藏品里变得不可分离。”

朱成在他的图像空间走动，很耐心地配合着我们的摄影师吴燕子老师的拍摄。他坐在他的宝贝前，微微地仰视他的那些宝贝。阳光，悄悄地洒在这个人的脸上，生动而蕴藉。在青苔与杂草的院落里，一些被他亲手所植的现在已经长得高高的树，正等着落叶。它们要投下一地金黄，给这个院落的主人。只有他会懂得抚摸它们，聆听它们，更重要的是，他知道它们在生长，永远在向上生长。

从1993年到现在，他一直住在这里。以前这里是一块稻田，在这块稻田上，长出了一个博物馆，生出了一个博物馆。以前，还在这里喂一些鸡，种一些菜，朱成笑着说，后来“农耕文明”就在这里消失了，完全成了一个博物馆。虽然文物只有几千件，但我还是做成了一个屋顶下的，一个房子里面的文化。

他为了这个博物馆而创作，而工作，而奔波。他说，为了这个博物馆的生存，他现在还不得不去接一些他不愿意的单子来做。他坦诚，这个博物馆的资金主要靠他搞雕塑来维持，比较艰难。

“我的真正能力是展示和陈列。这才是我想做的，还要做一件事是，希望做一个私立博物馆的范例，做一个装置艺术。希望我不在的时候，后人能够一直把这个博物馆做下去。这个博物馆应该是一个生长的，永远在过程中。”

“博物馆最大的意义是留住，因为太多的东西在迅速消失。我做这个石刻，是希望做一个整体的石刻。”在参观朱成的展品的时候，我们发觉很难用文字去形容，又很容易感觉到他的力不从心。他自己希望将来有一个文本的东西，能把这些宝贝研究出来，传达给更多的人，因为物最终将以文本的东西存活下去。

朱成在府河边架了一个简易的露天茶室。偶尔，他坐在这里，晒太阳，看河水潺潺。一条简易的笮桥，就在身边，晃晃悠悠地过着三轮车与行人。他会忽然产生幻觉，这座笮桥上，走着汉、唐、宋、元、明、清的各个时代的先人。

他说，现在我的博物馆已经超越石刻了。前世今生来世，有一个联系。

有谁注意到他对“联系”一词的强调？也许是生命太有漂流的感觉，他才愈加要不断地回望。时间，让他迷恋，然而，也让他越走越远。在一座占地5亩的博物馆里，他喝茶，或工作，然而，他知道，他和那些上千年的石头在一起。为了它们，他甚至舍不得除去这里的一根杂草。他不能去打扰它们的呼吸。而他，只是这些时间碎片的守门人，幸福而悲壮。

现在，他要筹建的是中国图像建筑博物馆。这个博物馆有过去馆、现在馆和未来馆三个部分。现在我们所看到的石刻只是其中的过去馆部分。他告诉我们，他的定位或者说理解是：过去馆是“世故”工程，现在馆是“瓦全”工程，未来馆是“迷离”工程。简言之，这个博物馆收藏的是图像建筑，是对过去、现在、未来图像可能的梳理，也是一座城市文化脉络的记录。它的另一主题，是要对当下城市建筑图像的踪迹进行记录，并对未来展示古典建筑的精华。

“为了这个博物馆，我倾其所有，心力和心血。因为痴迷，所以有疯狂的行为。”

“我除了是这个博物馆的守门人，还要死在这个上头。有时候真想出去了，一走了之，就不回来了。”

“我的理想就是要有一个盒子，玻璃盒子，把我和这些藏品装入其中，成为历史的一个个残片，联系着过去与未来。”朱成说，“这个博物馆将是我人生中最大的一件公众艺术作品。”说这个话的人走出去，在这个即将被消失的叫青杠林村二组的村庄，没有多少人知道他，和他的石头，和他存活在汉语中，存活在想象和记忆中的中国图像。

8 谈玄论道话风水：几个诡异奇绝的怪杰

在历史上，四川虽然缺乏“正统”的大人物，有点显得先天底气不足，但在怪杰方面，却人才辈出，个个惊世骇俗，甚至艰深晦涩。神秘的巴山蜀水流传着太多的奇人奇事，其诡异奇绝的精神已像巴山蜀水一样，成为四川人独特的精神血脉。好耍不过四川人。四川人有点怪，四川人的脑壳是“方”的，这些怪异在今天的四川人身上，都或多或少地有所体现，就好像三星堆青铜人像、太阳神鸟、巫山神女、丰都鬼城一样，它们是这样自热而然地深入四川人的灵魂。这是特殊的地域文化孕育出来的特别的聪明才智，除了四川，它不会产生在其他的任何地方。

在中国的文明史上，风水堪舆学占据着举足轻重的地位。在四川，有三个显赫一时的风水大师结穴在同一个地方——阆中。在古代，阆中因典型的风水宝地而闻名于世。作家、佛教学者史幼波在《天赐四川》一书中，详细地分析了阆中的风水格局：

阆中古城山围四面，水绕三方，山水均成蟠龙蜿蜒之势，活灵活现，腾挪欲飞，的确不同凡响，其地理器局，天然完美地齐备了“龙、穴、砂、水、向”的“地理五诀”。说得更具体一点，源自“华夏祖脉”昆仑山的大巴山余脉——蟠龙山系为阆中之“中龙”，其由嘉陵江水一路欢腾护送而来，于城北形成天然屏障，是为靠山；汹涌的嘉陵江在城北玉台山沙溪场“入水口”之后，数条支流汇聚，状若“九龙朝圣”；然后，在西、南的锦屏山、黄华山、白塔山和大像山等布秀呈奇的“砂山”的卫护之下，嘉陵江偎城抱廓，绕古城三面，从蟠龙山东侧“出水口”，形成一个巨大的“U”形环带，天然形成了“丽水成垣”和“金城环抱”的风水绝胜之地。……整个古城区宇，器局宏阔，气象非凡，堪称世间难逢难遇的风水宝地，令历朝历代的堪舆家们无不心驰神荡，流连忘返。

阆中人落下闳是一个民间天文学家，他创制了赤道浑天仪。据史料记载，汉初时人使用的历法是颛顼历，但误差很大，为此，汉武帝征召天下学士改制历法。落下闳用自己的发明，经过6年测算，主持完成了当时最完善的历法《太初历》，汉武帝将之颁行天下，成为我国历史上有文字记载的第一部完整历法。落下闳的历法研究，对后世崇尚观天舆地的风水玄学产生了深远的影响。

袁天罡是成都人，唐太宗时官至司管全国地理风水的火山令。据《旧唐书》记载，公元624年武则天出世后，袁天罡碰巧路过她家，为她看过相，当时武则天尚在襁褓

阆中古城。一座古城兀自将唐宋的格局保留至今，也不知是一种怎样的坚持。阆中古城，就这么低调地做到了。这座被专家誉为“一部再现唐宋以来实物构成的编年史”的古城，有山锁四周、水绕三面的美誉，因为契合中国传统的风水格局，所以又被称为风水古城。

中，她的奶妈给她穿的是一身男装，袁天罡看过相后预言道：如果这位公子是个女孩，将会成为天下之主。

据《古今图书集成》记载："唐贞观中有望气者上言太宗，观测天文，西南千里之外有王气。太宗令袁天罡测步王气，由长安到四川，行至阆中，果见灵山嵯峨，佳气葱郁，其脉在蟠龙山，袁天罡在此处凿断石脉，水流如血，阆中人呼之为锯山垭。"后来，袁天罡因偏爱阆中风水，在蟠龙山上筑台观天象，并定居在这里。不久，另一个赫赫有名的风水学大师，他的好朋友李淳风也尾随而至，百年之后，两人之墓在此遥遥相望。

袁天罡和李淳风合著过一本《推背图》，这是一本中国的《诺查丹马斯预言》似的预言书，书中共有60幅预言图，每幅图附有隐晦的预言诗和颂词。据说有一些已经得到了验证，如第五图画了一个马鞍、一函史书，一旁躺着一个女人，预言诗写道："杨花飞，蜀道难，截断竹萧方见日，更无一吏乃平安。"颂词写道："渔阳鼙鼓过潼关，此日君王过剑山。木易若逢山下鬼，定于此处葬金环。"后人得出这是隐喻安史之乱，唐玄宗奔蜀、杨玉环被赐死的那一段惨痛经历。

马祖道一是四川什邡人，俗姓马，出生于一个卖簸箕的人家。据史书记载，此人容貌奇异，牛行虎视，舌头长得可以触到鼻。12岁时，他在什邡罗汉寺出家，后走岷峨、出夔门前往湖南衡山，拜在怀让禅师门下。

一次，道一正在坐禅，师父怀让问他："你学坐禅，是为了什么？"他答："想要成佛。"怀让没吭声，拿了一块砖头磨起来。马祖很好奇，"师父磨砖做什么？"怀让说："磨砖做镜呀！"马祖诧异："砖怎么能磨成镜子呢？"怀让说："砖既然不能磨成镜子，那么你坐禅又岂能成佛？"马祖告诉他，"如果学坐禅，但禅并不在于坐卧，如果学坐佛，但佛并没有一定的状态。法是无住的，因此我们求法也不应有取舍的执著。你如果学坐佛，就等于扼杀了佛，你如果执著于坐相，便永远不能见到大道。"听了这番话，马祖如醍醐灌顶、番然顿悟。

后来，马祖道一成为唐代影响空前的禅门领袖，一代佛门宗师。昔年，禅宗六祖慧能曾对衣钵传人怀让预言说："向后佛法从汝边去，马驹踏杀天下人。"而这匹"踏杀天下人"的马驹，就是怀让的高足马祖道一。

陈抟是继老子、张道陵之后的道教至尊，其生年已不可考，大致是五代至北宋时人，普州崇龛(今四川安岳县台镇，其出生地也有陕西、河南等说法)人。传说其天资纵横，15岁就精读诗、书、礼、术数、方药等经史百家之书，但应试不第后，他怀揣着家乡的一块石头开始云游四方、求仙访道。相传他精通"蛰龙法”，常常一睡就是数月，要叫醒他只有敲响大铁钟。而关于他最著名的故事，是说赵匡胤当皇帝前到华山，他看出赵匡胤将来是四海之主，于是和他赌棋，那时候还没有黄袍加身的赵匡胤提前把华山输给了他。

后来，就是那个抓了李煜和小周后的宋太宗赵匡胤，曾经多次在皇宫劝说陈抟弃道从政，并曾以谏议大夫作为封赠，都被陈抟坚决回绝，陈抟还特作长诗《退官歌》以明心志：“时人笑臣不求官，官是人间一大病。官卑又被人管辖，官高亦有人趋佞。或往秦，或经郑，东来西去似蝇蚓。直至百年不曾歇，算来争似臣清静。”

陈抟创绘“太极图”“先天方圆图”等一系列《易》图，是中国太极文化的创始人，并且是宋代理学的奠基人。他还著《易龙图序》、传河洛数理，成为中国“龙图”的第一传人。

陈抟与世无争，不贪富贵，不求仕禄，其谏议的治国之道，均得皇帝恩准，唐僖宗赐他为“清虚处士”，周世宗赐他为“白云先生”，宋太宗赐他为“希夷先生”，可谓“图书之传，百世之师”（元·虞集《题陈希夷先生画像赞》）。他在今安岳、大足、潼南、峨眉山、华山、山东蓬莱仙境等全国各地，都书有“福寿”二字石刻，此二字独具特色，内含“田给予福、林付长寿”八字哲理，为后世所推崇。

陈抟以“善睡”闻名于世，有“睡仙”之称。他和大自然的那种亲密和契合，那种天人合一的太极理想，成为中国文化的一种意象与符号：

> 我生性拙，惟喜睡，呼吸之外无一累。宇宙茫茫总是空，人生大抵皆如醉，劳劳碌碌为谁忙，不若高堂一夕寐。争名争利满长安，到头劳攘有何味？世人不识梦醒关，黄粱觉时真是愧。君不见，陈抟探得此中诀，鼎炉药物枕上备。又不见，痴人说梦更认

真，所以一生长愦愦。睡中真乐我独领，日上三竿犹未醒。（《喜睡歌》）

臣爱睡，臣爱睡，不卧毡，不盖被，片石枕头，蓑衣覆地，南北任眠，东西随睡。轰雷掣电泰山摧，万丈海水空里坠。骊龙叫喊鬼神惊，臣当恁时正鼾睡。闲想张良，闷思范蠡。说甚曹操，休言刘备，两三君子，只争些小闲气。怎如臣，向清风岭头，白云堆里，展放眉头，解开肚皮，一觉睡去，管甚玉兔东升，红轮西坠！（《睡歌》）

糊里糊涂度年岁，糊涂醒来糊涂睡。糊涂不觉又天明，复向糊涂埋心肺。明明白白又糊涂，糊涂饮酒糊涂醉。世人难得不糊涂，独我糊涂有真味。（《糊涂歌》）

“世人难得不糊涂，独我糊涂有真味。”有多少人能够读懂？陈抟这个睡仙，其实是一个醒着的人。

袁焕仙（公元1886~1966年）是四川盐亭人，一生经历奇特，早年曾经从政，并和朱德交游，朱德常称其“焕哥”。40岁后，袁焕仙感军阀割据，世局混乱，慨然弃官，潜心释典，从此弃政从佛，后成为近现代蜀中一带佛学大师。民国三十二年，即1943年，他与同道潼南傅真吾、大竹萧静轩、巴县朱叔痴、荣县但懋辛、山西贾题韬等人，在成都提督东街三义庙建成维摩精舍，大家公推袁焕仙驻舍主法，一时间，引来川中雅好禅学之众，纷纷会集于精舍，依焕仙学禅，一时轰动全国。而一代国学大师南怀瑾不但是其维摩精舍的开山首座弟子，还是其一生爱徒。两人的师生之谊，感人至深。

大约在1940年前后，南怀瑾一边在国民党“中央军校”任政治教官，一边在蜀中行走遍访高士，也就是在这个时候，他认识了对其一生影响最大的老师——在当时的灌县（今都江堰）灵岩寺闭关参禅并主持“禅七”盛会的袁焕仙。

袁焕仙在维摩精舍的平时讲解酬答之语，由门人辑录为《维摩精舍丛书》，有《榴窗随判》《黄叶闲谈》《灵严语屑》《中庸胜唱》《酬语》等五种。其思想的核心，是融会儒释解儒。他有“孔释”一偈，可见其对儒释的立场与理解：“曰释曰孔，其义皆心，尊孔非释，自背其明；尊释非孔，见亦非真。此心非二，一亦不存。根则同根，途有万殊，到家皆亲……得无所得，释兮孔兮何分？”

在《维摩精舍丛书》中，有南怀瑾在灵岩参禅时和先生袁焕仙的问答，这些妙语机锋让人想见一身仙风道骨的袁焕仙：

问："怀瑾朝夕孜孜，百无所寄，祈先生示个归家坦途，入道捷径。"

先生曰："驀直不怠，即是坦途，曰二曰三，允非捷径。"

问："直捷下手工夫，义当何先?迈向归家道路，车从何辔?"

先生曰："汝但外舍六尘，内舍六根，中舍六识而不作舍不舍想，自然头头上明，物物上显，途中即家舍，家舍即途中也，捷莫捷于斯，先莫先于斯。"

问："何云六根?何云六尘?何云六识?"

先生曰："石头即六根，柱子即六尘，琢棒即六识。"

问："先生如此漫言，学人不会。"

先生曰："如此漫问，谁要汝会?"

问："教云眼耳鼻舌身意六根，对色声香味触法六尘，根尘相接，所生眼耳鼻舌声意等之识，别曰六识。今日六根即石头，六尘即柱子，六识即琢棒，无乃大违教义，言不该典欤?"

先生色然不悦，忿然握管，书曰(先生正在忌语，所以用笔)："汝既已明了教义，贯通道理，即自解脱可也，何投吾处，絮絮叨叨如是?"掷笔寂然在定，怀瑾无语潜退。

不知道后来，在台湾的南怀瑾与恩师袁焕仙相隔两地，是怎样地想念。1943年，在《灵严语屑》之序中，南怀瑾就写道："焕师笔示口授怀瑾者多侪伦数数倍，固忽而轻之。今兹捡箧，口授则几罄忘，笔示幸能略存残纸，一读再读，汗泪交倾，此狮子一滴乳也。"

抗战胜利后，袁焕仙曾四地讲学，解放后归隐成都，享年80岁的他，死于1966年"文革"开始后……

今天，在成都青羊宫，来来往往的茶客与游人，追求着生活的闲适和安逸，不乏“打打小麻将，吃点麻辣烫，炒点渣渣股，看点Y录像”之类的自嘲和满足，但他们也许已经不会注意到那副历经沧桑的对联：“道生一一生二二生三三生万物，人法地地法天天法道道法自然。”这短短的26个字，就像一个越走越远的人偶尔回眸身后深深浅浅的悲欢，那一个个脚印却隐含着一个地方山水人情的奇妙与精髓、密码与个性：

巴山蜀水的奇险峻秀，夷风巫术的强悍流行，道教文化的玄幻空灵，以及地理空间的相对闭塞和远离王道的状态疏离，都使得四川是最适宜培养风流，张扬个性的地方。当年司马相如说“大丈夫不坐驷马，不过此桥”的狠话；扬雄冷言说作赋是“壮夫不为的雕虫小技”；李太白借醉使高力士殿上脱靴；苏东坡的满肚子不合时宜；苏舜钦之以伎乐娱神；李宗吾自封厚黑教主；“蜀中诗怪”孙静轩自称应该获诺贝尔文学奖等，都是蜀地特有的“不羁”世风，都是蜀地与众不同的文化个性。

有意思的是，蜀中秀才多自诩为鬼才。读书人的鬼气，是一种特别的文化气质，是与高级老乡如李白，如苏东坡等大师级的“仙气”和“灵心”比而下之的自我界定和暗示。这种气质影响下的文章，求奇求险，求空灵求生动，求义理之绝妙，求回味之无穷。同时，它也影响了文人本身。巴蜀的文化人便多以特立独行、愤世嫉俗、狂傲不羁的形象著称。

这种标新立异的文化传统和惊世骇俗的文化明星，极大影响了蜀地文化的精神气质和集体人格。从正面意义讲，渴望与众不同，是自我意识强健的表征。而且这种渴望的动力，来自一种对历史遗产的自觉认同和传承，以及一种文化使命的自愿担当和背负。（段战江《天府文人》）

9 三个国画大师与五个油画家

在四川的历史上，有一个特别艺术的时代——前后蜀，它存在的时间虽然短暂，但因为很好地保存了唐代的文化传统，从而有了异样的光彩。当时，由于唐玄宗、唐僖宗两位皇帝的入蜀避乱，从而导致大规模的北方士族及各类文化人士南迁入蜀。

单从绘画这个领域考量，就可见一斑。《益州名画录·序》云：“唐二帝

张大千《李杜索句图》(局部)。张大千是二十世纪中国画坛最具传奇色彩的国画大师，无论是绘画、书法、篆刻、诗词都无所不通。早期专心研习古人书画，特别在山水画方面卓有成就。后旅居海外，画风工写结合，重彩、水墨融为一体，尤其是泼墨与泼彩，开创了新的艺术风格。

播越及诸侯作镇之秋，是时画艺之杰者，游从而来。”唐玄宗幸蜀之日，当时的名画家卢楞枷就自汴入蜀，“嘉名高誉，播诸蜀川”。唐末之时，从中原入蜀的画家更是众多，如广明年间(公元800~881年)随僖宗入蜀的人物画家孙位、花鸟画家滕昌佑，天复年间(公元902~904年)入蜀的人物画家赵德元、杜齯龟、花鸟画家刁光胤等。这些名画家的入蜀，一时开蜀中艺术之风，成都人黄筌就是先后师从于刁光胤、孙位等名家，最终成为超越前人的一代宗师。宋·黄休复所著《益州名画录》中，收录的西蜀地区绘画名家多达56人，而宋·郭若虚《图画见闻志》卷2列五代画家91人中，其中蜀中画家也有30人，可以想象，唐宋之交，蜀中画坛的繁盛。

也许正是有了这样的源流，四川在现代涌现了三个国画大师——张大千、晏济元、陈子庄，并在当代油画领域，成为一支举世瞩目的力量，其代表是罗中立、张晓刚、何多苓、周春芽、程丛林……

1899年，张大千(公元1899~1983年)生于四川内江。他的父亲从事盐业，母亲、姐姐、二哥都对绘画有很深的造诣。在这样的影响下，从小学画的张大千最终走向了绘画，从而成为中国现代国画家里面，一颗照耀世界画坛的星辰。

张大千的绘画艺术，“其传统功力之深，技法画路之宽，题材风格之广，成就影响之大，实为世所罕见”，“无论写意、工笔、水墨、设色，无不擅长，凡山水、花鸟、人物、走兽，无一不精，集文人画、作家画、宫廷画和民间艺术为一体”，“兼能书法、篆刻，对诗词、鉴赏、画史、画论亦有精湛的研究”，徐悲鸿曾将其誉为“五百年来第一人”。1956年张大千拜谒毕加索时，西方媒体称“张大千与毕加索是分踞中西画坛的巨子”。

今天的艺术界普遍认为：“张大千是历来中国画画家中，学习古名家数量最多、最博的画家；在笔墨技法的训练上，也是获得古法精华最多、最好的画家；在表现技巧和风格上，也是跨度最广的画家：从讲求笔情墨趣、逸笔草草的纯水墨写意，到金碧辉煌、色彩鲜艳的工笔画，甚至吸收了西方自动性技巧的观念，发展出个人风貌的泼墨、泼彩，创立了名闻遐尔的大风堂画派，他是中国画史上少见的最具全方位的画家。”

张大千84年的人生经历，曲折跌宕，丰富多彩，他曾被迫做过土匪的师爷，也曾因为未婚妻的去世而一度遁入空门，当了一百天的和尚，大千是他的法号，从此追随他一生。直到他终于寻觅到后来为之毕生奋斗的丹青艺术时，其锲而不舍的精神方成就了一个蔚为大观的“大千世界”。他的临摹伪古，可以以假乱真，成为罕有匹敌的仿古高手。而他毁誉参半的面壁敦煌，三年临摹之举，至今让人感动。作家卢贤生在《画坛巨擘——张大千》一文中对此事有较为详细的描述：

> 临摹工作耗时费工，工程量巨大。从1941年3月赴敦煌到1943年6月中旬离开榆林窟，10月回到成都，在两年多的艰苦岁月中，大千以常人所没有的勇气和毅力，凭着为艺术事业献身的坚定信念，风餐露宿，呕心沥血，苦苦面壁、殚精竭力，对敦煌艺术做出了重大的贡献。他是国内专业画家中临摹敦煌壁画的第一人，是敦煌学研究的先驱者和带路人。张大千说过，“画画没秘诀，一是要有耐性，二是要有悟性”。很多人或许不缺悟性，而尤缺

耐性。似乎大都忍受不了“十年磨一剑”，甚至“临池三年”，或者小有名气就耐不住寂寞。在国人都不知道敦煌时，张大千在寥无人烟的洞窟前的小泥屋一住就是三年，经他的呼吁，才有留法画家常书鸿的镇守，以及随后的敦煌成为显学。

然而，他也为此付出了巨大的代价。在经济上，大千一行在敦煌日常吃、穿、用、纸墨笔砚全靠外运，费用比在内地高出10多倍，而且远在家乡的亲人需要大千接济。为了维持巨大的开销，大千白天进洞临画，晚上回到住所作画至深夜，并把作品陆续寄回成都办画展。为了维持在敦煌期间的庞大开销，他除卖掉大量珍藏的古字画和自己的作品外，还曾向人举债高达5000两黄金，而这笔债务在20年之后才得以还清。大千去敦煌之际，正当年富力强，红光满面，满头青丝，黑髯似漆，当他归来时，已是满头华发，髯须染霜，面容黝黑，显得十分苍老。而这些巨大的代价所换来的，却是意义深远、卓有成效的工作。大千对敦煌石窟艺术做了系统研究，经博搜详考，记录并完成20万字的学术著作《敦煌石室记》成为敦煌学研究的开山之作。他多次向政府和社会各界发出呼吁，尽快采取保护措施，建议成立专门的研究或管理机构，以便对敦煌艺术宝库进行保护、管理和研究。在他的呼吁和于右任的倡议下，1943年正式成立“国立敦煌艺术研究所”。

张大千临摹敦煌画展是继外国人敦煌盗宝之后，世人对这一宝藏的重新发现和认识，可谓石破天惊。它首次向人们展示了辉煌灿烂的中国古代民族文化艺术遗产，使天下尽知敦煌。

张大千一生辗转居留数个国家，办画展无数，绘画数万幅，存世5000多幅，晚年思乡而不得归，于1983年4月

2日因心脏病在台北逝世。人说他“满架皆宝，一身是债”，“贫无立锥，富可敌国”，是对他一生的生动写照。而1979年他81岁时自书的一联——“独自成千古，悠然寄一丘”，则道出了这位艺术巨子的性格与心境。

100多年前，四川内江有两个几乎同时长大的孩子，他们从小一起玩伴，一起画画，后来都成为了中国著名的国画大师，这两个孩子就是张大千和晏济元。张大千的名字如雷贯耳，但是晏济元的名字却曾被世人所淡忘。

生于1901年的晏济元至今已109岁，是中国至今健在的最老的画家，依然能够健笔如飞地画画，这本身就是一种神奇。更为神奇的是，曾经很长一段时间，人们都以为这个老人早已经去世。晏济元和张大千，两家是世交，从小又在一块儿长大，也几乎是同时开始学画，后来，先后离开内江，远行求学。后来，青年时期的两人在上海又同吃住，同研习达七年之久，并联袂举办画展，成为一段画坛佳话。这一时期，晏济元与张大千的名字紧紧地连在一起，一时间享誉沪上。

九一八事变后，晏济元与张大千共同拿出自己的书画作品，举办募捐展览，帮助国家，赈济难民。晏济元更与何香凝于1932年合作山水、花卉多幅，参加上海抗日募捐展。同年，晏济元在上海宁波同盟会馆举办了个人画展。

和同乡、友人张大千一样，他的一生同样富有传奇色彩，但是，如果说张大千走了一条阳关大道，他则选择走了一条山野蹊径，殊途而同归。

他曾经路遇车祸，在病床瘫痪八年，然而，不知道是一种怎样的力量，使他八年后重新站了起来。他1999年赴云南，观虎跳峡，登玉龙雪山；2002年登华山；2003年，他登泰山，时年已经103岁。“看尽云山是吾师，任我纵横写自然”，这是他对中国国画的领悟。

他曾东渡日本求学，与郭沫若同船下渡；他曾与张大千联袂举办画展，饮誉中外；他曾与于右任、谢无量、何香凝、郭沫若、张大千、张善子、谢玉岑等交情深厚；他曾作国画《红日青松图》赠送毛泽东；朱德委员长曾盛赞“海外有个张大千，国内有个晏济元”。

“文革”的风暴席卷全国之际，晏济元别无选择地遭受了磨难。没有了公职，又困于病榻八年之久，在漫长的苦难中，晏济元却以豁达的心态将一切人之不忍，纳于其强大的内心，将全部的身心交于书画，十几年无一日间断书法、绘画。而今回首，晏济元轻言“我的荣辱悲欢，尽在书画之中。”正因为此，晏济元才有了将一切置之度外的宽大胸怀，他的作品才愈发气势恢宏。

然而，近半个世纪以来，他淡泊名利，大隐于市，从画坛退居民间，逐渐淡出了国人的视线。新世纪，当画坛大师悉数走尽，传统画丛趋向荒芜的时候，人们惊喜地发现晏氏宗师依然健在。这宛若一声春雷，为沉寂许久的中国画坛带来了一阵清风，一抹亮色。

2008年，在晏济元108岁生日的当天，他的书画拍卖价再创新高，一幅1987年创作的“荷花”单幅作品达到228万元，而在此次拍卖会上，他的100幅作品悉数成交，总成交额达到1619万元，创下了近年来四川书画拍卖的最好拍卖成绩。

上世纪60年代，在少城仁厚街，有一位穷困潦倒、常常无米下炊，却又痴画为生的老人。他在生前，几乎无人问津，逝后却声名大噪，这个人就是为画而生的天才——陈子庄。

1913年10月15日，四川省荣昌县（今属重庆）出生

1938年晏济元与张大千在北京颐和园，图中左起张大千、晏济元。

了一个很普通的孩子，这个孩子就是一代大师陈子庄。

陈子庄的一生很富有传奇色彩，他的前半生大部分时间浪迹社会底层，与小商小贩、江湖艺人、袍哥大爷为伍。不过，值得一提的是，他自幼喜欢绘画，无论在什么情况下都没有放弃自己对画的这种精神皈依。当时从江湖步入画坛的陈子庄自号为“下里巴人”，谁也没想到这位与传统书斋文人无法类比的“下里巴人”后来居然登上了中国绘画艺术的大雅之堂。

上世纪30年代中期，在一次擂台比武中，陈子庄将省军部一名武术教官打倒，从而结识了当时的四川军阀王缵绪，解放前夕，曾担任其秘书，并成功地将其策反。也传说在此期间，因齐白石到成都，经常居住在王缵绪家，陈子庄从而与齐白石结缘。

文化大革命期间，陈子庄家被抄，最疼爱的幼子又因避武斗溺水而亡，其妻受此刺激，精神失常……一连串灾难连压其肩，在一家人处于四方借款买米下锅的窘迫处境下，陈子庄几欲自杀。然而正如他在笔记中所说的：“处境困厄，心地盖澈，画境中随之而高逸超妙。”在近乎万念俱灰的境况下，在吃了上顿还不知下顿着落的辛酸里，在年关将近却身无分文的窘困里，他竟在屋檐下，搭起一张桌子，拿起一支画笔，用一尺见方的宣纸，廉价的草纸包装纸，创造出了独具特色的艺术作品。

在最为艰难的日子里，陈子庄拖着病体走龙泉驿，上绵竹汉旺写生，留下了最为灿烂的作品。他“大量的小幅山水，情随景迁，一图一境，一境一意，从不同侧面展现了令人醉心的田园风情。时见山村篱落，牛背斜阳；水畔农家，肥猪满圈；山城一角，人影行于夜间灯火之中；山区小学，幼童络绎于校园内外；竹林茅舍，雄鸡唱晓；山村夜读，一灯莹然；春江归渔，桃花红而远山黑；西山晚照，桐林黄而暮山紫；绿树人家，青瓦粉墙隐于浓阴翳翳；雨后桑园，一片青翠拥簇茅屋三五；双舟轻渡，水浅而涉明；夕阳柳堤，水温而树茂”（薛永年《陈子庄论》）。

今天，在他高贵的画前，人们常常会不由自主地感叹，假如没有他在寂寞中的固守，没有在困苦之上的旷达和超拔，也就没有了经典，没有了大师的出现。“在我死后，我的画定会光辉灿烂的。”他生前说。那时候，他的声音里没有悲凉，只有豪气干云的幸福和快意。

1980年，北京中国美术馆，第二届全国青年美展上，在中国油画史上前所未有的一幅巨幅头像面前，几乎所有的评委都被深深地打动了。据说，这一天评委们在画像前站了很久，细细品味着画像的每一个细节。后来，这幅超级写实主义作品《父亲》，以观众投票800多票、远远超出第二名700多票的优势荣获金奖。

这幅作品就是那张满是皱纹苍老的面孔——罗中立的《父亲》，该作品以纪念碑式的宏伟构图，饱含深情地刻画出了中国农民的典型形象，深深地打动了无数中国人的心，也由此被誉为20世纪80年代中国画坛的一面旗帜。

这一年，罗中立的《父亲》与程丛林的《1968年×月×日雪》、高小华的《为什么》、何多苓的《春风已经苏醒》等伤痕题材的作品在全国引起了极大的轰动。

罗中立的《父亲》以深沉的感情，用巨幅画的形式，借超写实主义手法，刻画出一个勤劳、朴实、善良、贫穷的老农的形象。据说，很多人都曾在这幅画作面前黯然神伤。画中的这位老农，已经远远超出了生活原型，他所代表的是中华民族千千万万的农民，代表着中国人精神上的父亲！

罗中立的《父亲》其实是一个时代的选择，尤其是在我们整个民族经历了十年浩劫这个重大灾难之后，它所激起的不只是观者对老农个人身世的悬想，更是对整个中华民族这个农业大国命运的深深思索。“农民是这个国家最大的主体，他们的命运实际上是这个民族和这个国家的命运。”罗中立说。

《父亲》使罗中立一举成名。《父亲》也仿佛吹响了中国改革开放的号角，从此，中国在总设计师邓小平的带领下，从农村开始改革，走上了一条康庄大道。

近年，有一个人的画作在拍卖会上屡创新高，他的名字很快飚进了全球当代最著名的画家之列，并创下了健在的亚洲画家的拍卖最高纪录，这个人是张晓刚。熟悉张晓刚的人都知道他的那些富有张晓刚式符号的作品——《全家福》系列、《天安门》《血缘：同志120号》《大家庭》《记忆与失忆》等。

他似乎永远也画不出阳光明媚的画来，他甚至不会画微笑的人。他的性格决定了他的艺术作品永远是阴性和忧郁的。他后来的作品无一不是阴性气质贯穿始终，让人感觉到一种彻骨的寒冷。

“那些似乎是斑驳老照片中的人物，拥有被时代整齐划一了的外型、衣着和表情，那些单眼皮的眼睛，眼仁微微凸起，冷漠而警觉，神态游移。”这就是张晓刚自己的符号。

他从小就爱画画，在当了两年知青后，以云南省唯一一个被四川美院油画系录取的大学生而进入四川美院读书，和罗中立、何多苓、程丛林、高小华同班。后来，他在四川美院任教。1982、83年的时候，他几乎是泡在了酒桶里，醉生梦死，当他开始思考的时候，死亡进入他的主题，再后来，血缘和家庭成为他的主线。他曾经在一次讲座时回答学生“对血缘和家庭怎么看”的提问时，脱口而出：血缘牢不可破，家庭不堪一击。

一个法国人对张晓刚说，感觉他是一个“卡夫卡式的艺术家”。法国人分析说，张晓刚“比较关注私密性；向内，相对地封闭自己；关注的都是个人的感觉，而且是不太正常的感觉；都有幻想的成分；都是日记式的表述方式，写什么都是我我我，而不是他他他”。自此，张晓刚被称为“中国的卡夫卡”。

在现代艺术空前火热的今天，张晓刚被市场赋予了更多的标签意义。2007年，张晓刚以深邃之魅当选《南方人物周刊》年度中国魅力榜：“他的不可取代的独特技法和主题，不单是在昭示个人的私密体验，也唤醒了中国人对某个特定时代的集体记忆。”

10 一大批诗人：中国诗歌的半壁江山

“自古诗人例到蜀”，这是清代四川本土文人李调元说的。事实上，中国历史上的伟大诗人，除屈原等少数几个人之外，几乎都到过四川。诗歌与四川从古到今结下了不解之缘，这就是四川得天独厚的诗歌生态。一直到今天，四川仍然在各种场合被誉为诗歌大省，仍然被媒体视为中国新诗的重镇。这其中的一个重要原因是上个世纪八十年代四川产生了一大批优秀的诗人和众多的诗歌流派，影响了当代中国诗坛。

在1984~1989这些年间，四川先锋诗歌运动（其规模和热度完全配得上“运动”二字）造就了多如牛毛的团体和流派，其中，以“莽汉主义”“非非主义”“整体主义”“大学生诗派”和“四川五君”的影响最大。

1986年，两报（《诗歌报》《深圳青年报》）举办“现代诗群体大展”，人们看到了一个来自四川的“七君子”群体，其成员是欧阳江河、钟鸣、翟永明、柏桦、张枣、孙文波、廖西。但事后“七君子”中的五个“君子”都不认同“七”这个数字。于是，江湖上习惯于将他们称为“五君子”，其成员是柏桦、翟永明、欧阳江河、钟鸣和张枣。毫无疑问，“四川五君”不是一个诗歌流派，而是一个私交很好的诗歌“圈子”。他们虽然都在象征和隐喻中寻求表达，但各人的诗歌观念、表达方式及其语言风格都是很不一样的。

八十年代初，大学生写诗成为一种风潮，后来成名于江湖的许多诗人，均出自校园，比如万夏、赵野、李亚伟、马松、尚仲敏等。但“大学生诗派”这一称谓，却是在《诗歌报》和《深圳青年报》于1986年联合举办的“中国现代诗群体大展”上才正式出现。打出这个旗号的诗人叫尚仲敏，他为这个派别的亮相撰写了《大学生诗派宣言》。

“整体主义”成立于1984年，主要活动时间在1985~1989年间，横跨成渝两地。主要成员有石光华、宋渠、宋炜、刘太亨、杨远宏等。

“非非主义”，1985年开始聚集，1986年《非非》（民刊、铅印）创刊号正式亮相。发起人为周伦佑、蓝马、杨黎，主要成员有何小竹、吉木狼格、刘涛、小安等。非非主义是上个世纪八十年代中国先锋诗歌运动中最具流派特质的诗歌群体，有宣言，有理论，有自觉按流派理论进行创作的作品。

“莽汉主义”创立于1984年，创始人为胡冬、万夏和李亚伟，重要成员包括马松、胡玉、二毛、梁乐等。“莽汉主义”显示了一种非理性式的反文化姿态，他们追求生命的原生态，摧毁优美、解构崇高是他们诗歌写作的出发点，随意性的口语、放荡不羁的叙述主体、“垮掉的一代”的形象特征，是他们诗歌的鲜明标志。他们号称自己是“身上挂着诗篇的豪猪”。

关于“莽汉主义”的命名，万夏在接受《新京报》记者刘晋锋采访时，做了这样一番追忆：“在诗歌界流行‘朦胧’之争的时候，我们写的诗让很多人不喜欢，觉得我们像是流氓在写诗。1983年冬的一天，胡冬告诉我说人家说我们的诗是他妈的诗，我说我们就叫妈妈的诗。那天半夜，胡冬爬起来写了一首《女人》，用的全是极尽侮辱的词。写了一段时间之后，我就想出个集子，胡冬说取名叫《好汉》吧，我说不如叫莽汉，莽汉的繁体字是两只手抓三条狗，非常之凶猛。”

成都女诗人翟永明接受媒体采访，常常会遇到记者提“为什么成都出那么多的诗人？”的问题，对此问题，她的回答是：“成都人小富即安的心态，使他们有时间去细细体验生活。当代社会最大的问题是生活变成了次要的东西，这挺可怕的。有一次评论家李陀来成都，说过一句话，我觉得很有道理，他说成都就好像一个人，用他的慢对抗全世界的快，闲适、古风犹存是成都产生那么多诗人艺术家的基础。”

在诗歌越来越边缘化的今天，许多诗人离开了成都，但未见得离开了诗歌。在这个诗意犹存的城市，诗歌以更加隐秘的方式在传承和不断被吟诵。是的，诗人依然无处不在。在宽窄巷子的香积厨、新白夜，你或许就会不经意间见到当年大名鼎鼎的诗人，而当年名震江湖的莽汉派大哥李亚伟就是其中一个。

现在的李亚伟更多的像是一个隐士，然而只要他一回到成都，回到他的香积厨，就总有一帮兄弟三五几个地来陪他喝酒。他们讲着笑话，讲着过去某人的典故，在酒与美女中，原来时光就可以这样梦幻而轻浮。和他们一同远去的，是一个依稀还被人记得的“莽汉”派。在《什么样的爱才能喂饱我们》一文中，李亚伟自己有过一丝淡淡的回忆：

> 1984年的初春，在中国，一个叫做“莽汉”的诗歌流派出现了，这帮人热衷于饮酒狂欢和浪迹天涯，浪迹天涯的目的有三：一、找远方；二、找酒；三、找女人。这些都是很快活但很累人的事。1986年，大伙决定歇下来，一致同意解散“莽汉”，分头去活、分头去死、分头去发疯都行。因为除了名利，人人都煞有介事，好像还有离社会很远的梦想……“莽汉”人人

> 都是写诗的狠角，同时人人都是破坏老套路，蔑视发表，蔑视诗歌官府的老江湖，莽汉流派当初纯一个诗歌水浒寨、一座快活林和一台夜总会。这帮人是80年代中国成名时平均年龄最小、在官方刊物发表作品最少、出诗集最晚的一个赖皮流派，在这个流派混过一水的人，并非故意不发表作品，作隐士样。这般家伙的毛病提溜出来其实就一个：光知道下卵玩，只播不收，视劳动为游戏，绝无一人把自己的作品誊写清楚了的……这些东西放在拾荒人面前怎么看也是最差的垃圾，但一揽子扔回80年代，里面又会散落出无数惊心动魄的诗句。

1993年，名满天下的诗人李亚伟到京城变成了书商。也许，偶尔的一次小酒，你会听到李亚伟发表他曾经的“雄心壮志”，他对朋友说要做个有钱人，朋友问他好多钱算有钱，他想了想说：至少十万块。说完这个笑话，李亚伟会双脚盘在椅子上，端着酒，眼睛自然而然地瞟着从眼皮底下经过的一个美女，哈哈大笑。2005年，李亚伟决意离开北京，据说其中主要一条便是他要“好吃懒做”。他的朋友张小波曾经写下这样的文字为他的这段日子存证：

> 他说，我要卖掉房子，遣散人员；他说，我要快点离开这狗日的北平，转到哪里是哪里，看到美女就停下来，看到美食就停下来，看到美景就停下来。我傻乎乎地，好像烘托其卓尔不凡地问他，你就一点正事都不想做了？
>
> 他骂一句粗口，振振有辞地反驳我：“张哥，鱼有正事么？蛇有正事么？它们一辈子就那么游手好闲，又有谁指责它们。我现在只想做鱼蛇之流，彻底不务正业。”多么牛×的理由啊，如此牵强又如此大

气磅礴，我得承认对我很有震撼哦。

也就在这一年，李亚伟刚推出个人畅销诗集《豪猪的诗篇》即获得第四届华语文学传媒“年度诗人”大奖，在诗歌界再次引起不俗反响。授奖辞说：“李亚伟的诗歌有一种粗野而狂放的气质。他的写作，既是语言和想象力的传奇，也是个人身体对一个时代的隐忍抗议。他对生活的异想天开和执迷不悟，成就了他诗歌中勇敢而不屈不挠的品质。他在历史和现实、远方和当下、人与世界的缝隙里，努力谛听一个奔走、辗转的心灵所发出的细微声音，并以旁观者的身份，将这个声音放大。”

这个腰里别着诗歌的豪猪，会在暖洋洋的太阳下，对你说，在中国的一些诗歌会议，都会把他的名字排在前面，或者第一位，而到了成都，他绝对是末几位，说完，他会感叹成都真是一个日怪的地方。不过这个人也许会在酒醉之后想起很多年很多年以后，还有人在传抄他的代表作《中文系》《硬汉们》，还会在撒了一泡尿后，在《豪猪的诗篇》里写下的感伤：“我不愿在社会上做一个大诗人，我愿意在心里、在东北、在云南、在陕西的山里做一个小诗人。每当初冬时分，看着漫天雪花纷飞而下，在我推开黑暗中的窗户，眺望他乡和来世时，还能听到人世中最寂寞处的轻轻响动。”

第四章

无女不成川，四川女人**好霸道**

在百度上搜索“四川女人”一词，多达160万条，对于四川女人的评价可谓纷乱复杂，迷幻多彩，关于四川女人的定义有如巴尔扎克的宏大叙事，让人摸不着边际。不过，在绝大多数的评价中，排在第一位的都是四川女人的坚韧与勤劳的独特个性。这种个性赋予她们不达目的誓不罢休的进取精神与处事风格。

1 四川女人敢作敢当

四川女性的女权主义倾向，常常被理解为女人在权力与政治上的诉求，这是一种误解。实际上它诠释的是四川女人不仅勇于承担家庭责任，在大是大非的历史问题和巨大的灾难面前，四川女人仍然勇于、敢于担当起责任与历史赋予的使命。

四川人爱吃辣椒，四川女人尤其嗜辣。辣椒锻炼了四川女人的性格，以致她们在面对每一次灾难时，都会体现出惊人的能量。这次汶川地震，我们看到的最为感动的就是四川的女性们。

四川人的幽默是对生命的达观，是一种举重若轻的对待生命与生活的态度。正是因为具有了这种举重若轻的态度，在5·12汶川地震中，四川女人的自我牺牲精神，才让世人感到惊讶。举重若轻的生命态度与自我牺牲的精神是一对孪生兄弟，他们共同指向四川女人的优秀而高贵的品质。

2008年5·12汶川地震发生后，四川女人作为一个群体称谓，得到了世人的尊重，我们在百度上输入“地震中的四川人”显示的词条有26.7万条，而我们输入“地震中的四川女人”则多达46.4万多条。在这里，我们应该重温一次四川女人在地震中的温暖与坚强：

> 一位女士遇难前写给身下婴儿的手机留言：“亲爱的宝贝，如果你能活着，一定要记住我爱你。”
>
> 初一生小亚遇难前鼓励同学小雪：“答应我，你一定要活下去。”
>
> 被埋107个小时的女孩被救出时，对现场营救人员感谢道：“我没事，谢谢你们救了我。”
>
> 半身被压的高一女生王佳珍对营救人员轻声说：“我没事，你们慢慢来吧，谢谢武警叔叔！”
>
> 刚从废墟中救出的小女孩对父亲说：“爸爸，我把新配的眼镜丢了。”
>
> 都江堰的一个女孩，在被埋了几十个小时救出来后，她说的第一句话是“谢谢”，第二句话是对哭着的母亲说，“别哭，难看死了。”

我们再来看一些女老师的表现，如果说四川的男人有多“范跑跑”，让人没有安全感的话，那么我们的四川女教师却赢得了世人的尊敬：

汤鸿　舞蹈老师身体护学生

汤鸿今年20多岁，是名年轻漂亮的舞蹈老师。地震发生时，她正在为学生排练迎“六一”儿童节的舞蹈节目。发现险情后，她把学生推向墙角，把她们抱在自己怀中，垮塌的楼房倒在她的身上……尸体被找到时，她正俯身趴在那面墙的角落里。她的怀里，3个女孩活了下来。

向倩　英语老师身体成两截

废墟中，她的身体断成两截，脸部血肉模糊。她的双手仍紧紧拥着两个学生！人们怎么掰，也无法掰开她紧紧搂住学生的双手！地震发生时，她正在疏散学生离开教室。看到有两个学生手足无措，她大步跑过去，一手搂住一个，朝门外冲。教学楼突然垮塌，她和几名学生被埋在废墟中。

红岩镇中心小学周汝兰老师

5月12日汶川地震发生时，距彭州市区10多公里的红岩镇，大面积房屋倒塌、通信中断、人员伤亡……地震发生时，正给幼儿园大班辅导的红岩镇中心小学周汝兰老师没有独自逃生，而是四次冲进教室抢救学生，直到全班52名学生成功脱离危险。

什邡市师古镇民主中心小学教师袁文婷

26岁的袁文婷在5·12地震中，身为什邡市师古镇民主中心小学一年级的教师，为营救被困在教室中的孩子，一次又一次地冲进随时可能坍塌的教学楼，用她柔弱的双手抱出了一个又一个孩子。当她最后一次冲进去后，楼房完全坍塌……吴佳辉是袁文婷最后救的学生，一提到袁文婷的名字，她便号啕大哭："袁老师还被埋在里面，她没有死，我看见她倒下的，她手里还牵着同学。"

在什邡市发生的多起教学楼坍塌事故中，师古镇民主中心小学3层的教学楼轰然倒塌，但师生仅伤亡10多人，该校一年级女教师袁文婷为了拯救学生，青春定格在了26岁。

我们再来看我们优秀的四川女民警，她们在大难来临时的担当，表现了辣妹子热辣辣的人间大爱：

四川彭州市公安局民警蒋敏

28岁的蒋敏出生在北川县，是个漂亮的羌族姑娘。在这场灾难中，蒋敏全家10口人死亡。揩着永远也揩不完的眼泪，强忍失去亲人的巨大悲痛，她积极投身抢救受伤群众、安置灾民生活。因连续奋战劳累过度，她身体极度虚弱，多次昏倒在抢险救援现场。

四川江油县公安局民警蒋小娟

蒋小娟是江油市的一名警察，5·12汶川地震发生后，为了全身心地投入救灾工作，她把不到6个月大的儿子托付给乡下的父母，来到安置点负责安置灾区群众，维持秩序。由于婴儿食品远远不够，婴儿的啼哭声此起彼伏，还在哺乳期的蒋小娟撩起衣衫，将乳头塞进婴儿的嘴里。在这个安置点，蒋小娟充当起了9个婴儿的妈妈，有时，她要同时给两个孩子喂奶。她的喂奶举动以一个平凡母亲的方式感动了"多难兴邦"的中国。

在历次的《南方人物周刊》年度魅力榜上，也不乏四川女人美丽、勤劳、智慧、娇媚而敢作敢为的身影，如2005年、2006年先后两次分别以"干练之魅""革新之魅"上榜的张锦明；2005年以"艳阳之魅"上榜的翟永明；2006年以"无双之魅"上榜的郑洁、晏紫；2007年，郑洁再次以"突破之魅"上榜，因为她"不仅球打得好，还有一颗金子般的心"。而另外还有两个上榜的，我们需要特别提出，因为，她们对当今的中国有着特别的意义。在巴蜀大地上，她们真实而可爱，温柔而坚强，堪称四川女人的典范，这两位就是先后入榜的张德丽和孙静：

2006年，成都一个平凡而普通的女人以“天使之魅”上榜，她就是张德丽。颁奖词是：成都市儿童医院血液科前护士长，在更多的医院和同行已安心于从病人那里获得收益时，她却因无力承受“耻辱感”而离开，她用微笑征服心灵，以犀利朴实的话语，直指医疗制度的缺失。

2008年，成都交通台女主播孙静以“坚守之魅”当之无愧地上榜。颁奖词是：第一句没“瓜”的话是孙静说的。这个平日在节目中嘻嘻哈哈、口无遮拦的成都交通台女主播，在汶川地震后10分钟就冲进直播间。下午2点55分，她的声音通过电波传了出来：“刚才把大家吓着了吧，我也感觉到了摇晃。”按照安排，她的节目应该是下午3点开始的。通讯阻断，加上市民们都在室外，使得电台成为信息发布中心。市民们通过短信把自己的想法告诉孙静，相互交流，也相互安慰。从地震发生后10分钟走进直播间，到5月15日凌晨走出，连续50多个小时不中断的声音，让无数人从惶恐中渐渐安定下来。孙静用她的勇敢、执著诠释了成都人的乐观、坚强。

2 巴寡妇清：秦始皇最敬重的一姐

她是中国最早的女商人，如果那时候就有福布斯榜，她当是那时候的全国首富。她曾经捐钱给秦始皇修长城，她在一个高压的政策下竟然拥有庞大的私人武装，而她只是一个早年丧夫的穷乡僻壤的寡妇。

她是一个一统天下的强盛帝国的君王——秦始皇——眼中最敬重的一姐，她是中国历史上第一个被朝廷表彰的

“贞妇”。据说她生前，秦始皇专门把她接到都城咸阳去住，让她在他身边安享晚年，并且经常看望她，她死后，秦始皇又下令在其葬地筑“女怀清台”，以示怀念。

获此殊荣者，在有秦一代，并不多见。其事迹，《史记》《一统志》《括地志》《地舆志》《舆地纪胜》《州府志》等史料有寥寥记载，她就是神秘似巫的巴寡妇清。

2000多年来，对巴寡妇清记载最为明确、详细的还是司马迁的《史记·货殖列传》。但这个记载也非常简单，并且，惜墨如金的司马迁是将巴寡妇清和一个乌氏县叫倮的人并列在一起叙述的：

> 乌氏倮畜牧，及众，斥卖，求奇缯物，间献遗戎王。戎王什倍其偿，与之畜，畜至用谷量马牛。秦始皇帝令倮比封君，以时与列臣朝请。而巴寡妇清，其先得丹穴，而擅其利数世，家亦不訾。清，寡妇也，能守其业，用财自卫，不见侵犯。秦皇帝以为贞妇而客之，为筑女怀清台。夫倮鄙人牧长，清穷乡寡妇，礼抗万乘，名显天下，岂非以富邪？

这段话是说：乌氏县有位叫倮的人经营畜牧业，待到牲畜众多，就将它们卖掉，用那些钱去求购珍奇之物和丝织品，暗中敬献给戎王。戎王用十倍于礼品价值的财物进行还赠，送给他牲畜，以致他的牲畜多得要用山谷为单位来计算牛马的数量。秦始皇诏令倮的地位与封君并列，按照规定时间和大臣们一起入宫朝见他。而巴地有位寡妇名清，其先世获得丹砂矿，独揽其利益已经好几代了，家产也多得难以计量。清，是一位寡妇，却能够守住祖先留下的基业，用钱财自卫，不被他人侵犯。秦始皇把她尊为贞妇，用宾客的礼节来接待她，为她修筑了女怀清台。倮是边鄙之人，清是穷乡僻壤的寡妇，能够和拥有无限财富的国君分庭抗礼，名显天下，难道不是依赖他们的财富吗?

这里面，有一个让人百思不得其解的地方，就是一个寡妇和一个皇帝（他经常给人暴君的形象，杀戮是他经常做的一件事情或者说游戏）的故事，或者说他们非同一般的关系。

《长寿县志》对巴寡妇清的记载说，清家族的仆人上千、私人保镖上万。近年来，一些学者从秦灭巴国改设巴郡的这段历史中，考证当时清家族的所在地——枳县（包括今长寿、涪陵、武隆、南川、彭水、垫江、綦江、黔江等地），全县人口总计不到5万人。那么，清家族的徒附家丁竟占据了当时枳县的人口五分之一。这可以让我们从侧面看清清势力的庞大。不过，最保守的估计，清也应当拥有一支数千人的私人武装。

然而，在那样一个严禁民间私藏兵器的高压政策的时代，巴寡妇清竟然拥有自己的武装，而且是非常庞大的一支队伍，简直不可思议。秦始皇统一天下后，首先在全国各地展开了一场收缴兵器的运动。那时的环境，就连私藏一把残戈钝剑，都要受到严厉的惩罚，更别说拥有这样强大的一支私人武装。

《秦律》规定：天下兵器，不得私藏。《史记·秦始皇本纪》说，始皇兼并天下后，立即收缴了天下兵器，运到咸阳加以熔化，铸造成编钟，又铸造了十二个重3万公斤的“金人”（铜人）安放在宫廷里。这表明秦始皇对民间武装的忌讳之深。而历史上，秦始皇也曾经多次遭到刺客和杀手的袭击。然而，秦始皇却怎么这样容忍巴寡妇清呢?

著名学者冉云飞在《孤男寡女：历史上的商业双雄》一文中指出：

> 《货殖列传》全文约4800字，出现了52个历史人物，著名的如吕不韦、白圭等大商人，在这众多人物，只有一位著名的女商人，那就是长寿的寡妇清……司马迁对史料和人物的裁择，在史学家中举世罕有，如果寡妇清没有其不可替代的特殊性，那么司马迁便不会将其纳入庞大的写作计划之中。
>
> 但秉笔直抒的司马迁为何专门记载她，恐怕不仅仅是为了表彰一个女商人那么简单。我们不要忘记司马迁在《秦始皇本纪》里记载秦始皇陵墓时，曾说过的几句话：“以水银为百川江河大海，相机灌输。上具天文，下具地理。”据2003年的考古

探测，经过现代科技验证，司马迁所写完全属实，秦始皇陵地下水银保守估计在100吨左右，用水银的目的一是为防盗墓，二是他至死相信水银及丹砂的伟大力量。这么多水银哪里来的呢?所有史料都指向寡妇清这里，这便是司马迁一定要记载寡妇清的一个明显理由。

一个乡间寡妇，能够礼抗万乘，养兵万千，势逼君主，名显天下，其原因何在?司马迁一言以蔽之：无非就是因为她太有钱了。有钱是一个原因，也许她所致富的丹砂在那个时代的神秘力量，才是帮助她成就不朽商业奇迹的一个根本而隐秘的原因。一个商人而且是一个女商人，在中国历史上，截至目前为止，其成就可谓空前绝后。

那么，为什么秦始皇和她的关系很微妙？他是不是在她的面前，才能找到自己的母亲？他的亲生母亲，是《史记》上那个淫乱的人，而这个保守贞节的寡妇，是不是才是他秦始皇自小所渴望或者说幻想拥有的圣洁母亲？他可以靠在她的膝盖上，轻轻睡去，而一双纤细而温暖的手，可以拂拭他灵魂上的罪与恶、伤与哀愁。

巴蜀女子多神秘，故而多不见于史料所记载。她们更仿佛是一则则美丽而虚幻的传说，如同巫山神女的浪漫与缥缈。当年舒婷船过三峡，曾经为神女峰写过一首脍炙人口的诗，不知是否也曾是巴寡妇清在暗夜中的一次满行清泪地仰望：

与其在悬崖上展览千年
不如在爱人肩头痛哭一晚

有好事者大胆猜测，秦始皇之所以离不开巴寡妇清，是因为她也是一个巫山神女式的人物。然而不管如何，当秦始皇答应了她，要他在她死后，葬回她的故乡——巴郡枳县（今长寿县千佛场龙山寨）时，他，是真的满足了她的要求，并且筑了“女怀清台”。这个人走了，而他需要用余生去怀念。原来，杀人不眨眼的秦始皇，也有如此温柔的一面。而这温柔的一瞥，仅仅是因为一个叫清的巴国女子。

不管四川盆地的迷雾怎样遮住了历史的天空与真相，我以为，这个蜀中敢为天下先的女子，她一定可以代表四川妹儿、重庆妹儿的泼辣性情、能耐与品德。也许正是因为有了她的发端，才有了卓文君的第一私奔，有了武则天的史上最牛川妹子，有了薛涛的柔肠与落寞，有了中国正史上唯一记载的巴蜀巾帼英雄秦良玉的驰骋疆场，有了5·12汶川地震中那么多感动中国和世界的四川女性的形象，有了那么多小女孩笑对灾难的脸庞……

3 卓文君的私奔惊动了司马迁的一支笔

四川人重感情，尤其是爱情、亲情、友情，是支撑四川人的精神支柱。

在中国其他地区，如果一对恋人爱到极致，而又冲不破层层阻力，那一定是一个凄美的殉情故事。但对于四川人，他们最有可能的选择是私奔。

四川女人的浪漫，是诡异神秘的古蜀文化孕育出来的柔美、华丽而诱人的情调。成都作家肖平说：这里是最容易产生两情相悦的故事的地方，这种故事的极端表现便是私奔。

四川很少有贞节牌坊，也没有让人记住的殉情故事。四川人最经典的爱情故事是卓文君和司马相如的私奔。

私奔，是一个直到今天也不会被主流道德意识完全认可的一个词汇。但在四川，卓文君和司马相如的私奔却是一段千年佳话。所以，有人在调侃成都的时候说，这是一座私奔的城市。因为卓文君和司马相如从邛崃私奔后，就在今天成都的琴台路当街卖酒。

一个宽容私奔的地方，一定是一个最具有爱的地方。

私奔给人们带来的感受，在四川人的意识里并不是一个道德问题，而是一种浪漫旗帜下的爱情的美妙和坚贞。西汉年间司马相如和卓文君的私奔，完全可以看成是世界历史上最早的一次女权运动。卓文君，西汉临邛人（今四川邛崃）人。她是当时的四川首富卓王孙的女儿，可惜，17岁年纪轻轻地便在娘家守寡，直到某日，这个人出现了。这个人就是司马相如。

那一天，来她家做客的落魄青年——成都汉赋诗人司马相如一定看见了躲在窗子底下偷看他的卓文君。于是，她听见了一曲为她而弹的《凤求凰》：

凤兮凤兮归故乡，遨游四海求其凰。
时未遇兮无所将，何悟今兮升斯堂！
有艳淑女在闺房，室迩人遐毒我肠。
何缘交颈为鸳鸯，胡颉颃兮共翱翔！
皇兮皇兮从我栖，得托孳尾永为妃。
交情通意心和谐，中夜相从知者谁？
双翼俱起翻高飞，无感我思使余悲。

那一夜，他们就玩了一场惊动了司马迁的一支笔的事情——天下第一私奔，以致司马迁微笑着记载了几乎与他同朝为官的司马相如的趣事，也许，他还亲眼见过卓文君，在她家喝过她亲手酿制的文君酒：

是时卓王孙有女文君新寡，好音，故相如缪与令相重，而以琴心挑之。相如之临邛，从车骑，雍容间雅甚都；及饮卓氏，弄琴，文君窃从户窥之，心悦而好之，恐不得当也。既罢，相如乃使人重赐文君侍者通殷勤。文君夜亡奔相如，相如乃与驰归成都。家居徒四壁立。卓王孙大怒曰："女至不材，我不忍杀，不分一钱也。"人或谓王孙，王孙终不听。文君久之不乐，曰："长卿第俱如临邛，从昆弟假贷犹足为生，何至自苦如此！"相如与俱之临邛，尽卖其车骑，买一酒舍酤酒，而令文君当垆。相如身自著犊鼻裈，与保庸杂作，涤器於市中。

那一天之后，临邛的街道上，增加了一家小酒馆。那一天之后，成都、四川有无数这样的酒馆开业，今天，成都人亲切地叫这些小店为苍蝇馆子，吃的东西被称为冷啖杯。而从他们开酒馆可以看出，卓文君一定是一个泼辣的女子。否则，她怎么能够制住骄傲惯了的司马相如，让他乖乖地放下架子，每天很自觉地穿上下力人穿的裤子（有学者考证出，犊鼻裈类似于今天的三角裤），做最屈辱的洗碗工，还要一天傻乎乎地朝着卓文君满足地微笑。

更为可笑的是，卓文君这个浪漫而泼辣的女子，她还出了一个鬼主意，就在父亲的眼皮底下开店，直接臊父亲的脸皮。这就像顽皮而可爱的女儿，给父亲开了一个让人哭笑不得的玩笑。

在写到卓文君的这种可爱的“无赖”时，我不由得想起另外一个同样聪明秀慧但又泼辣十足的女子，她就是《齐东野语》上记载的大诗人陆游从蜀地带回去的一个妓女。他让她住在外面，每隔几天才去与她相会一次。陆游偶然有病，去得少了，妓女便起了疑心。陆游作词为自己辩解，这个蜀地来的妓女就同样以词来还他，只是充满了辣椒味：

说盟说誓，说情说意，动便春愁满纸。多应念得脱空经，是那个先生教底。

不茶不饭，不言不语，一味供他憔悴。相思已是不曾闲，又那得工夫咒你。（蜀妓《鹊桥仙》）

再来品味学者弓保安的白话译诗：

你曾信誓旦旦，
你曾倾吐情意；
动不动吟诗作词，满纸思我爱我的字句。
这都是口是心非念脱空经。哪个先生教的你？

我不饮茶不吃饭，
不言又不语，
一心让你看见我憔悴。
相思害得我已经不得闲，
又哪有时间诅咒你！

这真是一首直率辛辣而又十分幽默、爱极怨极跃然纸上的好词，在多少有点反映一个蜀妓的辛酸命运与爱情憧憬的同时，她还为我们保留了一个宋朝的孤本，那就是四川女人在那时候的聪明智慧与幽默泼辣，这一切加起来就是一种魅力——可爱。而由此类推，那时候的卓文君，是否也如此可爱呢？要知道，四川人亲昵地喊女孩子除了“幺妹儿”之外，就是“鬼丫头”。果然，卓王孙坐不住了：

> 卓王孙闻而耻之，为杜门不出。昆弟诸公更谓王孙曰：“有一男两女，所不足者非财也。今文君已失身于司马长卿，长卿故倦游，虽贫，其人材足依也，且又令客，独奈何相辱如此！”卓王孙不得已，分予文君僮百人，钱百万，及其嫁时衣被财物。文君乃与相如归成都，买田宅，为富人。

在这一大笔钱的资助下，在卓文君的鼓励下，司马相如二上京城，求取功名。于是，才有了司马相如志在必得、意气风发地离开成都时的那句话：我回来的时候，一定要坐着四匹马拉着的马车回来。他终于没有让她失望。他成为汉赋第一家，她成为浪漫第一人。而多年以后，事业成功的司马相如是否会想起，他们私奔的那个晚上，他们卖酒的那些日子。如果没有卓文君，四川历史上很难想象还会出现汉赋第一家的司马相如。是她，以她的孤注一掷和慧眼识珠，带着一个落魄青年走向了远方……

南宋过后，在中原兴起的程朱理学却非常嫉妒和排斥卓文君这个四川不守妇道的女子，他们就杜撰了司马相如变心、卓文君以诗以情感动使其回头的故事。然而，真的是这样的吗？如果司马相如真的变了心，以卓文君敢于私奔的勇气，她会毅然离开，或者暴跳如雷地去捏着司马相如的耳朵，让他在成都的春熙路、琴台路走一圈，末了还加一句总结：“你想横起跑，你敢！”

在今天的四川邛崃，卓文君的故乡，有一种酒叫“文君酒”。而那个小店，又曾经让多少人魂牵梦绕？唐李商隐曾经非常向往这个小酒馆，他入蜀后特意去找当年文君他们的几百年老店喝酒：“美酒成都堪送老，当垆仍是卓文君。”诗人已经醉了，醉得可以看见卓文君。

卓文君与司马相如在成都当街卖酒的浪漫风气2000多年来绵延不绝，至今依然是浪漫成都的一大标志与诱人风景。唐代诗人描写成都酒店与酒娘的诗歌数不胜数，其中最出名的是陆龟蒙，他在《奉和袭美酒中十咏·酒垆》一诗中说：“锦里多佳人，当垆自沽酒。”他甚至对美丽而多情的女老板产生了某种冲动：“若得奉君欢，十千求一斗。”这句话的意思是说，假如能讨得酒娘的喜欢，他愿意多用十倍的钱来买酒。那时候，醉眼朦胧中，他是否会产生一种幻觉，是文君还在当垆，司马相如还在刷盘子?

4 武则天：史上最牛的川妹子

就像我们永远无法读懂女人的内心一样，我们对武则天的评价也大都停留在传统理学的标准上，困惑于感性与表象而看不见生活真实的一面。然而，正如武则天留下的无字碑一样，这个史上最牛的川妹子不需要别人的评价。

武则天（公元624~705年），籍贯并州文水（今山西文水东），生于利州（今四川省广元市）。唐高宗李治的皇后，唐中宗李显、唐睿宗李旦之母，高宗去世后，武则天相继废掉两个儿子中宗和睿宗，自己做了皇帝（公元690~705年在位），创造了“曌”（音照）这个意为“日月当空”的字。武则天统治的前期，重用酷吏，严厉打击反对她的元老重臣、勋贵旧族，就此打破大族控制政局，高官垄断的局面。世人据其尊号“则天大圣皇帝”称之为武则天（则，法则也，以为法则也。则天，即以天为法则，向上天学习，遵循上天的规律和要求的意思）。

武则天在14岁时被唐太宗选入宫立为才人，赐号“媚娘”。武媚娘，这是一个清细与柔和的称呼。她那时一定是一个天真无邪娇俏美丽的女孩，可能也是她长长的一生里最单纯美好的年华。然而，据《大唐新语》记载，武则天的父亲很疼爱这个女儿，经常把她女扮男装，因为这个缘故，从小她就养成了坚强果敢的性格。再加上我们前文提到的异人袁天罡给武则天看的那个相，似乎一切都神奇地注定了。她将是整个中国封建王朝唯一一个登基做成皇帝的女人。而且，那些垂帘听政的女人，除了能够败坏朝纲，使国家陷入动乱之外，又有谁能够像她一样，把一个国家治理得有声有色、红红火火，以致在她谢幕后，开启了一个开元盛世。

因高宗的健康原因以及生性的软弱，她渐渐掌握了朝中大权，那一年，她才33岁，批阅文件、起草诏书、处理政务这些事情就被一个来自四川的女人轻轻地扛起。“百司奏事，时时令后决之。”今天，已经不知道这个女人是怎样成为了一个女强人，以怎样的艰辛与努力，冲破重重险阻。然而，历史上所记载的这个女子，却常常是一个背影或侧影站在长天之下。人们传说她的淫荡，记得她的心狠手辣，然而，却没有人愿意提起一个女子创造了一个怎样流光溢彩的时代。

司马光在《资治通鉴》中说：“太后虽滥以禄位收天下之心，然不称职者，寻亦黜之，或加刑诛。挟刑赏之柄以驾御天下，政由己出，明察善断，故当时英贤亦竞为之用。”这句话颇为公允。任何一个朝代，都要在政治上剪除异己，武则天做了这件事，只是因为她是一个女子而已。从公元655年到659年的五年时间里，她大量清除政敌，巩固和扩大了自己的影响和权力，扫除了她参政道路上的障碍。

公元690年，67岁的武则天终于登上了帝位，改国号“周”。称帝后，她更加重视人才的选拔和任用。为此，她发展和完善了隋以来的科举制度，首创了殿试和武举制度。因此，在她施政的年代里，始终有一批“文似仁杰、武类休武”的能臣干将能够为其效命，以致国泰民安、五谷丰登，从而为后来的“开元盛世”打下了良好的基础。

所以，历史不容辩驳，可以肯定地说，武则天是中国历史上空前绝后的唯一女皇。从她参与朝政，自称皇帝，到病移上阳宫，前后执政近半个世纪，上承“贞观之治”，下启“开元盛世”，她开创了中国历史上继“贞观之治”之后的第二个黄金时代。宋庆龄曾经对她有过极高的评价，她认为武则天是封建时代杰出的女政治家。

公元705年，当朝宰相张柬之乘武则天年老病危，拥立中宗复位，尊武则天为“则天大圣皇帝”。同年冬，武氏死，享年82岁，遗诏“去帝号，称则天大圣皇后”。她其实，在最后，一定明白了什么，以致把她所需要说出的话，以一块无字碑来拷问着每一个人的良知。

唐代著名诗人李白，这个四川古蜀文化的承载者，他可能是那个时代武则天唯一的知己，在古蜀文化的传统中，男人或者女人，谁当家并不重要，重要的是谁能把国家治理得更好。所以，他毫不迟疑地把武则天列为唐朝“七圣”之一。在武则天去世之后的1000多年里，人们对她的评价是反反复复在变，如唐前期对她的评价相对比较积极，比较正面；然而，因为从唐中期开始儒学复兴，到南宋程朱理学在中国占据了思想上的主导地位，所以从南宋开始对武则天的评价就像现在我们手中的股票一样持续走低，明末清初著名思想家王夫之对武则天的评价是："鬼神之所不容，臣民之所共怨"；到了近代由于女权运动的兴起，人们又赋予武则天妇女解放、敢为天下先的形象。

武则天对唐朝以及整个中华五千年帝国历史的影响，历史早已达成共识，她的功德与她的过失一样多，每洒下一缕阳光，就投下一片阴影。据林语堂先生《武则天正传》说，武则天一生共谋杀了93人（不包括其受到株连的亲属）。其中她自己的亲人23人，唐宗室34人，朝廷大臣36人（不包括其走狗）。这里面有多少是该死的，有多少是冤案；有多少确为武则天所害，有多少是别人对武则天的诬陷，这笔账，即使是武则天在世，也没有谁能够说得清楚。

日月当空照。这个从四川广元北上的女人，她的坚韧隐藏在她的言行举止里，她的智慧曾托起过天下兴亡。她的一生，是四川女人极致的顶端，无与伦比。

5 不爱红妆爱武装：巾帼英雄秦良玉

在武则天去世900年之后的四川，又一个女人进入了历史的视野，她就是四川明末清初曾被封为太子太保忠贞侯的女将军秦良玉。张献忠之乱，四川有史可查的人口仅有9万，除了一小部分在今天四川乐山受杨展保护外，剩下的几乎都在四川石柱土司秦良玉的保护下，丝毫未被侵犯。

秦良玉（公元1574~1648年），字贞素，她是明朝末期战功卓著的民族英雄、女将军、军事家、抗清名将。四川忠州（今重庆忠县）人。秦良玉是一位苗族女子，其家族深受汉文化影响，但仍保持着苗族强悍崇武的特点。她是家中唯一的女孩，但其父亲却认为女孩子也应习兵自卫，以免在兵火战乱中“徒为寇鱼肉”，所以，她从小就练得了一身好武功。

《明史·秦良玉传》用了2000多字，为这个有着一个温婉名字的四川女子立传。据记载：

> 秦良玉，忠州人，嫁石柱宣抚使马千乘。万历二十七年，千乘以三千人从征播州，良玉别统精卒五百裹粮自随，与副将周国柱扼贼邓坎。明年正月二日，贼乘官军宴，夜袭。良玉夫妇首击败之，追入贼境，连破金筑等七寨。已，偕酉阳诸军直取桑木关，大败贼众，为南川路战功第一。贼平，良玉不言功。其后，千乘为部民所讼，瘐死云阳狱，良玉代领其职。良玉为人饶胆智，善骑射，兼通词翰，仪度娴雅。而驭下严峻，每行军发令，戎伍肃然。所部号白杆兵，为远近所惮。

许是自小家教的原因，她带兵丝毫不输于任何一男子，她的胆色和才华令敌人闻风丧胆，她一步步地从正三品升到正二品，再至“总兵”之职，其中的艰辛以及失去亲人的痛楚，没有人提及。20多年过去，明末，清军入关，崇祯皇帝下诏征调天下兵马勤王。秦良玉闻讯率兵兼程北上，皇太极弃城而去。

蜀锦征袍自裁成，桃花马上请长缨。世间多少奇男子，谁肯沙场万里行！

这是当年崇祯皇帝为秦良玉所作的诗，这位皇帝一生极少作诗赞人，尤其对方还是女子，这足以说明当时的她已誉满天下。可是战争本无情，当她看着自己的哥哥、弟弟，还有儿子一一离开时，当她眼含热泪读儿子临去时留下的遗言时，心里的痛又该向谁诉说？在她和她的夫君一世的奔战里，她和他的亲人，他们之间共同的骨肉，都一一离她而去。或许在某一个时日她也曾经想过，为什么，走的不是自己。

终于，起义军进驻四川，却唯独对她居住的石砫十分忌惮，可她已经老了，无力再拿起刀枪，饶是她不屈不挠，仍无力保住自己的家国。

> 张献忠尽陷楚地，将复入蜀。良玉图全蜀形势上之巡抚陈士奇，请益兵守十三隘，士奇不能用。复上之巡按刘之勃，之勃许之，而无兵可发。十七年春，献忠遂长驱犯夔州。良玉驰援，众寡不敌，溃。及全蜀尽陷，

良玉慷慨语其众曰："吾兄弟二人皆死王事，吾以一孱妇蒙国恩二十年，今不幸至此，其敢以余年事逆贼哉！"悉召所部约曰："有从贼者，族无赦！"乃分兵守四境。贼遍招土司，独无敢至石砫者。后献忠死，良玉竟以寿终。

这个女人一生的传奇经历，让这清平的世界对女人的定义又多了几分不同的色彩。谁说女人不如男？这词说的是花木兰。不同的是，花木兰是民间传说，而秦良玉是历史上唯一被载入正史的女将军，她的坚定、刚强、忠贞及敢于担当责任的勇气，令许多男子也折叹不已。

一个女人一生读兵书、舞刀弄剑戎马生涯本不可思议，或许历史上有类似的女子，但是如她一样当一生事业

规划重建的秦良玉太保祠。秦良玉是我国历史上唯一登入正史的巾帼英雄，三百多年来，秦良玉受到人们的广泛赞颂。郭沫若曾撰文赞誉秦良玉："像她这样不怕死不爱钱的一位女将，在历史上毕竟是很少的。"

来做的，少之又少。或许是历史背景和家庭变故造就了这个女子如此辉煌及不简单的一生，只是，她本身的性格亦有很大的原因。独立自主，气节贞烈，胸怀家国天下，这样的女子就如同立于天地间的神灵，如同巫山神女的再世，难怪当时四川的人们会在她经过的地方顶礼膜拜。

6 杨贵妃：让唐玄宗神魂颠倒的胖美人

有一个川妹子，总是让人感情复杂。对于她，阳痿的男人会勃起，不好色的男人也会对其想入非非，至今，中国男人对她已经思念了一千多年。她的“贵妃醉酒”，她吃过的荔枝壳，她洗过鸳鸯浴的华清池……这个人就是以胖为美的杨贵妃杨玉环（公元719~756年），她的确是个美人，是个最简单、最幸福的美人，也是最令人感慨与伤怀的美人。

“回眸一笑百媚生，六宫粉黛无颜色。”她是那样地美，以致她站在四大美人——闭月（貂蝉）、羞花（杨贵妃）、沉鱼（西施）、落雁（昭君）——之列，有一种特别的韵味。她的祖父和父亲都曾经在四川为官。“父玄琰为蜀州司户参军，生妃于蜀导江县（今都江堰）。”她从小就温婉柔顺，擅歌舞，通音律，并善弹琵琶。据《旧唐书·玄宗杨贵妃》记载：

> 二十四年惠妃薨，帝悼惜久之，后庭数千，无可意者。或奏玄琰女姿色冠代，宜蒙召见。时妃衣道士服，号曰太真。既进见，玄宗大悦。

对于唐玄宗来说，那是一个怎样的惊鸿一瞥！自此，一个杨贵妃专宠的时代来临。据说，杨贵妃特别会保养自己，皮肤尤其好，让人不知道她是用什么材料做的。她还是当时的时尚风向标，如据《新唐书》记载：“天宝初，贵族及士民好为胡服胡帽，妇人则簪步摇钗，衿袖窄小。杨贵妃常以假鬓为首饰，而好服黄裙。近服妖也。时人为之语曰：‘义髻抛河里，黄裙逐水流。’”她还喜欢吃新鲜的水果，水果里面又特别偏爱家乡的荔枝。故有“一骑红尘妃子笑，无人知是荔枝来”这样的诗句，想来这恩宠真是盛大得有点过火，无以复加了。

天宝十五载（公元756年），安禄山发动叛乱，唐玄宗西逃四川，军士哗变，要求处死杨贵妃，唐玄宗左右为难，杨贵妃最终被赐死。“七月七日长生

殿，夜半无人私语时。”

我一直在想，这个悲剧性的女子是否有过真正的爱情，白居易《长恨歌》说的那些诗句，是否本是一场虚妄，“在天愿作比翼鸟，在地愿为连理枝。天长地久有时尽，此恨绵绵无绝期”。

体态丰满，代表了一个盛唐气象的杨玉环，像颜真卿被定格的一个外圆内方的字，终于命断马嵬坡，时年38岁。成都学者肖平《成都的故事》一书中，写到这时他不禁叹息：“冷酷的历史就这样把一个鲜活美丽的成都女子打入了冷宫，然而若干年过去了，人们还记得她跳过的舞、她曾经沐浴戏水的地方，记得她丰满的身躯和美丽的容貌。”

也许，她要的其实只是一场从头到尾的、简简单单的幸福。然而，她却错误地踏上了一条不归路。当年诗仙李白见到这位老乡的时候，不知会有怎样的感受。网上有一个流传的FLASH，说李白是爱上了玉环的，但愿真是这样，也许有了一个大美人的妖娆一瞥，诗仙也会不再寂寞。然而，事实的真相是，时年56岁的李白和宗氏夫人一起，逃难隐居到了庐山。在永王璘的三次遣使聘请下，李白告别宗氏夫人，走马上任。这一年，杨贵妃孤独地死

《虢国夫人游春图》

杨贵妃专宠于唐玄宗后，从此杨门一族显赫。她的三位姐妹，皆国色，也应召入宫，封为韩国夫人、秦国夫人、虢国夫人。杜甫《虢国夫人》诗云：“虢国夫人承主恩，平明上马入金门。却嫌脂粉宛颜色，淡扫蛾眉朝至尊。”

去，李白和杜甫两位大诗人都没有为这样一个可怜的女子写下只言片语，也许，他们早就知道她会有这样的结局。只有喜欢嫖妓的白居易，才会为她写下一首《长恨歌》。

我曾经在路过今陕西兴平的杨贵妃墓时，去看望了她一回。在她的坟冢前，我只想起一个字，媚。起风了，这个有风韵的女子，已经没有多少人会记得她。当一群男人打不赢一场战争的时候，往往把一个罪名推给一个无辜的女人，这注定是杨贵妃的悲哀。

今天，四川的大街小巷，依然走着许多妖娆而让人惊艳的女子。只是，她们中间，是否还有一个叫杨玉环的那么傻、那么痴的川妹子，却不得而知。然而，杨贵妃的时尚与气质，却仿佛被她们继承了下来。她们已经不再为一个“七月七日长生殿，夜半无人私语时”的诗句而神伤。她们需要趁着时间，一趟趟赶着刹那芳华。

7 薛涛：阅尽人间风流才子

常言说一方水土孕育一方人，四川盛产美女，这是众所周知的事。天府之国地灵物丰，山水相连。而生于山水之间的四川女人恰到好处地吸纳了山之灵性、水之温柔，皮肤出奇地娇嫩，细腻而白净。四川女人秉承了天府之国地域狭小，山清水秀之特点，大多生得小巧精致、玲珑剔透，而且凹凸有致。从外表看四川女人的确不够玉树临风，但天生丽质难自弃，从她们身上总能透露出一种淡淡的美。

优雅和别出心裁是成都美女加才女与众不同的格调，这种格调不是其他地区的美女所能具有和模仿的。薛涛自然是其中的典范人物。

薛涛（约768~832年），唐代女诗人，字洪度。长安（今陕西西安）人。她8岁能诗，洞晓音律，多才艺，14岁时，父亲去世。对于一个14岁的小女孩来说，失去父亲意味着什么，她和母亲还能依靠什么生活下去？于是迫于生计，薛涛凭自己过人的美貌及精诗文、通音律的才情开始在欢乐场上侍酒赋诗、弹唱娱客，被称为“诗妓”。

传说薛涛幼时第一次作诗，词句虽好，其父却觉得有不祥之语，那时他就看出女儿一生将命运多舛。那是一个夏天，父亲考她续诗，他念出：“庭前一古桐，耸干入云中。”而她则随口吟出：“枝迎南北鸟，叶送往来风。”

唐德宗时，剑南节度使韦皋爱惜薛涛的才华，准备奏请朝廷让薛涛担任校书郎官职，后来虽然没有付诸现实，但“女校书”之名却已不胫而走。那时候，薛涛是成都的名人，在其有生之年，剑南节度使总共换过了11位，每一位都对她十分青睐和敬重。而当时与薛涛交往的名流才子同样多得不可胜数，如白居易、元稹、牛僧孺、令狐楚、张籍、杜牧、刘禹锡、张祜等。

后来，薛涛花重金脱离了乐籍，在成都的浣花溪畔寻了一个幽静的处所，一心一意地制薛涛笺，然后写诗送人。这时候，那个叫元稹的男子出现了。薛涛初见元稹时已42岁，比元稹大11岁，当时元稹任监察御史，于唐宪宗元和四年春天奉朝命出使蜀地，两人在一起住了整一年时间，那首《池上双凫》便是写他们的爱情。可惜好景不长，一年以后元稹离开四川，曾经的憧憬和愿望尽数成空，本以为可双宿双飞的痴情女子，哪知自己所托非人。

元稹与薛涛分别时不敢当面辞行，只写了一首诗给她，并发誓说：“别后相思隔烟水，菖蒲花发五云高。”可这个多情的男子，很快就被乱花迷了眼，而其实薛涛，本就只是那乱花中的一朵。他《离思》里口口声声念叨的，是否会有薛涛的影子。“曾经沧海难为水，除却巫山不是云。取次花丛懒回顾，半缘修道半缘君。”

大和五年（公元831年），元稹去逝。大和六年，夏，薛涛卒，65岁。离开的日子那么接近，她应该是一直心有期盼的，不管什么时候，只要那个人在，还在这世上的某一个角落里，也许她就能等到他，他说的要来接她的那些话，虽然明知是假，可她仍愿当真的。只是为什么，他就那样走了呢？空许给她一个诺言。

薛涛一生阅人无数，感情却过于理智淡漠，比如对韦皋，她仰仗他，可却并不真的爱他。唯有对元稹，她是无怨无悔的，就连死也要如此接近，想来她定是倾尽全力了。

居住在浣花溪时，薛校书发明了一种特别美的书笺，后人称为薛涛笺。北宋苏易简《文房四谱》云："元和之初（9世纪初），薛涛尚斯色，而好制小诗，惜其幅大，不欲长，乃命匠人狭小为之。蜀中才子既以为便，后裁诸笺亦如是，特名曰薛涛焉。"薛涛设计的笺纸，是一种便于写诗，长宽适度的笺。此笺原本是用做写诗之用，后来逐渐又用来写信，甚至一些官方国札也用此笺，流传至今。据说，薛涛制作的笺有10种颜色：深红、粉红、杏红、明黄、深青、浅青、深绿、浅绿、铜绿、残云。她特别喜欢红色，一般认为红是快乐的颜色，它使人喜悦兴奋，也象征了她对正常生活的向往和对爱情的渴望。

自己动手做纸笺，足可见这个女子的聪颖和智慧，再涂上各种颜色，想来她定是心思细腻巧妙的人，内心充斥着美好的幻梦，才会做出那样美的十色笺来，看得人赏心悦目，赠的人也欢欣鼓舞，让人不禁想起她的那首《送友人》的诗来：

水国蒹葭夜有霜，月寒山色共苍苍。
谁言千里自今夕，离梦杳如关塞长。

对薛涛来说，她的感情和才气是她一生最闪光的亮点，她的十色笺，她的美丽不衰，是她对生活忠贞热爱的表现。我想她已无悔这一生的精彩，尽管到最后遗憾仍然不能让她圆满。经历了爱情的女子，便似经历过长长的一生，她是巴蜀女子里超凡脱俗、多才多艺的才女典范。

她终其一生都没有把自己嫁出去。晚年的她穿上道服、闭门谢客。公元832年，65的薛涛听着窗外潺潺的流水声，听着一朵花开了的破碎声，悄然闭上了眼睛。她临死的姿势，有点像张爱玲在暗夜门洞里的一个手势，苍凉而寂寞。

8 花蕊夫人：因为她，成都有了个好听的名字叫蓉城

在四川的美女史册里，还有一个叫做花蕊夫人的女子——那个奇异的女子，美丽却摒弃妖娆，聪颖而博学强记，对如山的诗词歌赋和纷繁复杂的君王世界，

了解得一如俯视自己手心的纹路。

花蕊夫人徐氏是青城（今都江堰市东南）人，后蜀主孟昶的费贵妃。也许，人们记得她，是因为她的那首《述亡国》诗："君王城上竖降旗，妾在深宫那得知。十四万人齐解甲，更无一个是男儿。"花蕊，顾名思义，说她绝色倾城丝毫不过，否则堂堂宋太祖也不会对她动心。可她是爱着孟昶的吧，定是深爱了，她是不愿离开蜀中的，所以才会说："离恨绵绵，春日如年。"她本是个柔软善良的女子，却不得不在亡国之痛下苟延残喘，她怪自己跟的男人竟毫无斗志地投降了，文人，本该是有这些气节的。苟活，无疑是对自己的污辱。古时女子的确无可奈何，哪怕她倾国倾城又如何？跟错了男人，便委屈一生。

据说，花蕊夫人屡次劝孟昶励精图治，可这个人始终不听，于是他只有败下阵来亡国的份儿。据史料记载：后蜀广政三十年（公元965年），宋师在大将王全斌的指挥下以两路伐后蜀，蜀军与宋军在剑门关外进行一场大战，蜀军全军覆灭，后蜀精兵被全歼，灭亡之势已不可免。宋军包围成都府，孟昶投降，后蜀灭亡。

一路向中原的马车上，是屈辱的孟昶和花蕊夫人。花蕊只能望着在蜀道那一头的家园，渐行渐远：

> 初离蜀道心将碎，离恨绵绵，春日如年，马上时时闻杜鹃。三千宫女皆花貌，共斗婵娟，髻学朝天，今日谁知是谶言。

关于她后来的版本，有几种说法。然而，我只相信，这样一种，即早在国破家亡时，花蕊夫人痛心疾呼："国已不在，我还有何面目存身于世间！"飞身以头撞击宫殿石柱，顿时，鲜血崩溅……宋太祖赵匡胤出手想拦，早已来不及了，不由长叹："真乃千古一奇女子也！"让人隆重下葬了花蕊夫人，又命建庙祭之。

然而，四川人不会忘的是，孟昶在城墙上遍植芙蓉，把成都城打扮得如童话世界一样，那时候的成都城，是一个怎样美丽的城市啊！而这个馊主意，一定是花蕊夫人出的。她和他都渴望住在花间。1000多年后，如果他们能够重回，看见这个如花的城市，他们会有怎样的感慨呢？

9 刘晓庆："不好意思，我怎么还这么年轻"

四川神秘浪漫的巴蜀文化，在精神形态上还没有发展到理性的阶段，就开始了与中原文化的融合。由于文化融合的时间较晚，再加上四川人是历史上多次移民的结果，所以受儒家礼教的束缚与其他省份相比较要轻一些。体现在女性文化上就是，四川具有非常明显的女性化倾向和女权主义倾向，而最为鲜明的是她们身上体现出的一股亦正亦邪的让人无法破译的气质，让你疑心她们是特殊材料做成的，如武则天，如杨贵妃，当然还有刘晓庆与杨二车娜姆。

2005年11月，《南方人物周刊》记者万静波在对刘晓庆的评述中，有两句话让人记忆深刻：

> "她不是最美的，她的演技也未必最好，但她居然能越三十年而不倒，实在可堪玩味。"

在相当长的时期内，刘晓庆对于中国女人具有标志性的符号意义，到现在为止，如果我们剥离世俗社会附着在她身上的生涩臆断，暂时放下自认为是向前看的价值观，刘晓庆无疑是四川女人最具代表性的人物之一。她仍然是四川的符号，是四川女性传统文化与性格的完整继承者之一……从一个普通的川妹子成为万人瞩目的电影明星，到后来在电视剧制作与商界领域的起伏跌宕，她的成功与传奇，是不能用天赐良机和幸运这些词语来简单概括的。

不知道是什么原因，刘晓庆总是处在舆论的旋涡之中，而往往是喝彩声很少，骂声却总是一片。2008年10月13日凌晨，现年57岁的刘晓庆发表博文，力证自己年轻美丽，不曾整容。可以想象，这篇"找骂"的文章又招致了一片网络无厘头的谩骂。在这篇名为《真的挺不好意思的，我怎么直到现在还这么年轻？》的博文中，刘晓庆以戏谑的口吻说，自己天生就年轻、漂亮，网友对她外貌的攻击毫无缘由，自己根本就还像一个少女：

> 真的挺不好意思的，我怎么直到现在还这么年轻？
>
> 尤其是看到网上评论及博客留言有好些在这方面骂我的文章和极为难听的语汇之后，我感觉自己现在仍然这么年轻健康充满活力阳光灿烂好像挺对不起大家似的。
>
> 年轻漂亮有错吗？
>
> ……
>
> 几乎每个记者招待会都问我如何保养的问题，咄咄逼人的问话一句紧接一句，仿佛我不承认整容决不罢休似的。
>
> 人们普遍不理解不明白我为啥还那么年轻，他们觉得我早该老得不忍目睹了。
>
> 人们也不接受我这样年轻，于是各种骂人的话诸如“恶心”“装嫩”“该回家歇着了还出来干啥？”纷纷瓢泼而来，还有最难听的话我就不一一言表了。
>
> 他们喜欢年轻的尊重年老的，就是不能容忍我一直美丽健康朝气蓬勃地活着。
>
> 于是他们把我的年纪越说越大，关于我的出生年月有九个版本，每个版本都比我真正的版本大很多。
>
> 他们觉得我是个怪物。是不是只有我真正去把自己整容整得老眉咔嚓眼的他们才会满意？才能把这口不服的气给喘匀了？
>
> 可是年轻漂亮又什么错呢？我再问一句。
>
> 我不得不说是他们的观念太陈旧了太过时了，是他们老了。
>
> 而我是正确的。我可以作为成功的范本骄傲自信地生活。

这是一个一直站在峰头浪尖上的女人，更重要的是，她是一个永不服输、永不言败且永远“装嫩”的四川女人。她的爱情、家庭、事业，她的一切都饱受争议。在这个造星的时代里，并不是每一个人都能得到这种“谩骂”的，而她却能够保持挨骂30年。在一篇《笑看刘晓庆八大“恶心”之事》的文章中，作者宋晓俐写道：“刘晓庆的诸多是是非非，让人们总是找不出一个比较贴切的词来形容这个女人。但是在有关刘晓庆的所有说法中，人们意外地发现有这样一个词频繁出现，这个词就是：恶心！”

然而，刘晓庆依然故我地继续“恶心”着，并且“妙语连珠”：

> 1984年美联社记者发问：“你认为现在中国最好的女演员是谁？”答：“是我。”1983年，她说：“做人难。做女人难。做名女人更难。做单身的名女人，难乎其难。”1999年针对“50万元风波案”，她说：“做人难。做名女人更难。做四川的名女人更难。”同时做出永不回四川的决定。然而，只要有商演，不管是在哪里，她都会是去的，她会大声地说：“老乡们好！我是刘晓庆，我是四川人！”

2002年，因为逃税一案，刘晓庆锒铛入狱。第二年，她被取保候审。而当时，她还有近10个官司没有了结。这个时候，有人说她穷得连交电费也交不起，也有人说她富得流油。刘晓庆财产到底有多少，一直是一个巨大的谜团。据媒体猜测说，根据2000年出版的《策划亿万富姐》一书所提供的数据估算，截至2000年，刘晓庆拥有的财富大概在30亿元以上。然而不管怎样，1999年，美国《福布斯》杂志公布的中国内地50位富人排行榜上，刘晓庆是以7千万至9千万美元的身家，名列第45位，折合人民币8亿元左右。

谁也不知道这个女人还会美丽抑或“装嫩”多久，然而有一点是明确的，她该“恶心”的时候还会继续恶心你。谁让她是光芒四射、不愿退台的刘晓庆呢？没有谁知道，刘晓庆是否会凄然抑或黯然神伤，当这个女人固执地像一朵鲜花一样盛开的时候，没有人会原谅她，或者对她网开一面。

刘晓庆曾在自传里说：“我就想做中国演员之最”，“从来我就喜欢‘最’这个字，我终身都会去追求这个字，我希望成为‘最’，我认为我应该‘最’，不然这辈子就白活了”。刘晓庆的这些话，正是四川女人性格中坚韧一面的注脚。

10 杨二车娜姆：和“芙蓉姐姐”有一拼

在讨论四川女人时，我们还需要提到一个被简称为“杨二”的人，因为她常戴一朵大红花，在四川的大街小巷招摇过市。相信不用介绍你也知道，她就是被誉为“率性女人正当红”，和“芙蓉姐姐”有得一拼的“红花教主”杨二车娜姆。

在籍贯上“杨二”是云南人，因为她的家乡泸沽湖一半属于云南，一半归四川，“杨二”出生在云南那一半，但她长期生活在四川，其性格可以说是彻头彻尾的川妹子。事实上，她在成都的大街小巷也是如鱼得水，即使她戴着一朵大红花招摇过市，四川人也会宽容地接受她，就像包容一个远嫁而回家的女儿。《孔雀东南飞》里刘兰芝回家住不下去的那种版本，在四川一般是不会发生的。因为在四川，女儿是用来惯的，四川的女子比男子更有地位，要不，四川的男人咋个个都叫粑耳朵?

杨二车娜姆奇怪的名字版本众多，而她自己则解释说：“我是家里第三个女儿，姓杨，‘二车’的意思是‘宝石’，‘娜姆’是‘仙女’。”网络上对她的评价是：“不管你是喜欢，还是摇头，这个融合了母系社会和西洋片段的混血气质、以不加掩饰的个性招摇出位的女人，她的热气腾腾和肆无忌惮，十足是一个异类。”

一个优秀节目的出台，少不了让她担任评委。作为见证“快男”成长的杨二老师，虽然骂她的人大有人在，但看她自己态度，似乎十分享受这被关注的状态。在其博客里，她满心欢喜地说：“在骂声中我开花了。”她往往出语惊人：“我的能量和天分不做总统夫人算得上是一种浪费。”“是女人花，像我这朵花，粉粉艳艳的。”

2007年，她担任湖南卫视“快乐男生”评委，迅速提高了在国内的知名度，一时间攀上娱乐圈的顶峰，而其在“快男”评委席上的种种表现引人侧目，被媒体誉为“从走出女儿国到打入男人堆”：

“你这个鬼样子！干脆娶杨丽娟得啦！”

“她用屁股想问题！”

“下体！下体！我告诉你们这些小青年！唱歌时不要晃动下体！”

“看着苏醒在那唱歌，我就在想等他长熟了以后……”

机会就像兔子头上一根毛（搞了半天，原来她说的是“秃子”），抓住就抓住，抓不住就没有。

你一出来，我看着就不顺眼，我不通过这里。

你自己都知道自己唱得不好，来我们这里干什么？

她是一个备受争议的女人，一个到处制造话题的女人，一个和“芙蓉姐姐”一样恶俗的女人。她丰富的经历和特别的个性让你怀疑她是自火星上来的。而她自己经常说的一句话是：“我是用特殊材料制成的。”

她是摩梭人第一个大学毕业生，是第一个有涉外婚姻的，是第一个拿美国护照的。与此同时，摩梭人的出身给她的神秘感大大加分，但是，她说走婚是摩梭人的传统，却引来摩梭人的否认和愤怒，不过因为她的宣传，泸沽湖才被世人了解。对于这点，摩梭人是该感谢还是埋怨，就不得而知了。

1983年，儿时的她在凉山州歌舞团唱民歌，后来，她去了上海音乐学院，再去了美国，后跟挪威驻华大使石丹梧发生一段长达7年的恋情。她10年出了13本书，虽然写得不怎么样，但她的第一本自传《走出女儿国》至今还让一些川妹子渴望走出盆地和自己的命运……

11 李宇春、张靓颖：两个女人一台戏

2008年国庆后，在各省都在美女打榜独缺四川的情况下，四川美女也开始觉醒了。10月10日，《天府早报》联合腾讯大成网的网络调查中，超女冠军李宇春的支持率以绝对优势高居榜首！同时，央视美女主持王小丫、古灵

精怪谢娜、实力唱将张靓颖等人名列其中。《天府早报》认为："李宇春的当选并非偶然。也正是由于她的出现，颠覆传统审美观，在全世界掀起了一股中性风。"占多数的网友力挺：李宇春最美。然而，张靓颖的凉粉们却不答应了。于是，网络上充满了两位超女各自粉丝的口水仗。

说起超女，很多人都还会记得2005年超级女声在成都掀起的比赛浪潮。当时，在成都赛区，四川人把超女选拔赛推向了空前的高潮。几乎每家每户都在看电视，几乎街头巷尾都在谈论自己热爱和看好的超女，甚至一家人就有各自不同的偏爱和喜好。可以说，正是2005年度四川人民的激情和参与，把湖南卫视的超级女生选秀赛推向了一种全民参与的选秀节目的极致。

在这一届中，成都赛区的超女不负众望，李宇春以3528308票获得冠军，远远超出亚军周笔畅20多万张选票，张靓颖则获得季军，乖乖女何洁也获得了第四名。

2006年超级女声的成都赛区同样备受关注。最终，谭维维以4818125票获得2006年度亚军。

今天，当年的超女个个都成了耀眼的明星。李宇春登上了《时代》杂志的封面，张靓颖则成为中国乐坛的实力派唱将。5·12汶川大地震后，张靓颖和何洁、孙静等一起，成为代言"成都依然美丽"的四川美女代言人。

在腾讯大成网娱乐吧有近10万网友在关注"盘点各省第一美女，现在独缺四川美女，等你来补充"，李宇春是网友中被提到最多次数的女明星。有网友留言说："李宇春，集少女的清纯、少年的率真、孩童的纯真，一颦一笑，举手投足，无一不魅力四射，高贵的气质，清澈的眼神，单纯而倔犟的性格，她就是最美的女孩。"而网友"雁姿迷"在新浪八卦娱乐论坛里留言说："她保持的永远是那份纯真，这般优秀的女子不提外貌已经美死人了，再加上她那高挑的身材，嫩滑的皮肤，独特的气质，无疑她是绝对四川美女的代表，甚至是全国美女的代表之一。”

然而对于李宇春的当选，也让很多四川人都受不了，反对的声音说太失望。一名网友说得很理智：“李宇春只能代表她本人，她如果代表四川，那是颠覆四川美女乖巧、玲珑的形象，且让男人们都不敢娶四川女孩了！”但另一名成都网友则很愤愤不平地说：“太丢脸了，居然被春哥占了头把交椅，出门都不好意思说自己是四川人了……”

与此同时，在这次选评中，凉粉和玉米们也在投票时充满了火药味。“如果大家真认为李宇春是四川第一美女，那就是你们根本不承认靓颖是四川人。”张靓颖的粉丝们发出了这样的最后通牒。网友“成都说客”在各个论坛区域发帖游说：“排名第一的居然是李宇春。这不是欺负人吗？不是玉米在刷票，还会有其他原因吗？要是只比美，不比帅的话，靓颖怎么会输给‘春哥’？我看有玉米说李宇春无论五官还是其他，都算是美女中的美女，这也算吗？现在投票栏里，靓颖才排第四，这分明就有问题。要是四川第一美女非要推选李宇春，那就说明这些人根本不承认靓颖是咱们四川人。”

2005年度创造了极高收视率的超女第一名李宇春和第三名张靓颖，就这样被各自的粉丝们推到了美女打榜的舞台之上。可是，混战才刚刚开始，因为在每一个四川人的心目中，都有一个四川美女的标准。

不过，最后李宇春仍然令人大跌眼镜又似乎众望所归地当选“四川第一美女”，对于这个结果，四川男人哗然一片。虽然他们平时当粑耳朵当惯了，但似乎依然很伤他们的自尊，因为李宇春的当选，似乎更加预示着四川男人的日子不好过，川妹子越来越强悍了，辣妹子越来越辣了！四川男人，抑或要想娶川妹子的外省男人，你们就等着受苦吧！

12 王小丫：请听题！恭喜你答对了

网上曾有过一篇男人娶四川女人的十大理由的文章，其中一条是说，四川女人天性幽默风趣。生活中有很多很多繁琐悲伤的事情常常让人措手不及，但能说会道的四川女人也常常多表现的是一种乐天的幽默精神，被誉为“央视最机灵的女主持”的王小丫，湖南卫视《娜是一阵疯》的谢娜无一不说明四川女人古怪精灵、幽默风趣之个性风格。男人娶个古怪精灵爱搞笑的四川女人也绝对不会郁闷多少的。事实上，那就是一种幸福。

很多人都记得她在《开心辞典》里总举着那又细又瘦的右手向嘉宾严肃地问："请听题！"然后是笑容可掬地很高兴地祝贺人家："恭喜你答对了！"这个招牌式的女子就是来自巴山蜀水的凉山彝族地区的王小丫。在成都的报业里面闯荡几年后，王小丫成为了北漂族。

"我首先想的就是要上学，我认为上学不仅是给自己的生活一个缓冲，一次调整，也是对自我的一次'充电'，我觉得自己很需要这样的充电。"就这样，王小丫就读北京广播学院新闻编采系进修班。

2006年，王小丫接受了一次专访，在采访者何东眼里，这个时时让人开心的女子其实是一个不折不扣的草根主持："据我对王小丫的了解，她有三点在观众印象当中，却是非常固定的：一、草根，很彻底的草根；二、胆小，天生就很胆小；三、有时经常犯傻，或用北京人一句话形容，就是有点'二'，但还不至于到'二百五'。可能就因为这第三点，所以央视之内跟她走得近的同行，还有她的好朋友们，都习惯叫她'鸭子'，因为时不时她那'二'劲一上来，说话还真是'呱'地叫！"

何东还了解到了王小丫的一个笑话：一次，节目录完，王小丫下场找到几个年龄最小的孩子，问他们："你们现在就给我提点意见，喜欢我什么？不喜欢我什么？不要撒谎，都要说实话。"结果其中有个小男孩壮着胆子说了真话："我就觉得你吧，老在电视上嬉皮笑脸的，所以你挺好的。"王小丫一听这话当时就绷紧了脸："你能不能换个词？怎么能说主考官嬉皮笑脸呢？太不严肃了。"

2008年，中央电视台主持人王小丫入围家乡发起的"影响四川·改革开放30周年风云人物"100名候选人名单。对于这个殊荣，王小丫感叹："成都有我的亲人，也是一个生活悠闲自得的城市。”她说，“即使我站在最绚丽的央视舞台，成都，依然是我心底最深的牵挂。”

王小丫曾经回忆她在成都校园时的生活时，眼睛里溢满了幸福：“川大四年校园生活真是太幸福了，简直就是我在凉山小时候生活的更自由版。在家里，还有父母严格约束，一进川大，这回可是真没人管了，第一个月，才15天，我就把所有饭票统统用光，什么要计划还要细水长流，根本不懂。一到周末，不是拉一群女同学去看通宵电影，就是找一家饭馆打牙祭，那股撒开了疯玩的劲儿，一看就是属于原来扣在笼子底下闷得太久，乍一放出来立即就改成野花彻底绽放的那种。”

也许正是这样的幸福的女子，才能给人以开心和欢乐吧。

13 翟永明：中国当代第一诗妖

提到四川的才女，无论如何，都需要说一下“白夜”。翟永明不大接受媒体采访，但一接受采访，又几乎和她的10年“白夜”在一起，美好又厌倦。这是一个零零碎碎地为诗而生，又终日倚在她“白夜”酒吧里独自妖娆或腐败着的四川美女的生活：

> 坊间一直流传着有关翟永明的两种口碑：一是诗好；一是貌美。在成都平原的玉林路，还能听到比如她抽烟，喝酒，开酒吧，尚美服，好出游，以及一贯的女性主义主张的消息。莽汉诗人马松说：“翟姐是那种少有的按照自己的内心来生活的人，内在和外在非常一致。”（《广州日报》）
>
> “白夜”十年，难忘的事一幕又一幕。最让翟永明难忘的是1998年，钟鸣厚厚的三大本《旁观者》出版了，她在白夜为他搞了个首发式。在签售书时，富有戏剧性的场面是一个陌生女孩的来临。她手持一大束百合花，递给了正在签名的钟鸣，声称自己是钟鸣的崇拜者。今天，只是前来送花，并且亲口告诉他这一点。不知所措的钟鸣，在女孩就要转身离去时，刚好反应过来，还来得及给了她一个深深的拥抱。从那个时候，到现在，每年钟鸣的生日，总能收到一个精致的礼物。这个礼物，一如既往地在钟鸣生日当天，被神秘地送到白夜，由她转交给他。十年来，生日礼物一次也没少过。

……

第三代诗人马松的醉酒史也与“白夜”有关，马松在白夜醉过的次数都数不清了。他醉了一定要在在座的酒客里找到一个假想敌来骂，但每次都已醉得骂不出来，只能用手指着那个人，一直指着。李亚伟老说：“多少人想剁掉这只手指呵。”

想当年，“白夜酒吧影音周”开幕时，聚集了成都很多艺术界的活跃人物，大家挤在加了外罩的白夜酒吧里，几乎没有立锥之地。影音周历时七天，放映了来自全国各地的短片数十部。后来举行的多次朗诵会，也是坐得满满的。白夜读书会历时近两年，一度有很好的效果，但是由于她没有更多的时间组织讲座，读书会渐渐冷下来。

……

她常常被问道“为什么成都出那么多诗人”？在她的印象中，有一张照片能代表成都，盛夏，成都人搬着桌子穿着短裤在河里打麻将，在翟永明看来，何止是河里，成都人打麻将喜欢选择有情趣的地方，他们不会像上海人在家里打麻将，比如桃花漫山遍野盛开的时候，农民就搬出桌子在桃花树下打麻将，荷花池边，菊花旁边，所有风景优美的地方。有时候，那个盛大场面真有点行为艺术的味道。拍成照片，就是杰弗·昆斯的作品呵。成都人小富而安的心态，使他们有时间去细细体验生活。当代社会最大的问题是生活变成次要的东西，这挺可怕的。翟永明说，李陀到成都来，说过一句话，她觉得有道理，他说成都就好像一个人，用他的慢对抗全世界的快。闲适、古风犹存是成都产生那么多诗人艺术家的基础。（《新京报》）

“在古代/她们并不这样/她们只是并肩策马/走几十里地/当耳环叮当作响/你微微一笑/低头间/她们又走了几十里

地……”没有人知道这个女人的悲伤。偶尔，翟永明会站在她的“白夜”向外面的时光打望，就像当年站在一个苍蝇馆子当垆卖酒的卓文君，就像一幅忧郁的叫《小翟》的油画，就像巫山上面永远站着的那座神女峰。多年前，女作家林白在成都指着翟永明惊声喊道：“这是中国第一妖，中国第一妖啊。”时光如昨，这个女子越来越活络的是自己的精彩与青青容颜。

很难想象如果这片祥和的土地少了这些美丽活泼的四川美女会怎么样，至少四川男人是会寂寞的。无女不成川，四川美女多霸道，今日的巴蜀女子，正勤劳智慧地在这片美好的土地上继续谱写着关于四川、关于四川人、关于四川女人的最为华丽的新篇章。

第五章 川人有种

1 关键时刻有惊人的能量

有许多地方在谈到四川人的聪明、机灵、狡猾的时候，常常会用一种讥讽的口吻说："四川人长得尖，认字认半边。"前半句中的"尖"字是一个四川人才能理会的形容词。而后半句往往被理解为不求甚解，胡乱瞎扯。整句话的意思是说四川人缺乏大智慧大聪明，只具有鸡零狗碎式的小聪明。这固然是四川人性格的一个重大缺陷，但在某些特殊的历史时期，四川人的这种胡乱瞎扯式的鬼聪明小聪明中，也往往隐藏着大智慧。

四川人的文化中有着天然的与主流不合作的因子。他们尊重有智慧，给蜀人带来无数荣誉的诸葛亮，而从未将刘皇叔放在眼里，所以，他们想尽办法搞了一个全国独一无二的武侯祠君臣合祭。悲壮的8年抗战，在出川的350多万川军中，有26万多人魂归他乡，尸骨无处可觅，成为数十万个家庭难以抹去的伤痛与怀想。对于殉国的高级将领来说，生前有身份，死后有荣耀。但是，如何让一代代的后人记住那些默默无闻的普通士兵，这确实是一个难题。但川人有自己的方式，他们用看似荒诞不经的鬼聪明，用一个经不住推敲的故事，就让一尊纪念碑穿越历史的动荡与风尘，至今深刻于川人心中。关于这个故事，四川著名历史学者郑光路有着动人的描述：

> 当年300万川军，穿一双草鞋、扛一支老套筒，带了川中父老的嘱托，一步一步走向生死未卜的前线。1944年7月7日，成都东门城门洞立了由著名雕塑家刘开渠设计的《川军抗日阵亡将士纪念碑》，市民通常称为“无名英雄铜像”。铜像造型是一国民革命军人，着短裤、绑腿、草鞋，手握步枪，身背大刀、斗笠、背包，俯身跨步，仰视前方欲出征状，形态威武，长期为成都市民敬仰。
>
> 我的家从小就住在附近，幼时常听父辈讲传说：有年寒冬腊月沉沉深夜，有个衣衫单薄的穷军人走到城门洞边卖汤圆的小摊子前，看来是又冷又饿，埋头呼呼呼地只顾吃汤圆。眨眼间，穷当兵的却不见了！卖汤圆的小贩恍然大悟：当年出川抗战的川军苦啊，是那个赴国难牺牲的“无名英雄”从阴间来吃汤圆了！消息传开，百姓们都哭了：“天冷了，他又冷又饿，莫让他在阴间受苦呀！”于是一家又一家，流泪端来一碗又一碗热气腾腾的汤圆，到铜像前祭奠。童年时的我，听后哭了；行文此处，我两眼再湿。这哪是传说?这是四川民众对出川抗战牺牲将士的深切悼念啊！（郑光路的《川人大抗战》）

1966年“文革”开始后不久，成都东门的这座川军抗日阵亡将士纪念铜像，被认为是“国民党兵痞”而遭砸毁。后经多方努力，于1989年8月15日在成都市二环路万年场得以重塑。

一座碑的消失须臾即可完成，而一个触动了人类良知最柔软的细部的传说与故事，必然会永存。

我深信，正是因为有了这个人所皆知，惊心动魄的故事，这座纪念铜像才得以毁而复生，而且不会再消失。毕竟民意往往代表真理，且不可违。这个与川军在战场上壮怀激烈的场景风格迥然相反的故事，是对纪念碑的守望与坚持。碑是一个时代的记忆与精神象征，碑在故事在，故事在，碑亦会在。

川人是一只沉默的狼，在平静的时代它总是默默地隐藏在群山包围的角落里，在自己的地盘上我行我素。它的爆发需要外力的引导，而这种外力在历史上几乎都表现为民族危机时刻对他的呼唤。

身处中国西部，被高山阻隔，常年云雾缭绕的四川盆地，对于新时代社会巨大变革的把握与融入有着先天的不足，所以川人的伟大时代，更多的时候是民族危亡时刻需要奉献与牺牲的时刻。1937年抗战爆发后，有一首名为《四川的儿女》的歌曲曾在四川广为传唱：

> 大时代到了！大时代到了！四川的儿女们，快站到长江的前哨！我们的心是火焰！我们的血要交流在一道！我们的臂膀是钢铁，我们手要拿起杀敌的枪刀！保卫大四川，保卫大中华，冲过长江下游的城堡！大时代到了，大时代到了！四川的儿女们，快拿起我们的枪刀！

在这样一个大时代，曾经为当四川王，不惜六亲不认与自己幺爸刘文辉开战的刘湘，在七七事变的第二天即以四川省主席身份电呈蒋介石，同时通报全国，吁请全国总动员，一致抗日。8月7日，刘湘飞赴南京参加国防会议，慷慨陈辞：“抗战，四川可出兵百万，供给壮丁五百万，

川军抗日阵亡将士纪念碑。在民族生死存亡关头，数十万身着单衣短裤，打绑腿，穿草鞋，身背斗笠和大刀，手持劣质步枪的川军迅速出川，奔赴全国战场，一时 “无川不成军”。川军作战之骁勇，战绩之辉煌，伤亡之惨重而不屈不挠、前赴后继，可谓惊天地泣鬼神。

供给粮食若干万石！”在场的蒋介石及国民政府军政要人皆受其感染。

1937年12月，刘湘带病以第七战区司令官的身份从成都飞往汉口指挥作战。1938年1月20日下午八时因病去世，年仅48岁。在刘湘死前留下的遗嘱中，语不及私，全是鼓励出征川军支持抗战，英勇杀敌的言语。其中的“抗战到底，始终不渝，敌军一日不退出国境，川军则一日誓不还乡！”这一段话，很长一段时间在前线川军每天升旗仪式中被官兵同声诵读，以示川人抗战到底的决心。

许多人在谈到四川人性格劣根性的时候，都认为四川人喜欢窝里斗。窝里斗既伤和气又消耗实力，秦国能一举灭亡巴蜀，正是因为巴蜀内斗而坐收了渔人之利。历史上多个割据政权的存在，也是因为川人内斗的结果。对于四川人的窝里斗，章太炎深有感触，曾经为此写诗劝告：同室勿相斗，相斗利豺狼。

窝里斗是目光短浅的表现，抗战爆发前，四川军阀为争夺地盘已经打了整整18年的内战，其恶名举国闻名，兵员素质、装备等，堪称中国最差劲的杂牌。这样一支军队除了战斗力低下外，也不会有人认为它有民族观念和爱国心，所以川军到了山西后没有哪个战区愿意接受，最后被李宗仁认为比稻草人有用，而调往徐州前线。但四川人一旦其毅力与勇气被激发起来，就会爆发出惊人的能量，用四川人从未负国、从不负国的气魄，向世人展现四川人铮铮铁骨的一面。

在出川的中高级将领中，以死报国的名字可以排出一长串：刘湘、饶国华、王铭章、李家钰、许国章、王澜波、李成烈、林相侯、解固基……在这些将领中，国民革命军第41军122师中将师长王铭章在1938年3月徐州会战滕县保卫战中自戕殉国，所率将士五千余人在108小时激战中几乎全部阵亡，不但一举洗清了川军身上的耻辱，他本人也成为书写抗战历史永远都绕不过去的重要人物。

王铭章，字之钟，1893年出生于四川省新都县泰兴场一个小商人家庭。父母早逝，靠叔祖父的资助，上了新都县高等小学，1909年考入四川陆军小学第五期。抗战爆发后、率部出川抗战，为川军第41军代军长、122师师长。

王铭章的名字与台儿庄联系在一起。台儿庄大捷是抗日战争时期徐州会战中中国军队取得的一次重大胜利。日本侵略军1937年12月13日和27日相继占领南京、济南后，为了迅速实现灭亡中国的侵略计划，连贯南北战场，决定以南京、济南为基地，从南北两端沿津浦铁路夹击徐州。台儿庄大捷也是抗战爆发后中国正面战场取得的首次重大胜利。在历时半个多月的激战中，中国军队付出了巨大牺牲，参战部队4.6万人，伤亡失踪7500人。但也取得了重大战果，歼灭日军1万余人。台儿庄大捷沉重打击了日本侵略者的凶焰，极大地鼓舞了全国军民坚持抗战的必胜信心，为抗日战争做出了巨大贡献。

在台儿庄战役中，滕县是一个关节点，滕县能否守住，是决定台儿庄战役胜败的关键。1938年3月17日，122师师长王铭章，奉命驻守滕县，日军主力板垣师团猛攻滕县不下，以重炮飞机猛轰，炸毁城墙，王师长亲自指挥巷战，不幸遭机枪扫射壮烈牺牲。王师长殉国后，所部官兵逐屋抵抗，战至最后一人，城内伤兵不愿做俘虏，以手榴弹与冲进来的敌人同归于尽。滕县一役，122师5000余人几乎全部伤亡，但也毙日军4000余人。在滕县以北的界河、龙山一带布防之131师陈离部也伤亡四五千人。滕县之战，王铭章将军指挥川军，挫敌凶锋，阻敌锐进，为徐州一带中国军队的集结赢得了时间，也使日军第十师团受到较大损失，为尔后的台儿庄大捷，创造了有利条件。

川军的巨大牺牲换得了台儿庄战役的胜利，李宗仁在回忆录中感慨："如无滕县之固守，焉有台儿庄之大捷！川军以寡敌众，写成川军史上最光辉的一页！"

国民政府对玉铭章将军奋勇抗战给予高度评价，后追赠为陆军上将。

"国家兴亡，匹夫有责"，在抗战时期是一个唤醒全国的口号，在四川则有着在现代人看来瞠目结舌，不可思议的体现。更为可贵的是，这些事情都发生在一般老百姓身上。

1937年冬天，四川安县曲山镇，即今天在5·12汶川大地震中遭到毁灭性摧毁的四川北川县县城所在的地，有一个叫王建堂的年轻人，邀约几位朋友分头串联，很快就组合了100多个青年，向安县政府请缨杀敌。安县县长成云章把这个组织命名为"安县特征义勇壮丁队"！

义勇壮丁们在安县快出发时，王建堂的父亲王者成，由曲山镇邮寄了一面旗帜，当这面旗帜展现在众人眼前时，令人大吃一惊又深深震撼：那上面写着一个大大的"死"字！右角还题了两句很直白的勉词：

“我不愿你在我近前尽孝，只愿你在民族分上尽忠！”

又在左方用韵文体写了这样几句话：

“国难当头，日寇狰狞。国家兴亡，匹夫有分。本欲服役，奈过年龄。幸吾有子，自觉请缨。赐旗一面，时刻随身。伤时拭血，死后裹身。勇往直前，勿忘本分！”

这就是在1938年轰动全国，成为中国千百万个抗战家庭楷模的“模范父亲”王者成的故事。曾经有人在网上撰文谈到川军抗战时说过一句话：现在的成都是一座来了就不想离开的城市，60年前的四川是一个离开了就回不来的地方。现在，时间已经进入21世纪上半叶，我们从一开始就不能复原60年前近30万孤魂野鬼在战场上刀枪相触的壮烈瞬间，也无从获知他们的名字，当30万越来越成为一个数字，一个概念，远离个体生命的时候，我们还有幸听到，有人记得成都东门那个衣衫单薄吃着汤圆的鬼魂，这是历史的幸运。川人精神是会延续的——用自己的思维与方式。

2 自古英雄出少年

一百多年前，梁启超曾经说过：“少年强则中国强。”无独有偶，一百多年后中国中央电视台又用这句话为四川人作了注解。

2008年6月制作了一部抗震救灾电视专题片，而这个专题片的主角全部都是5·12汶川大地震中的少年英雄。他们用自己的行为与百年前的四川精神一脉相承，他们是：为救同学断臂的白乐潇；敬礼娃娃郎铮；可乐男孩薛枭；英勇救出两个同学的小英雄——林浩；小英雄陈浩舍身救人；勇敢智慧少年英雄雷楚年；董玉培不顾自己的安危救同学；藏族学生邹雯舍己救人牺牲了自己的生命；马健坚持4个小时在废墟中刨出女同学；康洁灾难发生时不仅自救还救别人。当然，也还有未进入节目的，如奋力将女生推出教室而自己遇难的王周明；用身体护学生的舞蹈老师汤鸿；为保护学生的身体成两截的英语老师向倩等。

在这些少年英雄中，有两个人显得特别突出，他们就是林浩与郎铮。

2008年8月8日，在第29届北京奥运会盛大开幕式上，作为东道主，中国体育代表团按惯例压轴出场，身高2.26米的姚明手持鲜艳的五星红旗引领中国体育军团步入会场。而在姚明身边的一位少年格外引人注目，他就是四川省阿坝州汶川县映秀镇渔子溪小学二年级学生，年仅9岁的抗震救灾英雄少年林浩。

5·12大地震发生的那一刻，林浩正走在教学楼的走廊里，他被从上面滑落的两名同学砸倒在地。作为班长，在被埋废墟时，他带领同学一起唱歌，战胜恐惧。爬出废墟后，发现一名昏倒的女同学，他立即把同学背到安全地带，紧接着，他又一次返回废墟，救出了另一名受伤的同学。在抢救同学的过程中，林浩的头部被砸破，手臂严重拉伤。医生给他检查完身体后，他拒绝救助站人员帮助，自己穿好衣服，和姐姐、妹妹一起从映秀镇步行7个多小时，安全撤离到都江堰。

北京奥运会开幕式上林浩与姚明共同入场的场景感动了无数国人。

在汶川地震发生十多个小时后，一位满脸是血的北川男

孩从废墟中被救出。就在武警官兵准备把他转移到安全地带时，他艰难地举起还能动弹的右手，虚弱而又标准地敬了一个少先队队礼。他的这个突然举动，让在场的所有人都被他那颗感恩的心震惊，他倔犟的手势温暖了所有人的心，感动了每一个人！也让我们看到了未来的希望。他的名字叫郎铮。同时，无数被感动的人也尊称他为“敬礼娃娃”。

历史上对四川人的认识往往充斥着悖论，陕西人就警告过自己的后代“少不入川”，因为那里的温情与繁华会消磨掉一个人的意志。而在四川内部却有截然相反的“自古英雄出少年”一说。邹容写出《革命军》的时候，年仅18岁，牺牲时刚满20；喻培伦被清廷处以极刑，时年仅26岁；彭家珍与良弼同归于尽时也只有23岁。

19世纪末至20世纪上半叶，中国正处于历史剧变的前夜。当数千万四川人在巴蜀大地默默无闻，平平淡淡地为生存而忙碌，在一场川剧，一杯茶中品味天府之国的闲适与逍遥的时候，得现代文明之先风，深切洞察东西方巨大落差的中国东部及沿海地区，已经开始了寻求国家富强，摆脱殖民地，向现代国家政治与经济体制靠拢的探索。从戊戌变法开始，到辛亥革命到抗日战争，有幸跨出夔门的一批四川人立即投身其中，有如疾风劲草，以其决绝的姿态，大义凛然的牺牲精神，用血与勇气，不仅在变革中彰显了四川人的精神特性，同时也唤醒了川人蛰伏已久的血性。这是一个令人尊重的群体，他们有近百年历史教材中的英雄人物，也有抗战中宁愿吃黄土也要先交赋税的普通百姓。在那样的历史剧变时代，川人不是以盐而是以历史进步之催化剂的姿态存在于国人的生活之中。

现在的历史学家一般都认为，公元1898年9月21日发生在北京的戊戌政变，为孙中山进入历史舞台的中心，用武力推翻清政府提供了千载难逢的契机。历史学家杨天石在《戊戌变法与近代中国》的演讲认为：“戊戌变法失败激起了人们对满洲权贵的愤恨。此后，以武力推翻清朝统治为宗旨的革命党人，就进入历史舞台的中心，最终导致了辛亥革命的成功。世界上有两个类型的政治制度。一个是英国式的，英国到现在为止保存一个女皇，这是英国式的道路；另外还有一条道路，就是法国式的道路。法国大革命，是把皇帝送上断头台。康有为认为，他比较了英国的道路和法国革命之后，认为法国道路革命的成本太大，社会的震动太大，杀的人太多。所以康有为梁启超他们希望走英国式的，温和的，缓进的这种道路。康有为设计的道路，是一条和平改革，缓慢前进的道路，也是一条社会成本最小，引起的震荡和震动最小的道路。孙中山本来活动开始是在1894年，比康有为他们还要早。但当孙中山开始活动的时候，响应支持孙中山的人却很少很少。戊戌变法失败以后，孙中山的支持者却越来越多。也就是更多的中国人，选择了武装的革命的激进的道路。从戊戌变法失败，到辛亥革命成功，只用了13年的时间。”

从戊戌变法失败到辛亥革命成功，孙中山只用了13年的时间就推翻了满清王朝，不知道孙中山先生是否暗自有过惊讶，是否明白这其中的催化剂就是北京菜市口的血，而四川占了其中的三分之一。

如果你到了巴黎，不去卢浮宫，就应该去寻找路易十六的断头台;如果到了北京，你不去参观故宫，那么，你就应该到菜市口去感悟千年帝都的另一面，那是北京的符号，它刻在北京的历史上，也刻在中国的历史上。当然，也深刻于善于在历史中寻找未来的智者的记忆中。

公元1898年9月28日的北京已有些许凉意，谭嗣同、康广仁、林旭、杨深秀、杨锐、刘光第6人在成千上万麻木的眼光中，被押向菜市口刑场。据说，谭嗣同在走向菜市口的途中，一路上从容自若，毫无痛苦后悔之色。当时的监斩官就是大名鼎鼎的当朝军机大臣刚毅。就在谭嗣同临死之际，他突然叫住刚毅，很轻蔑但也很严肃地示意还有几句话要说。刚毅是慈禧的忠实爪牙，处死“戊戌六君子”他也投了至关重要的一票。刚毅惶恐中急忙叫左右带走谭嗣同，示意快斩。为了壮胆，他甚至故意对着周围的人大声说：“我与死囚无话可说。”但他慌乱之中竟把案台上的朱笔都带落到了地上。

死在菜市口的“戊戌六君子”中，有两个四川人，他们是年仅41岁的杨锐和39岁的刘光第。这两个人的死，可谓惊天地泣鬼神，现场目击者都说杨锐头颅落地还两目圆瞪，鲜血从脖颈中喷出，“血吼丈余”，后人评“冤愤之气，千秋尚凛然矣”。刘光第遇难时，刽子手手起刀落，血流如涌，无首之躯竟然屹立不倒，吓得整个菜市口鸦雀无声。围观的群众莫不为之惊心动魄，有的甚至拿出香蜡纸烛为他招魂。

刘光第（公元1859~1898年），字裴村，四川省自贡市富顺县人，作为“戊戌六君子”之一，他的身上贴有四川特有的标签——他是一位诗人，时人对他的诗歌评价很高。据四川《富顺县志》记载，他于1883年中进士，授刑部候补主事。在京城任官期间，虽生活清贫，但廉洁自律，一尘不染。敬业勤慎，政绩甚佳。平常只知道闭门读书，不喜爱结交权贵。尽管自己在官场有很好的声誉，但却长久得不到升迁。据说，1894年甲午中日战争爆发后，刘光第时刻都在关注着战局的发展，但传来的却是一个个清军战败的消息。刘光第激动之下，上书光绪皇帝，写出内容丰富的《甲午条陈》，抨击时弊，力主改革。除了要求“严明赏罚”“下诏罪己”“隆重武备”之外，还尖锐地指出：“自古政出多门，鲜有成事，权当归陛，乃得专图。”即要光绪帝不让慈禧垂帘听政，要自己掌握权力搞好国家。他的上司见到这文字，吓得魂飞魄散，根本不敢代奏，还申斥警告他说：讲这种话，轻一点讲是要被充军的；重一点则是挑拨帝后母子关系，要就地杀头的。可见刘光第身上具有四川人强烈的“忠勇牺牲”的精神。也是四川民间常说的“铁脑壳”——敢说敢言，不计后果。

1898年9月21日，由于袁世凯的出卖，慈禧太后采取突然袭击，将光绪帝软禁起来。慈禧太后用皇上的名义发布诏书，开始大肆搜捕和屠杀维新派，刘光第在军机处被捕人狱。在京做官的四川人联名要求释放刘光第、杨锐等人，但9月28日，未加审讯，慈禧就下即行处斩之命。

刘光第死后，四川同乡人把他的灵柩寄放在莲花庵内，外省来吊唁的人数以百计，京城的吊唁者更多。人们都说“刘君不死”，看到他家十分穷困，纷纷捐款赠物，其中有个不知名的吊唁者，留下银子百两而暗暗离去。

戊戌变法政变中另一位四川人杨锐，是晚清时期才华横溢的京中名士。他在公车上书与戊戌变法中有着不可替代的作用。

杨锐，字叔峤，1857年生于四川绵竹，少年时代即开始显露头角。参加院试时，张之洞将杨锐与其兄杨聪二人比为蜀中当代的苏轼和苏辙。后来，进入两广总督的张之洞幕府，任职期间以其卓越的才华与高尚的品格深得张之洞的敬重，成为其重要幕僚，凡张之洞送呈朝廷的奏疏与重要文献，大多出自杨锐之手。

1884年，法军侵犯凉山和滇桂边境，杨锐力主援越抗法，并促成张之洞起用退职爱国老将冯子材为广西军关外军务帮办，率军出关，奋起反击，打败法军三路进攻，重伤法军司令尼格里，并攻占凉山。

中日甲午战败以后，1895年4月17日，中国与日本签订了丧权辱国的《马关条约》，对此全国人民非常愤慨。康有为在京发动一千三百多名应试举人“公车上书”，杨锐作为年辈较早的京中名士带头参加。8月底，杨锐同文廷式、康有为等18人在京发起组织以振兴中华、开通民智为主要上的“强学会”。1898年6月11日，光绪帝发布“定国是诏”，决心变法自强。

9月1日，杨锐在积极推行变法的湖南巡抚陈宝箴（戊戌变法失败后被革职）的推荐下，受到光绪帝的召见，向光绪极言兴学、练兵、用人等救亡之策。光绪以其所言切实中肯，甚为满意，接着又召见了刘光第、谭嗣同、林旭三人。9月5日加四人四品卿衔，参预新政，当时有关新政的诏书全由四章京代皇上草拟，加上一些守旧衰谬大臣已失去光绪帝的信任，因此，当时的四大章京颇有实权，按梁启超的说法是“名为章京，实为宰相”。

9月24日凌晨，杨锐在绳匠胡同寓所被捕，与谭嗣同、刘光第、林旭、杨深秀、康广仁同时关押刑部监狱。28日，杨锐与以上五人同时遇害于北京菜市口，年仅41岁。

戊戌变法失败后，在中国思想界，当时围绕着中国的前途问题，展开了激烈的争论：是维护帝制，搞君主立宪呢？还是推翻帝制，搞民主共和国呢？为了救亡生存，许多人都在实践中摸索探求。被尊为“辛亥之父”的孙中山刚开始也并非就想用武力推翻满清政府，起初也是想方设法，并且还曾通过王韬上书李鸿章，想走改良的道路。在改良的愿望与理想被拒之门外，在“戊戌六君子”的血的教训面前，他最终才立志走上武装推翻清政府的道路。

四川著名历史学者陈世松在《天下四川人》中谈到：

在四川方言中，有这样一句俗谚："整烂就整烂，整烂上灌县。"这句话本是四川袍哥的一句江湖语言。袍哥是四川保路运动中的重要力量，在成都西边郫县、灌县一带，是以袍界三巨子（张捷三、张达三、高照林）控制的地盘。由于这一带地方袍哥势力雄厚，地处西部回旋余地最大，与藏羌等兄弟民族有交情，因此，即使成都起事失败，遭遇不测，也可以退到灌县，以图后计。在很长一段时间里，这句话在四川民间广为流传。

"整烂就整烂，整烂上灌县"这句话，后来成为四川人在关键时刻不怕事，不怕死，敢于舍生取义的代名词。辛亥革命中的喻培伦与彭家珍就是这种川人性格的典型代表。

喻培伦，字云纪，黄花岗72烈士之一，1886年1月28日生于内江县(现内江市)。少年时代先后在内江、资中读私塾。其聪慧好学，喜好技术。1905年10月赴日留学，希望探索日本人学习西方的经验，以寻求救国救民之路。他到日本后，先后进入警监学校和经纬学校。1907年1月，又改入大阪高等工业预备学校。毕业后，留大阪自修化学及摄影。1908年在日本加入同盟会。

喻培伦加入同盟会后，利用所学的化学知识，负责为同盟会武装起义研究制造炸药和炸弹的工作。当时，炼制炸药，主要是银制法。这种方法，既危险，又昂贵。他与吴玉章之兄吴永在岗山试炸的时候，因药裂被炸伤，左手残废三指。鉴于银药法的种种弊端，他决心研制安全炸药法。

1911年1月，喻培伦接黄兴函约义举于广州。为做好起义的准备，喻培伦加紧研制炸药，其研制炸弹300多枚，运到广州。

1911年4月27日下午5时，广州起义爆发。参加起义的革命党人，奋勇冲向战场，与敌展开激战。喻培伦前胸挂一大筐炸弹，一马当先，率四川和广东籍的同盟会员直奔总督衙门，用炸弹将围墙炸裂，攻占总督大堂，继攻督练公署，途经莲塘街口，与清增援兵遭遇，展开恶战。恶战进行了三个多小时，喻培伦负伤多处，虽坚持战斗，终因弹尽力竭被捕。

喻培伦被捕后，朝廷对其施刑审讯，其毫无惧色，大义凛然道："学术是杀不了的，革命党人尤其是杀不了！"朝廷将其处以极刑，时年仅26岁。殉难后数月，与同难同志共葬于广州黄花岗，即著名的黄花岗72烈士。

1912年，临时大总统孙中山追赠喻培伦为大将军，抚恤亲属。章太炎为之立传，杨庶堪撰写《喻大将军墓表》，喻培棣撰《追赠大将军喻公培伦年谱》，其家乡内江为之修建了喻培伦大将军祠。

在辛亥革命的历史上，同盟会时代曾经被历史学家称之为一个暗杀的时代。孙中山、黄兴、汪精卫等几位最重要人物都曾经将暗杀视为革命的一种捷径。据史料记载，同盟会曾经成立过四个比较重要的暗杀机构：1905年在东京成立的暗杀团，由一个叫方君瑛的女子主持，吴玉章也曾参与其间；1910年在香港成立的支那暗杀团，成员有谋炸李准而受伤被捕的刘思复等；1911年在广州成立的成记洋货店暗杀团，由支那暗杀团梁绮神协助开设，并于10月炸死前来上任的倒霉蛋广州将军凤山；京津同盟会的暗杀机构，主要领导是汪精卫，先后策划谋刺袁世凯的北京暗杀团，谋刺张怀芝的天津暗杀团等(据《先锋·国家历史》)。1912年8月，同盟会改组为国民党后，以暗杀作为革命的手段才宣告结束。

川人彭家珍被《先锋·国家历史》称之为同盟会历史上的最后刺客。他在1912年1月26日晚，以同归于尽的方式完成了辛亥革命对满清王朝最后的重要一击——刺杀清末“宗社党”之核心人物良弼。数日后，满清皇帝被迫退位。被孙中山称赞为：“我老彭收功弹丸。”

彭家珍，男，汉族，1883年出生，四川金堂人。1903年，考入成都武备学堂，他在武备学堂阅读了邹容、陈天华等人的革命著作后，深受其影响，开始思考国家前途，最终选择了用军事振兴国家民族的个人志向。1906年他以最优秀的成绩被清政府派往日本考察军事。在日本期间，他与四川的武备生多人同时在日本秘密参加同盟会。1912年1月中旬，他参与京津同盟会骨干研究制定刺杀袁世凯、良弼、载泽三人的决策。同年1月6日在北京东华门大街欲炸袁世凯，未成，袁世凯下令被捕嫌疑犯百余人。被捕时在杨禹昌、张先培、黄之萌三人身上查出用蒲叶包裹着的炸弹。袁世凯令营务处陆建章采用电刑逼供，要三人招供同伙及指使者。杨、张、黄三人坚贞不屈，慷慨激昂，严斥“袁世凯是窃国大盗，国人恨之，炸袁出自爱国热情，要杀便杀，别无他说”。用尽酷刑，始终没有得到任何口供，只得将三烈士处以死刑。

杀害三名革命党人后，袁世凯闭门不出，警卫禁严，革命党已经失去再次刺杀的机会。在清政府严密搜捕党人的关键时刻，彭家珍挺身而出，承担了刺杀良弼的任务。1月26日晚革命党人得到情报说，知良弼等人次日将在集内庭商讨用军事手段对付南方革命力量。深夜十一时，他取炸弹及手枪返寓所，为了避免意外发生，嘱咐仆人次晨即去天津，当夜自己到朋友处留宿。第二天，他换上军官服，藏妥武器，出门雇车。为防敌探，并不直奔良弼宅第，却到金台旅馆，持良弼在沈阳的心腹崇恭的名片登记住宿，声称有紧要军情去见“良大人”。然后换乘金台旅馆马车到良弼红罗厂新宅，候良弼未回，他正驱车往耆善府而去，没走多远，即发现良弼归来，于是下车先堵在良宅大门外，等到良弼靠近，即自报崇恭求见。良弼闻声伸腿下车，见来人并不是崇恭，惊呼：“不好！”彭家珍随手掷出炸弹一枚，将良弼炸成重伤，不幸的是，一块弹片从下马石回弹进他的后脑，彭家珍当场牺牲，时年23岁。

两天后良弼也因伤重而死。据说，良弼临死前对妻子和女儿说：“炸我者，独不杀老萨与荫昌？聆其音确是川人，真是奇男子！我本军人，死不足惜，其如宗社从兹灭亡何？”良弼的哀叹很快成为现实。清宗室无人再敢坚持对抗革命政权。2月12日，隆裕太后携还是稚子的清帝退位，中国2000余年的王朝时代就此结束。理论上国家不再隶属于任何天子，而是全体民众。从1911年10月10日的武昌起义，到这一天，只用了83天。这样迅速的胜利在世界历史上任何伟大的胜利中也罕有其匹。2月12日，清帝即下诏退位。

中华人民共和国成立后，毛泽东主席给彭家珍家属颁发“永垂不朽”的烈士光荣证。

在孙中山为推翻清政府而进行的十余年奋斗中，四川人的坚韧、勇敢与忠义给他留下了深刻的印象，在日后谈及四川时，孙中山多次指出，“四川前后运动起义者甚众”，盛赞“惟蜀有材，奇俊瑰落，自邹（容）迄彭（家珍），一仆百作，宣力民国，厥功尤多。岷山泱泱，蜀山峨峨，奔放磅礴，礴江千狱，俊哲挺生，厥为世率。虏祚既斩，国徽永建，四亿兆众，同兹歆羡”。

第六章
出入四川：在川成虫，出川为龙

1 川人出川惊海内

2007年11月，2007年度中国作家富豪榜揭晓，备受争议的四川80后作家郭敬明以税后收入1100万高居榜首，超过了如日中天的于丹（1060万）和易中天（800万），再次以其实力证明了其在读者心目中的地位。这一年的4月29日，郭敬明的最新小说《悲伤逆流成河》上市。据说因其首印量高达866666套，腰封消耗完了北京同类型的所有存纸。其间，郭敬明各地巡游式的签售功不可没：在成都，在青岛，在南昌……郭敬明所到之处都掀起了一个个高潮。而更为夸张的是，五一黄金周一周，该书销售即达100万册，这种销售速度让中国的好多作家暗生嫉妒，但又望尘莫及。

早期，媒体对郭敬明的作品尤其是其出道的作品《幻城》的评价多是正面的，并认为其作品中的纯净风格是非常珍贵的。然而，由于涉嫌抄袭等问题被披露后，媒体对其爱恨交加：一部分人认为郭敬明是有才华的作家；另一部分人认为郭敬明很浮躁，不成熟。

近年，很多人对郭敬明个人生活中的作风十分反感，认为花费大量金钱购买化妆品和高档衣物，其貌不扬却酷爱在个人博客上秀照片等行为令人厌恶，另外，他155厘米的身高也成为很多人攻击的目标。庄羽诉郭敬明一案获胜后，郭敬明拒不道歉，很让一些“四迷”们伤心。后来，郭敬明的名字拼音缩写GJM在大陆网站上演变成一个新生的网络词汇，意义从开始的“抄袭”演变成中性的“转帖”，随后更演变成在跟帖过程中附和前面帖子的意思，从这种变化中也可见读者对郭敬明的矛盾态度，郭敬明因此也为网络贡献出了一个恶搞团体的称号——菊花教。

据说，郭敬明很耍大牌，每一次出场前，他都要躲在他的凯迪拉克里往脸上抹粉，让商家苦等好长一段时间。事实上，许多四川人也对郭敬明不感冒。他们很难容忍其不男不女的做派，甚至认为其对四川人的形象是一种丑化。然而不管怎样说，这个高中还默默无闻地在四川的一个小镇上写《幻城》的“第四维”（网名），一旦出川就震惊了世界，刮起了继“小燕子”现象后的又一个旋风。

2004年的中国乐坛，是属于一个四川人的。这个原名四川人的就是曾经在媒体面前不露面、刻意低调并一直保持着神秘色彩，后来被誉为中国大陆第一位人气最旺的歌王刀郎。仿佛一夜之间，他的《冲动的惩罚》《2002年的第一场雪》《情人》等歌曲就弥漫在街头巷尾，在你的身前身后。刀郎的专辑《2002年的第一场雪》销售量超过了270万张，制造了乐坛唱片销售的神话。

而刀郎为了音乐远走他乡、受尽辛酸磨难让人感叹的奋斗历程，只有张艺谋才能在电影发布会上请得出的架子，以及他一首首仿佛自天山飘来的让人感怀的苍凉老歌，这一切都在2004年试图还原一个四川人是怎样走出去的，是怎样“墙内开花墙外香”，又是怎样在出川后的多年，歌惊海内?

热爱刀郎的网友对他的评价理智而中肯：“这几年中国音乐委靡不振，刀郎的出现无疑是给现在的本土音乐注如入了一种新的元素。这可以让很多歌手知道民族音乐的魅力”，“喜欢刀郎，喜欢他的声音中的朴实，不带一点浮噪的声音总能让我静下来，我喜欢他的《守候凌晨两点的伤心》”，“一曲《艾力莆与赛乃姆》把我带到刀郎身边，刀郎的歌朴实，但有很美的意境，这是现在乐坛上其他歌手所达不到的，我永远支持你——刀郎。”……

有一个四川人，因为出生在农村，打小就开始贩点东西卖，后来当兵了就贩卖明信片、在军区旁边开小吃店，再后来，这个人把当时四川人不吃的鱼头捡起来，创立了川火锅品牌“谭鱼头”。在短短10多年的时间里，“谭鱼头”创造了一个又一个辉煌的奇迹。这个创造让媒体和业界叹为观止的“谭鱼头现象”“谭鱼头模式”的四川人，就是中国餐饮界大名鼎鼎的谭长安。谭长安的店名最先叫成都富源新津鱼头火锅店。有个朋友爱开玩笑，一见面就叫他谭脑壳，说你这个屁娃娃还不如叫谭鱼头算了，后来他到德阳开店，就真改成“谭鱼头”了。后来一个北京朋友来店里吃饭，怂恿他到北京开店，“我一个人躺在草地上，思量了两个半钟头，赚更多的几百万，还是守着这200多万呢？后来想，管它的，我这个人就是喜欢冲”。谭长安就这样迈出了他出川的脚步。

谭长安在接受《南方人物周刊》采访时说起了这段扩张的经历：

当年6月12日，（第一家店）在东直门俄罗斯大使馆附近的“簋街”，开张了。所有事情都是我一个人做的，装修啊，买电器啊。那家店生意很快火起来，一个月挣到八九十万，到1999年，航天桥那家店一个月能挣100万。

我们有几步走得好。第一步，离开四川远征北京。开张前，先租了30亩地，建配送中心和培训学校。外人来看，多规范呀，有厂房、学校。关键的一步，是自成体系，创造了一个连锁加工的模式，技术管理入股，税后利润分35%。

我的模式真是好。第一，不出本钱，以技术管理入股，税后利润分成，风险基本上是零；另外，调动了社会闲散资金和力量。你的店经营不好不要急，把名字换成我的，桌子一摆，开业当天就赚钱。南昌的店一个月挣了90多万，合作方给我电话，“谭总啊，我们是不是心太黑了，挣那么多钱？”我说你不要就给我呗。信么？我当时就是个财神爷，摸摸我的肚子，肯定发财，让我去剪个彩，生意都会好，是有点迷信，哈哈。

这可都是干出来的。1998年，肯德基、麦当劳好多地方都还没有，当时我就是想开分店，也没有规划，也没想该怎么走。1998到1999年，不足一年，开了30多家，每8天开一家。1999到2000年，是495%的增长速度，2000到2001年是300%。

后来，有个朋友告诉我，连朱总理都提到我的谭鱼头，他说国家给你们国有企业贷那么多的款，你们还亏损那么多，人家一个小小的谭鱼头，（在北京）投2块多能卖到6块多。

1998年6月，谭鱼头走出四川，在全国各地开设连锁店，以平均每年300%的速度飞速发展。2002年在台湾开了分店，2003年香港分店开业。从成都400平米的小店，到北京，到台湾，到香港，谭长安只用了8年时间。目前，谭鱼头在成都、北京、上海、广州、台湾、香港等全国五十余个大中城市拥有100余家连锁店，国内大中城市的占有率达92%。先后荣获“中国商业名牌企业”“中国优秀特许品牌”“全国绿色餐饮企业”“全国十佳餐饮连锁企业”“中国知名火锅”“中华餐饮名店”等殊荣。而谭长安，这个创造了川菜奇迹的精明的四川人，他说他的目标是“在全球任何一个有需求的地方开店”。

四川人多，在这片土地上，自然也不缺少创造奇迹的人，以靠猪饲料发家的刘氏兄弟就是这片土地上出类拔萃的人。在中国，提起刘氏兄弟和希望集团，几乎无人不知无人不晓。1982年大学毕业的刘永行四兄弟为摆脱贫困，变卖手表、自行车筹资1000元人民币，以过人的胆识相继辞去公职到农村创业，从孵鸡、养鹌鹑开始，完成了1000万元的原始积累，并成立了希望集团。

1986年，刘氏兄弟把鹌鹑蛋不仅贩卖到国内各个城市，而且冲出亚洲走向了世界。那时候，他们设在成都的店面成了全国鹌鹑蛋批发中心。他们已经把鹌鹑养到了极致。1986年的刘氏兄弟们是当时当之无愧的世界鹌鹑大王和世界鹌鹑蛋大王。后来，不愿与鹌鹑养殖户短兵相接两败俱伤的刘氏兄弟转战猪饲料市场。很快，希望饲料把当时的正大饲料挤出了成都地区。再往后，他们的饲料生产走出四川盆地，向省外扩张。

1995年，中国大陆富豪第一次出现在《福布斯》排行榜上，这一年，共有10位中国民营企业家进入榜单，其中刘永言、刘永行、刘永美和刘永好四兄弟以6亿元领头。2001年，刘氏兄弟在《福布斯》中国富豪榜和胡润中国富豪榜均排名第一，拥有的财富已经变成83亿元。其后，刘氏兄弟的财富仍在快速增长，在2005年《福布斯》中国大陆富豪榜上，刘永行以11.6亿美元排在第5位，刘永好以11.24美元排在第6位。刘氏兄弟成为中国新兴企业发展的典型代表，让全国乃至世界的企业家们惊叹不已。

刘氏兄弟中的老四刘永好，2002~2004年，在胡润中国富豪榜连续三年排名前十名；2005年，在胡润中国富豪榜排第20名；在2005~2007年的福布斯中国富豪榜上，分别排第6名、第11名和第12名；并先后被评选为“中国十大改革风云人物”“中国十佳民营企业家”以及“中国十大扶贫状元”“2002年中国十大民营企业家”“2002中国十大金融风云人物”等，并曾被美国《商业周刊》评为“2000亚洲之星”，是光彩事业的倡导者和积极实践者之一。2006年CCTV中国经济年度人物奖获得者。

多年以后，刘氏兄弟透露了一个他们发家致富的秘密，那就是对鹌鹑粪的发现，从而使他们转战饲料市场，铸就了一个希望的大厦。然而他们有一个秘密没有对大家说，那就是他们的良心。当初在鹌鹑价格不断飞涨，他们应该赚钱越来越多的时候，他们却做了一件惊人之举。他们一边把自己的鹌鹑全部宰杀，一边印了几十万张小广告，告诉农民兄弟：“别再炒了，鹌鹑不值那么多钱，再炒下去会倾家荡产的。”他们用这种方式把当时炒作鹌鹑的泡沫压了下去，给养殖鹌鹑的人们更多的理性。正是这种良心，才没有酿成像后来李天国海狸鼠那样的养殖欺骗案。

许多年来刘氏兄弟面对巨大财富时那种始终保持农民的本色的精神让人肃然起敬，也让他们始终在中国的疆场上立于不败之地。刘永好曾经面对媒体说过这样一个让人意味深长的故事，说他有一次去西昌，在山坡上看到一对老夫妇挖红薯，又大又多，他们笑得合不拢嘴。刘永好被两位老人感染了，就高兴地举起随身带的照相机，拍下了他们幸福的笑容。他仿佛又回到了儿时，回到了父母身旁，大地母亲的怀里。刘永好说，那种红薯丰收和拥有亿万财富的喜悦，其实在内心的感觉上是一样的。他为自己发现这点而感觉幸福。

如果说刘氏兄弟是四川人商界成功的代表，那么有一个失败的四川人，我们却无法绕过，这个人就是牟其中。牟其中，1994年《福布斯》全球富豪龙虎榜以3亿元资产列中国内地富豪第4位；1994年《财富》富豪榜上以20亿（以上）资产列大陆超级富豪之首。他坐过三次牢，从500元起家，曾经上演了用100车厢滞销的轻工品从前苏联换回4架图-154民航机的商业神话，一次赢利8000万。1994年荣获“中国十佳民营企业家”称号、被评为“中国改革风云人物”；1995年被评为“中国商界十大风云人物”；1996年12月被评为“中国百名优秀企业家”；1997被评为“中国十大实业家”；而这个人最终的结果是因为诈骗罪锒铛入狱，从“首富”变成了“首骗”。有人评论说他是一个企业家，一个政治家，一个演说家，一个理想家，还是一个巫人。司马晓雄则在《冷眼直观牟其中》写道：“充满悲剧意味的是，牟其中的心太大了，他妄想在理论和实践上同时成为出类拔萃之辈！这样，他就不自觉地将自己推向了一个孤独而又苍凉的绝境。”

不知道是一个神话创造了牟其中，还是牟其中创造了一个神话。总之，牟其中在一场造神运动中充当了演技绝佳的演员，《华商》杂志刊发的《难以言说牟其中》一文对他是这样描述的：

> 这个人，曾提出要把喜玛拉雅山炸个缺口，让印度洋暖湿的季风吹进青藏高原，让苦寒之地变成良田沃土；要把雅鲁藏布江的水引进黄河，让中原大地的人民从此解决缺水问题；要在中国的北方投资100亿，建设一个中国北方的香港；还要花31亿美元为中国海军买一艘苏联航空母舰；这个人，是中国第一位登上瑞士沃达斯“世界经济论坛”的企业家，被多所大学

和有关市政府聘为客座教授或顾问，有一大群知识分子曾经追随他的左右，聆听他的每一句惊世之言；这个人，从来不知道自己到底有多少钱，在他的口中，2000万是个小数，2个亿也是个小数，如果他想说，他会说20个亿、200个亿，并且，仿佛一转身就可以开出能够兑现的支票，直到现在面对着监狱的四壁，他依旧如此认为。

他的理论才华让人惊叹，其经济理论到现在看来，还有许多惊人之处：

“99加1度”的理论。牟其中所有的商业活动几乎都围绕“组装市场”来展开，而“组装市场”的基础即是他的“99加1度”的理论。牟其中形象地说道：“有一壶水烧到99度，还没有沸腾，没有产生价值，有人就建议干脆把它倒掉重烧一壶。这种人是傻瓜。聪明的做法是，在这壶已烧到99度的水下再加一把柴，水就会开了，价值就会产生了。成功与否往往就在于这关键的一步。那么，这宝贵重要的1度是什么呢？它就是市场。”

“平稳分蘖”理论。牟其中能够招揽大批人才追随，其“平稳分蘖”理论（也被称为人才合作理论）是一个重要的因素。牟其中如此描述这个理论：“南德集团希望与国内外一切渴望建功立业的人士合作，愿意为他们提供良好的发展机会与条件，也即为他们提供最基础的条件，创立新的项目公司，在条件成熟的时候，将该公司的大部分股份赠给其主要成员。”（《华商》2007年第2期）

当这个四川人带着他的南德集团雄心勃勃地走出四川、越走越远的时候，他最终的结局是迷失了自己。他仿佛是好玩的四川人给世界开的一个很好玩的玩笑，但他也的确是一个堪称英雄或狗熊的失败的四川人模版。现在湖北洪山监狱服刑的牟其中，近70岁的人了，据说每天还要坚持跑够一百层楼梯，“终年不断，因为任重而道远”。因为，他还一直相信，这个世界，还有属于他展示演技的舞台……

川人留川磨成牛，川人出川惊海内。对川人来说，出川，是由来已久的理想，是意味深长之举，是像金沙遗址的太阳神鸟一样可以尽情地飞翔，是像民间传说中鲤鱼跃龙门一样可以直奔大海。难以胜数的川人就是带着这样的壮思和希冀走出了盆地，走出了剑门和夔门，化虫为蝶，化鱼为龙。当他们以一个个星座在天空闪耀的时候，四川，将是他们一次次回眸的地方。而我们，是否就可以循着他们的来路，走进他们的思想，走进一个特定地域的人群，这个人群将以这个特定地域——四川——而存在，这个人群将以一些璀璨的名字而存在：司马相如、扬雄、李白、苏轼、杨慎、李调元、朱德、刘伯承、陈毅、聂荣臻、邓小平、张大千、巴金、郭沫若……

明代何宇度在《益部谈资》中说：“蜀之文人才士，每出，皆表仪一代，领袖百家。”作家段战江则认为：“从司马相如到扬雄、从李太白到苏东坡，从郭沫若到流沙河，巴蜀文人秉承一种神似道同的文化气质。从文章上看，一个个是才气纵横、气势豪放、文采瑰丽、幻象奇特；从性格上讲，一个个是个性张扬，神采奔放、自由不羁、特立独行。这些带有浓郁地域特色的名人印记，沉淀着民族精神的历史财富，也喻示着文化人格的集体走向，是巴蜀最具美感和冲击力的文化符号。”

在《史记》中，有一个人备受作者司马迁推崇，以致惜墨如金的他在一本煌煌巨著中，用了最多的文字和篇幅来为这个人立传，并且还几乎全文收录了这个人的八篇文和赋，其摘录文字之多，远远超过司马迁自己的记述。这种现象在司马迁的著作中绝无仅有。这个幸运的传主就是和司马迁同时代的司马相如。

西汉景帝时，成都有个小名叫做犬子的人只身闯荡京城长安。他出城过一座桥时，曾经志在必得地说，将来要坐着四匹马拉着的马车回来。这座桥就是今天的驷马桥。这个人就是中国文学史上领一代风骚的汉赋第一人——司马相如。

第一次出川，司马相如混得并不好，至少他不快乐。司马迁是这样记载他那一段时期的生活：他凭借家中富有的资财而被授予郎官之职，侍卫孝景帝，做了武骑常侍，但这并非他的爱好。正赶上汉景帝不喜欢辞赋，这时梁孝王前来京城朝见景帝，跟他来的善于游说的人，有齐郡人邹阳、淮阴人枚乘、吴县人庄忌先生等。相如见到这些人就喜欢上了，因此就借生病为由辞掉官职，旅居梁国。梁孝王让相如和这些读书人一同居住，相如才有机会与读书人和游说之士相处了好几年，于是写了《子虚赋》。

后来，梁孝王去世，相如一身落魄地回到成都，家徒四壁。这个时候，在邛崃，他遇上了卓文君。那时候，他听了文君的话，同文君回到临邛，把自己的车马全部卖掉，买下一家苍蝇馆子，做卖酒的生意。文君当垆酌酒，而他自己则穿起犊鼻裈，与雇工们一起洗碗刷盘子，人来攘往，云淡风轻，文君偶尔会停下来，向他会心一笑。

第二次出川，是因为汉武帝读了他的文章，以为是前世的先辈，抱恨不得亲见时（“朕独不得与此人同时哉”）。帮汉武帝喂狗的杨得意告诉皇上说，这是我四川老乡司马相如的作品，这个人还没死呢！于是汉武帝欣喜若狂地召见自己的偶像。有了汉武帝这个最铁的粉丝，从此，他开始在中国的大地上闪耀。

在历史上，很多人都只注意到司马相如和卓文君的私奔故事，认为司马相如是一个勾引人家女子的风流才子。其实，这是一种误读。我们需要还原的司马相如，是两次出川，开过苍蝇馆子，最后归葬都江堰的那个凡俗而可爱的人；是魏晋狂狷名士嵇康在其《高士赞》中大声赞美过的那个人，“长卿慢世，越礼自放。犊鼻居市，不耻其状。托疾辞官，蔑此卿相。乃赋《大人》，超然莫尚。”

鲁迅在《汉文学史纲要》中，将相如和司马迁并称：“武帝时文人，赋莫若司马相如，文莫若司马迁，而一则寂寥，一则被刑。盖雄于文者，常桀骜不欲迎雄主之意，故遇合常不及凡文人。”很了解他为人的司马迁则说他“故其仕宦，未尝肯与公卿国家之事，常称疾闲居，不慕官爵”。相如则在《难蜀父老》中说：“盖世必有非常之人，然后有非常之事，有非常之事，然后有非常之功。夫非常者，固常人之所异也。”这句话仿佛就是在说他自己。据说他曾经仰慕战国时期赵国宰相蔺相如的为人，所以才改名为相如。

房锐在《对司马相如成名与文翁化蜀关系的再认识》一文中认为：“司马相如因其辉煌的创作成就及其与汉武帝的君臣遇合，为世人所瞩目，并因此成为蜀人仰慕与争相效仿的对象。可以说，在巴蜀文化发生转型的关键时刻，相如发挥了巨大的表率、引导作用，他对蜀人的影响是其他任何人难以替代的。”

如果说陈子昂开启了一个诗歌的盛唐，那么我们应该说，司马相如开启了一个巴蜀的文化时代，从此，扬雄、李白、苏轼、杨慎纷纷闪耀，成为一颗颗恒星……

公元724年，四川江油的李白已经24岁了，他“知大丈夫必有四方之志”，于是，这一年游过峨眉山后，“乃仗剑去国，辞亲远游”。他东出夔门，至江陵，开始了长达近40年的流浪生涯。迈出三峡后，李白再也没能返回蜀中故土，虽然四川人从未停止过对他的怀念。李白距离故土最近的一次，是他59岁，因永王之乱获罪，被万里流放前往夜郎，在巫山白帝城幸遇全国大旱、天下大赦，于是，九死一生的他欣喜若狂地写下了那首脍炙人口的《早发白帝城》，以此来表达他获得新生的那种苦尽甘来、如鱼得水的心情：“朝辞白帝彩云间，千里江陵一日还。两岸猿声啼不住，轻舟已过万重山。”

比起其他出川的老乡，也许李白是比较倒霉的一个。他在诗酒中可以是那样地狂狷，然而在现实生活中，他又不得不向世俗低头。李白是一个一生充满矛盾的人，当世俗逐渐剥离他身上的光芒的时候，他的诗歌却愈发闪亮。于是，台湾诗人余光中才会在《寻李白》一诗中吟道：

酒放豪肠，七分酿成了月光
余下的三分啸成剑气
绣口一吐就半个盛唐

公元730年，唐玄宗开元十八年，那时候正是秋天，秋雨一直淅淅沥沥地下个不停，隐居终南山的李白这一年30岁。他在这一段时间拜见了当朝宰相张说，也许张说对他说了什么，指点了一些官场的迷津，总之，接下来，李白故意做客玉真公主别馆。他在那里一待就是好些天，也许是落雨的缘故，也许他是想把那首诗——《玉真仙人诗》——亲自呈给玉真公主。

这个玉真公主崇信道教，此时虽然已出家，但她是武则天的孙女、唐睿宗李旦的女儿、唐玄宗的妹妹，所以，当时巴结她和她交往的人很多。其中，王维、储光曦等都曾做客玉真公主别馆。可是，这次李白败兴而回，他几乎开始怀疑命运不公了，为什么偏偏倒霉的就是他呢？没有人能够回答他。

不知道李白在一个个寂寞的夜，是否想起过他的故乡，想起那峨眉山月，想过要跟着一条河流归去？“何时黄金盘，一斛荐槟榔。功成拂衣去，摇曳沧洲傍。”李白坚信自己能够出人头地，他也渴望那一天衣锦还乡。然而，不出名，他是不会回去的了。

12年后，公元742年，即唐玄宗天宝元年，42岁的李白终于在这一年见到了玉真公主。他恭恭敬敬地呈上了自己的这首诗，很快，他得到了玉真公主的推荐，唐玄宗召见了他。那时候，同样是一个秋天，只是，这个秋天不再多雨，而是一个难得的好天，田里的稻子已经熟了，“白酒新熟山中归，黄鸡啄黍秋正肥。呼童烹鸡酌白酒，儿女嬉笑牵人衣。高歌取醉欲自慰，起舞落日争光辉”。当李白在这样的一个好天气听到皇帝要亲自召见自己的时候，他慌慌地要辞别儿女进京去。如果晚了是不是就没有机会了？那时候，他是那样地充满了信心，“游说万乘苦不早，著鞭跨马涉远道。会稽愚妇轻买臣，余亦辞家西入秦。仰天大笑出门去，我辈岂是蓬蒿人”。

这次进京，他获得了一个可以在皇帝宴会的时候，写写诗歌的差事。然而，他似乎已经很满足，唐玄宗亲自给他夹菜，他也看见了传说中的川妹子杨贵妃。他为她写了好诗，她会向他微笑。可是，不知道怎么原因，他就醉了，竟然让高力士给他脱靴子。后来，他还是被开除了——“赐金放还”，他的仕途之路从此戛然而止。在皇帝身边，他竟然没有把握好！李白这时候的心情一定糟透了。

但是，他一直感激一个人，她就是玉真公主。玉真公主晚年在安徽敬亭山修炼，当时，也住在安徽的李白曾经七上敬亭山，他写下了“众鸟高飞尽，孤云独去闲。相看两不厌，只有敬亭山”的诗句，不知是不是在表达对一个人的思恋？公元762年，71岁的玉真公主在敬亭山去世，而同年，62岁的李白在敬亭山下的安徽当涂县，轻轻把他的诗篇合上。“安能摧眉折腰事权贵，使我不得开心颜！”他不再疲倦。

他的死亡至今成谜，有记载说他是因病去世，然而更多的人宁愿相信他是捉月而死。如元辛文房《唐才子传》就记载：“白晚节好黄老，度牛渚矶，乘酒捉月，沉入水中。”笔记《唐摭言》也载：“李白着宫锦袍，游采石江中，傲然自得，旁若无人，因醉入水中捉月而死。”那时候，他是不是已经疯了，就像凡高一样，大地在他的眼中开满了向日葵花？然而，我更愿意相信他像一条雨霁后的彩虹，大地一片空明澄澈，只有他的一个漂泊的名字，所以明人李贽说他“生之处亦荣，死之处亦荣，流之处亦荣，囚之处亦荣”。

然而，他是那样地喜欢月亮，他的诗文中充满了最圣洁的月色。他为儿子取名叫“明月奴”、他的妹妹叫月圆，而他，只有一个字，白（字太白）。这一个字，像一颗挂在一个人脸上的泪滴。公元762年，李白写下了他的绝笔《临终诗》（一作《临路诗》）：

> 大鹏飞兮振八裔，中天摧兮力不济。
> 余风激兮万世，游扶桑兮挂石袂。
> 后人得之传此，仲尼亡兮谁为出涕？

北宋嘉佑元年（公元1056年），距离当年李白出川300多年后，21岁的苏轼和18岁的苏辙两兄弟在父亲苏洵的带领下，北出旱路剑门，万里迢迢前往当时的京都开封赶考。那一次，苏氏兄弟双双高中进士。“苏门三学士”就是从这时候开始被传为了佳话。而这“苏门三学士”中，有一个人需要被我们永远记住的人，他是苏轼。

林语堂在《苏东坡传》一书中这样写道：

> 苏东坡是个秉性难改的乐天派，是悲天悯人的道德家，是黎民百姓的好朋友，是散文作家，是新派的画家，是伟大的书法家，是酿酒的实验者，是工程师，是假道学的反对派，是瑜珈术的修炼者，是佛教徒，是士大夫，是皇帝的秘书，是饮酒成瘾者，是心肠慈悲的法官，是政治上的坚持己见者，是月下的漫步者，是诗人，是生性诙谐爱开玩笑的人。

民间流传着许多关于他的笑话。其一：一天，苏轼和佛印乘船游览瘦西湖，佛印大师突然拿出一把题有东坡居士诗词的扇子，扔到河里，并大声道："水流东坡诗（尸）！"当时苏轼愣了一下，但很快笑指着河岸上正在啃骨头的狗，吟道："狗啃河上（和尚）骨！"其二：闲来无事，苏轼去金山寺拜访佛印大师，没料到大师不在，一个小沙弥来开门。苏轼傲声道："秃驴何在？！"小沙弥淡定地一指远方，答道："东坡吃草！"

"百家讲坛"康震评说苏东坡说有四个特点：第一，特别富有生活的情趣，特别善于发现并创造生活的趣味；第二，面对生活的苦难，表现出超然旷达的境界；第三，天才的文学创造力和表现力；第四，他是中国古代历史上少有的文化全才。康震认为：苏轼以他的亲身实践为人们树立了一种理想人格的标准。这个理想人格可以用古圣先贤的两句话来表达：一是"诚意、正心、修身、齐家、治国、平天下"（《大学》）；二是"富贵不能淫、贫贱不能移、威武不能屈"（《孟子》）。林语堂则认为："苏东坡在中国历史上的特殊地位，一则是由于他对自己的主张原则，始终坚定而

三苏像。宋人王辟之《渑水燕谈录·才识》记载："苏氏文章擅天下，目其文曰三苏。盖洵为老苏、轼为大苏、辙为小也。""三苏"的称号即由此而来。三苏之中，苏洵和苏辙主要以散文著称；苏轼则不但在散文创作上成果甚丰，而且在诗、词、书、画等各个领域中都有重要地位。

不移；二则是由于他诗文书画艺术上的卓绝之美。他的人品道德构成了他名气的骨干，他的风格文章之美则构成了他精神之美的骨肉。”

林语堂在《苏东坡传》一书中，记载下了一个元佑党人碑的故事，让人感慨万千。兹抄录于此：

> 元佑党人碑是哲宗元佑年间当政的三百零九人的黑名单，以苏东坡为首。碑上有奉圣旨此三百零九人及其子孙永远不得为官。皇家子女亦不得与此名单上诸臣之后代通婚姻，倘若已经订婚，也要奉旨取消。与此同样的石碑要分别在全国各县树立；直到今天，中国有些山顶上还留有此种石碑。这是将反对党一网打尽，斩尽杀绝的办法，也是立碑的群小蓄意使那些反对党人千年万载永受羞辱的办法。自从中国因王安石变法使社会衰乱，朝纲败坏，把中国北方拱手让与金人之后，元佑党人碑给人的观感，和立碑的那群小人的想法，可就大为不同了。随后一百多年间，碑上人的子孙，都以碑上有他们祖先的名字向人夸耀。

据统计，苏轼担任过30个官职，遭贬17次，越贬越远，直到被贬到“天涯海角”琼州海南。而最严重的一次危机，是著名的“乌台诗案”。遭人陷害的他在大牢里待了130天，差点死于非命。但苏东坡却说：“吾上可陪玉皇大帝，下可以陪卑田院乞儿。眼前见天下无一个不好人。”在他的眼里，只有盛开的莲花和一片明澈。

当他获得赦免，离开瘴疠之地海南内返，到达常州时，沿河两岸，老百姓闻风而至，争睹为快，“夹运河岸，千万人随观之”。宋徽宗建中靖国元年（公元1101年）七月二十八日，当他去世的消息传遍四方，“吴越之民，相与哭于市，其君子相与吊于家；讣闻四方，无贤愚皆咨嗟出涕”（苏辙《亡兄子瞻端明墓志铭》）。其在百姓心目中的地位可见一斑。

那时候，他已经被任命为四川一家寺庙的管理者，但他最终没能回到故乡。他曾经在他位于黄州的雪堂，写信给他的友人说：“下十数步，便是大江。其半是峨眉雪水。吾饮食沐浴皆取也。何必回乡哉？江山风月本无常主，闲者便是主人。”伟大的顽童苏轼，已经遨游在了更为宽阔的天地里面。自古以来，“巴出将，蜀出相”。巴出雄杰，蜀育英才。巴人武至元戎，蜀人文达魁首。在巴山蜀水的滋养下，四川人苦练内功后，一出盆地，登上中原大擂台，一出招就能够惊鸿游龙、气动天下、技震八荒，从而打拼和闯出一个属于自己的新天地。虽然，在金庸先生的笔下，武侠中的川人不怎么样，还多多少少带着一点阴气，然而，其实真正的川人，一旦出川，的确容易大方放异彩，李白、苏轼这些“大腕”不说，就拿我们普普通通的农民工兄弟来说，他们在改革开放初期，纷纷涌向沿海地区，形成了不可小觑的“川军”。他们以吃苦耐劳、任劳任怨的川人精神，不断地适应和学习，很快就在外地站稳了脚跟。同时，又把资金和先进的技术带回了家乡。故乡，就在他们每一年候鸟一样的迁徙中，日新月异，繁荣富足。今天的出川，对于一个四川人来说，已经变得稀松平常——蜀道之难难于上青天已不再是梦。川人在世界开放和兼容的背景下，在巴山和蜀水的阴阳调和中，已经把眼光投向了更为宽广的未来。

2 自古文人多入蜀

公元759年冬天，一位瘦削的老人，在一山的暮气中，拖家带口地向四川走来。在李白出蜀后，他却要沿着一条出川的路走向朋友的故乡。朋友李白那一轮峨眉山月，一次次孤悬在蜀地上空的时候，今天，他终于可以替他去仰望与思念。

虽然，杜甫在路上目击或听说的那一幕还时刻痛在心头，“群盗相随剧虎狼，食人更肯留妻子。二十一家同入蜀，惟残一人出骆谷。自说二女啮臂时，回头却向秦云哭”，但是，他们一家人总算经木皮岭、白沙渡、七盘岭、龙门阁、石柜阁、清风峡、明月峡、飞仙关、桔柏渡、剑门关、鹿头山等蜀道津关，最后在第二年春天，川西平原油菜花开的时候，走到了传说中的“天府之国”——成都府。有风筝在天上飘了，在小儿引颈仰望的时候，杜甫的内心终于有了一丝甜意。

作家蔡诗认为：中国诗歌史首推“李杜”，但不知是偶然还是一种必然，“李杜”二人不但代表了中国诗歌“浪漫主义”与“现实主义”的两座高峰，同时他们各自的人生也恰是“出蜀”与“入蜀”人文命题演绎的两个极致版本。

最后，这颗伟大的心灵在浣花溪旁边停歇下来。他和家人在邻人的帮助下亲手建起了几间属于自己的房子。而那时候，杏花和梅花都正在他的草庐旁边悄然开放。几只小鹅仔正被小儿围着玩耍，它们是好心的邻人送给他们的。白鹭和燕子群飞，浣花溪泊在一片破碎的霞色里面。于是，杜甫掩上柴门，在暮色中向着那轮即将下坠的落日走去。

那时候，杜甫不会想到，很多年后，他的身后，将是他馈赠给蜀人的一个诗歌的草堂。著名现代诗人冯至曾说：“人们提到杜甫，尽可以忽略他的生地和死地，却总忘不了成都草堂。”草堂已经成为杜甫生命中的一个重要符号。六年来，他在这里一共写下了240多首华美诗文。是蜀地的接纳和积淀给了他文字中的一抹温暖的暖色，使他颠沛流离的身心得到了慰藉。

然而，在著名记者何三畏的眼里，杜甫是个优秀的“卧底记者”，“在他现存的大量诗章中都具有一种值得我们现代人学习的‘现代性’——尽管那时没有人本主义一说，但他有这样一种品质”：

> 他功名不遂，生逢乱世，民间疾苦，世上疮痍，命运偏偏要成就一个“诗圣”，一个伟大的“卧底记者”。他用诗记录的历史，具有史诗般的壮阔，任何历史学家都不可能告诉你那么多，那么多直接采自“生活现场”原生态的真实。
>
> 公元759年，他47岁了。在那个“人生七十古来稀”的年代，诗人只有11年好活了，他用了8年泡在蜀中。本来，经历过难以备述的苦难，诗人已经“官复原职”，可同时，他也已经对政治失望。这时，有朋友到成都做领导，诗人总是一副诗人性情，于是当年秋后辞官，年底就到达成都。
>
> 当年的川西平原，沃野千里，水肥草美，半生离乱的诗人遂得以安生。还是靠朋友帮助，在城郊置地一亩，盖起“草堂”。这时，他的生活呈现出一丝安宁祥和的景象。“老妻画纸为棋局，稚子敲针作钓竿”，看来，“流浪记者”开始休假。可是有一天，他的“茅屋为秋风所破”，想来诗人的茅屋不会是最差的，那么，其他的人可能就更不好安生了。诗人还是那种“以民为本”的观念，仰望长天，浩叹天下寒士广厦之不可得。

“向下看的价值观”在任何时候都是孤高的。他出离时，不仅使他不能在官方领到红包，也使这位很重朋友情谊，时常满怀深情地赞美和缅怀别的诗人和朋友的人，得回应者少。“百年歌自苦，未见有知音。”他注定要寂寞一生。

公元765年5月，54岁的杜甫携家离草堂南下，而这一年，他的好友李白已经去世3年了。不知道，李白当涂的墓草是否青青。他觉得自己也应该回故乡河南巩县去看看了。实际上，这个打算，他在年前就有了。于是，在正月三日，他就辞谢了幕府。他在开年的时候，还在院子周围除了草，并且写下了幸福快乐的《春日江村》五首。他对这一切是如此地充满了眷恋。

没有人知道，杜甫是怎么走的，我们只能读到他扬帆在川江水道上的《去蜀》：“五载客蜀郡，一年居梓州。如何关塞阻，转作潇湘游。世事已黄发，残生随白鸥。安危大臣在，不必泪长流。”

这位老人对自己说，不哭，然而，他的眼圈一定红了。他真的是走了，邻人第二天，发觉了一间没有掩上柴门的草堂空了。然而，他这一走，却一直羁留在路上，直到770年冬天，在岳阳，他也没有能够回去……

清四川人李调元曾经作诗曰：“自古诗人例到蜀。”自古以来，四川除了自己盛产一大批如司马相如、李白、苏东坡、杨慎、巴金等优质的文人外，还是历朝历代外籍文人学者游历朝拜的文化“圣地”。以诗人为例，历史上的伟大诗人，除屈原等少数几人之外，几乎都到过四川，如唐时“初唐四杰”中的王勃、杨炯、卢照邻，唐代著名边塞诗人高适和岑参，诗圣杜甫、伟大的现实主义诗人白居易，著名大诗人刘禹锡、元稹、贾岛、李商隐等，宋代的黄庭坚、陆游、范成大等。他们到了四川，都像疯长的植物一样，激烈而茂盛，巴蜀异域的神秘营养，给予了他们独特的文化质地。

到唐代初为止，始于秦朝的中国古老文化向四川的迁移已有上千年历史。种文化的迁移始于秦朝。从公元前316年秦灭巴蜀到秦朝灭亡的100年间，曾经有数十万人被强迫移民或流放到蜀地。他们中有商人、百姓以及其他的六国的达官贵人。历史学家认为，与“湖广填四川”相比较，这是一次高素质的移民，他们中的知识分子带来了战国末期百家争鸣的结晶。特别是焚书坑儒之后，儒家之外的杂说人物与典籍纷纷避乱隐居四川，这种异质文化的迁移从秦汉一直延续到动乱的五代十国结束。

四川盆地就像一个巨大的聚宝盆，从容淡定地接纳着中国思想史上黄金时代的全部遗产，然后按照自己的思维方式吸纳、改造、沉淀，最后以惊人的面目呈现出来。

这正是历代文人必入蜀，众多文人流年忘返四川的原因所在，他们不为美酒美女而来，他们来，是因为这里有着瑰伟壮丽的自然世界、神秘的文化世界、神妙的心灵世界。在这里，他们能找到灵感，能体验到另类文明的诡异恢宏与浪漫，以及对主流文化的另类解读。

在历史上，这些外乡人在乱世避祸入蜀占了大部分的比例。商鞅的老师尸佼避祸逃入蜀地，唐玄宗躲避安史之乱而入蜀，唐僖宗走避黄巢起义而入蜀，五代时期文人画家多入蜀，抗战时期蒋介石政府陪都重庆。《十国春秋·前蜀高祖本纪》就记载：“是时唐衣冠之族多避乱在蜀。”

南宋乾道八年（公元1172年）二月，在苏轼和他的父亲、弟弟一起过剑门蜀道一百多年以后，剑门蜀道上又出现了一个伟大的南宋诗人，48岁的陆游。据考，他是从夔州出发，经广安、南充、阆中、苍溪到达利州，并于三月底出剑门蜀道，抵达陕西南郑的抗金前线。十一月，泛舟沿嘉陵水道至益昌，再经剑阁、梓潼、绵州等返回成都，其路过明月峡望云滩时，因风高浪急，他的《山南杂诗》坠落江中，百余篇诗化为一纸川江。陆游对四川特别有感情，他把自己的诗歌总集定名为《剑南诗稿》，而其“骑驴入剑门”的形象成为陆游的蜀道特写，这就是其被后人广为传诵的《剑门道中遇微雨》：

衣上征尘杂酒痕，远游无处不消魂。
此身合是诗人未？细雨骑驴入剑门。

现代画家吴成斌先生根据《剑门道中遇微雨》所创作的《陆游诗意图》。

陆游是两年前来到四川的。公元1170年5月至10月间，跟着一本《入蜀记》，我们看见，陆游带着家人从运河进入长江，逆水而上，前往蜀地夔州，经过160多天的风浪，从山阴出发，途经江苏、安徽、江西、湖北、湖南，他们终于在这一年的十月二十七日抵达了今重庆奉节的夔州。这次，在家赋闲3年的他复出，任夔州通判一职。

那一天早晨，他在《入蜀记》的结尾，轻轻地记下："至夔州。州在山麓沙上……州东南有八阵碛，孔明之遗迹。碎石行列如引绳。每岁江涨，碛上水数十丈，比退，阵石如故。"他想起了诸葛亮，那个被杜甫在成都拜谒过的人，在这片土地上，究竟留下了些什么呢？大地烟波只是迷蒙在一片江雾中，没有人离开，也许，也没有人走来。

二十三日，他经过巫山时，顺便去拜谒了江边的巫山神女庙。他在《入蜀记·过巫山》里写道：

> 二十三日，过巫山凝真观，谒妙用真人祠。真人即世所谓巫山神女也。祠正对巫山，峰峦上入霄

汉，山脚直插江中，议者谓太华、衡、庐，皆无此奇。然十二峰者不可悉见，所见八九峰，惟神女峰最为纤丽奇峭，宜为仙真所托。祝史云："每八月十五夜月明时，有丝竹之音，往来峰顶，山猿皆鸣，达旦方渐止。"庙后，山半有石坛，平旷。传云："夏禹见神女，授符书于此。"坛上观十二峰，宛如屏障。是日，天宇晴霁，四顾无纤翳，惟神女峰上有白云数片，如鸾鹤翔舞徘徊，久之不散，亦可异也。

他说，农历二十三日这一天，经过巫山的凝真观时，顺便去拜谒了妙用真人的祠堂。真人就是大家所说的巫山神女。祠堂正对着巫山，峰峦很高，直入长天，而山脚则直插入江水中。人们议论都说泰山、华山、衡山、庐山好，可是到了巫山，才知道都没有巫山奇特。可是十二峰并不能全看见，能看到的有八九座山峰，只有神女峰还是那样地纤巧修长。它陡起而变幻多姿，确实适宜作为神女的化身。祠中主持祭祀的人说："每年的八月十五晚上月亮朗明的时候，就能听到优美的管弦音乐，在峰顶上来回走，能听到山上的猿啼鸣，到天明才渐渐停止。"在庙的后边，半山腰中有个石坛，比较平坦。传说："夏禹遇到神女，神女就是在这个地方把符书送给禹的。"在石坛上我看十二峰，就像屏障一样。这一天，天空晴朗，四周没有丝毫云烟，只有神女峰上有几片白云，就像凤凰、白鹤在那里或舞或步，很久也舍不得散去，这也算是很奇异的一个现象吧。

陆游就这样一共在四川待了9年，从夔州、蜀州、嘉州，再到荣州，他辗转四川各地。这个一生都没能加入战斗的战士，把他最好的年华给了巴山蜀水。偶尔，在夜深人静，在巴山夜雨的时候，他也会想起山阴的老家，想起他的沈园和唐婉。

淳熙五年（公元1178年）春天，冰清玉洁的梅花正在兀自开放的时候，陆游带着家人出蜀东归。这一次，他什么也没有带走，除了后来辑成的《剑南诗稿》……

著名策划专家王志刚曾将成都比喻成一个超级泡菜坛，说它不但泡菜，还泡人的灵魂。如果我们把这个成都放大成四川，这个道理同样成立。因为，四川的每一户人家里，都有陈年的泡菜，匆匆的过客，又怎么能够抵御这种味道的融合、浸润呢?

南来北往，入蜀出蜀，都成为一个情结。出蜀是属于四川人的，而入蜀是属于全中国人的。当80岁高龄的金庸先生仍要入蜀一游，然后赞叹一声"终于到四川了"的时候，入蜀其实就已经成为了一种象征——回家的感觉，真好!

第七章
蜀中敢为天下先

由于地利的限制，交通闭塞，信息不灵，这仿佛是套在四川人脖子上的紧箍咒，然而越紧，四川人就越要挣脱和反弹。所以，穷则思变，四川人愈是闭塞便愈思开通，愈想打开眼界，不做井底之蛙，正因为这样，四川人往往敢作敢为，勇于开放、敢于创新。所以不论在古代、近代还是现当代，四川人往往容易例腾出一些惊天动地，让世人目瞪口呆，敢为天下先的事情来。

鲧首先造城，大禹以疏治水，李冰建造都江堰，巴寡妇清成为中国历史上第一个女首富；汉代第一才子司马相如和富家女卓文君上演的第一场惊世骇俗的私奔，史上最牛川妹子武则天当上中国第一个女皇帝，卢作孚以航运救中国，总设计师邓小平的改革开放福泽天下，巴金的敢说真话和世纪良心，百年信史的民间布道者樊建川，中国最大的石刻拯救者朱成……以及古蜀人开创了以成都为起点的中外交流通道“南方丝绸之路”，最早把中国的名称China传播到西方世界，世界上最早的纸币交子，从五代的《花间词》到上世纪80年代四川人掀起的一次次诗歌先河，“引起中华革命先”的四川保路运动，抗日出川的300万川军等，这些无疑已经成为了四川人最为骄傲的篇章。

改革开放以来，四川人更是频频出招，敢为天下先，让人击节赞赏。新中国第一家典当商行——华茂典当服务商行——在成都开业；四川广汉向阳人第一个摘下了“人民公社”的牌子；新中国第一支股票——“蜀都股份”——在四川诞生；成都宁江机床厂在《人民日报》登出第一个广告，新中国第一所私立学校——光亚学校——在成都诞生……

公元1001年前后的几年间，即在宋真宗赵恒最初的年号咸平，景德年间，一个芙蓉花开的早晨，当时的益州城（今成都城）的大街上车水马龙、南来北往。推车的、步行的、骑马的、挑担的、赶着骆驼的，就从锦江环绕的益州城，走向了历史的深处。这是一个无法复原的现场，今天，我们只能借助一些只言片语去拼贴一个“扬一益二”的时代。

早在晋朝，没有到过四川的左思（公元265~290年）就像今天的一些自由撰稿人一样，靠一种想象和道听途说，写下了一篇气势辉煌的《蜀都赋》：“既丽且崇，实号成都……市廛所会，万商之渊，列隧百重，罗肆巨千，贿货山积，纤丽星繁，都人士女，袨服靓妆。”唐五代后蜀期间，韦庄在其《怨王孙》一词中也如此兴奋而欣喜地描绘蜀地的繁华美景。那时候他一定是站在高楼上频频打望着被俗称做“四川妹儿”“幺妹儿”的四川美女：“锦里蚕市，满街珠翠，千红万妆……日斜归去人难见，青楼远，队队行云散。”这是一个多么繁华而时尚的城市，仿佛就是一千多年前春熙路的前世。喧闹中，是偏安一隅下四川人的优雅和迷人，他们从容而安逸的生活，让人心生无端的羡慕。

这的确是一个繁盛至极、摩肩接踵的城市。据说，在那时候，四川人就搞起了会展经济和西部博览会，并且月月不断，赚了个盆盈钵满：一月灯市、二月花市、三月蚕市、四月锦市、五月扇市、六月香市、七月宝市、八月桂市、九月药市、十月酒市、十一月梅市、十二月糊符市。每每掌灯打烊，商人们眉开眼笑地数着一堆堆铁钱，那种感觉啊拿今天四川人的话说，就是他虾子简直乐欢了，爽

成都锦里步行商业街。传说锦里曾是西蜀历史上最古老、最具有商业气息的街道之一，早在秦汉、三国时期便闻名全国。锦里现为成都市著名步行商业街，与北京王府井、武汉江汉路、重庆解放碑、天津和平路等老牌知名街市齐名，号称“西蜀第一街”。

呆了，巴适安逸惨了。难怪唐代的范阳人卢求要对四川情有独钟，他在《成都记序》中就口气不小地宣称，扬州算老几？它连成都的一半都比不上："大凡今之推名镇为天下第一者，曰扬、益。以扬为首，盖声势也。人物繁盛，悉皆土著，江山之秀，罗锦之丽，管弦歌舞之多，伎巧百工之富。其人勇且让，其地腴以善，熟较其要妙，扬不足以侔其半。"

可是，当时成都的繁华喧闹的大街上，往往有这样一番今人会看了忍俊不禁的情景：一个老板后面，几个大汉气喘吁吁地背着现钞走在后面，那可是1000贯就重达25斤的铁钱；而当时买一匹布，就得小钱120斤、大钱24斤，买一匹好布甚至得需铁钱两万，重约500斤，要用车拉或几个大汉抬。这个"背钱"运钞的差使，可不像警匪片里给黑社会老大提保险箱的那种黑衣墨镜保镖的日子好过，这可是背的铁坨坨啊！活生生的人拿来充当运钞车啊！

不知道是谁灵光一闪，在那些汗流浃背的背钱大汉的身后，一个大胆的想法诞生了。这个富有球星思维的也就是说富有想象力，鬼点子多花花肠子多板眼儿多的四川人，他想到了要用纸来造钱。或许，这个人本来就在益州从事造纸和印刷业，要知道，当时成都的印刷造纸都是全国响当当的，早在唐代，宫廷藏书的制定专用纸就是成都产的益州牌麻纸。而中国历史上最早的印刷品《陀罗尼经咒》，也是在唐时，由成都府成都县龙池坊卞家刻印的。而唐时的薛涛私下做着玩的信笺，也曾经风靡全中国，很有可能还由老外带到世界各地从而风靡全球。总之，这个四川人有了一个新奇大胆的创意，把铁变成纸，于是世界上最早的钱币——交子——出现了：

> "交子"是当时的四川方言，即票证、票券概称，有"合券取钱"交易之意。"交子"用四川特产的楮树皮纸印刷，朱、墨两色套印，有文字、图案，当时又称为"楮币"，在宋太宗淳化年间（公元990~994年）开始在四川流通。

这的确是一个敢为天下先的想法，你就靠一张印刷过的纸片，就可以让人家拿货真价实的铁钱给你换，我凭什么相信你啊？然而四川人的确做到了。交子最先是在民间流通，很快被大家所接受，虽然也曾因为没有规范管理而出现过一些纠纷，然而终于在某一天，被政府所认可了。

首先首肯的是宋太宗、宋真宗两朝名臣，这就是时任益州知州的山东人张咏。

据巴蜀文化研究学者郑光路在《成都商业文明的历史辉煌》一文中记载，这个张咏可是历史上出了名的急性子人：有一次戴着帽子吃“抄手”（馄饨），头巾带子太长，几次掉到“抄手”碗里。张咏火冒三丈，一把将脑壳上的帽子扯下来塞进汤碗，大吼：“你吃，你吃，老子不吃了！”

然而，就是这样一个火爆脾气的人，却在处理四川出现的民间交子纠纷的时候，没有“一刀切”“一棍子打死”。他对交子铺户进行整顿，剔除不法之徒，最终专门指定了益州16户有资质有雄厚资金做后盾的富商来经营“交子”。并且他规定16户“同用一色纸印造，印文用屋木人物，铺户押字，各自隐密题号，朱墨间错，以为私记”。这是景德年间（公元1004~1007年）的事情，也就在这期间，宋真宗赵恒用他的第二个年号为一个生产“影青瓷”的地方命了名，这个地方就是今天的景德镇。

宋仁宗天圣元年（公元1023年），政府设益州交子务，由京朝官一二人担任监官主持交子发行，并“置抄纸院，以革伪造之弊”，严格其印制过程。益州交子务可谓世界上最早的中央银行。第二年，宋政府开始印刷发行“交子”。此种“交子”铜板彩印，上面印有鸟兽、花纹、图案或故事等，精美异常。这也是我国最早由政府正式发行的纸币——“官交子”。

到了元代，纸币制度进一步得到了完善和发扬。意大利旅行家马可·波罗在其于公元1298年撰写的《马可·波罗记》中，就详细介绍了我国纸币印制工艺和发行流通的情况。从此，欧洲人了解了纸币。今天，世界上对马可·波罗是否来过中国有所质疑，然而有一点是明确的，他至少听人说起过在东方有一种神奇的东西，这就是印制精美的中国纸币。美国学者罗波特·坦普尔曾经感慨地说：“最早的欧洲纸币是受中国的影响，在1661年由瑞典发行的。”而中国最早的“交子”要比西方国家发行纸币早六七百年。

今天，如果你到成都，你会看见有一条被命名为“椒子街”的街巷。据说这是宋代益州交子铺户最密集的街道之一，而“椒子”其实就是“交子”的讹传。成都的货币收藏家还考证出，宋时的官方发行的交子印制地在成都城西的净众寺，即今成都西门金花桥一带。可惜，我们无法考证出这个最先想出“交子”的四川人的姓氏和身世。今天，成都的大街小巷更加繁华而从容，如云集般的时尚美女任由我们打望，只是，那第一个怀揣着“交子”的人呢，是否也正从我们身边悄然经过……

但凡上了一点年纪的老成都人大都还记得，他们小时候淘气，大人会用这样的话语来吓唬他们：“你再闹，看大头猫来了！”或者“你再不听话，赵尔丰来了！”有了这个威慑，小孩们一般就都会乖乖的！这个“大头猫”和“赵尔丰”是何许人也？有着这般可怖？

“大头猫”是“赵尔丰”的绰号，而在川人的眼里，打过义和团、杀过川蛮子的赵尔丰是个嗜血成性、杀人不眨眼的屠夫，所以老百姓也喊他“赵屠夫”。

这个“赵屠夫”是清朝末年宣统年间的四川总督，是清廷在四川的最后一任总督。今天，我们提到他赵尔丰，一般就会想到导致这个刽子手被砍了头的，四川人掀起的一场轰轰烈烈的敢为天下先的保路运动。

保路运动从狭义上讲，是特指1911年湘（湖南）、鄂（湖北）、粤（广东）、川（四川）等省人民为保卫川汉、粤汉铁路路权而掀起的爱国运动；而从广义上讲，则是指辛亥革命前10年间中国人民为收回保卫铁路利权而进行的一切爱国运动。

保路运动是源于鸦片战争以后西方资本主义列强对中国铁路权的攫夺。其前身是1903年左右在全国范围内掀起的收回铁路权运动。从1864年起，为推行殖民政策，英国人斯蒂文生为英国怡和洋行规划中国的铁路网络。到1898年，比利时、俄国、法国、英国、美国、日本先后垄断了中国的铁路修筑、经营权权。据统计，到了1911年中国共有铁路约9618公里，然而西方资本主义列强控制的铁路就达8952公里，占了93%。腐败的清朝政府，就这样一次次签订丧权辱国的条约，把自己的经济命脉、国家命脉拱手送给了外国人，就好像一个人乖乖地把脖子伸进人家早已系好的绳套里一样。

但其实老百姓早就认识到了路权的重要性，当时有识之士一针见血地指出：“亡人之国者，计无巧妙于铁路者。夺取铁路权是灭亡中国的最毒辣的方式。”所以有学者指出，保路运动，首先是从收回路权运动开始的。而中国人民之所以掀起收回路权运动，乃是由于铁路利权的丧失，国家资源的被盘剥，人民生活的水深火热。在收回路权运动中，留日学生江元吉割肉血书的“流血争路，路亡流血；路存国存，存路救国”之语，很能够代表当时中国大众的普遍觉悟。

路权丧失，就等于亡国，在这样的大背景下，“商办铁路”的呼声日益高涨。一些爱国志士和绅商倡议自筹股份，由中国人自己来修造铁路，以保路权而救危亡。1911年5月，清政府将已经由民办的川汉铁路强行收归“国有”，随后又暗中将筑路权出卖给了英、法、德、美四国银行团，此举激起了四川人民的强烈反对。这次川汉铁路筹款，共集纹银1500万两，而且路已经开建了，但是清廷不但把老百姓的集资款收归“国有”了，而且只字不提退款的事情，更为可气的是，清廷收回去根本不是为了国家的利益，而是拱手又把铁路出卖给了洋人。

6月17日，成都各团体5000多人在四川铁路公司开会，讨论借款合同对于国家与铁路存亡的关系。组织到会人士情绪激昂，与会群众皆痛哭失声，就连来维持秩序的8个警察也深受教育和感染，丢了警棍伏在一边一同号哭起来。这次会议，成立了保路同志会，推举立宪党人蒲殿俊、罗纶为正副会长。会后，保路同志会发动了到总督衙门的请愿活动。由80岁的翰林院编修伍肇龄老人带头，罗纶、刘声之、邓孝可等一大群绅士随后。一路上，市民不断加入，直奔总督衙门。据说，这种由绅士们带头，群众参加的游行请愿，在清朝专制统治下的四川是破天荒的头一回。

继保路同志会成立后，全川各地闻风响应。四川各府州县相继建立分会，广大学校师生成立了学界保路同志会，妇女组织了“四川女子保路同志会”，入会者达数十万人。

川人的这种爱国热情可见一斑，后来的川人出川大抗战，川人的捐款捐物，都可以看成是这个事件的延续。本来，清廷认为四川这块地方是最不容易出事的，因为在当时，全国的保路运动闹得最凶的主要是江浙一带。但没想到四川人这一闹，简直一发而不可控，再加上驻川外国人的恐慌和西方列强的施压，清廷陷于一种非常难堪的窘境。气极败坏的清政府撤换了护理四川总督王人文，派素有强硬手腕、臭名昭著的刽子手赵尔丰由川滇边到成都接任四川总督，并要他严厉弹压四川保路运动。

1911年8月2日，这个赵尔丰坐着一乘八抬大轿悠闲地来到成都就职。对于四川人的闹事，他早有所闻，然而他并不把这些“刁民”放在眼里，只是轻蔑地一笑。他一到总督府，就不顾四川人民的强烈反对，于8月中旬强行收回了川汉铁路宜万段路权。消息传开，四川人被彻底激怒了。

8月24日，群众性的罢市罢课风潮在成都发端，迅速席卷全川各地。成都的罢市、罢课，使清政府感到岌岌可危而恐惧不安，于是清帝急令赵尔丰“切实弹压”。赵尔丰急忙召集相关负责人和各代表，软硬兼施，强令开市开课，但四川人已经不买账了。

这里面有一个让人捧腹的小插曲是，为了不落暴动的口实给清廷，表示他们的争路并非反叛朝廷，四川人连夜印发“圣位牌”，正中写着“德宗景皇帝之神位”，两边写着“庶政公诸舆论”“铁路准归商办”，要各家供在大门口，焚香膜拜，朝夕哭之。在各街道中心，点搭起“皇位台”，上设香案，供光绪牌位，悬“文官下轿，武官下马”的牌子。本街同志协会每天在此开会，颂扬先朝皇帝，声讨当今贼臣。

这简直就是一出非常精彩的川戏，“它既适合于当时人民群众的觉悟程度，又剥夺了统治者任何反对的借口，而且无论任何官员从这里经过，都得下来步行，完全丧失了他们平日的威风”。因为供的是皇帝神主牌，又是百姓公意，警察也不敢加以干涉，赵尔丰更是不敢轻举妄动，无可奈何之际他只得奏报朝廷。四川人这种歪点子，简直把四川人常有的幽默和智慧发挥到了极致。这使得清廷哭笑不得，无计可施。当时川人的歌曲也上来了，比如说这首《罢市罢课后进行歌》：

罢市罢课阶段已经过，
不对症的方儿怕难起沉疴，
倒不如掉张单子换副药，
另想个办法来对付他。

这首歌一出来，简直把赵尔丰的鼻子都气歪了，这不是公然挑衅是什么？赵尔丰的肚子里窝满了火。也许，那时候，这位杀人见得多了的赵大人也真的体会到了一种虎落平阳遭犬欺的感觉。

9月7日，赵尔丰假装说商议路事而将保路同志会、咨议局和铁路公司的一干首脑骗到了总督衙门加以逮捕，并迅即查封了同志会、铁路公司及《西顾报》《启智画报》等与保路有关的报刊。同时，他发出告示，杀气腾腾地叫嚷："朝廷旨意，只拿数人，均系首要，不问平民。首要诸人，业已就擒，即速开市，守分营生。聚众入署，格杀勿论。"

然而，这次赵尔丰错了。蒲、罗等人被逮捕的消息一经传出，成都全城震动。老百姓们纷纷扶老携幼，号泣喊冤，数万人不约而同地从四面八方涌来，手握香烛、头顶光绪牌位，潮水般地齐奔总督衙门请愿，要求释放蒲、罗等人。

慌了神的赵尔丰，竟下令其卫队屠杀手无寸铁的请愿者。一时枪声大作，群众纷纷倒在了血泊之中，当场死亡30多人。赵尔丰又派出巡防军手持枪械，开枪乱射，并令马队出击，横冲直撞，践踏群众，造成了请愿群众数百人的死伤。

那一天，正好是当年的"七月半"，整个成都城沉浸在一种悲哀中，然而一种看不见的力量却在蓄积。血案发生当晚，龙鸣剑等人就连夜赶制了数百块木片，在木片上写下"赵尔丰先捕蒲、罗，后剿四川，各地同志速起自救自保"的文字，投入锦江，这就是著名的四川人以聪明才智发明的"水电报"。下游各州县见到"电报"后，纷纷揭竿而起。

9月25日，同盟会会员吴玉章、王天杰宣布荣县独立，这是辛亥革命时期中国第一个独立的县级革命政权。进而四川全省爆发反清大起义，成为武昌起义的前奏。

1911年10月10日，由于端方带领新军入川镇压，湖北空虚，武昌起义成功。11月22日，重庆起义成功，成立了蜀军政府。11月27日，成都宣布独立，成立了大汉四川军政府。至此，清王朝在四川的统治彻底覆灭。12月22日，赵尔丰被枭首示众。

四川保路运动是四川人敢为天下先的一次最有代表性的历史出场。孙中山曾经说过："若没有四川保路同志会的起义，武昌革命或者要迟一年半载。"四川保路运动也"暴露"了四川人的觉悟和义气。当他们纷纷走上街头，把国家顶在头顶上的时候，生命就已经置之度外了。这正如5·12汶川大地震，一个个四川人走向灾区，走向献血的队伍，走向志愿者的行列一样……

5·12汶川大地震发生后，有一个四川人的言论因为独特而招致全国人民骂声一片，使自己置身于风口浪尖，这个人就是"范跑跑"。我们姑且不谈"范跑跑"的言论和思想是否有问题，但我们不可否认的是，"范跑跑"这种敢说天下人不能说的言论，的确很能够代表四川人敢为天下先的那种一往无前的创新、突围、破盆的精神。

虽然，"范跑跑"不是四川人敢为天下先的正面教材，但其任教的学校——都江堰光亚学校，却是1949年后中国大陆第一家私立学校——光亚学校，其校长是敢吃第一只螃蟹的被称为中国民办学校的第一人——卿光亚。

对于自己的"敢为天下先"，卿光亚曾经解释说，其实是缘于两个原因：一是身为黄埔军校第五期毕业生的父亲在晚年有一个愿望，办庙或者办学校；二是他6岁的儿子该上学了，但是以前对教育并不关心的他发现学校太简陋，又不方便，每天要接送，更要命的是他考察一番后，发觉那种应试教育真的有问题。这两个原因加在一起，于是一个自己来办学的想法就形成了。并且，他想按照自己的想法或者说梦想来教孩子。

当时，拉过小提琴、做过导演，并已经在省文化厅工作了11年，做了科长的卿光亚，为了他的民办学校的梦想，还是毅然地辞职下海了。别人不敢做，做了也很难做到的事，他却想去杀出一条路子来。

卿光亚记得一个个让他很感动的细节，当时在私人办学没有国家红头文件依据，教育行政部门不便表态的情况下，卿光亚因为父亲的关系，和自己从小与政府领导打交道的能力，成功地获得了成都市委个别主要领导的支持，甚至把绿灯开到这样的程度："你去办，有任何问题往我这里推，推到我这里为止。"当他在选址的时候，遇见都江堰市当时的市委书记徐振汉。聊到投资办学的事时，没想到徐振汉很感兴趣地对他说：“就办在我们这儿吧！来我们这儿办啥都有，就还没有要办学的。”事情突然得到转机，学校很快拿到了“办学许可证”，中国自1949年解放后现代意义上第一所私立小学，一所独立校园、公开标价的私立学校——光亚学校——诞生了。学校有了，还要有学生。当时，私立学校对于公众还是一个相当陌生的概念，能否招到学生，卿光亚心里也没有底。卿光亚在《四川日报》头版打的招生广告，是当时该报的总编姚志能亲自批准的。

卿光亚的广告打得特别好，今天看来是习以为常的私立学校，在那时，却不亚于惊世骇俗：一是全日制学校，可以住校；第二是落实小平同志的“三个面向”（面向世界、面向未来、面向四个现代化）；第三呢是外籍教师直接教学授课，三分之一的外教比例，这在全国中小学中也是绝无仅有的；第四是住校生可以24小时冷热水，相当于当时最贵的宾馆的生活；第五是教室配空调、钢琴。还有一句挺煽情的广告词：“无论您在改革开放的战场上拼杀得多么辛苦，但您放心您的孩子在光亚学校学的是正规教育！”

结果成都人接纳新生事物的热情超出了卿光亚的想象。那年他们计划招100个，结果2000人来报名，当时招生点定在岷山饭店，结果岷山饭店被挤得无法正常营业，只好临时转到了旁边的盐道街小学。盐道街小学因此见证了那个美好壮观的历史现场，至今，卿光亚想来依然如坠梦里。最后他们招了150个，卿光亚的儿子自然成为光亚学校的第一个学生。

当然，其间也有一些波折，但作为中国第一个民办学校，光亚学校在中国教育界的意义是无法低估的。做过许多年电影导演的卿光亚在毫无办学经验、毫无可借鉴的情况下，竟然就为中国整个的民办教育撕开了一个出口。

事实上，光亚学校的诞生在当时是一个惊动四方的大事件，它标志着中国源远流长的民间办学传统被阻断四十多年后得以重续，并且开启了新中国以来，民办学校的一个新的成功模式和办学概念。光亚的成功具有示范的效应，在光亚出现的第二年，各地的私立学校如雨后春笋般地冒了出来。1993年，四川也迎来了民办教育发展史上的第一个高潮，这一年成都就有8所民办学校同时登台亮相……

如果说卿光亚是当代四川人敢为天下先的典型，那么被《凤凰周刊》称为“百年信史的民间布道者”的樊建川，则更具有传奇色彩。其表现出来的那股四川人的闯劲和能量，足以让世界惊叹。作家魏明伦说：“听听樊建川讲他自己的故事吧，那是一部传奇。”而极具权威的《凤凰周刊》这样介绍他的出场，也足可见这个四川人的非同小可：

> 我们郑重介绍樊建川这个人，是因为当代中国，拥有特殊理想主义情结和历史使命感的这代人，在个人事业获得成功后，已悄然开始承接本应由全社会共同承担的责任。由房地产商变成收藏家的樊建川，就是这个群体中的特殊一员。
>
> 作为全社会宏愿的一个开端，樊建川那些几乎是妄想式的博物馆，今天已孤独但却真实地出现在我们的视野里。虽然，某种程度上，它是那个特殊时代的产儿——一种唐吉诃德式的理想主义追求。
>
> 复苏一个民族健全的历史记忆，显然不能只靠一个樊建川和他的建川博物馆聚落。
>
> 如果，若干年后，我们要看一九〇〇年至二〇〇〇年的历史，还要到四川成都，对樊建川来说，或许是他个人的成功，但对民族而言，则是不幸。
>
> 也许，若干年后，我们这个国家发生的变化，将使樊建川的一己之力显得微不足道，但是，我们不应忘却，当年正是这个人，是这一非凡事业的试水者。

樊建川的建川博物馆聚落，是中国规模最大的私立博物馆，占地500亩，计划投建25个博物馆，现在已经建成开放抗战、民俗、“红色年代”三大系列10多座分馆、两个广场，收藏文物超过800万件，其中“文革”时期的老报纸就达到100吨。

樊建川身上有知青、军人、副市长、商人、收藏家、作家等各种角色，其本身就像一件文物一样，很具有传奇色彩。他，军人家庭出生，父亲曾是一名历经战斗的老军人。他本人，也曾是一个军人。但他的“牛”，也许就是从当兵开始。当年眼睛近视，征兵时本想蒙混过关，被人检举后，一般人肯定没戏了，但他找到接兵的军官，大大方方展现了一番自己的吹拉弹唱，说话又诚恳又实在，渴望入伍的拳拳之心毕现，结果军官毫不犹豫地把他带走了。按常理来想，樊建川也就当当文艺兵了事，可他哪里是按常理出牌的人，在部队，他不但成为特等射手，还上过军报，一等一的标兵。他还打过对越自卫反击战。转业的时候，很多人说他“不善于做官”，可他竟在五年内完成了从基层办事员到宜宾市常务副市长的升迁。

1993年，樊建川又放原子弹，本来都可能成 为宜宾市长了，但他居然就辞职下海了，那时他才36岁，在对自己而言完全是一个全新的行业里白手起家，并且是离开家乡，离开根据地，到成都创业，5年内又从一个打工者成为企业的老总。他旗下的建川集团现有总资产十多亿元，员工上千人，已成为集房地产业、文化旅游博物馆业、高端酒业等传统与新兴行业并举的集团公司。而让他扬名的还是他的博物馆，他与那些文物的故事以及他信守的那句话：“为了和平收藏战争；为了未来收藏教训。”

他的收藏弥补了中国民间收藏物证严重不足和流失的抗战、“文革”主题。樊建川还为博物馆群发明了一个新词：聚落。凡是1900年以来中国发生的灾难和重大历史，都准备建博物馆，甚至考虑增加一个华夏名人系列，他说：“将来要想看这100年的中国历史，还得到我们大邑的博物馆聚落来。”

在樊建川眼里，有展览无教育的博物馆是很糟糕的。他的建馆理念就是“重在教育”。用实物，用实物背后的故事实实在在地教育——在传承中铭记，在铭记中受训，在受训中传承。对此他做到了，每一个站在建川博物馆里的人无不热血重新喷涌——知国耻，做新人的感觉。

大多数人只看到樊建川的传奇，可对他来说，传奇的支撑点只有一个：唐吉诃德式的理想主义追求。这追求绝不是天马行空的想象，诗人一时的神来之笔，而是来自中华民族五千年来历经苦难而又生生不息的顽强而深厚的生命力，来自一代又一代优秀儿女的前赴后继、不懈奋斗。樊建川就是这样的人中的一个，目光深邃，胸怀博大，充满了责任感——为了民族的尊严，为了祖国的富强，为了人类的和平，甘愿付出一切。他庄严地写下这句话：四川——民族复兴的根据地。不理解这一点，是无法理解樊建川有时看起来是疯狂、有时看起来是傻乎乎的举动的。

著名学者冉云飞在《四川敢为天下先的三个偏方》一文中，以独特而怪异的角度分析了四川人的这种敢于天下先的精神特质，可谓真知灼见。

这第一个偏方是“独特得像残疾人”：说从古代的四川人“纵目”，到甲骨文上的“蜀”字的奇特造型，“不用恭维，敢长成这样，是得有一定勇气。……古代的四川人，也是敢为天下先的，他们的第一个举措，便是长得天下无双，独特得像残疾人。四川人是聪明的，做出成就与否，暂且不论，先把自己长得独特一点，弄成稀缺资源再说”。这第二个偏方是“忍到极致催新芽”：说“四川人又一个‘敢为天下先’的地方，就是特能忍耐。能忍别人不能忍耐之事，且能率先忍耐，并给别地民众做出榜样”，“能忍天下人之不能忍。但四川人的忍，最终是要爆发的”，“因之‘天下未乱蜀先乱’，敢为天下先。这一乱下来，还收不住缰，‘天下已治蜀后治’，乱也给你乱个够”，“平日里，四川人特别是成都人很有娱乐精神，他们不理会那些大言玄玄的教导，但在国家动荡的时候，他们便会拼掉老命保家卫国。这就像太平岁月里，中国其他地方的人也许察觉不到四川的好处来，因为没有受到实际的恩惠而有所忽略。宋末元初四川抵抗蒙古五十一年且不去说它，单是川人对抗战的贡献，是怎么夸奖都不过分的。四川人特别是成都人，平日里好像血性全无，但川军出川抗战是很卖命的，像王铭章、李家钰、饶国华这样为国捐躯的将领并不在少数。这也是爱玩贪耍，懂得生活的四川人，在非常时期的特殊表现。平日里他们好像很能忍耐，好像并无心肝，但关键时刻，他们会像沉寂的火山一样突然爆发了。”

这最后一个偏方更让人叫绝，这就是“自产敌人救四川”，说的是四川人可贵的自我批评：“赞美四川最多的是四川人，批评四川最厉害的也是四川人。正是这些批评者给四川人提了个醒，使其不易沉醉酣睡，时常想到别人跑到前面去了，自己应该迎头赶上才是”，“近到上个世纪八十年代，四川依然有一批内部反水者，对盆地意识进行了比较好的自我批评。内部反水者，至今不绝。正是这样的反水者，促使四川人时刻自我反省，同时成就了四川人敢为天下先的意识”。

冉云飞特别举了一些这种自我批评的经典案例：

公元前135年，汉赋大家司马相如受汉武帝的指令，回四川处理开发西南夷的急务。他在代汉武帝起草一篇《喻巴蜀檄》的广而告之的文章后，发觉父老乡亲并不买皇帝的账，更不买他这个出尽风头的老乡的账。因为其中有二十七名蜀中名宿耆老说开通西南夷实在劳民伤财，毫无必要。于是司马相如便写出他的“反水”名篇《难蜀父老》，其中最著名的几句，就是今日看来，也是警策我们四川人的金玉良言，“世有非常之人，然后有非常之事，有非常之事，然后有非常之功。”“蜀不变服”，“巴不化俗”，那么巴蜀便会止步不前。事实上，正是因为西南夷道的开通，才迎来了成都及四川的第一次大发展，成都才发展为长安之外的第二大城市。1908年，自贡人雷铁崖发表了震惊全川的《警告全蜀》檄文，抨击四川人的三病：自私病、推诿病、依赖病，以期唤醒四川的自强。于后不久便爆发了影响辛亥革命的四川保路运动，以至雷铁崖在1911年写《滑头成都佬》时，也不忘成都人对保路运动的贡献。堪称“成都之子”的大作家李劼人先生也在诸多地方，对四川人懒惰和苟安心理提出批评，在《暴风雨前》的小说中还借青作赫又三之口，作了深切的评论。

> 著名学者任乃强先生曾于二十世纪二十年代编就一本《乡土史地讲义》，里面对四川人的仪容、器量、性情、好尚多有批评。五老七贤之一、教育家徐炯三十年代初曾写下《异哉所谓川人治川者》批评四川人之排外。1936年著名科学家任鸿隽、作家陈衡哲夫妇在四川的遭遇，更是说明彼时的四川人之排外，听不进批评意见。重庆垫江人任先生到川大任校长，邀国内外的新派学者到川大教书，遭到保守的四川学者的抵抗。与此同时，陈衡哲先生在《独立评论》上发表《川行琐记》，批评四川的诸多不是，引起四川许多褊狭者的抗议，不到两年时间只好离开四川。尽管有褊狭者的继续护短，但对四川的批评声音却从来都没有停止过。继陈衡哲先生之后，教育家黄炎培先生所出的《蜀道》也对四川多有批评。正是这些批评，成就了抗战时期四川对全国各地人民的包纳，让这些失去故土的流亡者，为四川各方面的建设尤其是文化建设做出了不可磨灭的贡献。

这样持之以恒的自我批评与反省，四川可谓是独一无二的，这种敢为天下先的精神，殊为难得。也许，正是在这样敢为天下先的精神熏陶下，四川历史上才会人才济济——即使外地人到了四川，也会镀一身金回去。在新中国十大元帅中，就有四位是四川人，这不是偶然的；当四川人邓小平引领着中国人走向改革开放的时候，这也不是偶然的；当四川人陈子昂吟出“前不见古人，后不见来者”的时候，这还不是偶然的。——敢为天下先的精神，是四川人最为宝贵的品格和个性。

第八章 四川亡则中国亡

——四川为中国提供大后方和避难所

20世纪是人类最具激情和实现梦想的伟大时代，但它的上半个50年也在人类历史上留下了最深重的灾难记忆。两次世界大战，不仅让上亿生灵涂炭，世界格局重新划分，也在人类作为一个物种的群体心灵上留下了难以抹去的伤痛。而对于中国来说，由于曾经一衣带水的日本步步紧逼，面临的则是5000年文明以来的最大危机——若不举国抗争，结果就会是康有为所说的“亡国亡种”。

对于四川而言，19世纪末到20上半叶实在是令人沮丧，不要说世界范围内的现代化变革与四川无缘，且因为身处内陆盆地，信息闭塞，自给自足的农业经济超常稳定，对于变革时代中国历史上影响深远的洋务运动、戊戌变法、辛亥革命、北伐战争等，四川也是置身局外。内乱、贫穷、猥琐，再加上四川人身材矮小，吸食鸦片者众多，极少有人将革命的信心和目光投向它。

四川大地震后，流传着这样一句话：“川人从未负国，国人决不负川。”这句话主要是说，在中华民族历史上面对两次外族入侵时，四川曾经举省全民抗争，四川人口几乎丧失殆尽。

天府之国从来就是中华大后方，抗战时期，蒋介石在重庆说过：“只要四川不亡，中国就不会亡。”据说当年孙中山先生留给蒋介石的一句教诲也是：“外战入川，内战进湾。”

四川总是在国难的时候才彰显他的价值，在最危急的时候，成为国家的避难所和复国的基础。它的强大的韧性是双重的：和平时代被人藐视遗忘，国难时代超出常规地默默付出。这可能就是身居中国文明与地理等多重分界线所必然具有的宿命。

事实上，自“湖广填四川”以来，清政府主要是以减免税赋的方式来鼓励移民。这种政策带来的结果是：大量的财富藏于民间，将在日后抗战时期的“献金运动”中得以展示；另一方面，虽然四川近代资本主义并不发达，但它的农业经济也没有受到大的打击，即使是几乎让清政府停止喘息的太平天国起义，也丝毫未触及四川。四川军阀间有限度的混战对生产力的破坏，比起东南沿海和中原的破坏程度来说，几乎可以忽略不计。经过整整300年的文化与经济的自我修复，它已经再次具备了作为国难时刻的避难所与复兴基地的能力。

1931年9·18事变，日本占领中国东北三省。日本妄图占领整个中国的意图日趋明显。

1935年，蒋介石在重庆以《四川应作复兴民族的根据地》为题作公开演讲：“就四川地位而言，不仅是我们革命的重要地方，尤其是我们中华民国立国的根据地。无论从哪方面讲，条件都很完备。人口之众多，土地之广大，物产之丰富，文化之普及，可说为各省之冠，所以自古即称天府之国，处处得天独厚。”

同年10月8日，蒋介石又在重庆以《四川治乱为国家兴亡的关键》为题的演讲中指出，在与日本大战爆发前，只要四川能安定，腹地能建设，中国一定不会灭亡，而且定可复兴。在中日战争正式爆发后，无论中国的东北、华北以及长江中下游出现什么乱子，只要大西南存在，国家必可复兴，即使只剩下四川一省，天下事也还是大有可为。

1937年7月7日，抗战爆发。1937年11月，淞沪会战失利，日军迅速逼近国民政府首都南京。11月20日，国民政府发表宣言，正式宣布迁都重庆，以重庆为战时首都。此后，重庆与华盛顿、伦敦、莫斯科并称为世界反法西斯战争的四大名都。

在中华全民族的八年抗战中，四川作为大后方与复国的基地，承担了巨大的牺牲与责任。由于历史的原因，川军抗战的悲壮历史长期被淹没，特别是以抓壮丁为题材的电影及近年来相类似的电视剧，常常给人留下四川人在抗战中捣乱，偷奸耍滑的印象。直到2005年5月，四川著名历史学者郑光路的《川人大抗战》由四川人民出版社出版，四川人在抗战中的巨大牺牲才第一次真实地、全面地展示出来。

1937年8月25日，从南京参加完国防会议，刚回到成都的刘湘随即发布《告川康军民书》，号召四川军民要为国家利益勇敢承担责任："全国抗战已经发动时期，四川人民所应负担之责任，较其他各省尤为重大！"以前内战不断，彼此互不买账的各路川军名将，在面临国家存亡的大是大非面前空前团结，纷纷请缨抗战。

四川在抗战中究竟付出了多大的牺牲？据郑光路《川人大抗战》一书记载，首先在兵员上，四川出征人数和伤亡人数均列全国第一：

> 抗战全面爆发后，川军七个集团军，另有一军一师一旅共40余万人，先后开赴抗战前线浴血奋战.八年抗战中，川军足迹遍布全国战场，先后参加过几乎所有大型会战：淞沪会战、太原会战、徐州会战、武汉会战、南昌会战、随枣会战、前后三次长沙会战、浙赣会战、鄂西会战、常德会战、豫中会战、长衡会战、桂柳会战、粤湘桂边区会战、豫西北会战……
>
> 除上述川军外，四川每年还向前线输送10万至30万壮丁，成为中国最大的兵源基地。

1943年，抗战最艰难的年头，国民政府军委会督令四川在一个月内征四万五千名优秀青年学生远赴缅甸补充远征军，四川数百所大中学校学生“泣请从军”，十万青年远征军如期奔赴前线，留下“一寸河山一寸血，十万青年十万军”的不朽壮词。

抗战刚结束的1945年9月3日，四川省主席张群发表《胜利日感言》说：四川省在抗战中征集的壮丁，达300万人以上。

曾任军政部长的何应钦曾著有《八年抗日之经过》一书，书中附有《抗战期间各省历年实征壮丁人数统计表》，四川八年总计共征壮丁：2578810人，居全国各省之首，为全国同期实征壮丁1405万的五分之一还强！这个征兵数还未包括西康征的30938人，特种部队及军事学校征的10万人。川康原为一省，如加上此两项数，四川抗战时期实征壮丁数近300万人（此数不包括川各集团军官兵自行回乡募补之人数）……

这个数目再加上出川抗战的川军7个集团军40多万人，总计约350万人。也就是说：十五六个四川人中就有一人上前线。

全国抗日军人中每五六个中就有一个四川人，故又有“无川不成兵”之说。

据何应钦的统计，抗战八年中，川军牺牲巨大；伤亡人数约为全国抗日军队伤亡总数的五分之一，即阵亡263991人，负伤356267人，失踪26025人，共计64万余人，居全国之冠。（郑光路《川人大抗战》）

据不完全统计，经过抗战八年，中国共支出战争费用14640亿元（法币），四川负担了4400亿元，约占全国军费三分的之一。1941年至1945年，四川所收谷麦占全国征粮三分之一以上。不仅如此，在整个八年抗战中，四川人还从本已捉襟见肘的日常生产生活中，节余出大量米粮，慷慨接纳了1000多万外省入川的政府官员、大学生和其他难民，使他们得以平安渡过艰难时期。

抗战期间，由冯玉祥在四川各地带头展开的献粮献金献机运动，是抗战史上的一次传奇。以至于他在各地多次由衷地赞叹：“抗战以来，川省出钱、出兵、出粮、出力甚多。本人数月经所各地，不论男女老幼，莫不热烈响应，人人自动献金，爱国但恐后人，令人钦佩感动。此为四川之光荣，亦为我国前途之光明。”

1943年到1944年，日军最后猖獗，先后攻占中国大片国土。前方战事吃

紧，将士浴血奋战，却因物资供应困难吃缺穿，艰苦异常。

时任军事委员会副委员长的冯玉祥，以中国国民节约献金救国运动总会会长的身份，于1943年11月8日从重庆出发，奔走全川20余县市，往返数千里，历时近一年，讲演数百次……他足迹所至，人人争相献纳。其中既有富绅巨贾，也有低薪公务人员；有穷工人、农民、学生，还有缺手少脚的抗战负伤军人和衣衫褴褛的小贩、乞丐，以及和尚、尼姑、妓女，连看守所的犯人也节食献金……

冯玉祥规定三条原则："一、有钱人出，贫苦人不出；二、不要勉强别人出；三、要感动别人

时任川军第23军军长潘文华中将正在抗日前线。1937年"七·七"芦沟桥事变后，潘文华奉命代理二十三集团军总司令职，出川抗日。11月下旬，潘部一四四、一四七师在长兴、宜兴至湖口之间抗敌，掩护自淞沪战场西撤之国军。接着参加广德、泗安战役，川军一四五师师长饶国华壮烈殉国。

出。”他每次群众大会上亲自讲演，指明抗战必胜，介绍前方战士的艰难，说：“前方将士浴血抗战，四川后方才能过着安定的生活。大家应该同仇敌忾，有钱出钱，有力出力，支援前线！”

据国民党中央宣传部不完全统计：四川第一次、第二次献金总额为6亿至7亿元。这些钱，是四川人民一滴一滴地挤出来的血！这笔巨款，多数用来购买前方急需的飞机、坦克、武器，部分用来慰劳前方将士，有力地支持了抗战。（郑光路《川人大抗战》）

为配合盟国空军，先后在重庆、成都附近九龙坡、广阳坝、菜园坝、双流、新津、邛崃、彭山、广汉、温江、德阳等地修筑和扩建了轰炸、驱逐、运输机场，近300万民工用最原始的工具，在短短半年的时间内填出十数个军用机场，使美国飞机能够直接从成都附近机场起飞轰炸日本本土。这是现代战争史上的一大奇观，四川人完全以手工的方式，赢得了一场战争的胜利。

1945年10月，《新华日报》发表题为《感谢四川人民》的社论，称四川是“历史上最大规模的民族战争之大后方的主要基地”，为中国民族复兴做出了巨大的牺牲和贡献。

1897年以康有为为代表的“公车上书”是近现代史上著名的历史事件。后代的学者往往专注于改革的内容与惨痛的结局，没有人去关注康有为的另一条重要的建议：面对日本的步步紧逼和列强的胁迫，中国如果要避免亡国亡种的结果，就必须迁都，而且迁到远离北京的四川。在时人看来，康有为的建议实在荒唐，一个庞大的帝国，不勇敢地去迎接现代资本主义的浪潮而寻求强大，反而回到保守、闭塞的四川以自守，这显然是一种倒退。

百日维新的结局尽人皆知，清政府也未迁都四川，但康有为确实让四川在继诸葛亮的《隆中对》之后，为开革命之新风的东南沿海人士格外关注。

四川在历史上从来就是国家的避难所与复国的基础。

我们后来书写的历史，更多的是对结果的认同或者否定。只有智慧者才会在过程中去寻找铸就结果的关节点，用以自身的实践。比如秦朝，我们普遍认为，当它在公元前221年最终统一六国，独尊儒术，统一文字，统一度量衡之后，中国从此也就进入了民族与疆域的统一时代。但事实上，这样的结局在公元前316年关于四川的一场争论中就已经决定。

公元前316年，经过孝公用商鞅变法，乡邑大治，秦国已民富国强，于是开始蚕食六国。从当时整个中国的形势来看，秦的实力已日渐强于各国，而秦的兼并战争也日益向着统一全中国的性质转化。秦国的首选目标有两个：一个是韩国，一个是蜀国。在经过激烈的争论之后，秦惠王力排众议，选择了司马错的建议，即先吞并蜀国。就凭这一点，司马错就应该是秦灭六国当之无愧的最大功臣。

司马错现在已经鲜为人知，他是战国中后期威震四方的名将。

《战国策》对司马错伐蜀与张仪伐韩的争论有精彩的记载。张仪认为，秦国应该先跟楚、魏两国结盟，然后再出兵到三川、堵住辕和缑氏山的通口，挡住屯留的孤道，这样魏国和南阳就断绝了交通。楚军逼进南郑，秦兵再攻打新城、宜阳，这样秦国便可以兵临东西周城下，惩罚周室的罪过，并且可以占领楚、魏两国。周王知道自己的危急，一定会交出传国之宝，秦国据有传国之宝，再按照地图户籍，就可以用周天子的名义号令诸侯，天下有谁不敢听呢？这才是霸王之业。至于蜀国，那是一个在西方边远之地，野蛮人当酋长的国家，即使劳民伤财发兵前往攻打，也不足以因此而建立霸业。张仪认为，“争名的人要在朝廷，争利的人要在市场。”三川周室，就是天下的朝廷和市场，秦国不去争，反而争夺戎、狄等蛮夷之邦，这就距离霸王之业实在太远了。

而司马错认为，要想使国家富强，务必先扩张领土；要想兵强马壮，必须先使人民富足；要想得到天下，一定要先广施仁政。这三件事都做到以后，那么天下自然可以获得。如今秦国地盘小而百姓穷，应该从容易的地方着手。秦国得到蜀国的土地可以扩大版图，得到蜀国的财富可以富足百姓；虽是用兵却不伤害普通百姓，并且又能让蜀国自动屈服。所以秦虽然灭亡了蜀国，而诸侯不会认为是暴虐；即使秦抢走蜀国的一切财富珍宝，诸侯也不会以秦为贪。因此我们只要做伐蜀一件事，就可以名利双收，甚至还可以得到除暴安良的美名。如果攻打韩国劫持天子，就要背负恶名，还未必有利。背负不义的名声，是一件危险的事情。请让我说出其中的原因：周王朝是天下尊崇的王室，韩国、周朝是交往最密切的国家。如果周王朝自知要丢失九鼎，韩国自知要失去三条河流，那么两国就必定要起联合起来，通过齐国、赵国，要求楚国、魏国帮助解围。把鼎给楚国，把土地给魏国，任何人都法阻止。这对于我们来说是一件非常危险的事情，不如攻打蜀国那么圆满。

公元前326年，司马错奉命与张仪、都慰墨等率军从石牛道(自今陕西勉县向西南，越七盘岭进四川，经朝天驿往剑门关)伐蜀。在葭萌(今四川广元昭化镇)司马错大败蜀兵，蜀王败逃至武阴(今彭山东)，蜀灭。司马错乘机又灭巴、苴。公元前310年，司马错受命平定蜀乱，诛陈庄。公元前301年，诛蜀侯辉。公元前280年，司马错率巴蜀兵十万人，从蜀地沿江而下，攻楚黔中(今湖南西部及贵州东北部)，迫使楚献出汉北及上庸(今湖北西北部)，实践了他得蜀即得楚的预言。

现代军事理论认为，现代战争的本质打的就是后勤战争。2000多年前的秦灭六国，正是因为秦国占据了沃野千里的成都平原，利用巴蜀两地丰富的盐铁粮食和充足的兵员，才最终完成了六国的统一。有证据表明，在秦灭蜀国之前的100年，成都平原上的都江堰水利工程已经由历代蜀王完成，秦派蜀守李冰修都江堰只不过是一个子虚乌有的传说而已。蜀国正是凭借大禹以来的治水成就独自完成了都江堰工程，并凭此得以强大。而秦先灭蜀而后再灭六国，也是因为都江堰水利工程已经让蜀国变成了天下粮仓的缘故。

秦国因灭掉蜀国而变得空前强大，借蜀地丰富的物产与兵力而统一天下，给后来的政治家、军事家留下了不可磨灭的印象。借蜀地而立国，在秦朝灭亡后，又由刘邦与刘备各自书写了精彩的一笔。

西汉高祖刘邦，在历史上的名声并不是太好，在关于他的个人简历中，几乎都会谈到他早年是一个地痞无赖，后买官当上泗水亭长的不光彩经历。据史书记载，刘邦不太喜欢读书，也不喜欢劳动，他的“无赖”的称号就来自于他父亲经常性的训斥。

刘邦建立汉朝，使中华帝国自此进入了一个长期的繁荣时期，由文景之治到汉武帝的强盛，使中国人的身份标识与文化界定固定了下来，从此“汉人、汉字、汉族”就一直沿用到今天。

柏杨在《中国人史纲》中认为，汉朝史是中华帝国的黄金时代中的黄金时代，在国力上达到空前的强盛，疆域也是扩张到空前的辽阔。由于势力伸展至中亚，中国对世界的贡献与影响也由此发端。

但是，由汉武帝开始，儒学作为一种埋没人性的哲学，开始成为统治者所用的工具。儒家思想成为中华帝国的主流思想，扼杀了由春秋时期开始形成的诸子百家思想，束缚了中国人的思维，但却因此巩固了政治，使中华帝国的政治相对于其他民族来说更稳定。

虽然刘邦未当皇帝时在乡邻的眼中是一个彻底的“无赖”，但他身上确具有战国时代王侯与侠客的气质。史书上不但说他性格豪爽，对人宽容，在当地小有名气，而且胸怀大志。据说，在一次送服役的人去咸阳的路上，刘邦碰到秦始皇大队人马出巡，远远看去，秦始皇坐在装饰精美华丽的车上威风八面，他羡慕地脱口而出：“大丈夫就应该像这样啊！”

公元前209年，秦末陈胜、吴广农民起义爆发，百姓对平时就不太体恤他们的县令很不满，杀了县令后开城门迎进刘邦，又推举他为沛公，领导大家起事。刘邦在老朋友萧何和曹参帮助下，顺从民意，设祭坛，自称赤帝的儿子，领导民众举起了反秦大旗。但在秦末农民战争中还有一支强大的力量，这就是原来楚国贵族的后代项羽和他叔叔项梁。他们在吴中（现在江苏的吴市）起兵，兵力很快达到了近万人。项梁死后，项羽决定和刘邦一起西进关中。

开始时，刘邦也不太顺利，但经过几次战役，刘邦步步西进，最后终于兵临城下，于公元前206年到达了咸阳东边不远处的灞上（现在西安东）。秦王子婴见大势已去，只得献城投降，将玉玺亲手交给了刘邦，秦王朝至此灭亡。

秦王朝灭亡后，刘邦被封为汉王，本想立即发兵攻楚，但萧何等人从楚汉双方的实力出发，主张以汉中为基地，养民招贤，安定巴蜀，然后收复三秦。刘邦采纳了这一建议，于汉元年夏四月经栈道往南郑。又听从张良的计策，烧绝所过栈道，表示没有东向争夺天下之意，以此迷惑项羽。

汉高祖刘邦不但在萧何的强烈建议下，利用巴蜀作为基地打下了天下，在称帝以后，更是组织数万人重修缩短了古蜀道，使关中与蜀地交通，自秦并蜀，二千数百年间，从未中断。同时以巴蜀为出发地全面开发了西南地区。《史记·西南夷列传》中说："西南夷君长以什数，夜郎最大。其西……滇最大；自滇以北……邛都最大。……地方可数千里……其俗或土箸，或移徙，在蜀之西。""秦时常頞略通五尺道，诸此国颇置吏焉。十余岁，秦灭。及汉兴，皆弃此国而开蜀故徼。巴、蜀民或窃出商贾，取其筰马、僰僮、髦牛，以此巴、蜀殷富"。到了汉武帝时，整个西南地区开始纳入全国政治、经济生活。《华阳国志》说："南域处邛、笮五夷之表，不毛闽濮之乡，固九服之外也。而能开土列郡，爰建方州，逾博南，越澜沧，远抚西垂。汉武之迹，可谓大业。"此后历朝政权，包括蜀中割据政权，都重视对西南地区的治理。

到刘备入川前后，四川经济和人口不仅没有衰退，反而游离于全国其他地区经济发展的轨道，出现了继两汉以后经济开发的又一次高潮。正是凭着四川地区雄厚的经济实力，才有后来诸葛亮的7次北伐战争，蜀与魏、吴鼎足之势维持了四十余年之久。

尽管时人对诸葛亮多有评判与反思，但从未动摇过后来者把四川作为国家开业根基与国难复兴基地的观念。宋朝赵匡胤在陈桥兵变后，就坚决地遵循这一原则，在完全征服蜀以后，才统一了长江流域，而且用了整整10年的时间才将四川后蜀的财富转移完毕。

唐朝，永远都是中国历史上令人神往的时代，掀开它的任何一个角落都足以让人眩晕，那是整整300年的绝代风华啊！即使再用500年，强行规定全世界的历史学家只能以研究唐史来评职称，也只能是雾里看花。

所以，当我们面对唐朝这样一幅雍容华丽的画卷的时候，我们很容易忽略有两个小黑点曾经有过向西南移动的痕迹：公元756年，唐玄宗避"安史之乱"进入成都；公元880年，唐僖宗避黄巢起义逃亡成都。

唐玄宗在成都住了3年，僖宗在四川躲避了整整4年，但最后他们都幸运地回到了长安。这二位皇帝之所以能再度回到长安，全依赖于四川强大的经济实力和富足的兵员。唐代巴蜀，"人富粟多"，经济繁荣，是唐代财政最重要的来源之一，被当时宰相杨炎称为"外府"。顾炎武在《北直隶上引谷山笔尘》一文中也认为："唐都长安，每有寇盗，辄为出奔之举，恃有蜀也。所以再奔再北，而未至亡国，亦幸有蜀也。长安之地，天府四塞，譬如室之有奥也。风雨晦明，有所依而避焉。自秦汉以来，巴蜀为外府，而唐卒赖以不亡，斯其效也。”

在唐朝，四川经济是国家危亡时的支撑，而四川经济则由丝绸支撑，这一点基本被历史学家忽略，实在是一大遗憾。

四川是最早养蚕织绸的地方，1993年，奥地利考古学家通过现代科技的化学鉴定，在古埃及21王朝的木乃伊中发现了蜀锦。古埃及的蜀锦早于北方丝绸之路1000年，是通过神秘的南方丝绸之路经过印度转口而到达的。

在四川学者刘兴诗的观念中，北方丝绸之路是一条官方开辟的商贸通道，而南方丝绸之路是走私者开辟出来的商贸通道。他在对印度文化的研究中，得出来一个惊人的而又令人信服的结论：西方对中国的称谓，即“China”一词，来自于三星堆与金沙时代的丝绸贸易本书作者曾经在四川某媒体上编发过他的论述：

> 流行最广的说法，认为这个名字和“秦”有关。秦始皇统一六国，威名远扬，所以外国人就把中国称为“秦”了。“CHINA”中的“CHI”，就是“秦”的对音。还有人认为CHINA是“瓷器”的意思。北宋真宗以前，中国瓷都景德镇曾经叫做昌南，发音就和CHINA十分相近。也有人认为CHINA是“茶”，是“荆楚”。
>
> CHINA这个名词，又曾经写作CINA，最早出现在古印度的一些典籍里。其中最早一本，是古印度的伟大史诗《摩诃婆罗多》。这部书是公元前10世纪初开始创作的。比较晚一点的《摩奴法典》，也在公元前4世纪。这些古籍流行之时，根本没有什么秦始皇、瓷器、茶叶和北宋的昌南镇。
>
> 印度HARAPRASAD·RAY教授明确指出，印度学术界大多数人根本就不接受所谓CHINA来源于

"秦"的说法。

为什么在古印度的书里，CHINA又写成CINA呢？因为印度是多民族的国家，不同民族读音自然有很大的差别。就像今天的广东人、福建人和四川人同样是汉族，但说出的方言，谁也听不懂谁的，不同民族的古印度人，自然也不会是一个读音。

CHINA到底是什么意思？古希腊人的一段记述，透露了一个非常重要的信息。

古希腊和古罗马称中国为赛里斯（SERICE或SERES）。一位名叫包撒尼雅斯的古希腊学者解释说，这两个词的字根是"SER"，是一种可以吐丝的虫子，也就是蚕。另一个古希腊学者科斯麻士说得更加明确，认为这是东方的一个"产丝国"，有海陆两条路，经过今天的印度和缅甸到达。

赛里斯到底在中国的什么地方？那时候中国没有统一，当然不会是现在的中国全境，而是指某一个具体的地方。早在公元前4世纪的古印度著名典籍《政事论》中，就指出了"CINA产丝与纽带，商人常贩至印度"，表明是从南方丝路运去的。这样的资料很多，说也说不完。联系三星堆遗址和金沙遗址的大量贝币中，含有一些来自印度洋的贝壳，种种材料都充分表明，当时这条从古蜀国到印度的商路十分发达。寻找这个产丝的国度，必须沿着"南方丝路"寻找到头方切合实际。

这个产丝的神秘国度有什么特点？古希腊地理学家托勒密描述它说："其四周有山绕之……境内有二大川，几贯流全境……"都发源于附近的山区。

另一个古希腊人马赛里奴斯描写得更加详细，介绍这里"四周有高山环绕，连续不绝，成天然屏障，赛里斯人安居其中。地皆平衍，广大富饶……其中平原，有两大河贯流之。河流平易，势不湍急，弯折甚多。SERICE人平和度日，不持兵器，永无战争。性情安静沉默，不扰邻国"。

这简直就是当时位居成都平原上的古蜀国的生动描述。群山环绕的成都平原，贯穿全境的岷江和沱江，当时密布的森林。从三星堆遗址和金沙遗址出土文物所见，作为祭祀用的玉戈远远多于实战的青铜戈，反映当时几乎没有战争，呈现出一派"化干戈为玉帛"的和平景象，古人的描述完全正确。

公元前331年，秦朝派张若筑成都城时，设立了专门制作蜀锦的作坊"锦官城"。到了唐代，四川已有成都、绵阳、崇州三个地区负责提供蜀锦，其数量之大，令人瞠目结舌。据历史资料记载，唐玄宗的宰相杨国忠私人即有丝织品3000多万匹。据《旧唐书记载》，唐玄宗在逃往四川途中，恰逢从成都送来10万匹丝绸。他立即分发给将士说："我已决定去成都避难了，都说蜀道难难于上青天，这里有十万匹上好的蜀锦，你们各自拿回家去照顾家小，各奔前程吧。"唐玄宗这些话感动了三军将士，最后竟无一人离开。

唐代成都产量惊人的丝绸，让人羡慕和眼红，甚至引起了专为丝绸而发起的战争。公元830年底，建都大理的南诏国千里奔袭，突然攻陷成都，将蜀锦织工5000多人全部掠往大理，从此之后，丝绸生产在云南各地迅速发展起来。

四川在唐代两次充当了唐朝的避难所，又两次成为唐朝复国的根据地。可以这样说，是丝绸挽救了唐朝的灭亡。

第九章 安逸、舒服、巴适、滋润
——四川人的生活智慧

1 一个诱人的安乐窝

贾平凹在《入川小记》中说："我的家乡有句俗语'少不入川'。少不入者，则四川天府之国，山光、水色、物产、人情，美而诱惑，一去便不复归也。这句'少不入川'的话，是作为对尚未成年的陕西人的忠告，一代代流传下来的。于是历史上也就有了'少不入川，老不出川'的说法：天府之国实乃温柔之乡，好吃好喝好山好水之外还外加美女如云。少年当胸怀天下，若早年入川，意志不坚定者难免流连于斯，乐不思归，则一生平淡，难成大事。年老的时候不要出川，其他的地方不会有四川这么悠闲，在这里，看破了世间之事，洞晓了人生真谛后，可以于此安享晚年，利用后半生的时光，弥补少年的艰辛，磨去红尘里的凡俗气息。"

“天府之国”是农耕文明时代上帝赐予四川人的礼物，其物产富饶、山川秀丽，有人形容关起门来也能在里面生活几十个世纪。在中国，可以说它是一个被放大了的陶渊明笔下的“世外桃源”。在国外，19世纪的法国旅行家古德尔孟将成都誉为“东方的巴黎”。上世纪初，美国人约瑟夫·比奇在权威的美国《国家地理》杂志上将四川这个“中国西部”称之为“东方的伊甸园”。优越的物质条件，繁荣的商业经济使四川人有时间、有资本来享受人生的乐趣。同时，四川人悠闲的生活方式也养成了川人生活节奏缓慢，不思进取、无所作为，安于休闲享乐的人生态度。

所以，四川在过去常常被人视为诱人的“安乐窝”。

前几年，有人在批评四川人懒惰、不思进取的时候，说四川人的“恋家”是一种典型的农耕文明心态。这话没错，但从另一方面也说明，在四川人的生活中，总是把情感放在第一位，其他的并不重要。

然而，四川人对于自己的生活缺乏反思和自省，而历史上又对四川人生活的误会多过对真实的了解，于是，关于四川人的生活方式就这样永无休止地争论着。

四川这块盆地，是上帝故意凹下去的圣地。所谓人杰地灵，就是指这儿养育出的巴蜀儿女个个活色生香。他们淡了世俗、修道念佛、自由生活，他们顽强、聪颖，敢于创新，就算贪玩，也是有意义地在追寻。

享受生活在川人心里是唯一不可动摇的信条。懂得享受生活的人才会努力地去创造享受生活的条件，这就是四川人最大的原始动力。逍遥自在是古蜀文化浸润在四川人身上的、不可更改的烙印，更是今天的四川人孜孜追求的一种生活境界。不能说这种境界就是最高的，但至少它真实，充满人本主义的烟火味，凡俗而隽永。

著名学者黄炎培旅川，曾经写过一首打油诗：“一个人无事大街数石板，两个人进茶铺从早坐到晚，三个人猪狗象一例俱全，四个人腰无分文能把麻将编，五个人花样繁多、五零四散，回家吃酸萝卜泡冷饭。”将四川人闲适安逸、自足好耍的风貌描绘得淋漓尽致。

今天的川人好耍、贪耍同样在全国闻名。平常周一至周五上班时间，你在其他城市也许很少见到有美女扎堆逛街，可是你在成都的大街上却随处可见。逛街不分时间段，她们引领着未来时尚的潮流，你从她们的衣着和步伐就能看出，她们是时尚界不可或缺的中坚力量。

花开一芙蓉，绝代成佳人。在央视 2 台推出的《倾国倾城——最值得向世界推荐的城市》大型电视评选活动里，拥有2000年历史的成都榜上有名。繁华的春熙路，古色古香的锦里，美丽的夜成都以及历史悠久的安顺廊桥，一切就如《倾国倾城》那首歌里所唱的一样，斜阳染幽草，几度飞虹，摇曳了江上远帆。

今天，有许多深圳的年轻人喊出了35岁退休，退休后的理想就是去成都生活。成都的休闲文化是整个四川逍遥自在生活文化的缩影，吃喝玩乐样样皆精。因此，介绍成都，你就会对整个四川的悠然自得有所了解。

成都人从来都将工作和休闲有趣地结合起来，又似乎从来都把两者分得很开，上班就是上班，耍就是耍。在锦江悄无声息流远的时候，成都人闲云野鹤似地过着，喝着茶，晒着太阳，打着麻将。他们给外地人的感觉，似乎是从来就不用工作。

贾平凹先生，曾在他的《入川小记》里，倾尽了一个数千年比邻而居的陕人对四川成都的美好印象和那种熨帖似的喜欢：

> 我觉得这天恰到好处，脉脉地如浸入美人的目光里，到处洋溢着情味。树叶全没有动，但却感到有薰薰的风，眼皮、脸颊很柔和，脚下飘飘的，似乎有几分醉后的酥软。立即知道这里不比西北寒冷，穿着这棉衣棉裤，自是不大相宜，有些后悔不及了。从街头往每一条小巷望去，树木很多，枝叶清新，路面潮潮的，不浮一点灰尘，家门口，都置有花草，即是在土墙矮垣上，也鲜苔缀满；偶尔一条深巷通向墙外，空地上有几畦白菜、萝卜，一清二白，便明白这地势极低，似乎用手在街上什么地方掘掘，就会咕涌涌现出一个清泉出来。街上的人多极，却未行色匆匆，男人皆瘦而五官紧凑，女人则多不烫发，随意儿拢一撮披在后背，依脚步袅袅拂动，如一片悠悠的墨云，又如一朵黑色的火焰。间或

那男人女人的背上，用绳儿裹着一小孩，骑上自行车，大人轻松，孩子自得，如作杂技，立即便感觉这个城市的节奏是可爱的缓慢，不同于外地。在那乱糟糟的生活漩涡里，突然走到这里，我满心满身地感到一种安逸、舒静，似乎有些悠悠超尘了。

电影导演贾樟柯说：“成都给我的感觉始终是很悠闲的，大街小巷上，人们的步伐是轻松的，并没有北京、上海这些大城市随处可见的步履匆匆的感觉。我想这和成都的地理环境有关，古人说：蜀道难，难于上青天。正是地理位置的相对封闭，反而让成都人更关注于自身生活，习惯从周遭的事物中找乐子，心态也就放得很轻松。”

安宁的老街最适宜四川人悠闲的步调。

《中国国家地理》杂志主编单之蔷曾经饶有趣味地分析过四川独特的气候对四川人性格的影响。他说："成都人的'闲'，我从文化和历史中找不到什么渊源，只好到自然环境中寻找。海洋性气候的冬夏昼夜气温变化不大，对人的文化是会产生影响的。其实变化就是时间，变化引起的那种感觉就是时间。古人也就是从一年四季的变化中来制订历法的。例如中国人的二十四节气，这样的东西显然不能诞生在四川盆地，因为在四川盆地看不到这样的变化。看不到自然界的这些微妙的变化，长此以往就会对时光的流逝不敏感，对时间不敏感，就不会只争朝夕，因此就会产生'闲'的心态和样子。"

成都人喜好边玩乐边工作，易中天先生曾说，成都人有本事把几乎一切事情都变成娱乐。这是一种精明的生活智慧，与成都的地理环境和生活特性息息相关。哪种事物都有轻松明快的一面，若在轻松的状态下能解决事情，为何要苦着脸严肃紧张呢? 所以，外地人在成都打出租，他们会很惊讶的士师傅虽然工作很辛苦，但是他们却可以在路上，不断地用椒盐普通话和同伴们联系，说着一些俏皮的话语。在飞速的时光里，成都的的士司机载着你享受着这个城市可以时时慢下来的椒盐速度。

成都特有的茶文化、麻将文化、饮食文化、平民文化，都是川人不可缺少的精神食粮。他们靠着这些俯首皆拾的智慧，看云淡风轻，看日出日落，甚至，他们就根本不关心这些，他们觉得怎样做着舒服就怎样做，怎样过得自在就怎样去生活。每一个四川人，都是生活中的烹饪高手。

成都最别致的风景还有它作为全国最佳的养老地，它的那种无处不在地对老人的体贴与赡养。这是一个可以让老年人回到孩童与真纯的地方，许多外地老人退休后都争相来到这里。他们每日早中晚三拨赶场子似的去广场、公园抑或小区活动处，跳操打牌唱歌拉琴喝茶摆龙门阵，一个个小团体过得不亦乐乎。

作家洁尘曾在《城市——某种与幸福相似的生活》的跋中说，成都是一个款步而行的颇有姿色的少妇，美艳不见得，是媚。成都不是什么金玉锦绣之地，富贵温柔之乡，它是银质的，样式素丽，做工精致，只有识货的并有底气的人才能担待它的美。她在书中写道：

一个注重本能生活的城市，是比较人性化和个性化的，它的空间和气候比较舒展，比较适宜，不逼仄，不干燥。在这样的城市，竞争不是那么惨烈，变化不是那么剧烈，人心也就不是那么焦灼。这样的城市，有着适当的游戏精神和足够的自嘲能力，内心自信而不狂妄，在赞美他人和自我欣赏这两方面都具有比较合适的分寸感。这让这个城市包容，随和，不排外，不顽固。这可能就是那么多人喜欢成都的原因吧。

成都给你某种与幸福类似的生活。每个人都在追寻自己的幸福，但不是每个人都那么幸运，恰巧被自己找到。而幸福是一种感觉，因此在成都生活，会给你这样的感觉，或相类于幸福的感觉。这是对这座城市最高的褒奖了，给众人幸福，是这块宝地的幸运和荣幸。

成都人想要的幸福其实很简单。曾经看到过一对坐人力三轮车结婚的新人，当他们简陋的三轮车在繁华的成都春熙路慢悠悠飘过的时候，你会恍然发觉那其实是一片云彩，一滴水珠。而新郎新娘的那股高兴劲儿比坐什么车都幸福满足的时候，你真的会相信，其实，四川人就是活得如此简单、自在而真实。

成都人平时给人的感觉很散，但是，在偶尔的时候，你会突然发觉，原来，一只柔软的手里，也会充满了激情与力量。汶川大地震的当夜，是成都的出租车司机连夜打着应急灯驶进重灾现场；第二天，是成都人排着长队献血直至血库爆满；各救灾现场，是成都的志愿者在进入灾区时满脸微笑，丝毫不担忧之后会有的余震危险，似乎这些，都是他们应该做的，是他们作为一个人和一个四川人的担当。据统计，这次地震记录在册的志愿者，光成都，就超过百万。这是怎样宏大的一个数字啊！他们描绘出了一个大爱之城最为耀眼的轮廓。可其实在5月12号当天，他们也受到很大的惊吓，这种迅速调节自己情绪的能力，这种迅速投入到抗震救灾战斗中的能力，足可在四川的城市史册上添上最为温暖的一笔。

在这个城市，老年人过得很舒服，年轻人过得很滋润，小孩子过得很安逸。于是，张艺谋说，这是一个来了就不想走的城市，而成都人和在成都住得惯了的外地人，则都会对你说，这是一个来了就扯不脱的城市。因为，他最适合生活，因为，他的生活就摆在那里，活色生香，让你欲罢不能。

2 贵贱同台，平起平坐：四川人的平民生活

四川人是很有平民情结的，他们的等级观念不强，所以在四川人的眼里，开宝马的、骑自行车的在一起吃串串、吃火锅都是那样自然而然的。贵贱同台，平起平坐，是四川人在待人接物里面，给人最温馨的川派特色。而四川人又特别讲感情，所以在现实生活中，他们认死理的出发点往往是因为感情，就好比他们对诸葛亮和刘备的厚此薄彼一样，只是因为感情不同而已。至今，四川的乡下人还有包帕子（白布包头）的习俗，传说就是当年为诸葛亮守孝而传下来的习俗。需要一种怎样的力量让一个地方的人为一个他们心目中的丞相守孝1700多年？！

然而，四川人对达官显贵、帝王将相的确不感冒，你看四川历史上那么多王爷和小王朝的帝王，他们记住了哪个了，一个都没有记住。反倒是几个造福于民的人，如文翁、诸葛亮者，加上几个让人亲近的诗人如杜甫、陆游者，才让四川人铭刻在心上了。据《汉书》地理志载，四川“民食稻鱼，亡（无）凶年忧，俗不愁苦，而轻易淫佚，柔弱褊隘。未能笃信道德，反以好文刺讥，贵慕权势”。《隋书》地理志也说四川民风：“其风俗大抵与汉中不别。其人敏慧轻急，貌多蕞陋，颇慕文学，时有斐然，多溺于逸乐，少从宦之士，或至耆年白首，不离乡邑。人多工巧，绫锦雕镂之妙，殆侔于上国。贫家不务储蓄，富室专于趋利。其处家室，则女勤作业，而士多自闲，聚会宴饮，尤足意钱之戏。小人薄于情礼，父子率多异居。其边野富人，多规固山泽，以财物雄役夷、獠，故轻为奸藏，权倾州县。此亦其旧俗乎？”可见，四川人的天性的确是有不乐仕、不热心政治的特点。

四川人更多关心的是生活，是油盐柴米的价钱，是今天太阳好去哪里喝茶打牌。四川人的生活哲学是你走你的路，我走我的路，天塌下来了，日子照样过得优哉游哉。四川人的这种生活态度古已有之。当所有的时光与历史在这个天赐的盆地沉淀下来的时候，四川人只看见了一地宝贝，那就是最为真实的生活。而那些虚幻的东西早已灰飞烟灭，所以，四川人的内心是这样的真实而自足。

这次汶川地震，北川人可以背着母亲，可以背着妻子的尸体，也可以背着冰

箱、电视机抑或洗衣机，甚至有一个男子只扛了一张他唯一剩下的家当——一根板凳——逃难，这是独属于四川人的一种非常宝贵的平民心态。当灾区的农民在地震的废墟旁边，依然收割庄稼的时候，当灾区的农民在自己受灾的情况下，依然做好了饭菜给受灾的城里人送去的时候，你不得不承认四川人是震不垮的，他们的平民心态是家园重建最好的动力。

段战江在《巴蜀文化男女》一文中，则饶有趣味，并且角度颇新地分析了三国时代对四川人的影响：

> 在某种程度上讲，正是刘备、诸葛亮这两个“非常”人，奠定了巴蜀文化的精神气质及人格走向。刘玄德长于政治智慧，喜欢心理暗示，从而影响

正在全神贯注地观看火把剧团演戏的乡民，贵贱同台也正展现了川人最为珍贵的包容。

造就了川人“耽溺论争，酷爱雄辩”的群体特征。他们往往以“卫道士”或“激先锋”自居，在两个极端上自由徘徊，引经据典，以滔滔之势压人以哑言，冷嘲暗讽，以妙语佳趣伤人于无形。无论行文志趣，还是人文做派，都是典型的政客风格。按林语堂先生的话说，川人都有做律师的天赋。

诸葛亮则以行动来影响人。他以文人特有的细心及难得的耐心，对当时的土著居民，授之以技，示之以义，驯服其野性，改造其文明。如今，蜀锦、蜀绣、蜀笺，都以精细绮丽，典雅秀致著称，这自然都与这位精致的老先生的努力分不开。这种“精致”文化，已经深深植入川人的日常生活中。无论是街头店面招牌，堂内家居摆设，还是菜肴精做细切，女子施脂抹粉，都能领略这一“精妙”的千古遗风。

川人对于美有着特殊的品位及喜好。他们大多喜欢鲜丽明快、对比强烈的颜色，钟爱复杂精妙的图案。许多大红大绿的东西，在他们手中稍一摆弄，便洗尽俗气，变得极其可爱。那“花团锦簇”的繁琐，竟也成了智慧技巧化的象征。这种社会氛围派生出的“文化”，也随之平添了几份明快与亮色，多增了几许气势和底蕴。川人的文章，多以辞藻华丽，气势如虹取胜。读他们的文章，如游巴山蜀水，云缈雾绕，似食重庆火锅，畅快淋漓。若是细观，便如蜀绣，漂亮的字句令你眼花缭乱，俏致的文意让你一惊三叹。

不知是不是诸葛亮屡出祁山去攻打人家的缘故，蜀人也很好战，但他们往往打的是口水战。比如说，他们会和外省人因为哪里的武侯祠最知名而争得面红耳赤。在四川无处不在的茶馆里，四川人的口头论战更是随处可见。除了打牌，不喜欢帝王将相的四川人特别好谈国事，大概这样可以避免他们不至于在安逸滋润的生活里面沉沦下去。四川人喜欢舌战群儒，是出了名的。这大概得归功于其偶像诸葛亮曾经舌战群儒的缘故。不管怎样，当你听四川人说话的时候，当你看见武侯祠的香火和茶馆依然热闹的时候，也许你会恍然觉得，四川人仿佛还生活在一个三国的时代，而他们心目中的英雄，其实刚才还在面前喝茶，只是起身去解了个手而已。

3 世界上最会享受的耍家

如果一个外地人到了四川，晚上出来走走，他会恍然发觉，那些只见与文人笔下风花雪月的秦淮印象，依然在一伙伙醉生梦死的四川人中间弥漫着。即使是在一个小镇上，依然有四川人废寝忘食的夜生活。

上个世纪90年代中期，成都聚集了一大批现代诗人。让人惊讶的是他们聚会的主要场所不是博物馆、图书馆、会所，而是在成都很有些名气的一家叫做“大音棚”的夜总会。诗人杨黎就在那里当总经理，从他的一首诗中大致可以看出一些四川人的醉生梦死。

有时候谈诗歌
有时候谈生意
有时候谈女人
有时候谈得疲倦了
站起来正想走
又来了几个客人（杨黎《大音棚夜总会》）

今天的四川人一个个圈子地赶着趟，安逸而自足的小王朝就是他们的一个个圈子，就像天府就是他们的天下一样。如果要让四川人来画一个他们心目中天下的圈，四川人一般不想把它画出四川。四川人会在喝了一口啤酒后，眼睛迷离地骂一声：政治，关老子鸟事！然而，第二天，四川人依然会三五一伙地泡在茶馆里，声情并茂地跟着一张报纸指点江山、议论天下大事……

四川人是最没有等级观念的。富人可以开着奔驰宝马在街边吃一碗面，上一回苍蝇馆子，丝毫不觉得有失身份，反而觉得会过生活。而四川的平民更是没有什么自卑感。在他们的眼里，两百、两千块钱也是吃，两块、两角钱也是吃，各有各的吃法，各有各的安逸巴适。所以，雕塑家朱成说：“大雅大俗、贵贱同台、和谐共融。”在外地人眼里，四川人是不用怎么工作就可以把日子过到一种很高的境界，而四川的每一个城市，每一条街道，都以一种奇慢的速度，淹没在了一种被茶水浸泡着的生活里面。

说到茶，就得说到茶馆。在四川，你最常见的就是茶馆。在大街小巷，在河边院坝，在城市乡村，只要有人的地方就有茶馆，茶馆在四川无处不在。

茶馆是四川人生命的一部分。曾经有一个成都的年轻人将茶馆与四川人的关系演绎得淋漓尽致。事情经过是这样的：他在为父亲送丧的途中，经过一家茶馆时，似乎想起了什么，突然停下来，置其他人的苦苦劝阻不顾，径直将父亲的骨灰盒放在茶桌上，遗像放在茶馆椅子上，然后要了一杯茶，泪流满面地说：父亲啊，你一生都在茶馆度过，这是你的最后一杯茶了，你好好喝吧，我们等你。那个年轻人一等就是四个小时，中间还不断地换热开水，直到茶叶发白。

四川人对茶和茶馆都不是很讲究，他们最喜欢的还是那种几十把椅子摆上摊儿，几块钱抑或几毛钱一碗茶的茶摊，茶馆里掏耳朵修指甲的随处可见的那种茶馆。如同北方的澡堂子一样，茶馆是四川人最公众的地方。在这里，开车来的、骑车来的、走路来的，不管是家财万贯的富人，还是身无分文的穷人，只要往竹椅上一坐，盖碗茶一端，就活成了一样的人。在四川人的心目中，茶馆是最平等的地方。三六九等、三教九流、大雅大俗、贵贱同台汇聚成了茶馆这个四川人心目中的江湖，这恐怕才是四川人依恋茶馆，可以在一个茶馆从生坐到死的主要原因。

四川人有一种“吃讲茶”的说法，更能显出这种江湖的色彩：张三李四结了梁子，或者要合伙做什么生意，就都摆一桌茶，喊一个有威信有权势的长者或头面人物来调停或打圆场：

> 假使你与人有了口角是非，必要分个曲直，争个面子，而又不喜欢打官司，或是作为打官司的初步，那你尽可邀约些人，自然韩信点兵，多多益善（你的对方自然也一样的）相约到茶铺来。如其有一方势力大点，一方势力弱点，这理好评，也很好解决，大家声势汹汹吵一阵，由所谓的蹭人两面敷衍一阵，再把弱势力的一方数说一阵，就算他的理输了。输了，也用不着赔礼道歉，只将两方几桌或几十桌的茶钱一并开销了事。（李劼人《暴风雨前》）

“一个人无事大街数石板，两个人进茶铺从早坐到晚。”对于四川人来说，这是一种怎样的岁月？著名作家、摄影家陈锦在《茶铺》一文中，曾经深情地写道：

雄鸡刚一打鸣，幺外公便唤醒了酣睡中的我，来到距家仅百米开外一座临街的茶铺。天色尚黑，街灯昏黄，行人稀疏，但茶铺里却已是沸沸扬扬——喊堂的，问早的，茶船茶盖稀里哗哗的，浑然一片，仿佛全城人一天的生活从这里热热闹闹开始了。茶客之间一阵例行的寒暄之后，幺外公拣了“亘古不变”属于自己的的椅子坐下来（老茶客都有了固定的座位），泡上盖碗茶，在东方既白的清晨，他那一动不动的身影就像是一尊朦胧的雕像。幺外公向来少言寡语，常常会这样静静地，在茶铺里坐上一整天，有时甚至连饭都忘记回家吃。此刻，从他沉迷的眼神中，我分明感觉到平日间少有显现、只有坐在茶铺里才流露无遗的对现实人生的极大满足。

据傅崇矩《成都通览》记载，清末成都街巷有516条，而茶馆就有454家，几乎每条街巷都有茶馆：

成都之茶铺多，名曰茶社。如文庙街之瓯香馆则名馆，顺草湖之临江亭则名亭，山西馆口之广春阁

正在茶馆享受生活的茶客们。四川人爱休闲，早就闻名，现在更是世人皆知。喝茶就是一种典型的休闲形式，川人聚居的地方，总少不了茶馆的存在。

> 则名阁，亦不一定名曰社也。现经警署发有规则，每铺皆用栏杆，省城共计四百五十四家。在前之斗雀、评理等事已禁止，唯评书、洋琴二事尚仍旧也。瓮锅之名瓮子，水多系井水，俗名圆河水，可以随意买回，一文一罐或一文一竹筒，可做洗脸之用，热度不到不能食也。劝业场开后遂发生特别茶铺数家，茶香、水好、座雅、楼高，宜春楼群、第一楼、怀园均好。

而今天，成都的茶馆之多，更是不可胜数。

公元前59年，资中人王褒《僮约》记载了西蜀一个叫扬惠的寡妇家里烹茶的情景："舍中有客，提壶行酤。烹尽具，已而盖藏。"据说这是四川人饮茶最早的记载。至于今天我们习以为常的盖碗茶，相传是唐代德宗建中年间（公元780~783年）由西川节度使崔宁之女在成都发明的。所谓盖碗茶，包括茶盖、茶碗、茶船子三部分，故称盖碗或三炮台。茶船子，又叫茶舟，即承受茶碗的茶托子。整个构思独特，寓意巧妙："天盖之（茶盖），地载之（茶船），人育之（茶碗）。"因为原来的茶杯没有衬底，常常烫着手指，于是在某一日，崔宁家的小姐忽然灵光一闪，想到了用木盘子来承托茶杯。在接下来的试验中，她为了防止喝茶时茶杯容易倾倒，弄得客人很是尴尬的问题，她又设法用蜡将木盘中央环上一圈，使杯子便于固定。这便是最早的茶船。后来茶船改用漆环来代替蜡环，人人称便。到后世环底做得越来越新颖，形状百态，有如环底杯。一种独特的茶船文化，也叫盖碗茶文化，就在一个成都女子的手下诞生了。这种特有的饮茶方式逐步由点巴蜀向四周地区浸润发展，后世就遍及于整个南方。今天，我们在四川的茶馆里悠游自在地喝着一杯盖碗茶，却很少有人能够想到其实四川盆地就是一杯盖碗茶，天是盖，盆地是船，而四川人，却是里面的一片片被开水浸泡即可云卷云舒的茶叶。如果联想到巴蜀人曾经对船的崇拜，我们就不难想象，盖碗茶为什么会在四川这个地方出现了。船，一艘能远行又能够回到起点的船，始终是活在四川人的生命中，活在四川人纵横如血脉的川江上。

然而，在现实生活中，没有了船的四川人，却在一杯茶中混着时间，逐渐就泡出了一个城市一个地方的魅力与韵味。"当人们为这座城市的魅力百思不得其解的时候，其实秘密就在那些散落于大街小巷的茶馆里。"这是诗人何小竹的话。他在《成都茶馆——一市居民半茶客》一书中，这样写道：

> 传说成都人到茶馆并不主要是为了喝茶，而是混时间。要让时间混得

快，且快到让人觉察不出它飞奔流逝的痕迹，莫过于多说话，不停地说话，天上地下、古往今来乃至东家长、西家短地无话找话，是谓“摆龙门阵”。先是七嘴八舌、麻麻杂杂地混在一起摆，过后，也就是突然有一天，一茶馆的人都不说话了，就听见一个人还在那里滔滔不绝地摆。摆历史，摆神话，摆街头巷尾以及江河湖泊中的奇闻逸事。于是，茶馆里就有了一个说书人的位子。人们只要一进茶馆，就把这个话特别多的人推到那个位子上去坐起，说：“你哥子会摆，摆得好。我们今天就专门听你摆。”一个人独自滔滔不绝，总是比旁边人更容易口干舌燥。于是，茶馆老板就频频地给他掺茶，换茶，还说：“这茶免费。”这还不够，老板觉得有了这个话多的人坐在那里说啊说的，每天卖出的茶水真的比以前要多出好多好多碗，于是就对那个口干舌燥的人说：“先生你润润嗓子，继续摆，我这里卖一碗茶就让先生抽一厘，卖多少碗抽多少厘，不会白费你的口腔和舌头。”那人一听，要得，反正话憋在肚子里烂了也是烂了，不如一吐为快，且还有银子挣。好，摆就摆。先生既然上了这个台面，拿了人家银两，自然就有了与众不同之处，就得置备点行头，摆出点式。比如拿个折扇什么的在手上，故事讲到紧要关头，便停将下来，“哗”的一声将折扇在手中打开来，不慌不忙地摇动。这样子，一来是可以乘机歇歇气，喝喝茶，润润嗓子；二来则是为了吊一吊茶客们尖起耳朵往下听的胃口。于是，成都茶馆就开始有了“吃书茶”一说，就是茶客们去到茶馆，边喝茶边听一个职业说书人摆“玄龙门阵”。如此光景下，时间自不用说就混得很快，快到忘记了时间的存在。

1000多年前，四川人李白就有诗曰：“古来圣贤皆寂寞，唯有饮者留其名。”然而，不爱出名的四川人是不用出名的。四川人在一杯茶中，就能把一个城市的记忆和过去传承；四川人在一杯茶中，就能喝出了生活的真味是市井；四川人在一杯茶中，就能喝出了上善若水、逝者如斯的大道。

上世纪40年代，为了躲避侵华日军的空袭，成都开始挖防空洞。于是，工程队在挖西安路附近的一个高大的土台的时候，发现了前蜀皇帝王建的陵墓。这个土台，曾经长期被成都人传说是当年司马相如和卓文君当年登高鼓琴的“琴台”。在王建墓内，考古学家被其石质棺床上的一组24乐伎浮雕而惊呆了。

于是，一个音乐与词的时代被缓缓开启了。四川人在前后蜀时期的生活，被优雅而奢华地放置在了世人的面前。而大唐杜甫的诗句“锦城丝管日纷纷，半入江风半入云。此曲只应天上有，人间能得几回闻”“喧然名都会，吹箫间笙簧”也因此得到了很好的映证。从后蜀孟昶的妃子花蕊夫人所著的《宫词》中，更可以找到许多相关的描写，如“尽将筚篥来抄谱，先按君王玉笛声”“总是一人行幸处，彻宵闻奏管弦声”“尽日绮罗人度曲，管弦声在半天中”“宫娥小小艳红妆，唱得歌声绕画梁”“离宫别院绕宫城，金板轻敲合凤笙；夜夜明月化树底，傍池长有按歌声”等，这些充满音乐与享乐的诗句，让今人仿佛又回到了一千多年前的那个仙乐飘飘、轻歌曼舞的前后蜀时代。这一切，最后都具象成了我国的第一部词总集——《花间词》。翻看《花间集》，不难发现大半词人是蜀人。据统计就有19个作者是蜀人，这些人或出生于蜀地，或客居于蜀地，或宦游于蜀中。可以想象，那时候的蜀人，的确是住在花间的，他们无花不成诗，无花不作词。然而，他们吟唱的却是小王朝自我陶醉与意淫的靡靡之音，描述的也多是绣帏佳人的欢致腻语、绮筵公子的醉生梦死。正如李泽厚所说，其“时代精神已不在马上，而在闺房；不在世间，而在心境”。

无独有偶，前后蜀的两位后主，不但生活方式、业余爱好差不多，亡国相似，而且，也都是词的爱好者，并且都喜欢写浓艳香软、精美绝伦的艳词。这两位后主和南唐后主李煜也很相似，都是一样的开城投降，都是一样的凄惨结局。然而他们虽然成为历史上羞辱的亡国之君，但是在词方面，都算是有贡献的。前后蜀两个后主共同完成了一部对后世影响颇深的《花间集》，而李煜呢？可谓一方大家，其词至今还惹得世世代代的万千人缠绵低回，为其扼腕叹息。

其实，前后蜀和南唐都是五代十国里面最为灿烂的小王朝。它们所创造的文化，至今依然闪耀着独特而醉人的光彩。它们的环境都有相仿的湿度，所以才使得喜阴的植物恣意茂盛，以致那些诗词与艺术也是那样地香艳而柔媚。晋代蜀人常璩《华阳国志·蜀志》就说蜀人“多斑彩文章”，直到今天，四川的诗歌还是阴性的，带有浓浓的脂粉气，四川的男人也是温柔有余，个个都是妻管严和烂耳朵。今天，四川的文化人、艺术家，也仿佛依然住在花间。他们交游、美食、写作，日子依然过得活色生香，优哉游哉，不亦乐乎。他们不关心哪座楼有好高，只知道哪些地方好耍，哪些地方有什么好吃的。

川人有一些自娱自乐的精神，爱围观看热闹的小市民真是不少，尤其喜欢做出事不关己却又在他人的矛盾中说三道四、吹风点火的事情。川人好扎堆聊天，近几年特别喜欢去看演唱会或是歌舞晚会。假如在上班的途中偶遇路边某起热闹事件，至少有大半的人会不顾时间紧迫而停下脚步来看个究竟。这种特质是川人的陋习，但另一方面也是川人热情且不拘小节的表现。就如这次地震，受灾不严重地区的人们会格外关注重灾区的情况，他们会觉得这与他们息息相关，而伸出援手来帮助，他们会认为，那是他们必须得做的事情。

这种凑热闹的心态已是川人的一种生活态度，他们会从别人的故事里找出利弊来，再时时告诫自己，这是自我提升和进步的一种方法。如果必要，他们会伸出自己的手给予他人适当的帮助，这便是四川区别于其他城市的人情味儿，是巴蜀独特的风土人情。

川人在自娱自乐的时候，往往不经意间就能让小把戏登上大雅之堂。这就是四川人引以为傲的，能够充分表现了川人智慧的“变脸”。

变脸的历史需要追溯到清乾隆、嘉庆年间。有资料载，在那期间，每逢过年过节之时，在四川乡镇村落码头处林立的庙堂都会搭起戏台以作庆典，久而久之川剧就在街头巷尾中渐成气候。明清两代“两湖填四川”，为蜀地的文化带来了诸多新元素。昆、高、胡、弹、灯，诸腔戏班汇集入巴蜀各大城中的酒肆街坊之中，生、旦、净、末、丑同亮相于茶馆的小戏台之上，日久逐渐形成共同的风格，清末时统称“川戏”，后才改称“川剧”。

相较于川剧艺术本身的渊源和博大，变脸的技艺成形则在上世纪。这期间，变脸在戏班的对台戏中不断摸索、演变、精化，渐渐成为川剧的一大特色。川剧的悲剧极有特色，喜剧则独树一帜。凡是情感波折、内心激变之处，变脸皆有用武之地。它以其怪诞狰狞的面相变化表现出人物内心不可名状之律动，作为一种对人物内心非常独特的表现手法，无疑大大增加了川剧本身的表现力。每逢名角表演变脸，就常常酿成爆棚之患。可见，老百姓对这种极端好看的耍活儿是打心眼里认可的。

关于变脸的传说，是说古代人类面对凶猛的野兽，为了生存把自己脸部用不同的方式勾画出不同的形态，以吓唬入侵的野兽的。变脸的手法大体分三种：“抹脸”“吹脸”“扯”。此外，还有一种“运气”变脸。变脸在川人心中是神秘的、不可思议的，任你与表演者距离再近，也看不出这之中的丝毫玄妙。

香港巨星刘德华学变脸，还引起了一场轩然大波。有同意的，有反对的，这种态度也反映了四川人的矛盾心态。然而，在新的时代，蜀道变通途，四川人的聪明才智会越来越被外界认可，表现出自己独特的魅力。

第十章 四川人典型性病例分析

1 窝里斗：个个都是神枪手

“窝里斗”三个字，其实对四川人来说，很形象。四川人口众多，“有空气的地方就有四川人”，挤在四川盆地这个小窝窝里，要生存，就只能窝里斗。你看四川人聊天吹牛，也叫摆龙门阵，经常为一个话题可以争得脸红脖子粗，火药味十足。窝里斗是四川人性格中很难去掉的劣根性。

有人曾经说过，“窝里斗”是川人的看家本领和独门暗器，而且个个都是神枪手。四川人喜欢窝里斗的说法，主要源于四川军阀混战，而四川军阀的混战以刘文辉与刘湘的争斗最为著名。川人喜欢窝里斗的名声主要是他们两人带来的，因为他们不仅斗得最厉害，而且关系也不一般，他们是堂叔关系，可以说，是一家人在斗。

刘文辉1895年1月出生于四川大邑一农民之家，1916年，他在保定军校第二期读完炮科后，便回四川，投奔刘湘，开始了军人生涯。刘文辉虽是刘湘的堂叔，但年龄却比刘湘小6岁。刘文辉最初投奔刘湘，虽然没有直接在刘湘军中任职，但受到刘湘的推荐和多方面的关照。有刘湘的关照，再加上自己的突出才能，刘文辉在四川军队中一路官运亨通，仅3年时间就从上尉参谋、营长、团长一直升到川军第一混成旅旅长，成为四川军阀中的主要将领之一。1920年，刘文辉以川军独立旅旅长的身份占领四川东部重镇叙府，从此开始了他的军阀生涯。此后，刘文辉通过军阀混战，地位进一步上升，1922年升任川军第九师师长。在打败杨森之后，刘文辉取得四川帮办名义，1928年更当上了四川省政府主席，1931年改组后留任。

到了上世纪30年代初，经过长期的混战，四川的一些老牌实力派，如熊克武、刘存厚、杨森等人，或失败下野，或被严重削弱，都丧失了争夺四川霸权的实力，二刘则成了最强大的两支势力。当二刘成为四川压倒群雄的两大势力之时，二人之间的矛盾也逐渐产生了。刘湘早有一统四川的野心，他经常公开声言“我统一四川后，将如何如何……”他的神仙军师刘从云也经常在刘湘的耳边说：“一林不藏二虎，一川不容二流（刘）。”这更助长了刘湘要做“四川王”的野心。刘文辉亦是野心勃勃，他常向别人问计：“你看四川要如何统一?”俨然以统一四川为己任。

叔侄二人都想称霸四川，必然以对方为敌。二刘为削弱和搞垮对方，明争暗斗在所难免。1931年，刘文辉以200万元巨款，从国外购买了一批军火由上海运往成都，途经万县港时，被刘湘部师长王陵基扣留，刘文辉亲往重庆与刘湘交涉而毫无结果。刘文辉也还以颜色，暗中以巨款收买刘湘所部师长范绍增和旅长蓝文彬，并命令驻江津所部切断重庆粮道。刘文辉之兄刘文彩还收买刺客，企图暗杀刘湘。同是大邑刘氏子弟的刘文辉与刘湘开始为了争夺对四川的全面统治，发动四川历史上的最后一场军阀内战，时间是1932年10月到1933年9月。内战以刘文辉失败退出四川结束。

四川人不团结，这是外地人对四川人的评价。的确，在中国，你找不到第二个像四川人这么喜欢窝里斗的群体。

从地理上看，四川山多水多，水网纵横交错，平坝星罗棋布。那被分割成一个个单元，四川人生活在其间，鸡犬相闻，耕读传家，他们将之叫做坝子。平原和村庄，都只是书上的叫法。

这种独特的坝子构成了四川人独特的坝子文化，每一个坝子就是一个相对独立的生活圈，就是一个往往有着宗族血缘关系的家族部落。由于一些鸡毛蒜皮、水源、土地所引起的纠纷，坝子与坝子之间往往产生窝里斗的现象。一个个坝子既相互连接又相互阻隔，和则四通八达，不和则纷争四起。

在这样的一种坝子文化下，四川人往往兄弟不睦，“父子兄弟之间不能共处”（任乃强语），各打各的如意小算盘，所以分家现象尤为突出。以致宋代，朝廷不得不出面，屡颁诏令，禁止四川人做这种有伤伦理纲常的事情，即在祖父母、父母都在的情况下，子孙不得分家，“别财异居”。有专家指出：“坝子的生存环境容易形成相互猜忌的人文心态，帮派势力较牢固，四川人也就特别维护小集团的利益，合作精神不强。”袍哥就是在坝子文

军阀混战时代的四川綦江县饥民。民国年间，毫无疑问，四川算得上是中国军阀混战最严重的地区。仅从1912年到1933年，就发生大小军阀混战四百七十多次。各军阀为了发展势力，争霸四川，连年混战，导致各地关卡林立，捐税苛重，严重阻碍了社会经济文化教育的发展。

化下产生的四川帮派。

袍哥可以说是自明清以来四川最大的黑社会，是四川最大的窝里斗的舞台。近现代四川军阀混战的历史恰好就是四川这种袍哥文化的表现。从1917年至1935年，四川军阀混战了18年，打了大小数百次内仗，但也没有打出一个大一统来。“怯于公战，勇于私斗”是当时国人对四川人的评价。也因为这种狭隘的袍哥思想，民国时期，四川军阀一直和中央政府不能统一，不能融入中原主流，四川人也没有什么政治地位，川军，也曾经多被人瞧不起。可以说，袍哥文化差点毁了四川。

袍哥人家的主要活动场所是茶馆和码头，而茶馆和码头就分别代表着成都人和重庆人各自的性格特征。以成都、重庆为代表的巴蜀之争，也是中国最奇怪的窝里斗现象。古时候正是因为巴蜀的窝里斗，才导致了引狼入室，“鹬蚌相争，渔翁得利”，巴蜀两国因此亡国。前几年，成渝两地的口水仗，更是引起了全中国的关注。成都与重庆，这两座300公里之内的双子城，正如一山不能容二虎，谁都不服气谁，谁都自认为是老大，“重庆崽儿挖子硬、成都娃儿嘴巴狡”。当年，成渝两地的球迷就曾经拳头相向，轰动一时。

重庆是巴文化的代表，成都是蜀文化的体现。“成都是喝茶的地方，重庆是喝酒的地方；成都崇尚茶馆文化，重庆崇尚码头文化。成都的书城全国闻名，重庆的火锅闻名全国。成都是中国文人的坛场，重庆是中国商人的码头。成都就是一个大茶馆，重庆就是一个大码头。”重庆人说四川人“假打”，把“请你吃饭”当口头禅，而四川人说重庆人“野蛮汉族”，两三句话就提刀提砖头砸人。“四川男人像女人”“重庆女人像男人”。成都人不够精明会被看不起，重庆人不讲义气难以混生活。喝飞扬澎湃的嘉陵江水长大的重庆人，说着快、冲、硬的重庆土话；在温缓流动的锦江水旁生活的成都人，讲着缓、软、平的四川俗语。民间流行的成渝两地“十八怪”很能说明两地的文化差异：

成都十八怪

第一怪：一日三餐吃泡菜；

第二怪：三只眼睛看世界（女人穿露脐装，因而比别人多一只眼睛“肚脐眼”）；

第三怪：午夜“鬼饮食”大叫卖；

第四怪：张口就将“话把”带；

第五怪：麻将摆开吆不倒台；

第六怪：死只耗子闸断街（爱看热闹）；

第七怪：耙耳朵男人美女爱；

第八怪：牵只名犬装阔太；

第九怪：操洋盘的最玩派；

第十怪：说方言把大师拜；

第十一怪：不泡茶馆把病害；

第十二怪：靓女大吼“雄起来”；

第十三怪：太阳出来挤起晒；

第十四怪：周末结队跑城外；

第十五怪：吃了火锅看球赛；

第十六怪：美女作家站成排；

第十七怪：玄龙门阵吃得开；

第十八怪：越是小报越好卖。

重庆十八怪

第一怪：房如积木顺山盖；

第二怪：三伏火锅逗人爱；

第三怪：坐车没得走路快；

第四怪：空调蒲扇同时卖；

第五怪：背起棒棒满街站；

第六怪：女士喜欢露膝盖；

第七怪：龟儿老子随口带；

第八怪：不吃小面不自在；

第九怪：光着膀子逛大街；

第十怪：街边打望好愉快；
第十一怪：办报如同种白菜；
第十二怪：崽儿打赌显豪迈；
第十三怪：矮男自有高女爱；
第十四怪：摊开麻将把客待；
第十五怪：公交车上摆擂台；
第十六怪：到处都有“宝器”在；
第十七怪：人名没得地名怪；
第十八怪：丧事办成喜事来。

成都新十八怪

第一怪：菜用竹签串起卖；
第二怪：请客洗脚洗脑袋；
第三怪：新老股民都欠债；
第四怪：按摩擦鞋发了财；
第五怪：跷脚老板最自在；
第六怪：青年不如老年帅；
第七怪：女人更比男人歪；
第八怪：文人炒作扮古怪；
第九怪：越是土鸡越好卖；
第十怪：竿夫专捡胖子抬；
第十一怪：款爷富婆住郊外；
第十二怪：网上自由谈恋爱；
第十三怪：女人瘦身似干柴；
第十四怪：娃娃多由外婆带；
第十五怪：苍蝇馆子逗人爱；
第十六怪：压“登登宝”凭手快（一种赌博游戏）；
第十七怪：“出血”“跳楼”是甩卖；
第十八怪：小姐变成小老太（老女人扮嫩，扮成小姐相）。

几年前，王跃、章夫著的“敏感题材”《成渝口水仗》一书出版，更是把成都和重庆民间的口水仗推向了前所未有的高潮。成渝两地的读者在网上的留言，纷纷充满了火药味。这种“窝里斗”现象也引起了官方的注意，以致前中共重庆市委书记汪洋在成渝两市经济社会发展情况交流座谈会上坦陈，他走马上任到重庆后看的第一本书，就是当时引发新一轮成渝争论的《成渝口水仗》。

在国内，四川人无疑是最自以为是和单打独斗的代表，自然也是最缺乏团结与合作意识的群体，这家望着那家穷，这家不愿那家富，邻居关系冷漠，由来已久。四川人喜欢吹嘘自己“我在我们那里如何如何”，但却很少敢说我在“上海、深圳怎么怎么样”。四川人总是把眼光放在自己的脚背上，放在自己人之间。他不与外面的世界比，只与自己人比，他只管打着自己的小算盘，对自己的一亩三分地津津乐道，而当社会经济的发展需要人们走向联合的时候，缺乏合作精神的四川人就显得无所适从。难怪有人感叹，四川人的公司是越开越小，今天四川人创造的品牌也少得可怜，正是这种典型的“勾心斗角，窝里斗”的小农现象、坝子文化、袍哥文化阻碍着四川的发展。

2 川人的死穴：下烂药、专烧熟人

在四川方言里，“下烂药”和“抽底火”意思相近，都是指背后故意说人坏话，关键时刻落井下石。如“刘二娃他瓜娃子，喊他给我把话圆哈，他居然背着给老子下烂药，抽老子底火，转脸就给我婆娘说，他娃儿亲眼看见我昨天是和一个女的在宽窄巷子喝茶，弄得老子被动得很”。今天，“下烂药”和“抽底火”往往引申为暗地里动手脚，背后使坏整人。

因为从小就习惯了“窝里斗”的生存竞争方式，四川人往往养成了背后说人坏话、打小报告的习惯，甚至无中生有、添油加醋、不择手段地对别人进行诽谤和中伤。这种“下烂药”“抽底火”的行为，除了不正当竞争，还有一个目的，就是搞垮竞争对手。如看见对门子张家的鱼火锅卖得火，心头就不爽了，于是造谣生事，还想方设法把人家的厨师挖了，下人家烂药。如编辑部刘编看见王编这期上的稿子多，主编又下了他几篇稿子，他就“理扯火”，指桑骂槐地在那里唧唧歪歪，还跑到总编那里去打小报告，说王编私下说总编的坏话，只买主编的账，不把总编放在眼里，等等。

四川人不团结，也很不齐心，而且他们还经常犯一种病——红眼病。如果对门的确很有钱，他会感到不舒服，不仅会感到不舒服，心头还很不乐意。他唯一乐意的是自己比对门的有钱，那样他偶尔还可以大方地当一回慈善家，施舍点吃的穿的给对门的。所以四川人一般都会愿人穷不愿人富，四川人祈祷往往是为了自己。四川人一旦发达了或者有权了，就很容易忘本，很容易飘飘然，他不会把与自己同甘共苦的弟兄当回事，只会用眼睛的余光去审视他们，瞧不起他们。如果他工作的所辖之内是来自不同省份的人，那么他必定最敢整的就是老乡和他的亲人。在同乡亲人面前，他可以作威作福，但对外人（外省人），他是不敢轻易下手的。于是物极必反，当四川人中某一人发达时，其他尚未发达的人必定会纷纷得了红眼病似的，“下烂药、抽底火”，立志整垮他。这种现象尤其表现在成都人身上。王跃在其《成都批判》一书中就曾经提到了成都人的这种爱好：成都人爱骂成都人，特别是某个成都人在外面风光起来，首先拿他开涮的就是成都人。成都人见谁火了就爱揭他的底火，说：“他吗，原来是我们街上的街娃。”“她嗦！一个操妹出生的，没有什么不得了，我在学校里还打过她的耳光！”“那个瓜娃子也出名了?原先连衣服也穿不伸展，还借过我五块钱至今没有还。”成都人就是如此踏削自己同乡的。

跟随着这种背后下烂药的陋习，四川人往往是专烧熟人，于是有了“烧”“烫”等形象生动的词。四川人说某某人很烫，专烧熟人，就是指某人不地道，专干坑蒙拐骗的事情。而且四川人整人烧人还有一个特点，就是专烧熟人。所以，王跃在《成都批判》一书中，说“不要相信熟人”：

> 在成都生活，常有人告诫你：不要相信熟人。以前成都人都住在院坝里，一个大杂院的街坊邻居十分亲热，一盘菜炒出来大家都可以过来夹一

筷子，这种情形现在再也看不到。成都人大多住进了公寓楼或商品房，一门关进，有时候住了多年还不知道对门的人是干什么的，也懒得打听，只是碰上了点一点头，连姓甚名谁也不知道。对于熟人也都存有戒心，某一个熟人多年失去联系，突然冒出来对你表示亲热，你就要提高警惕，他不是要对你传销就是要卖什么东西给你。所以，成都人说一看见有一个多年不见的熟人对你笑容可掬，他就心里打鼓。这是源于多年的经验，不要相信熟人！

世上最可信的是熟人，最不可信的也是熟人。熟人没有做生意时还是熟人，一旦当了商人就要专烧你这个熟人。有人有过切肤之痛。要买高档电器，心想熟人某某正开电器行，起码不会烧人，天知道，竟被烧得跳，弄一堆破铁回来，半年花了成倍于商品价值的修理费。熟人见了面还问："东西不错吧！一点没赚你钱。"你脸上还得装出受人恩惠的样子，吃的是哑巴亏。

有人搬家时又来了一群熟人，自告奋勇要帮忙，声称起码不会搬坏你的家具。这回更惨！熟人力气小，上楼时将东西碰得七伤八破，因为欠了人家的情还得请啖一顿，算下来比找搬家公司贵了许多，且家具损失惨重。熟人还发议论，说这小子太财迷，帮他挪了窝才吃这种伙食！酒也没有喝透！又落了个哑巴吃黄连。

某人有次做手术，心想找熟人吧，熟人起码不会将纱布忘在伤口里，刀口或许还会给你开小点，可是这回又吃了大亏，还得噎着。熟人本想照顾他一下，心一慌刀口就划得特别大，又斜！纱布确实没有忘取干净，但伤了一股神经，弄得这人一阵阵痉挛。熟人很不好意思，反复请求原谅，他脸上还得装出无所谓的样子安慰别人："没关系，没关系！不就一根神经吗?”这罪只好受在心里。

没有熟人办不成事，有熟人其实也办不成事。某位有一回看球赛，票特别俏，正想放弃，一个运动员朋友主动带他入场，谁知守门人铁面无私，不但将他拦下，连运动员也不准进。两人大吵一场，惹得治安将他俩扣下要单位领人。单位领导见了吃惊不小，说想不到连你也开始混票了，他简直无地自容。此后他老实了许多，不再打熟人的主意，偏偏无数的熟人来找他看病，就因为他在医院工作。有人看了病又跟他嘀咕，说能不能免费？碍于情面他只好找兄弟伙给朋友免了。谁知熟人四下替他宣传，便蜂拥而来许多熟人的熟人，个个都要免费看病，医院的老板又不是他的血亲，熟人们个个怒目相视，说你给某某都免了为什么不免我们的？可见是个势利眼。

也不是熟人都没有好处。有个炊事员熟人就很好，见到朋友一张脸笑得稀烂，狠命往他碗里装菜，一段时间里很让朋友吃了些白伙食。有一回遇上食物变质，因为熟人的照顾朋友又吃得特多，让朋友狠发了一夜洪水，差点送了小命。这之后见了炊事员就要用手捂碗，说够了够了。这是经验！多吃多占将受惩罚。成都人其实都是热心肠，但给外地人的印象是成都人很冷漠，拒人于千里之外，这其实是因为成都人因为常相信熟人而闹出许多不愉快的事，一个个一朝被蛇咬，十年怕井绳的缘故。

因为害怕下烂药，被人烧，所以四川人个个都成了人精，外省人称之为川耗子。据清人赵翼《陔余从考》载，明代“呼蜀人为川老鼠，以其善钻也”。用“川耗子”来对四川人的性格弱点加之刻画，可谓入木三分。四川著名历史学家、地理学家任乃强在《乡土史地讲义》中说四川人“大都卑小蓦陋，趋细利而急近功，轻实质而重虚荣，凡远大难致之业，皆惶骇不敢为”。巴蜀文化专家陈世松在《天下四川人》一书中指出：“明代人取老鼠生性机敏狡黠，善于钻营来挖苦嘲弄四川人，反映了那个时代官场腐败的作风和人际关系。到了近代，外省人又取耗子眼光短浅、鼠目寸光来讥诮四川人，揭示了那个时代四川人的共有弱点：只顾眼前利益。”

然而尽管四川人个个似乎都是鬼机灵的川耗子，但被下烂药、熟人烧的事件依然时有发生，不胜枚举。在四川，曾经声名狼藉的李天国正大海狸鼠事件、成都“润德兰园”养兰花事件，以及四川人各种各样的传销事件，对四川女性伤害最大的四川人贩子，再加上一个从中国“首富”到“首骗”的南德集团牟其中，无不把一只只川耗子打回了原形。原来四川人的脑壳多半是方的，聪明反被聪明误，四川人在背后下烂药的同时，付出了很大的代价，那就是一颗耗子屎坏了一锅汤。四川人在改革开放初期，曾经是很不受欢迎的一个群体，外地人也不大愿意与四川人打交道、做生意，因为四川人不实在，言而无信，不能给人安全感。

近年来，随着四川民工浪潮的淘洗，四川人在被洗脑的同时，也学乖了，他们已经学会了按牌理出牌，懂得了真正的游戏规则。更重要的是，下烂药、抽底火已经成为少数四川人的专利，更多的四川人面对竞争，已经可以云淡风轻、安之若素。

3 好赌成性：打麻将可以一夜不睡

如果四川人不打麻将，恐怕生活会完全乱套。

曾有四川诗人言：“人生有三大悲剧：中年丧子，老年丧妻，摸牌不上张。”虽是戏虐之言，可大体也能反映麻将在四川人生活和心目中的分量。

四川人喜爱麻将，但又不喜欢别人说三道四。

2007年，在重庆举办的第17届全国书市“中国出版高层论坛”上，央视名嘴崔永元的一句调侃话引出了读书与打麻将的话题讨论，在成都市激起了千层浪。崔永元提到2006年他制作的节目《我的长征》，“去年我和伙伴‘长征’，‘长征’一线的读书人不多，‘长征’一线打麻将的很多，到处都有，我从来没有见到过这样的场面。有一个城市，我就不说这个城市是成都了。传说，成都的麻将是坐飞机还差200米落到机场就听到哗啦哗啦打麻将的声音。”这下，成都人可不依了，甚至有人提出要求崔永元就这种片面的言论道歉。

不可否认，四川人痴迷打麻将，的确是名闻天下。网络上曾经流传着一张照片，四川的某一个县的一条大街，整条街上摆满了桌子，全是打麻将的。外省人到了四川会发现一个很奇怪的现象，四川人不晓得哪有那么多的时间和精力，也不晓得四川怎么有那么多闲人，可以成天从早到晚地趴在桌子上搓得稀里哗啦的，而且中午都可以不回家吃饭。并且，不但城里茶馆挤满了打麻将的人，到四川农村去走一圈，也可以到处看见在乡下的茶馆里黑压压的全是打麻将的人。据说汶川大地震，外地来的一些志愿者惊奇地发现，就在废墟旁边，大难不死的四川人，也可以一边用蜂窝煤炖着鸡，一边心平气和地打着麻将。汶川大地震刚发生不久，凤凰电视台播出过这样一个镜头：在地震重灾区，一片废墟附近，几个幸存者打着雨伞，围在一起冒雨打麻将。在四川虹口，四川人每到夏天，还要大老远地开车过去，双脚泡到水里，桌子搬到水里去打麻将，这的确是四川人最为奇特的风景。笔者刚读大二的妹妹告诉我，她们学校今年开学，因为分到了宽敞的新公寓，同学们都把麻将买到了寝室里，每天放学回来就可以搓几盘，并且还教会了一个外省的同学。这个个案虽是极个别现象，但也足见麻将在四川深入人心。事实上，麻将在四川的普及，四川人对麻将的热爱，超出一般人的想象。如果四川人告诉你，他们的孩子是玩着麻将长大的，小家伙很小就能用手摸出二筒幺鸡，很小就能打麻将砌长城，你不要不相信，那一定是真的。

据说，四川某地区几位领导干部带上麻将去拉萨考察，一下飞机就开打，酣战几天几夜后返回，连拉萨什么样也不知道；某市文联举办笔会，领导报告一完，马上直奔主题——麻将；至于单位搞活动，或者几家人相约出去耍，拉几车人到异地农家乐打一天麻将，而后又原车返回，这几乎就是四川人最为凡俗的业余生活。

汶川地震中，四川人也传出了一些精彩的关于麻将的段子，如这样几则：

> 地震中，四川都四位老太太在一高楼上打麻将，其中一个说：“我怎么感觉楼在簸啊（四川人说摇晃为簸）？”另一位老太太看了看窗外，说：“没事没事，大惊小怪，快出牌哦，别的楼也在簸！”
>
> 地震时，大家都跑到楼下，聚到一起。好一会儿，有个老太婆自己坐着轮椅出来了，嘴里骂骂咧咧：“太不仗义了，四个人打麻将，把我一个人留到房子里头，下次再是三缺一，偶也不去了！”
>
> 四个婆婆在打麻将。突然发现桌子在摇。婆婆们二话不说，分头各自

在四川人的休闲生活中，麻将扮演了一个很重要的角色。穿梭于四川各城市的街头小巷，麻将声总是不绝于耳。

去找了些硬纸板，垫在桌子下面。然后坐下来继续打！

四人一起打麻将，地震簸起来了，三个靠门的人跑得快，都出了门，可最倒霉的是距门最远的人就被埋在了废墟里。可恨的是，跑出来的三个麻友（四川人称经常一起打麻将的人为“麻友”，意即麻将朋友）既没有折返回去救被埋在废墟里的人，也没有“报官”求助人来挖……直到几天后，埋在废墟里的人的家里人找到了他们三个，要他们三个交出人来，说“那天你们几个在一起打麻将”，迫于交不出人来，他们三个才只好吞吞吐吐地说出了真相：“他没有跑得脱！”

我姐夫家在七楼，在外面住了几天棚棚后，实在受不了了，也和我们两口子一样，撤回去住了。他打电话问我，你咋弄的地震警报呢？我说我倒起扣了几个啤酒瓶子，如果摇了，瓶子要响。他听了后，挂了。过了会儿他又打过来，说，你那个啤酒瓶子灵敏度有点低哦，我刚才在桌子上实验了，要使劲地摇才会倒。我告诉你一个好方法，拿麻将牌码，我就拿了十张麻将牌垒了个高的，灵敏度很高。我说我不打牌嘛，家里哪里来的麻将牌哦？他说你个龟儿子，早就喊你打牌你不打，就是不听，看嘛，这下你就晓得厉害了，等会儿我给你送十张麻将牌过来，亲自给你安装。我忙说谢谢啊谢谢。过了几分钟，他又打过来，说，还是算了，那个屁东西太灵敏了，刚才你姐从边上走了一下，牌就倒了，把老子吓死了。

12号那天我在打QQ麻将，突然地震，我对麻友们说：地震了，我要退！结果他们都不准我退……

而且，乐观好耍的四川人还把汶川地震和麻将语言结合起来，概述了一场汶川地震抗震救灾的艰辛过程：

NO1.市抗震救灾指挥部通知，即日起我市市民打麻将需遵守以下条例：

1.不得打512（因为5·12是我们心中永远的痛）

2.不得刮风下雨（对堰塞湖危害太大）

3.不得血战到底（因为世界充满爱）

4.严格禁止一炮双响三响（再也经不起折腾了）

5.千万不要连续点炮（主震余震型太让人担心了）

NO2.都是川麻惹的祸：

说不准打麻将吧，大家偏要打“5124”，结果5月12日死了那么多人；打就打吧，还偏要“推到胡”，结果倒了那么多房子；胡一把就完了吧，还偏要“血战到底”，害得余震不断，房子老是在倒，人民子弟兵不得不为救老百姓血战拼命；血战到底就够了吧，还偏要“刮风下雨”，结果加重自然灾害，害得堰塞湖无比危险；就这样就够了吧，还要兴“一炮三响”，结果汶北青全部都遭殃，更可恶的是还要“消根”，弄得北青连根都没有了，不得不异地重建；最讨厌的是还要兴“买马棚起”，弄得成都人民到处搭马篷。所以，从今以后，一律不准打麻将！

新加坡的著名作家尤今曾经用笔记述了这样一座让她大为好奇的《麻将之城》：

那一回，到离成都不远的平乐古镇去玩。

夏天，连墙都会流汗的那种燠热，燥得人发昏。我东西走，突然，非常、非常突然地，我被一个前所未见的奇异景象吸引了。

深及于膝的小河中央，端端正正摆了一张麻将桌子和四把椅子，有四个人，卷着裤，旁若无人地坐在清澈的河水里，意兴勃勃地打麻。水流无声，麻将“噼啪”有声，那声音，便好似河水助兴的呐喊声。他们洗牌砌牌，谈笑风生；湿漉漉地浸在河里的双腿，带来了浑身透彻的清凉。

成都人爱打麻将是举世闻名的，可是，打成了这种“超尘出世”的境界，却着实令我在瞠目结舌之余，叹为观止。

犹如发现“新大陆”，我急巴巴地把目睹的这个“景”告诉成都的一位朋友，他一听便笑了起来，俨然把我看成了初入大观园的"刘姥姥"，他边笑边说："哎呀，你该到虹口去看看！那儿有条河，两边都是农家。炎热的夏天一来，不计其数的成都人便往凉爽的虹口跑。河水浅、河水凉，河里密密麻麻都是打麻将的人，那种浩大的场面，才真的叫壮观哪！"

有人说，不管户内户外，只要有个地方容得下一张方形桌子，便会看到成都人在打麻将。这，看似夸张，可是，成都人把麻将打成了一种独特的生活方式，却是不争的事实。

春光明媚鲜花遍开，他们就坐在艳红的桃花树下，坐在甜白的李花树下，快快乐乐地打；夏天迷人，果子熟了，他们就在果香溢的农舍中，坐在沁心凉体的河水中，不亦乐乎地打；秋天来了，天气转凉，他们就坐在街道两旁，坐在绿荫道上，劲头十足地打；到了酷寒的冬天，他们犹如候鸟般，选择到温暖如春的茶馆去，昼夜不分地打。

此外，在喜气洋洋的婚礼上，他们兴高采烈地打；在肃穆哀沉的葬礼上，他们也波澜不惊地照打不误。

有人戏谑地指出：在飞机上一听到麻将的声音，便知道已着于成都了。那种万家麻将稀里哗啦响彻云霄的声音，具有翻江倒海的大气势！

在成都，不会打麻将的人，是会被视为"异类"的。曾有人问我："你通常每周打几次麻将？"我老老实实地应："我不会打麻将呢！"对方一脸诧异地问："啊，那你怎么过日子呀？"

曾经有人在网络上问"四川人为什么爱打麻将"，回答者众多，A说"因为他们很闲，无所事事"；B说"盆地意识、赋闲的人太多、追求安逸的生活、民风民俗"；C说"四川者，四个人川（串）成一圈玩呗。四川是盆地，四周高中间低，打麻将不也是围成一圈四周高中间低？"；D说"因为四川人就是喜欢'麻'的东西嘛，像麻辣烫呀，像麻将这么'麻'的东西，当然不会放过喽！"……

实际上，四川人不但喜欢打麻将、闷鸡、斗地主、抓金花，只要和"赌"字沾边，没有四川人不会的，也没有四川人不热爱的。可以这样说，四川人的茶馆几乎不是喝茶的地方，而是赌钱的地方。所以每一个四川人都是嗜赌成性的赌徒，所以四川人会一边通宵达旦地赌钱，一边念叨："赢了钱的还想赢，不得走，输了钱的，没有捞回来，当然也不会走；不输不赢的不甘心走；否则又费马达又费电。”

这种赌徒心理直接助长了四川人的暴富心理，导致了四川人不思进取、心态浮躁、懒惰成性、只图安逸享受的性格缺陷。巴蜀文化学者陈世松在《天下四川人》一书中写道：“四川人轻进、浮躁的心态，在社会生活的各种‘追风’热中表现得最为充分。本来，封闭的盆地，由于交通信息不灵，当任何一种时髦的事物刚刚冒出头的时候，他们往往会不加分辨地竞相追逐仿效，以致形成为‘一窝蜂’现象。”抗战胜利后，蒋介石在成都做《告别四川同胞》的讲演时，就指出，四川人的优点是“才智有余”，但缺点是“流弊伤于虚浮”。四川人追风的特点是一说风就是雨，往往是“一窝蜂”而上，丝毫不加以深思熟虑，加上四川人的赌徒心理，急功近利，急于求成，所以四川人屡屡上当受骗，从而也培养了众多的四川骗子。一位作者，就借成都人变相地给四川人画了一幅素描：“成都人脑壳里生了个‘炒’字，眼睛上安了个‘盯’字，脚板上装了个‘撵’字，心头慌的是个‘发’字。”于是，我们看到了以成都人为首的四川人在近年来的赌徒表演，红庙子炒股、炒海狸鼠、炒邮票、炒兰草、炒狗、炒字画，彩票开卖后，又疯狂地买彩票，个个四川人都梦想一夜间变成500万富翁。也许正是这样的一种赌徒心理，四川的体彩销售额高居全国第六、西部第一。难怪有人感叹：“成都是一个放不下一张书桌的城市，只有地方放麻将桌和牌桌。”

伴随着四川人赌徒心理的是懒汉心理。正如网友在回答“四川人为什么爱打麻将”时，就一针见血地指出，是懒。这个懒更多地表现在四川人的一种盆地心态。贪图享乐上面，四川人甘愿做井底之蛙，甘愿蜀犬吠日，四川人还沾沾自喜地把这种懒美其名曰休闲。一个外省人在四川，你待久了想的就不再是奋斗而是享受。与其说四川本身就是一个大休闲场，还不如说四川本身就是一个大染缸、一张大温床。对于这一点，早在东汉，班固在其《汉书》中就指出了巴蜀两地的四川人“淫佚”，即贪图享受，喜欢奢侈安逸的过日子。任乃强在《乡土史地讲义》中也描摹了民国时期四川人的这种“好风尚”的“民性”，于今天四川人的好耍之风可见其渊源：“好烟酒、啜茗、博弈、游戏之事，罕有能发奋自强者。饮食衣服，旧尚节俭，近则清矜新异，尤嗜舶来品。至于居室碍陋，则未尝注意。”

在这个大染缸、大温床里面，四川人喝着茶，晒着太阳，打着麻将，吃着火锅，四川人似乎已经很满足很满足，哪怕精彩的世界就在四川人的家门前，四川人也不想去望一眼。

不管是否耸人听闻，一个四川人在网络上发帖子指出，正是四川人的这种可怕的懒汉文化、赌徒心理，消蚀着四川的未来与发展，消解着四川的竞争力与战斗力：

> 在中国的任何地方，一提起四川，人们首先想到的绝对不是麻辣或风光，而是大街小巷密密麻麻的牌馆、麻将馆和“龙门阵”。勿庸置疑，四川人在玩和吃上下的功夫是举世无双的，但外地人提及这些时，恐怕极少会有称赞或逢迎，而是鄙视。玩也好，吃也罢，人性也，本无可厚非，但这些必须以必要的经济基础为前提的。四川省以近亿人众，勉强挤进了国内经济总量第十二名，但人均GDP却排在全国倒数第三、第四；全国百强县市中只有双流不知把成都的多少地方都算进去了而入围，全国百强城市中只有成都入围，而人均仍居末尾。因而，四川不论成都还是其他地方，都是全国最穷的。外地人不明白，既然你们这么穷，为什么还整天坐在那里烂玩胡吹呢？

4 假打：吹牛不上税

“假打”好像是四川人戴着的一个面具，一旦取下来，我们就会发现身边的四川人是如此好玩，又是如此可怕！

比如，一个成都“大款”在菜市场买小菜，本来用不了几个小钱，他却一掏口袋，装腔作势地说：“哦，我忘带现金了，用信用卡行不行?”农民说：“不行，我收下怕用不脱。”大款一拍脑袋，“啊，我搞忘了，你只收‘金穗卡’

（农行发行的银行卡，上面有麦穗图案），但我身上只有长城卡和牡丹卡。”

又如，有个大款在熙熙攘攘的街上，手拿大哥大，大声气地对自己家的保姆说：喂，你把奔驰开到菜市场去买两斤耙豌豆嘛！

甚至还有一位小姐，一边在菜市场买橘子杀价，一边打手机通话，说的是：“打麻将就打大麻将，打小了又费马达又费电。”而这边又拉长着脸杀价说：“瓜儿，啥子东西卖那么贵?当真话钱不是钱嗦?看我把你的摊子踩了！”这时候过来一男子，心疼地对这位小姐吼：“紧打（手机）做啥子?钱得嘛！”小姐就赶紧笑嘻嘻地对男子说：“宝器，我又没开机，是故意打给周围人看的。宝器，快把钱拿出来，我兜里一个钱也没有了。”

更可笑的是，街边上一个卖串串香的苍蝇馆子，跑堂的手持大哥大在那儿叫唤：“喂，灶房灶房，我是前堂，生意来了，生意来了，三号要两串土豆、一个油碟，快点快点。”

四川人所说的“假打”就是东北人所说的“忽悠”，江浙人所说的“耍花招”。当东北人正在说着“忽悠，继续忽悠”的时候，四川人已经是满地“假打”了，就连四川的三岁小孩也会学着李伯清周武郑王地来一句：“嘿嘿，你娃假打。”

何为“假打”？词典上好像翻不到，完全是地地道道的四川方言，最早来源于成都，主要因李伯清而流行，家喻户晓。简单地说，该词既有“吹牛”之意，“插根山鸡翎子就冒充山大王”，也指人装腔作势，更引申为虚假、虚伪或者华而不实。总之，凡是生活中不真实的、虚伪的、有意夸张的、好面子的行为都可以被四川人称作“假打”。当然，也有人解释为“打假”一词的倒置，特指作假。

假打也是耿直的反义词。耿直是重庆人最常挂在口头的两个字。重庆话说一个人不耿直，那可以说是对他这个人最大的侮辱和鄙夷，那这个人就甭想在重庆混了。重庆人一般说成都人假打，是这样形容的，面子上叫“清蒸熊猫”，实际上只吃素面一碗，你说假打不假打?

假打有时候也是真打的反义词。

前几年，虽然“甲A”已沦为“假A”，但成体中心依然是人山人海的球迷。只是曾经激动人心的“雄起”早没有了，响彻全场的只是一片失望而愤怒的“假打、假打”之声。不解释你也知道，原来是球迷在骂“假球、假球”。“假球”到了四川人的口中就成了形象、贴切、生动的“假打”，可见四川人对语言的创造力！这词后来被广泛用于甲A和中超足球联赛，是继“雄起”“下课”后四川人向全国人民贡献的又一新词。

但不管四川人如何假打，无论如何都要提到一个人——巴蜀笑星李伯清。来源于民间的李老师把他观察到的一些四川人虚伪、虚荣、爱面子的社会现象，讽刺为“假打”，虽然把四川人、成都人洗涮了个够，但四川人、成都人依然嘻嘻哈哈地听得津津有味。虽然李老师添油加醋地讲得有点夸张，但他们仿佛看见了门对门的邻居，也仿佛看见了自己。

李伯清最经典的“假打”角色是一个明明没做什么大生意，却总是好面子吹牛的“胡总”，他打电话时总是惊爪爪地喊，生怕别人听不见似的：“喂，黄总，水总，我是‘浮肿’（胡总）。什么，500万的合同不要找我，我最近正在粉刷月球，准备在太空飞船上安瓷砖，然后再把万里长城装修喽，再做个不锈钢的盖子把太平洋盖住，免得海洋受污染……

这里再摘几个片段：

大哥大撇起，转自由市场，买菜，更是假打。

“喂，三妹哇，哎呀狮子楼就狮子楼嘛！”

“这样子嘛，我把这个菜冻到冰箱头，明天吃就是了嘛，今天切狮子楼嘛！”

“给门墩儿他们说没有嘛?”

“把囊板儿、干心儿一哈喊到嘛，可以嘛，娟娟儿也对嘛！”

“哎呀！雅间就雅间嘛，节约那滴点儿爪子嘛，也不过两三火钱嘛！”

“这样子，我带个坨把钱来就是了……”

电话一挂……“诶，广尔实，你这个豌豆尖杂称起在，你称旺滴点儿嘛！”

出来打的，本来打的不应该算假打，但你看一哈他咋个说勒……

的士！的士他又嫌塞车，改为三轮车。

你就喊三轮嘛，他惊叫唤冒一句：

“三司……”凉拌三丝嗦……

最后连三司勒价钱都谈不好。

三司说：“再不给，5分皮。”

“撇丁星哦！打的都莫的那么贵……”（乱说，打的起价就5块）

又降个级别，改为耙耳朵（成都的一种跑生意拉人的人力车），你就喊耙耳朵就是了嘛！他突然冒一句，“耙的……”

耙耳朵蹬过来，“经理，到哪里？”管他勒哦，按到喊，当盘司机哪不对喃?

“锦江剧场走不走？”

“当然要走，请经理上车，需不需要我给你开车门？”耙的也会假打。

“不慌多哦，先把钱说清楚，免得找斤扯……”

“这样子，4元钱，总不贵哈！”

“不行，贵了，1块五！”

“是不是稍微软了点哦！”

“这样子，我们大家不亏大家，公事公办，严格打表！”……

经过李伯清“明星效应”似的传播，“假打”很快成为勾画四川人性格最为暧昧和最为写意的一词。就连上厕所随便屙不要钱的李老师也假打，当他洒泪投奔重庆的时候，是像刘晓庆一样发誓永不回川的。可是没几年，他就和假打的刘晓庆一样，假打地回了成都。刘晓庆回四川，可以大声地喊“我是刘晓庆，我是四川人”，李老师回四川，喊都不用喊了，因为他离了四川，就假打不起来。假打，已经成为四川人最为隐秘的那个穴位，一击致命。

四川人假打又以成都人最为明显，以致成都人在外地假打到不敢称自己是四川人，他们从来不敢提“四川”两个字怕被人看不起。“假打”实际上是刻画了四川人“虚情假义”的小市民性格。陈世松《天下四川人》一书中分析成都人的“假打”时说：“近代成都是一座消费城市，它既缺重庆、上海等产业工人集中城市的胸襟和气魄，也缺乏山区农村的质朴和憨厚，难免不留下一些小家子的市民气和无聊的装腔像。”一篇署名刘珈利的文章《关于“假打”》寥寥数语几乎概括了所有成都人（四川人）假打的众生相：

> 最经典的案例应算是，你的朋友，成都人，他明知道你不在这个城市，打电话给你说，过来吃饭，我请客！还有一种人，一起吃完饭以后，跟你抢着掏钱包付账，掏了半天始终比你晚一步；或者见了你叫“埋单”了，干脆就掏出手机到一边儿打电话去了。这种“假打”其实只算是成都的初级版，适合对朋友，克星是，朋友也是个“假打”分子。
>
> 升级版的“假打”应算是那种收钱替人家办事的人，逢人就吹嘘说自己有多少关系，有什么亲戚在做高官，可以帮你摆平多少事情，从升职到升学到升官，这些事儿在他办来，一马平川。最近，朋友的朋友就遇上一个人，收了钱要替他办事，结果一拖再拖，后来干脆说办不了了，钱也不退。朋友打抱不平，冲进那个人的办公室，一面嚷嚷着让旁边的人赶紧报警，一面当着他众多同事的面，一把拎起他的衣服，装出要打人的样子，说了几句恶狠狠的、带有七分暗示的话，然后撒手而去。不出两天，那人乖乖地把钱吐了出来。这种升级版的“假打”适合对不那么直接的朋友，克星是，“浑人”或恶人。
>
> “假打”的加强版说来就话长了。比如你明明是一个黑眼睛、如假包换的中国人，在国外混了两年回来，不知怎么的就不会说中国话了，出去谈业务时还要带个翻译，跟客户讲英文，弄得人家丈二和尚摸不着头脑。听一位成都的室内设计师说，“我搞设计的时候，比如说顶上的吊灯，国内、国外都有这种款式，我偏要用日本的或美国的，价格贵好几倍，让甲方掏钱从外国采购再运回来；中国人一般都用不上烤炉，我偏要设计进去，两三万块一只，从意大利运过来；外国的油烟机，排量不适合中国人，我也把它设计

进去，漂亮啊；外国的沙发，十几万一套，从外国运回来！一套房子装修下来，比别人的贵10倍不止，客户还很开心！”这种“假打”适合蒙有钱的傻B或财大气粗的开发商，一辈子也遇不上几回。克星是，人家是个正常人。

不过，四川人假打也有好玩的地方。曾经有一年，成都新都桂湖公园展出马家山西汉崖墓出土的部分文物，不但展览的名字叫“格老子四川人汉代出土文物展”，连那个著名的东汉说唱俑都被取名“假打的四川人”。四川人这样“假打”，真让人忍俊不禁。而有时候，假打会变成打假。如老百姓口头的假打民谣，就是对某些领导班子不作为的极为打假的讽刺：

打假没有不成假打的，扫黄没有不成白扫的；
运动总是成效显著的，问题总是历史造成的；
创造利润没有小的，带来利税没有少的，
农业没有不遭灾的，灾年没有不丰收的。

实际上，追究四川人的这种假打的根源，我们发现，早在上世纪，一个被称为“厚黑教主”的四川人李宗吾就已经为我们做了精辟的分析。他虽然没有点名是四川人，但却分明是在洗涮四川人，以致当年连蒋介石也看不下去了，传令要将该作者抓捕：

厚黑学共分三步功夫，第一步是“厚如城墙，黑如煤炭”。起初的脸皮，好像一张纸，由分而寸，由尺而丈，就厚如城墙了。最初心的颜色，作乳白状，由乳色而炭色、而青蓝色，再进而就黑如煤炭了。到了这个境界，只能算初步功夫；因为城墙虽厚，轰以大炮，还是有攻破的可能；煤炭虽黑，但颜色讨厌，众人都不愿挨近它。所以只算是初步的功夫。

第二步是“厚而硬，黑而亮”。深于厚学的人，任你如何攻打，他一点不动，刘备就是这类人，连曹操都拿他没办法。深于黑学的人，如退光漆招牌，越是黑，买主越多，曹操就是这类人，他是著名的黑心子，然而中原名流，倾心归服，真可谓“心子漆黑，招牌透亮”，能够到第二步，固然同第一步有天渊之别，但还露了迹象，有形有色，所以曹操的本事，我们一眼就看出来了。

第三步是“厚而无形，黑而无色”。至厚至黑，天上后世，皆以为不厚不黑，这个境界，很不容易达到，只好在古之大圣大贤中去寻求。有人问：“这种学问，哪有这样精深？”我说：“儒家的中庸，要讲到‘无声无臭’方能终止；学佛的人，要讲到‘菩提无树，明镜非台’，才算正果；何况厚黑学是千古不传之秘，当然要做到‘无形无色’，才算止境。”

曾经有一本知名的杂志做过一期四川人专辑，其中有一句话道出了四川人的“家底”和“精髓”：“四川人爱钱，但他们也爱晒太阳，他们总喜欢在挣钱和晒太阳之间寻找平衡。”的确，过于极端的生活不是四川人的选择，道家的“自适其适”“顺其自然”才是四川人努力追求的生活境界。然而在现实生活中，我们发现四川人却往往适得其反地表现出“假打”的市井劣根性，这不得不引起四川人的警惕和自省。

第十一章
川菜攻占中国人的味蕾

1 当花椒碰到辣椒：一场关于味道的艳遇

前几年，有一位川菜厨师参加全国烹饪大赛，得到了一个“五虎上将”的称号，这位厨师高兴得跳起来，但听评委将所谓的“五虎”一一解释后，立马收住了笑容。“麻乎乎、辣乎乎、油乎乎、黑乎乎、马马虎虎”。这五个“虎”，把目前川菜存在的所有弊病都概括了。然而，对于那些真正精通川菜烹饪的厨师而言，这也是最不能接受的评价。尤其今天川菜正处于发展的黄金时期，全国各地都兴起了吃川菜的风潮。川菜之所以具有很强的侵略性、扩张性，是因为川菜口味适应面广，无论高档还是低端，川菜全能覆盖。川菜至少有3000多个菜品，24个基本味型，“一菜一格”“百菜百味”。去饭馆吃饭，会点菜的人，点十六道菜，可以做到十六种味型各不相同，这在全国其他几大菜系里就很难做到。

上个世纪80年代的著名诗人，如今名气很大的美食家石光华，喜欢从文化的角度来谈论川菜：“四川人对味道丰富性的追求，还有对味道奇妙变化的追求，我认为是上升到了哲学的境界。例如鱼香味是无鱼而有鱼味，从无中生有；鸡豆花不是豆花，它是用鸡胸脯肉和蛋清加清汤做成的，吃起来已经没有鸡肉的味道，把有化为无。这是川菜对味道孜孜不倦的追求所产生的极致效果，它已经和中国文化的本源概念紧密联系在一起了。”

令人叫屈的是，直到现在人们依然忽视：除了麻辣，川菜还有酸辣、香辣、干辣、胡辣……变化非常之多，能够把辣味细分到如此程度也是其他菜系所没有的。况且，在川菜的3000多个菜品里，给人们印象最深的“麻辣味”，实际上还不到四分之一。

但川菜确实以麻辣作为自己的特色，但川菜是如何变辣的呢？据两千多年前的史籍《华阳国志》记载：“蜀人好滋味，尚辛香”，“辛香”源于花椒、姜和茱萸三大辛味调料，其中花椒是最常用的辛香调料。在相当长的一段历史时期，全中国大部分地区的人都在吃花椒。花椒之所以慢慢退出中国饮食，这与元朝入主中原有关，蒙古人崇尚佛教，禁辛香之物，花椒慢慢就退出了，仅仅在四川保留了一点。

花椒的衰落还有另一个历史原因，就是中国人明清以来肉食结构的改变。

辛味调料的两大功能，一是压住食物中的腥膻，二是祛“寒湿”。在清代以前，中国的人地比率一般在每人五亩以上，由于人口基数较小，大量以森林和草地为主要植被的山地没有得到开垦，为散养型的畜牧业提供了广阔的生存空间。牛羊肉在中国人的肉食结构中占有较大比重，牛羊肉的腥膻味是全国各地广泛使用辛味调料的一个重要原因。

然而，明朝引入的土豆、玉米、番薯等高产旱地作物，引发了持续的人口增长和山地开发，大量草坡和林地成为耕地，牛羊牧业萎缩，家庭养猪和家禽肉类在饮食中的比重大大增加，猪肉成为主要的肉食，而它显然不那么需要辛味调料来压住腥膻。

于是在清代的禽兽类菜肴中，花椒入谱比例从明代的59%降至23%。随着肉食结构的这一变化，很多地区已经退出辛辣版图，转而开始追求清淡温和的口味。

到清末的时候，花椒入谱已经仅占18.9%，而且基本上都被挤压在四川盆地一带，花椒只被爱好辛辣的四川人所偏爱。川菜天下“独麻”的地位，就是在这一时期形成的。

在今天，满满一大桌没有辣椒的川菜几乎是不可想象的。但事实上，从古代川菜的失传到辣椒在四川大行其道，中间还有一百多年的时间。

辣椒登陆中国是从福建开始的，等传到偏僻的四川的时候已是清朝中期，再到它作为调料普及于四川人的餐桌时，清朝都快完了。辣椒和花椒在四川的相遇和结合，确实称得上是世界饮食史上的一场味道的艳遇。这场艳遇产生了一个很奇妙的东西，就是麻辣。说到吃辣，四川人只是不怕辣而已，而湖南人是辣不怕，贵州人是怕不辣。但全国人民一说吃辣就是说四川人，不会说贵州人，不会说

令人垂涎欲滴的四川小吃。川菜也是一个历史悠久的菜系，其发源地是古代的巴国和蜀国。当时巴国和蜀国的调味品已有卤水、岩盐、川椒、“阳朴之姜”。川菜系的形成，大致在秦始皇统一中国到三国鼎立之间。

湖南人，为什么呢？因为四川有酸辣、香辣、胡辣……只有四川人把辣追求到了极致。

愚人在《川菜——全国山河一片红》一书中对辣椒的特性作了一番精准的分析：“辣椒有一个与其他食味显著不同的区别，在于其他食味都远远不能和辣椒强烈刺激后留下的记忆功能相比，即使是姜、葱、蒜等辛辣刺激食味，也不能和辣椒使人上瘾的能力相比。除了这些原因，大约辣椒得力于它的家族繁衍，其数量远远超过姜、葱、蒜家族。辣椒既可做调料，又可做蔬菜。更妙的是，辣椒发展到现在，其辣度已经成了一个范围很大的几乎连续的谱系，最辣的辣椒可以把人辣死。还有一点不辣的辣椒，介乎其中的是辣度高低不同的辣椒，让能够吃辣的人可以随意选择，量力而行，循序渐进，所以极为有利于普及，这又是其他辛辣作料所望尘不及的。”

他继续分析道：“辣椒还有一个特色，就是你已经被它征服以后，它开始让你知道什么是进一步的品辣水平。这个水平不是让你习惯于更辣，而是让你知道什么是它的香味，让你有‘山重水复疑无路，柳暗花明又一村’的感觉。只有到了这一步，你才会体会到嗜辣的佳境。”现代四川人嗜辣的习惯常常被外省人误解成只喜欢刺激，如果要从辣度去衡量，那么含辣川菜里的平均辣度并不算是世界各国菜之最，甚至也不算全国之最。四川人最喜欢的两种辣椒：二荆条和七星椒，虽辣却不是最辣，但最香。四川人酷爱的辛辣味里，始终离不开香，所谓“尚辛香”是也。

所以说，辣椒来到中国，最大的幸运在于它进入了四川，被“尚辛香”的四川人演绎得出神入化，被川菜厨师用到了极致。就连火锅都可以依据食客的口味分为微辣、中辣和重辣。

如果说“辛香”是川菜的形象风格，那么对“滋味”的孜孜不倦的追求就是川菜的灵魂，所以川菜的调味料特别多。食在中国，味在四川，其他菜系强调菜品本身的味道，川菜是在味道中求变化。归结起来，川菜具有以下几种显著特点：

一是和的精神。川菜烹饪讲究性味之和与五味之和，这是中国传统文化中“天人之和”思想在川菜中的反映和应用。川菜对菜肴点心的酸、苦、甘、辛、咸五味料品，需要通过五味调和之“和”生成美味和美食。如通过对动物原料、植物原料的调配而成荤素之和，通过对主料、辅料、调料三者的调配而成气味之和，通过春、夏、秋、冬四时人体对食物的不同要求而调配成时令之和，既能满足人的生理需要，又能满足心理需要，使身心需要在五味调和中得到统一。普通老百姓也常用“五味调和百味鲜”来表达对“和”的精神的赞美。

二是廉的精神。川菜用料讲究一物多用、综合利用、废物利用、寻新求用，力求物尽其用。比如猪、牛、羊，从头到尾，从皮肉到内脏，川菜全都可以拿来烹饪。一对猪蹄子竟可烹制成20余种菜。

三是变的精神。讲求革故鼎新，川菜的发展深刻体现了变易之道。在口味动静之变，菜点有无之变、技艺高低之变、成品繁简之变的求变过程中，展示出深邃的饮食文化。

四是美的精神。美食美心，强调自然之美和视觉之美，追求“味外之美”。一美在取名。许多川菜的取名有着丰富的文化内涵，通过写实的方法，表明菜肴的色、香、味、料、形、质、器和烹饪方法，质朴中透着雅致。口袋豆腐、神仙粥、金钩凤尾、龙眼烧白、蚂蚁上树等，给人出其不意的感觉；二美在器皿。西晋左思有“金垒中坐，肴隔四陈”，苏东坡有“倒一缸之雪乳，列白柁之琼艘”等诗文，都是对四川宴饮美食与美器配合的精彩描绘。质地各异，形态、纹样、图纹花样百出，美食和美器相映成辉；三是美境。刻意营造就餐环境，或淡雅温馨，或豪华气派，或小巧玲珑。良辰美景，美食当前，不亦快哉。

世界在变，川菜在变，无论怎样求变，川菜的十二字方针不变：“三香三椒三料，七滋八味九杂”。三香乃葱、姜、蒜，三椒乃辣椒、胡椒、花椒，三料乃醋、郫县豆瓣、醪糟。炒菜需要葱姜蒜，这是放之四海而皆准的真理，但是三椒却是真理之上的翻新，是味道的进一步扩充。四川人尤其把这三椒的花样弄得别出心裁，产生了七滋八味，创造了世界闻名的川味。所谓七滋是指：酸、甜、苦、辣、麻、香、咸。八味是指：鱼香、麻辣、干烧、辣子、红油、怪味、椒麻、酸辣。九杂乃指用料之杂。川菜的特点不尽细述，十几万字未必打得住，魅力在何? 一言敝之，在有味。四川人是天下味道最重的人，他们用嘴巴去衡量人的生命价值，“有盐有味”的人生，才是踏实、自由、奔放的人生。

2 别拿川菜不当艺术

“西餐的装盘方式最美，而全世界的饮食数川菜的味道最好，能将这两种美结合在一起，成就一种全新的美食艺术，赏心悦目的同时又能满足挑剔的成都食客对好味道的需求。”说这话的人是四川省唯一的女川菜大师杨文，四川省美食家协会副秘书长，正职是四川烹饪专科学校的教授。发问的同时，她开始尝试“把川菜与西餐结合起来”的方法，成立“杨文·食尚工作舫”，将食品与时尚，吃与艺术紧密地贴合在一起。在工作舫里最成功的厨师被叫做“大师”，创造菜品时的想法叫做“构思”，而菜品，则自然而然地被称为“作品”了。

“然而成都人不是只靠概念就可以说服的，他们长期浸润在美食环境中，因此变得敏感而苛刻，在这样的观众面前，我们要做的，是将菜品的内涵与形式完美结合，就像所有的艺术大家所做的一样。”杨文如是说。

幸运的是，杨文的这一大胆、惊人之举，通过一家叫“蓉锦1号”的休闲餐吧得以实现。坐落在成都西门送仙桥头的这家餐吧，背靠洋溢着古色古香的百花潭、青羊宫、杜甫草堂、浣花溪，弥漫着深厚而悠远的文化古意，使充满时尚情调和青春气息的蓉锦1号，避免了许多所谓具有现代主义风格的新潮餐厅或酒吧那种过分强调、过分刺激、过分夸张的商业化味道。有人说，这里是最适合和恋人来的地方。

这里的菜品，均为杨文独立创制，以现代川菜为本底。但是，她修正了那种常见的，现今流行的，以地域风味和民俗风格为主调的菜品样态。“重滋味，尚辛香”“百菜百味，一菜一格，擅长麻辣”，这是川菜滋味的灵魂，杨文没有为创新而放弃；以寻常肉禽蔬果为基本原材料，使菜品价廉物美，这是川菜的优势，杨文也没有丢掉。然后，她根据蓉锦1号的风格，注重现代人对饮食营养以及滋味平衡的强调，大胆地把西方烹饪和西餐的烹制方法、成菜形式、菜品风味，甚至品食方式与常见的川菜菜品结合起来，形成了独具一格、新意盎然的菜式。

杨文教授用一个女人天然的情感梦想和审美感觉，为蓉锦1号度身创制的这套让人从滋味满足到心理愉悦都一见钟情的新颖菜式，把川菜的风味、国菜的神韵、西餐的型美，和谐地统一在一起。其中的焗牛尾和赛凤翅都是改良了的川式做法，完美如写意画的西式装盘，令人神往。即便是最平凡的凉拌菜蔬，也用巨大的高脚杯盛上来。层层叠叠不同颜色的菜蔬，犹如一杯鸡尾酒，表现着极端的自由主义情节。而做成水果形状的凉菜“菠萝蜜”白皙柔和，让人不忍下箸。

诗意地生活在美食中，这就是杨文和蓉锦1号留给我们的强烈印象。

3 川菜骨子里的平民精神

中国餐饮界在谈到中国四大菜系的特色时，通常会用“鲁贵、苏雅、粤富、川民”这样概况性的字眼来界定。不管它准不准确，“川民”两字倒也恰到好处地道出了川菜骨子里的精髓所在。川菜厨师和川人至今信奉“百菜不如白菜美，诸肉还是猪肉香”，看似两种十分平常的食材，一直被奉为川菜圣品，由此可见其亲切。前者可制作“开水白菜”这道川菜神品，后者可烹制全国人民都知道的“回锅肉”。把一窝最平常、最便宜的白菜，用极其繁复的手法做出一道看起来非常简单的菜，看起来就是一碗白开水、一窝生白菜，但吃在嘴里的感觉就是不一样，确实代表了川菜的最高境界。

在成都，也有许多讲排场、装修讲究的大酒楼，却从来不是食客呼朋唤友大吃大喝的首选，一般都是在需要讲场面谈公务、勾兑关系的时候才偶尔光顾一次。在成都，当然也不缺乏所谓的“餐饮名店”，然而在成都人看来，牌子好看是要得的，但菜好吃不贵更是要得。在成都，无论穷人还是富人，男人还是女人，只要是成都人，就习惯在街头巷尾任何一家或整洁或简陋，或宽敞或狭窄的馆子里吃得脸泛油光、眉飞色舞、自在舒爽。

在任何一家看似不起眼却深藏好味道的大排档或“苍蝇馆子”的门口，常常可以看见停满了各种豪华小车，那些衣着气派、光鲜的白领男女，也混同于普通人群中海吃海喝。因为这才是有滋有味、有声有色而且有趣的饮食生活，是性情和滋味的放纵。总之一句话：“好吃才是硬道理。”就这一条标准，已经让许多装修豪华的所谓“名店”纷纷关门，而成都人则继续保持自己挑剔的味觉，自由痛快的平民态度，流连穿梭于大大小小的川菜馆子，并且乐此不疲。

贵贱同台，平起平坐，川菜面前，众生平等。

各式街头小吃也无时无刻地在诠释着川菜的平民化。说到小吃，成都小吃当然闻名天下。但是，大多数到成都的外地人，几乎没有小吃的，通通是山呼海啸般地大吃。“因为，面临这么多层出不穷、对口舌和肠胃乃至内心都充满诱惑的美味佳肴，谁也无法小吃。谁到了成都或者经过成都，没有在麻辣鲜香的红汤中经历过一场火锅之恋；没有在五香兔头、香辣鸭舌、泡椒鸡爪的冷啖杯中，与几乎无穷无尽的夜啤酒共享一次浪漫的休闲；没有被绝代双椒的鱼头、被醋到心动的鳝段粉丝，被江湖得叫人满眼都是好汉的大刀耳片，撩拨得一个酒楼又一个酒楼地疯赶，扑进一个酒楼，犹如扑进情人的怀中，那么，谁就应该把自己的味觉、嗅觉甚至很多感觉器官，亲自拿到医院里做检查。胃瘫痪比人瘫痪更糟糕，味冷淡比性冷淡更悲惨。”（诗人、美食家石光华语）滋味美，品种多，价格低，还养人。这就是让我们在恣意的口味中，感觉生活本真的平民化的成都美食。

说到川菜骨子里的平民精神，还不得不提到另一句话：“真正的美食在民间。”几千年来，真正让人回味无穷，真正叫人唇齿生香，真正称得上人间美食的，绝大多数都在民间，在普通人家的锅碗瓢盆中。老百姓吃的东西，基本上都是天地自然中生长得最普遍，也是最兴旺的生物。因其普通，所以丰富；因其兴旺，所以新鲜。四川人胃口深处升起来的饮食欲望，还是家里亲人做的饭菜，还是乡镇小店那些充满野趣和自然气息的风味菜肴，还是父老乡亲和英雄好汉恣意纵情的味道江湖。

普通的四川人家做菜，因为食材极为普通，为了更好吃一点，便非常用心地想着花样去做。许多人家都会有几样拿手好菜，每个家庭几乎都有两个炒菜高手。东家凉拌鸡块放了姜米和米醋，味道确实特别；西家的泡菜坛子里，有鲫鱼、苦笋、藤椒和山里野生的香料，泡辣椒几年下来，依然红亮硬铮。在关于充

川菜大排档。川菜是历史悠久、地方风味极为浓厚的菜系。它品种丰富、味道多变、适应性强，享有“一菜一格，百菜百味”之美誉，各种川菜既各具特色，又互相渗透和配合，形成一个完整的体系，对各地各阶层人士，都有广泛的适应性。

满温情的民间美食的日常交流中，千万种滋味的家常菜由此诞生，构成了川菜的根底。

在普通的四川人家，就连做菜用的各种辅料、调料，大多也是家里自己做的。因此，一盘蒜苗炒老腊肉，一碗清炒丝瓜花，一碟烧辣椒拌茄子，叫人口舌生津、垂涎欲滴的程度，胜过很多燕窝鱼翅。为什么川菜能够在中国经济高速发展，中国人口袋里钱越来越多的时候红遍全中国？不用仔细想就会明白，富了，不一定要吃富饮食。川菜的平民化，从骨子里透出一种朴实，一种与我们口舌相亲的温暖，一种浓烈鲜美的人性情感。

有一位叫“涉川”的网友写了一个“没了川菜，我们还能吃什么？”的帖子挂在网上，生动地描写了川菜的魅力：“一言以蔽之，在有味，什么菜都有味，而川菜的味是专门能下饭的，下了饭就舒服了，这是川菜最原始的魅力。它最大的魅力还不在这里，在人味，菜味培养人味……可以毫不夸张地说，四川人要是饿死了，全国人民就没法活了，要不四川人怎么那么多呢？哪一天，要真没了川菜，恐怕好多人的胃会举旗抗议咯。”

“如今的川菜是多么地普及，它的那种势如破竹、风卷残云的气势实在令人惊诧，北京、上海、广州、深圳……全国各大城市如今大街大巷全是‘川’字招牌，吃客接踵而至、络绎不绝，川菜确实‘霸道’。”

四川人崇尚吃，不仅是为了生存、发展的需要，更是为了享受吃带来的精神、情感方面的快乐。在吃中品味人生，在吃中享受生活，在吃中抒发情感。有道是：川菜之道在日常。川菜的精神就是日常生活的精神：随时随地，决不拿腔作势。

4 川菜“害人”

上世纪八十年代末，在重庆担任电台编辑的朱大明，怀揣仅有的150元钱，辞职从重庆到深圳，涉足餐饮行业。在深圳淘得第一桶金后，1996年，他到了日本福冈。

朱大明的川菜馆在日本名气很大，其中的招牌菜就是四川菜中最有名的两道菜：麻婆豆腐和回锅肉。

曾经有日本顾客向朱大明建议：麻婆豆腐可否不放辣椒、花椒？但被他强硬地拒绝了。没有了辣和麻，川菜就不成为其川菜了。在朱大明餐馆附近，是福冈市一个机关所在地，每到吃饭时间，这里就人满为患，局长、署长、所长和公务员，都来此就餐，其中必点的菜就是麻婆豆腐。有个叫近藤的公务员，每餐必吃麻婆豆腐，餐厅服务员于是给他起了个雅号“麻婆老头”。每天只要见到他身影，大家就互相低声传话：“麻婆老头又来了。”

而朱大明的回锅肉则被称为生死回锅肉，竟演绎过一段感人至深的故事。据朱大明《我在日本开川菜》中讲述：那是福冈餐馆开业后，一位老先生几乎天天来吃回锅肉。一天，老先生和朱大明在餐馆碰了面，令朱大明完全没想到的是，老先生竟是一名正在住院治疗的患者，由于朱大明的回锅肉味道好，每天吃回锅肉成为他生活的一部分。一次，医院护士送饭给他，老人直摇头，说吃不下去。但肚皮又饿，怎么办？老伴儿提醒他：“要不要吃回锅肉？”老先生一听到“回锅肉”三个字，顿时精神一振，可他当时正在病床上输液，只好让老伴儿帮他举着吊针瓶，坐上出租车，直奔朱大明餐厅。

不久，老先生的老伴儿拿着资料和照片来到餐厅。她告诉朱大明，老人名叫前田俊树，是一家会社社长，已经辞世。她是特别来感谢朱大明的回锅肉，给前田先生带来了人生最后的快乐。老妇人说，前田先生生病已久，要不是回锅肉，怕早就不在人世了，前田先生临走之前，在病榻上还在念叨着中国回锅肉。

很多食客为能吃到朱大明的川菜，专程从外地赶来。结果，费尽力气才在福冈一角落找到他的餐厅。“你怎么把店面开到这么偏僻的地方来了?你真是害人哟，不吃你的菜，朝思暮想;吃你的菜，把人的腿都跑肿了。”

发生在朱大明川菜馆的故事足以说明川菜的影响力与魅力。喜欢川菜的人说朱大明的川菜害人，是绝对的褒扬之词，而无半点贬意。

但川菜确实害人，它以其强烈的麻辣鲜香霸占了人们的胃口，吃惯了川菜的人再吃其他菜就会觉得淡而无味，它最终会以其绝对的庸俗化、平民化，把全世界的人统一成一个胃口，而让多元化消失。

所以诗人李亚伟在批评川菜时说：川菜文化在不久的将来会与美国的汉堡包、可乐文化比肩而立，其他菜系的端庄、优雅、尊贵将就此被彻底消解，尤其是一口火锅，将世间一切美味都涮成麻与辣，实在可恶。

川菜是四川人的名片，所以四川文人在谈四川文化时，张口必说“我们川菜”如何如何征服全国，征服全世界等。现在，川菜早已遍布世界各地，从产值上说，绝对是名列各大菜系之首，但四川人喊了二十多年的川菜产业化、规模化却毫无成就。

直到今天，真正将川菜做成规模的也是屈指可数，除了在香港上市，游走在资本领域的谭鱼头外，将川菜做成规模而又值得一书的恐怕只有北京的俏江南和成都的巴国布衣了。

北京的俏江南是川菜的一个奇迹，它的奇迹之处在于俏江南集团董事会主席张蓝成功地将大众化、平民化的川菜带进了高端的商务人群。

张蓝出身书香门第，年轻时去了加拿大。1991年回国，随后投身餐饮业，经营起一家名为“阿蓝酒家”的川菜馆。2000年，她创建了“俏江南”。

在“俏江南”出现之前，北京的很多高档写字楼里只有粤菜餐厅，价位偏高，把很多普通白领拒之门外。多年做餐饮的经验告诉张蓝，这批有强劲消费能力的人对餐厅的要求是要有品位，有舒适的环境，有色香味俱全的卫生食品，而且价格要适中。正是针对这个消费群体，张蓝为其量身定做出一个集美食、时尚和艺术空间于一体的高档中餐厅“俏江南”。

仅仅几年后，“俏江南”已经成长为在全国拥有20家高档连锁餐厅的大型餐饮集团，2005年营业收入超过4亿元。《华尔街日报》甚至撰文称其创造了“中式餐饮的新概念”。2008年奥运会前夕“俏江南”在全国的分店已经达到了100家。

俏江南的成功严格地说来是张蓝个人创意与胆识的成功，她在川菜经营理念上的大胆创新是其成功的主要原因。

人说：中餐吃味道，西餐吃氛围。而张蓝不信这个邪，她偏偏要花大量的精力及金钱来为每一家俏江南创造一份独特的氛围。几十家俏江南，尽管菜式一致，但装修却各有风格，或古朴自然，或凝重清幽，或典雅华贵，或浪漫温馨，一家店仿佛一间现代装饰艺术馆，客人们在不同的俏江南可以找到不同的情调与新鲜感。

在开业之前，她先后和国内13家装饰公司的设计师沟通过，但没有一家能达到她“中西合璧”建筑风格的要求。正当她苦苦寻觅的时候，有朋友给她介绍了一位既懂中国文化又富有西方设计理念，毕业于哈佛大学建筑系的美国华裔设计师，他成功地为俏江南的分店做了既统一于后现代江南田园整体理念、又风格各异的设计。俏江南的装修充满异国风情，幽雅而韵味深长，非常符合办公室白领的审美情趣。再后来，俏江南进军上海，张蓝又力邀世界排名前十位的著名设计师——日本的三蒲荣出山，因为他的设计理念更简约、时尚，更符合上海的城市特点。俏江南别具一格、让人耳目一新的环境，成为俏江南吸引客户的招牌之一。清新典雅的装潢，中西合璧的设计风格，又独具创意地利用灯光、线条、色彩的巧妙搭配，把江南的柔媚与西南的狂热相结合，让川菜馆少了几分豪爽，多了几分雅致。

张蓝在菜品菜肴上下的功夫也令人叹为观止。俏江南独创的不少菜品是很多同行想学而学不来的。

有一道“石烹豆腐花”，被称为地地道道的小资川菜。先是在玻璃盅里预放几颗烧至300度的江石，上菜时，将鲜豆浆倒进玻璃盅，豆浆顿时滚烫。再将江石捞出，放入点豆腐的“豆腐王”，盖上盖子，5分钟之后豆浆凝固成豆腐花。再配上几款调料，咖啡色的花生酱、粉红色的南乳酱、鲜红色的豆瓣酱、翠绿色的韭菜花，还有一碟炸黄豆。这一切新奇而有趣，给食客增添了特别滋味。

据媒体报道，张蓝每到一个地方，不管是国内国外，不论是看演出还是朋友聊天，她没准就能灵感突发，创造出一道新菜。她聘请了经验丰富而且富有创意的厨师，但是偶尔灵机一动，她也会为俏江南增加几道别具新意的菜品。“晾衣白肉”是俏江南的一道名菜：盘中以雕刻的仙翁与白鹤架起一段细竹，精心腌制的肉整齐地晾在上面，各色作料单独盛放。它的创意来自于张蓝在一次旅途中看到的村妇晾衣服的竹竿架。“摇滚沙拉”则源于她去看的一场崔健的演唱会。

川菜往往和文化人结合在一起。如苏东坡发明的东坡肘子，丁宝桢发明的宫保鸡丁，还有张飞牛肉、姜维豆腐等。以何农为董事长的巴国布衣的成功，就在于他们一直坚持不懈地从川菜中发掘传统文化，以现代文化的视觉演义传统川菜文化。

10多年前，何农、胡志强等几个投缘的朋友，一起合伙做事。他们先在圆明园做画廊，那是比较前卫、边缘的艺术操作。后来又看好出版，做书局，涉足图书这一块，做了不少成功的选题，往往在市场上成为别人模仿的对象。然而，后来何农经过分析，不大看好这个产业，于是决定转移方向。1995年，他们几个自然人合股，投了10万左右，在川大后面做了一个日本和式风格的小茶楼——东九时区。东九时区成功以后，他们又开始找别的项目来做，于是在人民南路租了一个房子，做了一个以北美印第安文化为主题的酒吧——红番部落，于1995年7月开业。红番部落一出来，生意红火。也可以说，从那个时候开始，成都的酒吧业才开始。同时，这一群人也在做广告、咨询的企业，很强调职业色彩，强调软资源的积累。

当时的川菜在本土已经很不景气，规模、档次都被打到低端。他们认为必须提一个新思路来做川菜，必须用文化来做，做上规模，做成品牌。何农提笔写了个关于新型川菜企业的规划，其中包括巴国布衣、川江号子、蜀国雅士等品牌构想，这个策划就是巴国布衣至今仍在不断实施的蓝图。没想策划出来后，人家却很难下决心去做，说你这个能成吗？这个事情最终还是没有谈成。可是何农对这个构想和提法非常自信，也执著于这个事情。正巧，何农这时离开了重庆原单位来到成都，打算在成都创业，执行的事情就有了人手。所以，他们就决定自己来做这个巴国布衣。

“因为带有很强的创意色彩，一切都是全新的，无法复制和借鉴，所以，当时准备时期超长。”任海波回忆起这段经历，眼睛依然闪烁着兴奋异常的光彩。“当时分包间，都是自己拿着一根木条去比，凭感觉去分。修楼梯也是凭感觉，修着修着发觉不对，又拆了重新修。当时完全没有经验，一群门外汉就这样以一种文化的姿态和热情切入了川菜。”

“我们定位在川东的平民百姓文化。何农想的‘巴国布衣’这个名字。当时我们就想不能做普通的川菜，我们做巴蜀里面的巴方面的川菜。于是提出小于川菜的概念。并且强调纯粹乡间的特色。但是，又怎么上档次呢？当时厨师做了好几种，都被我们否定。于是，我们自己来做菜谱，一直到现在。”

1996年推出的时候，巴国布衣一炮走红。因为市场上没有类似的东西，给人的印象就是有非常浓烈的风格，有非常强烈的文化。巴国布衣从一诞生那天开始，似乎就是为了文化而来。菜品里有乡音俚语，装修里有民俗遗风，广告是魂牵梦绕的乡愁，就连赠品也百般让人爱怜。很多客人都还记得巴国布衣杭州店开业的时候，送的礼物是小泥人。一位客人曾经这样留言：“这些源于泥土的胚胎，让人想起一条可以在月光下回家的路，想起儿时那跟着一条河流走远的青梅竹马。”

1997年，巴国布衣开始做直营店和加盟店。2008年1月9日，已臻化境的巴国布衣在成都机场路的旗舰店和布衣客栈主题式酒店正式开业迎宾。与此同时，巴国布衣的首领何农已经把目光投向了更为宽广的海外。“新川菜、中国风”，这是他们新的广告词。新的一年，他们的总公司的名称改叫“辐克”（英文folk，民俗、老乡之意），巴国布衣的LOGO加入“Si chuan Folk”的字样，而布衣客栈的英文名就叫“Folk Inn”。

巴国布衣发展历程，是川菜发展的一个样本，“文化特色”始终是巴国布衣的一个亮点。《当代经理人》评价认为，老照片、红灯笼、大辣椒、黄玉米这些乡村符号被大胆使用，故乡的村庄搬到了城市里，让顾客觉得异常亲切。川剧脸谱、蜀地陶制艺人说唱俑、三星堆青铜文物复制品等，这些代表着四川文化特色的陈设使巴国布衣和其他普通的川菜馆轻易地区别开来。2008年1月份开业的巴国布衣成都旗舰店发生了一些改变，虽然它仍以四川梨园文化为切入点，但主题拓展到整个中国，加强了对不同材质的牌坊、渔船、码头以及其他大量中国民间文化元素的运用。

所以，有评论家认为，说巴国布衣是一家川菜馆其实并不准确，它应该算是一家以推广巴蜀文化为宗旨的四川文化菜馆。

四川女人都做得一手好菜，在四川女人中流传着一句口语："圈住男人，先圈住他的胃。"色香味全的川菜对男人绝对是诱饵。四川女人在家操持着一切大大小小的事务，在外面却温顺得像只小绵羊，给足了爱慕虚荣的男人们面子，使得男人们在家心甘情愿地听候老婆差使。所以，完全可以说川菜也害了四川男人，在让他们充分享受世俗生活的幸福快乐的同时，也让他们变得胸无大志。

四川的全部名堂仿佛都在吃上头。从前，他们说吃上一顿好的，叫打牙祭，对牙齿的一种祭祀。四川人今天时兴说"滋润"二字，日子过得滋润，这仿佛是他们心目中的最高境界。几个朋友好久不见，看见你容光焕发，还长胖了，会说："哦唷，你日子过得滋润哦！肚皮都大了。"安逸、巴适、好耍，这些都是四川人才能想出来的名词，也只能是属于四川人的专利。当他们为了吃一顿美食，在高速公路上跑两个小时；当他们呼朋唤伴，只是为了去郊外躺在地上晒一会儿太阳，斗一会儿地主的时候，我们不得不说四川人的生活是有盐有味的。盐与味，构成了四川人一本厚厚的生活史。

附录一

给初到成都旅行者的二十二个忠告

曾 颖

第一条

不要在成都人面前说自己不喜欢喝茶和坐茶馆，这会使成都人觉得你是一个不懂得生活，一心只会赚钱的经济动物。

第二条

不管你的四川话说得多么标准，只要一听说大熊猫就显出稀罕劲，一定不会被当成成都人。因为成都人最不觉得稀奇而外地人觉得很了不起的，就是那个戴着黑眼镜永远只能照黑白照片的家伙。

第三条

不要轻视成都人对太阳的稀罕，对于这座把阳光当成节日来看待的城市，许多生意是要看太阳面子而做的。

第四条

千万不要指望能在“农家乐”里体会到成都农民的真实生活，那里只有农民们根据自己对现代生活理解而搞的种种自以为城里人会喜欢的生活翻版。机麻、抽水马桶和标准间式的住处，只能让你感觉到不过是把宾馆搬到乡下来而已。

第五条

开车进成都城，请千万不要左转，太多的禁左标志将成都搞成一座来了不能左转的城市。

第六条

除非你是维吾尔族姑娘，否则不要和成都女孩子比白。如果你恰好是维吾尔族或白种人，那么成都女孩子就会和你比皮肤的细和嫩。

第七条

不要以为到成都就吃饭就一定要带个防辣口套，其实川菜中不辣的菜越来越多，这是川菜全球化进程中的必然演变。

第八条

不要太过于强调自己外地人的身份，因为在成都人心目中，没有太强的排外意识，他们不会像上海人和广东人那样，将自己城市以外的人称为乡下人。往回溯三代，几乎有一半以上的成都人都是外乡人，他们像水融进海绵一样深深地进入到这座城市中。

第九条

不要流露出你讨厌麻将，说不定和你聊天的人，刚从麻将桌上下来。

第十条

不要在成都男人面前讲“大男子主义”的好处，这样会引发一场如何疼老婆的辩论赛。

第十一条

不要以为成都话松软好听，吵架只是“比牙齿白”，你要是手中有一本成都话词典，就能听懂对方表情不凶不带脏字骂出来的话，那是足以让小气的人去自杀的。

第十二条

不要对“节日”大惊小怪，在成都，一年四季，光是本土的各种特色节日就有一百八十多个，加上国际的国内的土的洋的，几乎每天都在过节。

第十三条

不要轻易说小排量车的坏话，说不定接待你的主人，就是开着一辆奥拓车来接你的。

第十四条

不要在成都人对你说普通话时发笑，即便你没有任何恶意，也会被对方理解为你对他的“椒盐”普通话的嘲笑，欲知他在和你说话之前，决定是否要用普通话，是需要进行一番挣扎和纠结的。

第十五条

不要给成都人讲“生活在别处”。没有万不得已的理由，成都人是不会愿意到外地工作的。

第十六条

别轻易和漂亮的成都小妹妹套近乎，说不定在不远处，她的宠物——一头巨型的狗在瞪着你呢。

第十七条

没结婚的男人，如果没确定要来成都定居，最好别来成都，这样免得你在成都生活一段时间，看惯了可爱美丽的女孩子之后，再也看不顺眼自己家乡的女孩子。

第十八条

在“谁不说咱家乡美”的语言比赛中，不要试图拿气候来和成都人说事，这相当于给了他们超强的子弹，他们会说成都的气候比海南凉爽比东北暖和比西部润泽，总之一定要争个赢。

第十九条

星期天不要在春熙路问路，因为这个时段，在那条成都最热闹的街上走着的，多数都是外地人。本地人呢？都开车出城玩去了。

第二十条

不要因为听说成都有许多诗人，就把扎辫子的男人当成艺术家，说不定他是守自行车或收废品的。

第二十一条

在成都，不要从衣着来区分一个人的经济状况。因为许多成都人铭记“财不露白”的古训，不会过多地在面子上做功夫。连大富豪刘永好，买衬衣都是一百元左右一件的。说不定你面前开辆破捷达的男人，正是几天前五百万彩票的得主。而那些浑身名牌油光水滑的主，说不定是来骗你饭的混子。

第二十二条

不要试图在成都三环路以内看到正宗的川戏，这个古老的剧种除了在极少数涉外旅游景点有高价演出之外，已基本退出了成都人的生活。

附录二

四川方言小词典

——了解四川从四川方言开始

理抹

从字面来看，有梳理和抹干净的意思。引申为管教某人某事。

打望

指那种在街上偷偷摸摸看美女的行为。注意，绝不是正大光明地看。

贾素芬

女性名字，和理扯火意思相近，特指言行不一致的年轻女性。

巴适

最家常的成都方言，指舒服得不得了的意思。

安逸

此词有“安闲舒适”之义。如《庄子·至乐》：“所苦者，身不得安逸，口不得厚味，形不得美服，目不得好色，耳不得音声。”今四川方言中仍保留此义。“安逸”一词在四川方言中还有“令人满意……”等意思，用得十分广泛。

坝坝

意为“平地、平原”。“坝，蜀人谓平川为坝。”今四川人仍称“平地、平原”为坝、坝坝、坝子。

洗澡泡菜

将新鲜蔬菜洗净后切成片或块泡制半天或一天后食用，这种菜称为“洗澡泡菜”。因和一般泡菜相比，浸渍时间较短，类似人在水中洗澡，故名。又称“跳水泡菜”。

藏猫儿

即捉迷藏，又称“逮猫儿”，是儿童玩的一种游戏，指将一小孩的眼睛蒙上，待其他小孩藏起来后，再让该小孩将他们一一寻找出来。另有“救救猫儿、电棒猫儿、沾沾草猫儿”等多种玩法。

打牙祭

此词反映的是四川人的祭祀习俗，后泛指吃肉，在四川地区使用得非常广泛。其来源有多种说法，主要有以下三种：

一说旧时厨师供的祖师爷是易牙，每逢初一、十五，要用肉向易牙祈祷，称为“祷牙祭”，后来讹传为“打牙祭”；

二说旧时祭神、祭祖的第二天，衙门供职人员可以分吃祭肉，故称祭肉为“牙（衙）祭肉”；

三说“牙祭”本是古时军营中的一种制度。古时主将、主帅所居住的营帐前进，往往竖有以象牙作为装饰的大旗，称为“牙旗”。每逢农历的初二、十六日，便要杀牲畜来祭牙旗，称为“牙祭”。而祭牙旗的牲畜肉（又称为牙祭肉），不可白白扔掉，往往是将士们分而食之，称为“吃牙祭肉”。

弯弯

泛指乡下进城的民工。因长时间弯腰劳动，故得此名。

撇脱

即洒脱，干净利落。已见于宋代。“撇脱”一词在四川方言中还有“简单、容易、轻松”等义。

吃九斗碗

“九碗（儿）”本指筵席上的九道主菜。“斗”一词在成都等地方言中有“大”的意思，所以成都人又将赴宴称为“吃九碗（儿）”或“吃九斗碗（儿）”。“破费一席酒，可解九世冤；吝惜九斗碗，结下终身怨”，成都地区流行的这一民谣，形象地道出了筵席在人们日常生活中的重要性。另外，成都人之所以将“赴宴”称为“吃九斗碗（儿）”，是因为民间视“九”为吉数。

扎起

即撑腰、作后台、给人帮忙的意思。过去属于袍哥话。袍哥是发源于四川的一种帮会组织，它既是反清的秘密结社，又是破产农民和手工业者的政治、经济互助团体。由于它是非法的民间组织，因此一出现就受到清政府的严禁追查，故袍哥一直处于地下状态，有一套专用的隐语——袍哥话，作为秘密联络的暗号。

吃赏午

今四川人仍将“吃午饭”称为“吃赏午”，这和一个传说有关。相传在很久以前的一个夏天，川西坝子的农民们边插秧子边唱山歌，知府不让大家唱，农民戏曰：“吼山歌会把田头的杂草吼掉。”知府说，如果真能吼掉杂草，则赏大家一顿午饭。后来果然田里的杂草就没有了。知府又提出农民说过唱山歌秧子要长高，想借此赖掉这顿午饭。当晚，农民把田里的水排了一些出去，外行看起来，秧子果然长高一截。于是，知府只好认输，给插秧的农民每人赏了一顿饭，从此人们便把吃中午饭叫做“吃赏午”。

抵拢倒拐

成都方言，一般用于回答问路。意思是告诉您：这条路走到头，然后再转弯。您如果听到这样的回答，千万别晕了头哦。

装舅子

四川民俗，姐姐或妹妹出嫁时，其哥哥或弟弟一定要穿戴得十分整洁去送亲，称为“装舅子”。此词后指讥讽某人穿戴讲究、整洁。

假老练

指没有经验的人还冒充经验十足，在众人面前狂侃。

嘿霸道

嘿是一个程度副词，在四川话里常见。嘿霸道，指对某事物程度的肯定，比安逸、巴适程度还深。

瓜娃子

指人傻，而且比普通话的傻更具有幽默感。

鼓到

意思是强迫、让别人做不愿意的事情。例如：他鼓到要喊我去打牌。

弯酸

指挑剔的意思，比如：你这人怎么这么弯酸啊，我都给你弄了几道了，你还弯酸人！

搞刨了

一个人慌昏了，比如："你看他搞刨了的样子哦，像是要去抢人一样！"

拦中半腰

意思是说别人还没说完或者自己还没做完事情，就中途给人家打断。比如："今天我在作报告，有个人拦中半腰地打了个哈欠，结果大家都被传染了！"

一哈

就是一起或者一块的意思。后面加个"儿"字变为"一哈儿"，就是表示很快的意思。

毛焦火辣

形容一个人烦躁，急躁的意思。比如："你的牌打得好差哦，输得我毛焦火辣的！"

落教

懂事，听话的意思。

打捶

打架的意思。

背时

意思是做错了事情不走运，该倒霉，自己的苦果自己吞！

雄起

四川全兴队的招牌口号！其实质指男人的生殖器官的勃起。现已演化为从精神上甚至武力上不输给对方。

扯把子

指谈话不涉及要害，或是撒谎。

不要虚

虚，心虚，害怕。不要害怕。

舔肥

舔别人的肥屁股，拍马屁。

又费马达又费电

不划算。

耿直

重庆人最常挂在口头的两个字。重庆话说一个人不耿直，是对他最大的侮辱，那你在重庆人里也就混不开了。耿直要对朋友无条件诚实，信任。

假打

这个词与耿直相对，而有异曲同工之妙。呵呵，说假打的时候，就是要打假。

冒皮皮

吹牛。有道是“冒皮皮，打飞机”。

豁别个

骗别人。

你虾子不胎害

骂别人不知道好歹。

松活

工作生活不忙不累比较轻松。

经事

指一个事物比较耐用。

阴到

意思是悄悄的，达到自己某种目的而不让别人知道。

相因

便宜的意思。

扯拐

意思是东西出了问题，有故障了。

抻抖

意思是舒服安逸的意思，或者说一件事情自己做好了或者做满意了。

不存在

这个词语是最能表达四川自贡人的性格，耿直，直接！就是说没有问题，这件事情你客气了！比如：“不存在，我们还提那些！”

倒男不女

或者形容一人的穿着打扮处事左右不是，有时候也形容人妖。

拙

差劲，糟糕，低级，愚昧，如果在前面加一个哈，后面再加一个拙，就差劲得无以复加了。在成都方言系统里，常用于泼辣的老婆挑着兰花指戳木讷的老公：你娃哈拙拙的!

宝器

在成都人眼里，宝器就是猛一看有点傻，再一看又有点精的，最后仔细一看才知道是属于倒瓜不精的。经常出洋相的，经常被精灵人取笑的，通常都是宝器的一种。而且各个国家都能找到这种典型，比如英国有憨豆，美国有阿甘，中国有阿Q，四川有哈儿师长。

谙起

成都话中藏匿的意思。本来，谙起有点贬义，不是一般意义的藏，是不想让人晓得，也许有点水深，也许有点见不得人。但凡说者称“谙起”，双方都会意，这样的事情，天知地知你知我知，就是不能摆到台面上来。

装疯迷窍

在成都人嘴里，一切“装”过的，都叫装疯迷窍，包括装疯、装傻、装憨，装神、装鬼、装怪，装诚恳、装老实、装虚伪，装老道、装清纯、装淑女……

欧起

在成都话中，“欧起”跟“端起”的意思相近，都是形容一个人在面对另一个人时不够亲切和友好，故意作态的模样。但在具体使用的时候，就程度而论，“欧起”比“端起”显得更严重一些。

本书参考目录

扬雄：《蜀王本纪》
常璩：《华阳国志》
司马迁：《史记》
陈寿：《三国志》
陆游：《入蜀记》
徐南洲：《古巴蜀与〈山海经〉》
任乃强：《乡土史地讲义》
陈世松：《天下四川人》《大迁徙：湖广填四川历史解读》
罗香林：《客家研究导论》
谭继和：《巴蜀文化辨思集》
蒋永志：《神话·巫术与祭祀——都江堰清明放水节的来龙去脉》
聂作平：《武侯祠——逆光中的神殿》
郑光路：《成都旧事》《四川旧事》《川人大抗战》
肖平：《成都的故事》《人文成都》
陈锦：《茶铺》
洁尘：《城市——某种与幸福相似的生活》
何小竹：《成都茶馆——一市居民半茶客》
林和生：《文翁石室：科举和文官制度的摇篮》
华业：《四川人的安逸生活》

愚人：《川菜——全国山河一片红》
凸凹：《纹道——蜀绵·蜀绣·漆艺》
孙建军：《疯人独语》
桑格格：《小时候》
史幼波：《天造四川》
傅崇矩：《成都通览》
英·徐维理：《龙骨——一个外国人眼中的“老成都”》
利类思 安文思：《圣教入川记》
岱峻：《发现李庄》
流沙河：《老成都——芙蓉秋梦》
林语堂：《苏东坡传》
康震：《康震评说苏东坡》
苟子平 王国平：《都江堰——两个世纪的影像记录》
王跃 章夫：《成渝口水仗》
王跃：《成都批判》
孙建三 黄健 程龙刚：《遍地盐井的都市——抗战时期一座城市的诞生》

鸣 谢

本书使用的照片分别由白郎、陈子庄、赖武、齐鸿、石鸣、张世荣、吴燕子、青青容颜和晏济元书画工作室无偿提供，特此致谢！

图书在版编目（CIP）数据

格老子四川人／石维，林元亨，马小兵著.—北京：中国画报出版社，2009.4
ISBN 978-7-80220-466-9

I. 格… Ⅱ.①石… ②林… ③马… Ⅲ.文化史－四川省－通俗读物 Ⅳ.K297.1-49

中国版本图书馆CIP数据核字（2009）第049350号

特约编辑：伍子曰
装帧设计：风筝
绘　　画：许宁

格老子四川人

出 版 人：田辉
著　　者：石维　林元亨　马小兵
责任编辑：方允仲
出版发行：中国画报出版社
（中国北京市海淀区车公庄西路33号，邮编：100044）
电　　话：88417359（总编室）、68469781（发行部）
网　　址：http://www.zghbcbs.com
电子邮箱：cpph1985@126.com
印　　刷：北京京都六环印刷厂
监　　印：敖晔
经　　销：新华书店
开　　本：787×1092　1/16
印　　张：20
版　　次：2009年5月第1版第1次印刷
书　　号：ISBN 978-7-80220-466-9
定　　价：28.00元